納蘭性德詞

一生寂寥，字裡幽怨，
納蘭性德在滿紙風霜中定格人間悲喜

納蘭性德 著
謝永芳 校注

清風明月，詩詞清淚
一卷詞冊，寫盡世間寂寥

從「納蘭瘋」現象到清詞經典化
三百年後的回眸，化作不朽篇章

目錄

前言 ……………………………………………………… 011
夢江南 …………………………………………………… 025
夢江南 …………………………………………………… 026
夢江南 …………………………………………………… 028
夢江南 …………………………………………………… 030
夢江南 …………………………………………………… 031
江城子 …………………………………………………… 035
如夢令 …………………………………………………… 037
採桑子 …………………………………………………… 039
採桑子・九日 …………………………………………… 041
採桑子・塞上詠雪花 …………………………………… 043
採桑子 …………………………………………………… 046
採桑子 …………………………………………………… 048
臺城路・上元① ………………………………………… 050
臺城路・塞外七夕 ……………………………………… 053
玉連環影 ………………………………………………… 056
謁金門 …………………………………………………… 057
點絳唇・黃花城①早望 ………………………………… 060

003

目錄

浣溪沙 ……………………………………………… 061

浣溪沙 ……………………………………………… 063

浣溪沙・西郊馮氏園看海棠，因憶〈香嚴詞〉有感[①] …………… 065

浣溪沙・詠五更，和湘真[①]韻 …………………… 066

浣溪沙 ……………………………………………… 068

浣溪沙 ……………………………………………… 070

浣溪沙 ……………………………………………… 071

浣溪沙 ……………………………………………… 073

浣溪沙 ……………………………………………… 075

浣溪沙 ……………………………………………… 076

浣溪沙・大覺寺[①] ………………………………… 078

浣溪沙・古北口[①] ………………………………… 080

浣溪沙 ……………………………………………… 081

浣溪沙 ……………………………………………… 083

浣溪沙 ……………………………………………… 085

浣溪沙・小兀喇[①] ………………………………… 086

浣溪沙・姜女祠[①] ………………………………… 088

風流子・秋郊即事 ………………………………… 089

畫堂春 ……………………………………………… 092

蝶戀花 ……………………………………………… 094

蝶戀花 ……………………………………………… 096

蝶戀花	098
蝶戀花	100
蝶戀花·出塞	102
蝶戀花	103
河傳	105
河瀆神	107
金縷曲·贈梁汾	108
金縷曲·姜西溟[①]言別，賦此贈之	113
金縷曲·簡梁汾	115
金縷曲	118
金縷曲·慰西溟	120
金縷曲·亡婦忌日[①]有感	122
紅窗月	125
南歌子	127
南歌子	129
一絡索	131
眼兒媚	133
荷葉杯	135
梅梢雪·元夜月蝕	137
木蘭花令·擬古決絕詞[①]	139
長相思	142

目錄

尋芳草·蕭寺①記夢 …………………… 144

鞦韆索·淥水亭①春望 …………………… 146

鞦韆索 …………………… 148

鞦韆索 …………………… 149

好事近 …………………… 151

太常引·自題小照① …………………… 152

太常引 …………………… 154

山花子 …………………… 155

山花子 …………………… 157

菩薩蠻 …………………… 158

菩薩蠻 …………………… 160

菩薩蠻 …………………… 161

菩薩蠻 …………………… 163

菩薩蠻·迴文① …………………… 165

菩薩蠻 …………………… 166

菩薩蠻 …………………… 168

菩薩蠻 …………………… 170

菩薩蠻 …………………… 172

菩薩蠻 …………………… 174

菩薩蠻 …………………… 175

昭君怨 …………………… 177

琵琶仙・中秋 …………………… 179

清平樂 …………………………… 181

清平樂 …………………………… 183

清平樂・彈琴峽①題壁 ………… 184

清平樂 …………………………… 186

滿宮花 …………………………… 187

唐多令・雨夜 …………………… 189

秋水・聽雨 ……………………… 190

虞美人 …………………………… 192

虞美人・為梁汾賦 ……………… 194

虞美人 …………………………… 197

虞美人 …………………………… 198

瀟湘雨・送西溟歸慈溪 ………… 201

臨江仙 …………………………… 203

臨江仙・塞上得家報雲秋海棠開矣，賦此 …… 205

臨江仙・謝餉櫻桃 ……………… 207

臨江仙・寒柳 …………………… 209

臨江仙 …………………………… 211

臨江仙・寄嚴蓀友 ……………… 213

臨江仙・永平①道中 …………… 214

鬢雲松令 ………………………… 216

目錄

于中好	218
于中好	219
于中好・送梁汾南還，為題小影	221
南鄉子・搗衣①	222
南鄉子・為亡婦題照	224
南鄉子	226
南鄉子	227
南鄉子	229
踏莎行	231
踏莎行・寄見陽	233
鵲橋仙・七夕	234
望江南・宿雙林禪院①有感	236
百字令・廢園有感	238
百字令	241
百字令	243
沁園春	245
沁園春	248
摸魚兒・送座主德清蔡先生①	250
相見歡	252
憶秦娥・龍潭口①	254
減字木蘭花	256

海棠春	257
少年遊	259
滿庭芳	260
憶王孫	262
卜運算元・詠柳	263
青玉案・宿烏龍江①	265
滿江紅・茅屋新成卻賦	266
滿江紅	268
訴衷情	270
水調歌頭・題岳陽樓圖①	271
天仙子・淥水亭秋夜	274
天仙子	275
浪淘沙・望海	276
浪淘沙	279
南樓令	281
生查子	282
生查子	284
憶桃源慢	285
青衫溼遍・悼亡	287
酒泉子	289
鳳凰臺上憶吹簫・除夕得梁汾閩中信，因賦①	291

目錄

漁父 …………………………………………………………… 294

望海潮・寶珠洞① …………………………………………… 295

滿江紅・為曹子清題其先人所構楝亭，亭在金陵署中① ……… 297

浣溪沙 ………………………………………………………… 300

菩薩蠻 ………………………………………………………… 301

相見歡 ………………………………………………………… 303

昭君怨 ………………………………………………………… 304

霜天曉角 ……………………………………………………… 306

鵲橋仙 ………………………………………………………… 308

水龍吟・題文姬圖 …………………………………………… 309

鷓鴣天・離恨 ………………………………………………… 311

臨江仙・無題 ………………………………………………… 313

如夢令 ………………………………………………………… 314

浣溪沙 ………………………………………………………… 316

採桑子・居庸關 ……………………………………………… 317

清平樂・發漢兒村①題壁 …………………………………… 319

參考引用文獻舉要 …………………………………………… 321

前言

　　納蘭性德的詞，已經流行了許久。據一位作家統計，從西元 1979 年算起，截至西元 2000 年，已經出版納蘭詩詞文獻整理和研究著作 10 餘種，發表研究論文約 350 篇。這一數量大約是同期全部清詞研究成果的百分之三十，清詞作家研究成果的百分之六十。西元 2000 年～ 2010 年間，這種趨勢仍然在延續。如果回顧一下西元 1900 年～ 1980 年間研究納蘭性德的情況，會發現當下的「納蘭瘋」乃是淵源有自。據黃文吉先生主編的《詞學研究書目》，並參照林玫儀女士主編的《詞學論著總目》統計，在西元 1920 年～ 1930 年間，各類相關成果至少有 47 項，可以說在當時已經掀起了一股不大不小的熱潮。其中，蘇雪林、張任政、李勛諸位先生筆路藍縷，功不可沒。

　　新世紀令人猝不及防的納蘭瘋，儘管談不上是「現象」級的表現，也還是有一些新的特點。其中，表現比較突出的是，讀者的年輕化趨勢和去專業化傾向。據筆者隨機訪查，很多年輕讀者喜歡納蘭性德，主要是覺得他的詞寫得真摯，又比較好懂，有些句子似乎非常切合自己的人生經歷和情感經驗，也比較適合在日常的文字交流中「現學現賣」。至於某一首詞究竟好在哪裡，這部分讀者中較少有人能夠說得清楚，或者根本就不關心這個。這種情況的出現，某種程度上可能是拜某些網路寫手所賜，不全知其所以然，又喜歡天馬行空般地馳騁想像，自由揮灑。說白了，就是「納蘭皆我註腳」，即藉納蘭說故事，或者藉納蘭之酒杯，澆一己胸中塊壘。從這種「勿忘我」的做法中，讀者所得到的最後結果一定是「水落石出」，即經過時間的無情淘洗，烙在心底的永遠只有納蘭的詞，

前言

而不是其他。儘管如此，我們仍然認為，這些做法都無可厚非。真正需要引起思考的是，如果說，清人基本上已經完成唐宋詞的經典化，今人只是在坐享其成的話，那麼，「納蘭瘋」至少顯示，清詞的經典化也已迫在眉睫。將被「新文化運動」打斷的清詞經典化過程以某種恰當的方式繼續進行下去，是當今學界，尤其是詞學界同仁的共同責任。「納蘭瘋」正是可以藉助的推力，藉此，就有可能逐步全面鞏固並落實「清詞中興」的卓越成果。

納蘭性德，順治十一年十二月十二日（西元 1655 年 1 月 19 日）生，原名成德，以避廢太子嫌名（胤礽生於康熙十三年，小字保成，兩歲時被立為儲君）改性德，字容若，號楞伽山人。先世為海西女真的葉赫部族，入關，為滿洲正黃旗。太傅明珠長子。康熙十年（西元 1671 年），補諸生，貢太學。十一年（西元 1672 年）八月，應順天鄉試，中舉。十二年（西元 1673 年）二月，會試中式，因寒疾未與殿試。康熙十五年（西元 1676 年）三月，中彭定求科二甲第七名進士，榜名成德。官至一等侍衛。康熙二十四年五月三十日（西元 1685 年 7 月 1 日）病逝。原配盧氏，兩廣總督、漢軍鑲白旗人盧興祖之女，婚後三年，於康熙十六年（西元 1677 年）以產後患疾亡故。繼娶官氏。妾顏氏、沈氏。有子三，女四，長適高其倬，次適年羹堯。著有《通志堂集》十八卷，凡賦一卷、詩四卷、詞四卷、文五卷、《淥水亭雜識》四卷，附錄碑誌、哀輓之作二卷，其中詞集曾於其生前先後以《側帽》、《飲水》為名刊行。全身畫像，一為禹之鼎所繪，今藏故宮博物院；一為楊鵬秋摹繪，見載葉恭綽編《清代學者象傳》第二集。有弟二，妹三。其中，揆敘（西元 1675～1715 年）字凱功，號唯實居士，由佐領二等侍衛累官左都御史。諡文端，雍正間被奪。著有《益戒堂集》十八卷、《雞肋集》一卷。揆方不詳。有一妹著有《繡餘詩稿》一卷（此據《清人詩文集總目提要》）。

納蘭希望在文學，尤其是在詞學上有一番作為。他也確實做到了。以納蘭「隔世知己」自居的楊芳燦曾這樣描述：「倚聲之學，唯國朝為盛，文人才子，磊落間起。詞壇月旦，咸推朱、陳二家為最。同時能與之角立者，其唯成容若先生乎？……今其詞具在，騷情古調，俠腸俊骨，隱隱奕奕，流露於毫楮間，斯豈他人所能摹擬乎？且先生所與交遊，皆詞場名宿，刻羽調商，人人有集，亦正少此一種筆墨也。」（〈納蘭詞序〉）正指出納蘭與眾不同的詞風。王國維認為，納蘭是「以自然之眼觀物，以自然之舌言情」，所以，獨抒性靈，無所依傍，「北宋以來，一人而已」（《人間詞話》）。以上都是符合實際的認知。相比而言，李慈銘雖然措詞不免刻薄，肯定中有否定，但也能抓住納蘭詞的風格特點：「如寡婦夜哭，纏綿幽咽，不能終聽」、「（納蘭）所作不及伽陵、竹垞之半，才力亦相去遠甚。而迄今談藝家與朱、陳並稱，繇其獨契性靈，冥臻上乘，亦非二家所能及也」（《越縵堂日記》，見載日記輯編本《越縵堂讀書記》）。所以，儘管他自己說是「別擇尚疏」，所拈出的若干納蘭詞佳句，實際上還是頗有藝術眼光的。又，張德瀛基本上是從大的方面掌握納蘭的詞史地位：「愚謂本朝詞亦有三變，國初朱、陳角立，有曹實庵、成容若、顧梁汾、梁棠村、李秋錦諸人以羽翼之，盡袪有明積弊，此一變也。」（《詞徵》卷六）不過，就清初詞風改變而言，納蘭於剷除有明一代詞學「積弊」有功不假，但顯然不應將其歸為浙西詞派或陽羨詞派的「羽翼」。

　　當陽羨、浙西二派漸漸主導清初詞壇時，有一些詞人不為所囿，所作表現出獨特的個性風貌。納蘭是一個著名的典型。他的悼亡詞「孤吟山鬼」（項鴻祚〈玉漏遲・題飲水詞後〉），哀感頑豔，以真字為骨，能道得人們心中有、筆下無的感情。如初賦悼亡自度之作〈青衫溼遍〉（青衫溼遍），淒情苦語，出以促節短音，陰陽兩隔，相將神傷。又如為盧氏亡故後三月餘所作的〈沁園春〉（瞬息浮生），是以記夢形式所寫的悼亡之作，

前言

纏綿悱惻，聲聲血淚，可與蘇軾〈江城子〉（十年生死兩茫茫）媲美。又如為盧氏三週年祭所作的〈金縷曲‧亡婦忌日有感〉（此恨何時已），情傷腸斷，語痴入骨，真是令人不忍卒讀，在納蘭悼亡詞中最稱動人之作。納蘭的痛苦追憶綿綿無絕期，如〈蝶戀花〉（辛苦最憐天上月），暗香飄盡，惜花人去，哀怨淒厲，勢縱語咽。納蘭寫友情之作也是情辭兼備，如〈金縷曲‧贈梁汾〉（德也狂生耳），直抒胸臆，不假雕飾，真切自然地表達出了誠摯深厚的友情，這首詞也為他贏得了極大的聲譽，所謂「教坊歌曲間，無不知有《側帽詞》者」（徐釚《詞苑叢談》卷五）。納蘭的邊塞行吟，壯麗與淒婉並重。如〈浪淘沙‧望海〉（蜃闕半模糊），在山海關眺望大海，一種豪邁之情夾雜著濃重的驚喜，在納蘭詞中堪稱別調，頗似李清照〈漁家傲〉（天接雲濤連曉霧）之於其整體風格。一般認為，納蘭詞中多悲哀情調，是因為其天性如此，但從某些邊塞詞來看，實則也是他對人類社會的觀察所致。納蘭對歷史的思考是以詞為媒介，是他對詞體所做出的重大貢獻，增強其厚重性。王國維盛讚納蘭詞，和這些都有關係。又如〈長相思〉（山一程）和〈如夢令〉（萬帳穹廬人醉），寫壯闊的境界和瑣細的歸心，納蘭將一對矛盾納入詞中，使得作品有了一種張力。這種寫法，賦予小令以頓挫之感，情與景一併頓挫，則在不和諧中又展現出和諧，精彩異常。

當時獨立於風氣之外的，還有與納蘭並稱「京華三絕」的曹貞吉、顧貞觀。在浙西詞派尚未籠及全域性的時段內，他們以自抒情懷、不拘一格的面貌，聯袂構築起一道亮麗的詞壇景觀。曹貞吉的詞「雄深蒼穩」（陳維崧〈賀新郎‧題〈珂雪詞〉〉）。如〈留客住‧鷓鴣〉：

瘴雲苦。遍五溪、沙明水碧，聲聲不斷，只勸行人休去。行人今古如織，正復何事關卿頻寄語。空祠廢驛，便征衫溼盡，馬蹄難駐。風更雨。一發中原，杳無望處。萬里炎荒，遮莫摧殘毛羽。記否越王春殿，

宮女如花，只今唯剩汝。子規聲續，想江深月黑，低頭臣甫。

為悋念胞弟申吉而作，詞末遙思深慮，讓人聯想到南明永曆政權遺事，「投荒念亂之感」（譚獻《篋中詞》今集卷一）溢於言表。又如〈滿庭芳·和人潼關〉：

太華垂旒，黃河噴雪，咸秦百二重城。危樓千尺，刁斗靜無聲。落日紅旗半卷，秋風急、牧馬悲鳴。閒憑弔，興亡滿眼，衰草漢諸陵。泥丸封未得，漁陽鼙鼓，響入華清。早平安烽火，不到西京。自古王公設險，終難恃、帶礪之形。何年月，劓平斥堠，如掌看春耕。

由戰亂頻仍引發哀愁，在康熙十五年（西元 1676 年）以後的詞壇上已甚為罕見，進而激起對歷史上一切王霸爭鬥的厭棄，則構成曹氏詠史懷古詞雄渾蒼茫的獨異內涵。又如〈賀新涼·再贈柳敬亭〉：

咄汝青衫叟。閱浮生、繁華蕭瑟，白衣蒼狗。六代風流歸抵掌，舌下濤飛山走。似易水、歌聲聽久。試問於今真姓字，但回頭、笑指蕪城柳。休暫住，譚天口。當年處仲東來後。斷江流、樓船鐵鎖，落星如門。七十九年塵土夢，才向青門沽酒。更誰是、嘉榮舊友。天寶琵琶宮監在，訴江潭、憔悴人知否。今昔恨，一搔首。

康熙十年（西元 1671 年）間在京師首倡之作，藉以「淘洗前朝之恨」（〈珂雪詞〉附陳維崧評曹貞吉詠物詞語）。在所有「贈柳」詞中，寄慨最深遠，包蘊最豐富，「一時盛傳京邑」（〈珂雪詞〉附曹禾《詞話》）。又如〈蝶戀花〉：

五月黃雲全覆地。打麥場中，咿軋聲齊起。野老謳歌天籟耳。那能略辨宮商字。屋角槐陰耽美睡。夢到華胥，蝴蝶翩翩矣。客至夕陽留薄醉。冷淘飥餺窮家計。

詞有總序：「讀《六一集》十二月鼓子詞，嫌其過於富麗。吾輩為之，

前言

正不妨作酸餡語耳。閒中試筆,即以故鄉風物譜之。」這首詞寫農村麥收季節的情景,以及悠閒的村居生活。不雕琢,不學古,卻也正好和蘇、辛的同類詞風相近,所謂能與古人「離而得合」。

顧貞觀所作也有特點。如〈青玉案〉:

天然一幀荊關畫。誰打稿、斜陽下。歷歷水殘山剩也。亂鴉千點,落鴻孤咽,中有漁樵話。登臨我亦悲秋者。向蔓草平原淚盈把。自古有情終不化。青娥塚上,東風野火,燒出鴛鴦瓦。

寫秋士易感、黍離之悲的常見主題,疏朗厚實,寥廓凝重,別具面目。又如〈一叢花・並蒂蓮〉:

一篙輕碧眾香浮。月豔淡於秋。雙成本是無雙伴,漢臯佩、知倩誰收。浴罷孤鴛,背花飛去,花外卻回頭。合歡消息併蘭舟。生未識離愁。相憐相妒渾多事,料團扇、不耐颸颸。金粉飄殘,野塘清露,各自悔風流。

一反常態,指出並蒂蓮縱使各自得意,相憐相妒,最後都是一樣地凋殘敗落,自悔風流,寓託深長。又如〈南柯子・為某小侯題照〉:

選勝輕裝出,分行小對齊。珠鞭闌過鳳城西。一字沿流,同解錦鞾泥。玉爪看調鷳,花冠簇鬥雞。應弦斜拂柳圏底。薄醉歸來,纖手個人攜。

運用漫畫手法描摹,莊諧相濟,清新詭譎。又如〈南鄉子〉:

繡榻近來閒。似整如欹欲卸鬟。自把毛詩教小鳳,關關。鸚鵡偷傳喚阿蠻。湘管淚痕斑。擲罷金錢弄玉環。身似離爻中斷也,單單。欲展雙眉又拆難。

使用俗語、卦象等寫相思之情,極具特色。又如〈雙雙燕・本意用史

梅溪韻〉：

　　單衣小立，正秋雨槐花，鬢絲吹冷。鏡函如水，長憶畫眉人並。殘葉暗飄金井。問燕子、歸期未定。傷心社日辭巢，不是來年雙影。香徑。芹泥猶潤。只一縷紅絲，誤他嬌俊。幾多恩怨，絮徹杏梁煙暝。傳語別來安穩。待二十四番風信。那時重試清狂，肯放雕欄獨憑。

　　人燕合寫，以人為主，從獨自相思，寫到燕歸人滯，又復回憶舊日情事，懸想來春燕歸情境，句句詠燕，句句傳情，卻是舊調新唱，並且在篇章結構上挑戰南宋詠物高手史達祖。最為引人注目的，是康熙十五年（西元1676年）冬為安慰因科場案流放寧古塔的朋友吳兆騫而寫的〈金縷曲〉（季子平安否）、（我亦飄零久），以詞代書，雖非首創，但運用極其成功，語語發自真情，沁人心脾，堪稱「純以性情結撰而成」（陳廷焯《白雨齋詞話》卷三）的千秋絕調。

　　顧貞觀與陳維崧、朱彝尊有「詞家三絕」（張鶯〈今詞初集重刊本跋〉）之稱。他在作詞方面很有自信：「吾詞獨不落宋人圈襪，可信必傳。嘗見謝康樂春草池塘夢中句，曰：吾於詞曾至此境。」（諸洛〈彈指詞序〉）謝靈運〈登池上作〉有「池塘生春草，園柳變鳴禽」二名句，妙在清新自然，不著斧削（葉夢得《石林詩話》卷中）。可見，這也是顧貞觀的追求。所謂清新自然，即出於己意，「不著心源傍古人」（元稹〈酬李甫見贈十首〉之二）。他曾自述學詞歷程：「余受知香岩，而於詞尤服膺倦圃。容若嘗從容問余兩先生意指云何，余為述倦圃之言曰：『詞境易窮。學步古人，以數見不鮮為恨；變而謀新，又慮有傷大雅。子能免此二者，歐秦辛陸何多讓焉！』容若蓋自是益進。」（〈與栩園論詞書〉）

　　以古人為法，卻避免屢見不鮮；變而謀新，又堅持詞的本色，是顧貞觀所追求的，也是他對摯友納蘭性德的期盼。他們能夠合選《今詞初

集》，確有志同道合的成分在；顧綬珊跋〈彈指詞〉云顧貞觀編有「〈唐五代詞刪〉、〈宋詞刪〉」，顧貞觀還曾參與編選葉光耀所著《浮玉詞初集》，集中長調即由顧氏與王庭一同選定，並評論葉詞（胡可先《浮玉詞初集》與清初東南詞壇），又說明也與二人「自唐、五代以來諸名家詞皆有選本」（徐乾學〈通議大夫一等侍衛進士納蘭君墓誌銘〉）有關。

康熙十六年（西元 1677 年），《今詞初集》刊行，這是納蘭和顧貞觀以選本的形式對清朝開國三十年以來的詞壇發言，藉以建構「當代」詞史。《今詞初集》中滲透了兩人獨抒性靈的共同審美觀——如納蘭《淥水亭雜識》卷四有云：「詩乃心聲，性情中事也……昌黎逞才，子瞻逞學，便與性情隔絕。」顧貞觀〈彈指詞〉被杜詔推崇為「極情之至，出入南北兩宋，而奄有眾長」——因而，儘管顧貞觀對朱彝尊的詞學見解很不以為然，納蘭對《詞綜》也頗有微詞——據朱氏〈水村琴趣序〉記載：「予嘗持論小令當法汴京以前，慢詞則取諸南渡，錫山顧典籍不以為然也。」納蘭在〈與梁藥亭書〉中說，《詞綜》太「要求」，不免「黃茅白葦」之譏——他們還是選了不少朱彝尊的詞，其中的詠物詞，也正是一些雖然多用典，尚能展現出真性情的作品，如〈滿江紅・塞上詠葦〉（絕塞淒清）；陳維崧從京師開始專力為詞，對真性情的追求，與兩位編者並沒有什麼不同，但所作有過於粗豪、一覽無遺的瑕疵，所以在入選篇數上就有所控制。《今詞初集》還收入毛際可、閻爾次與「江南科場案」有關的作品，意在顯示，詞還有另外一種更加直接的心靈抒寫方式。

《今詞初集》的出現，意味著京城詞壇中心地位的進一步確認，後來《四庫全書》於清詞別集獨收曹貞吉〈珂雪詞〉，也可以看作作為一種整體的認可。

京師作為清初詞壇中心，對其他地區詞壇發揮過強勁的輻射作用，自龔鼎孳去世，才開始稍稍停歇。康熙十七年（西元 1678 年），浙派北

移，以京城一地為中心迅速形成以朱彝尊為核心的詞人群體,「京華三絕」等與之共同彰顯京都詞苑風采。可惜,這個被學者稱為詞壇「性靈派」的群體(其他學者的提法還有「飲水詞派」。至於曹貞吉是否不屬於此派,還可以再討論),沒過多久,便因納蘭的過早離世而「風流雲散」了,正如顧貞觀在〈與栩園論詞書〉中所云:「國初輦轂諸公,尊前酒邊,借長短句以吐其胸中。始而微有寄託,久則務為諧暢。香岩、倦圃,領袖一時。唯時戴笠故交,擔簦才子,並與遊之席,各傳酬和之篇。而吳越操觚家聞風競起,選者作者,妍媸雜陳。漁洋之數載廣陵,實為斯道總持,二三同學,功亦難泯。最後吾友容若,其門地才華,直越晏小山而上之。欲盡招海內詞人,畢出其奇,遠方駸駸,漸有應者。而天奪之年,未幾輒風流雲散。漁洋復位高望重,絕口不談。於是向之言詞者,悉去而言詩古文辭,回視《花間》、《草堂》,頓如雕蟲之見恥於壯夫矣。雖云盛極必衰,風會使然,然亦頗怪習俗移人,涼燠之態,浸淫而入於風雅,為可太息。」當然,綜合各種情況判斷,這一派即使能夠獨立生存下來,其最終的命運恐怕也不會比陽羨詞派好到哪裡去。

　　本書誕生於「納蘭瘋」中——嚴格說來,「納蘭瘋」似乎只能算是對納蘭詞的熱衷,想要全面完整地研討納蘭的文學乃至文學理論貢獻,除了納蘭的詞和詞論外,還需要涉及他的詩和詩論、賦和賦論等。在這方面,可以參考的主要是幾位學者的著作,如徐照華《納蘭性德與其詞作及文學理論之研究》、卓清芬《納蘭性德文學研究》、甘翹寧《納蘭性德及其飲水詞研究》等——幸運的是,或許能夠為之添磚加瓦;不幸的是,過去的眾多研究成果擺在那裡,想再弄出一點新意,談何容易。而且,根據傳播的一般規律,一千個讀者就有一千個哈姆雷特(Hamlet),每一種做法,在不同的讀者那裡,並不總是那麼容易獲得認同。我們的做法是,以注釋和評析結合的傳統方式,透過力爭所選的160首作品,協助讀

者處理閱讀納蘭詞中三個方面的問題，即好不好、為什麼好和好在哪裡的問題。選目與正文補敘結合，力求囊括名篇，排序大致上依據《飲水詞箋校》，只是為了敘述方便，將〈夢江南〉（昏鴉盡）前提至開篇第一首。注釋不厭其煩，主要參考趙、馮箋校本、張草紉先生的《納蘭詞箋註》和張秉戌先生的《納蘭詞箋註》，擇善而從，首先解決好「我為納蘭寫注腳」的問題。這裡面，有一些問題應該是筆者首次說明，如據康熙十九年（西元1680年）五月無三十日，定〈金縷曲・亡婦忌日有感〉（此恨何時已）作期為五月二十九日（6月25日）；陳淏《精選國朝詩餘》所錄〈減字木蘭花〉（相逢不語），並非納蘭詞的「初稿面貌」；〈水調歌頭・題岳陽樓圖〉（落日與湖水）納蘭手書扇面尾署中提到的「孟公」，可考為安璿；等等。評析則注重發掘藝術特色，尤其強調貫注史識，適度發揮，透過局部的但也是盡可能充分的縱橫比較，力求從整體上掌握納蘭的詞史貢獻，進而判斷其詞史地位，算是拋磚引玉。

　　值得補充的是，納蘭詞何以未能入選《四庫全書》？四庫館臣是透過總纂詞類典籍與撰寫書目提要來表達詞史觀念，例如《四庫全書》未收入朱彝尊的詞別集，倘從其個人別集中已部分收錄詞集，因而無須再行單列來理解，只是說明了問題的一個方面。據《曝書亭集》提要所云，可能剛好是因為〈靜志居琴趣〉中「宴嬉逸樂」的歡愉之辭，加上撲朔迷離的「風懷」傳聞，四庫館臣對朱氏及其詞的看法才發生了微妙的變化。陳維崧的詞別集未入四庫（僅於《十五家詞》中收其《烏絲詞》四卷），並且四庫館臣的這種選擇，在一定程度上成為陽羨詞派進一步沒落的推手，大概也是傳統價值觀與正統詞學觀共同發揮作用的結果。《四庫全書》收入〈珂雪詞〉，究其原因，除了陳廷焯所說的「取徑較正」（《白雨齋詞話》卷三）之外，文廷式《雲起軒詞鈔》將曹貞吉列為不受朱彝尊「籠絆」而「斐然有作者之意」的極少數詞人之一，也能說明這一問題。當然，對於

四庫館臣的去取意圖，還要做更為深入的研究。即如納蘭詞，卻也未能收入其中，至少從一個方面顯示，乾隆年間以四庫館臣為代表的一些人對納蘭其人其詞的看法，與之前和之後的很多人還是有很大的不同。個中緣由，比較樂觀地看，也許是由於同為「京華三絕」之一的曹貞吉已被收錄，才會有所選擇的吧。考四庫僅收錄納蘭《合訂刪補大易集義粹言》八十卷，認為該編「理數兼陳，不主一說，宋儒微義，實已略備於斯」，而將《通志堂集》納入「別集類存目」，說明納蘭的文學創作，不僅僅是詞，都有不符合四庫館臣要求的地方。張之洞撰、范希曾補正《書目答問補正》所列清初詞壇「五虎上將」依次為曹貞吉、陳維崧、朱彝尊、顧貞觀、納蘭性德，應該是受到了《四庫全書總目》的影響。

據《清詞別集知見目錄彙編》統計，納蘭詞在不同時期的版本共有38種，其中，乾隆年間未見納蘭詞別集刊行，嘉慶年間只有袁枚之子袁通選刻的《飲水詞鈔》二卷本，從側面顯示，乾嘉時代是納蘭詞傳播史上的谷底。當然，所謂谷底只是意味著時人對納蘭詞少聞少問，詞創作中表現出來的情況就是這樣。如姚尚桂《種月詞》中尚有《水龍吟·題納蘭侍衛〈飲水詞〉後》：「翩翩絕世風流，群瞻長白高門第。君才俊甚，豪華淨掃，塵凡斂避。紫禁朝回，黃門直罷，董帷深閉。把金荃蘭畹，重修恨譜，秦柳後，斯人耳。饒爾詞源無底。怕難消、胸中意氣。情絲萬軸，心花一片，春蠶欲死。銀燭燒殘，紅牙拍遍，曷勝清淚。奈梅花早發，一枝無力，趁東風墜。」吳騫《萬花漁唱》中也有《貂裘換酒·和秦少寇，用〈側帽〉集中韻》：「霜冷蛩初咽。正衡門、風淒木落，寂寥生業。賸得南來雙鴻足，傳與新詞秀傑。知稟志、百回難折。檢點朝衫何時掛，剩簏中、數點勤民血。焚諫草，避人徹。冰壺肯羨熏天熱。計他年、歸來履道，春生桃葉。還憶西湖從遊侶，零落秋叢蛺蝶。又何況、滄江逋客。脈脈離懷憑誰恤，把停雲、訴與空梁月。更欲斷，風迴雪。」還有一

前言

些詞作間接關涉納蘭，如熊寶泰《藕頤類稿》金縷曲・題吳漢槎〈秋笳集〉後（絕塞愁無奈）自注有云：「顧梁汾寄〈金縷曲〉二闋憶之，示成容若，音節悽惋，成為感動。」吳錫麒《有正味齋詞續集》中〈琵琶仙・送金手山從漕帥許秋崖先生北上兼懷東甫〉（回首東華）上片結三句云：「飲水詞傳，夢迴鼓角，愁遠沙磧。」

　　納蘭的光芒經由康熙時期的燦爛輝煌急遽黯淡下來，顯然是與浙派詞學觀念在當時詞壇的定於一尊分不開的，而當師法南宋成為詞壇主流趨勢，當然會造成唐五代北宋派別詞人的「失語」。不過，隨著詩壇「性靈派」的崛起與滲透等，嘉慶詞人的詞學傾向開始漸漸發生變化，論詞力主自然純真，所復之古有顛倒浙派之意，唐五代北宋詞因而得到重新評價，以唐五代北宋詞為創作旨歸的納蘭詞的復出就是一個重要指標。於是，自道光十二年（西元 1832 年）汪元治刊行納蘭詞以後，各種版本層出不窮，其中，嘉慶二十四年（西元 1819 年）汪世泰輯《八家詞鈔》就已收入的袁通選刻本也被不斷重刊，納蘭詞的傳播史過程重新進入「高峰狀態」。如果考慮到這一整體過程中的兩個關鍵時間點，其一為嘉慶二年（西元 1797 年），前引楊芳燦作序的袁通刻本《飲水詞鈔》刊行，正是張惠言編定《詞選》並將溫庭筠推向詞史「最高」（〈詞選序〉）位置之時；另為道光十二年（西元 1832 年），納蘭詞「復顯於是」（趙函序汪刻本《納蘭詞》引彭桐橋語），也正是常州詞派已經取代浙派詞壇主流地位之時——代表性的詞史事件是，道光十年（西元 1830 年），張琦重刊《詞選》；道光十二年（西元 1832 年）前後，周濟的《詞辨》、《宋四家詞選》刊刻——我們就能發現，納蘭詞之所以風靡後世，實際上主要是詞壇風會發生作用的結果。其中，不容忽視嘉慶年間詞壇非主流詞人的努力倡導。及至當下，納蘭詞的大流行，從理論上來看，也還是因為統制詞界詞學觀念的仍然是常州派的核心觀念。

納蘭的經歷也是促成「納蘭瘋」的一個要素。不過，就清詞而言，如果從闡釋學的角度來看，後來的讀者所接受的往往是之前的學者重新構築的詞學視角，換句話說，清詞的經典化主要是由讀者中的部分評論者建構的。基於種種非文學因素累積而形成的讀者尊崇，與相關作家文學史真實地位的判斷之間，往往也存在隔閡。在很大意義上，文學評論史其實也是一部「層層累積」的歷史。這是由於作為文學評論史研究的骨幹，也是文學評論的對象——對作家與作品的評價，自後而前，總是免不了出現不同資訊的層層附著、累積，形成表面與真實之間的種種隔閡。從這個角度來看，通常所說的經典化過程，其實也包括了消除或者破壞類似的隔閡的環節，只是最終的結果往往使得研究者忽視了對這一環節的考察。不僅如此，如果著眼在更廣大的範圍，檢討和反思類似的文學評論史現象，還可以為審視與探究文學評論發展史提供有益的角度。這樣一來，一種單一個案性質的詞史與詞學評論史現象，如「納蘭瘋」，也就相應地具備了某種認知意義上的普遍性。

　　限於水準，書中或多或少一定存在著不足之處，衷心希望讀者批評指教。必須說明的是，這本書在編寫過程中，對一些學者的相關論述多有參考，除上文已經指出的以外，主要還有幾位文史學者的相關著作。這些都盡可能在正文中以隨文作注的方式加以說明，另於書末依照文中出現的先後順序列舉主要參考引用文獻，提供讀者方便。

謝永芳

前言

夢江南

　　昏鴉盡，小立恨因誰。急雪乍翻香閣絮①，輕風吹到膽瓶②梅。心字③已成灰。

[注釋]

　　①「急雪」句：《世說新語·言語》：「謝太傅寒雪日內集，與兒女講論文義。俄而雪驟，公欣然曰：『白雪紛紛何所似？』兄子胡兒曰：『撒鹽空中差可擬。』兄女曰：『未若柳絮因風起。』公大笑樂。」②膽瓶：形如懸膽，長頸大腹之花瓶。楊無咎〈點絳唇〉：「小閣清幽，膽瓶高插梅千朵。」③心字：心形薰香。楊慎《詞品》卷二：「范石湖《驂鸞錄》云：『番禺人作心字香，用素馨、茉莉半開者，著淨器中。以沉香薄劈，層層相間，密封之。日一易，不待花蔫。花過香成。』所謂心字香者，以香末縈篆成心字也。心字羅衣，則謂心字香薰之爾。或謂女人衣曲領如心字，又與此別。」黃機〈沁園春〉：「玉漏聲沉，銀潢影瀉，酒猶燒心字香。」

[評析]

　　這首小令在納蘭詞中很有代表性，因為它通篇只有一個「情」字，又非一個情字了得。

　　納蘭去世十餘年後，曹寅寫過一首〈題楝亭夜話圖〉，其中有兩句是這樣說的：「家家爭唱飲水詞，那蘭小字幾曾知。」(《楝亭集·楝亭詩鈔》卷二) 今存圖畫墨跡「小字」作「心事」。「家家爭唱」，顯示了納蘭詞在當時受歡迎的程度；「幾曾知」，又說明並不是每一個喜歡他的人都真正了解他。其實，只要通讀納蘭近 350 首詞，就會發現，「愁」、「淚」、「恨」等字眼出現的頻率很高，這可以比較直觀地幫助我們了解納蘭「心事」。

夢江南

　　反過來，如果了解了納蘭「心事」，對納蘭詞的理解，想必也會更加深刻。就像這首〈夢江南〉，冬日黃昏，鴉群飛盡，雪花飄灑，小風輕拂，是什麼人，站在那裡，痴痴地望？其中，「急雪乍翻」與「輕風」徐來，寫來如見內心的情感起伏。全首藉助日常閨怨題材，抒發一種憂鬱怨悵的情懷。而使得詞中抒情主角如此惆悵迷惘的，當然又不必只限於閨情。它可以是「男子而作閨音」，也可以是藉閨音而抒一己愴然涕下之情。因為，生活中的納蘭本就多情如斯。至於語帶雙關因而耐人尋味的「心字」、「成灰」，對於這位英年早逝的才子而言，理解為更大範圍的心灰意冷，也未嘗不可。就此而言，納蘭詞的婉雅淒美，黯然魂銷，也就在卓越的特殊性中，展現出了某種普遍意味與超越。

　　類似的情愫，幽微深隱，搖曳多姿，在其他文學體裁中，也許很難得到如此完美的表現，但卻能夠藉助詞這種文學樣式，很好地表達出來，並留給讀者發揮想像的空間。這是由詞的文體特質所決定的。「能言詩之所不能言，而不能盡言詩之所能言」（王國維《人間詞話》）的詞，它的文體特徵何在？王國維說是「要眇宜修」，跟繆鉞先生後來概括的幾個重點可以互通，即「文小」、「質輕」、「徑狹」、「境隱」（《詩詞散論·論詞》）。這些特徵，主要是比較詞跟詩，同時又把它當作廣義的抒情詩來看待的結果。納蘭詞的非凡與美麗，一定程度上是由於能夠極大地煥發詞體的美感特質。

夢江南

　　江南好，城闕尚嵯峨[①]。故物陵前唯石馬[②]，遺蹤陌上有銅駝[③]。玉樹[④]夜深歌。

[注釋]

①嵯（ㄘㄨㄛˊ）峨：高峻狀。沈約〈昭君解〉：「銜涕試南望，關山鬱嵯峨。」李商隱〈咸陽〉：「咸陽宮闕鬱嵯峨，六國樓臺豔綺羅。」②陵前唯石馬：陵，南京明太祖孝陵。杜甫〈玉華宮〉：「當時侍金輿，故物獨石馬。」韋莊〈聞再幸梁汴〉：「興慶玉龍寒自躍，昭陵石馬夜空嘶。」③銅駝：《晉書・索靖傳》：「靖有先識遠量，知天下將亂，指洛陽宮門銅駝，嘆曰：會見汝在荊棘中耳。」④玉樹：曲名。《隋書・樂志》：「陳後主於清樂中造〈黃鸝留〉及〈玉樹後庭花〉、〈金釵兩鬢垂〉等曲，與倖臣等製其歌詞，綺豔相高，極於輕蕩，男女唱和，其音甚哀。」杜牧〈泊秦淮〉：「商女不知亡國恨，隔江猶唱後庭花。」

[評析]

這是一首江南聞見之作。康熙二十三年（西元 1684 年）九至十一月，清聖祖愛新覺羅・玄燁首次南巡，納蘭隨扈，寫下了十首〈夢江南〉。前三首寫南京，第四首寫蘇州，第五、六兩首寫無錫，第七首寫揚州，第八、九兩首寫鎮江，最後一首可以看成是概括介紹江南之異於京華的好。整組詞作大致分合有致。本書順序選錄其第二、四、五等三首作品。

這組聯章之作，跟前言所引曹貞吉詞總序中交代的一樣，顯然是仿效歐陽脩吟詠潁州西湖〈採桑子〉的寫法，只是目的和結果未必相同。歐詞主動向民歌學習，借鑑和吸取民間說唱文藝形式中的「定格聯章」之法，是其通俗化嘗試中的創變之舉；也未必不是漸漸感覺令詞篇幅過隘，不足以發抒，而採取的變通之法。此後，元代的歐陽玄和明代的楊慎都有過成功的模擬之作。尤其是楊慎的〈漁家傲・滇南月節〉，分別抓住雲南十二個月的節氣、景物以及民俗風情來寫，無異於描摹一幅幅生動活潑的風俗畫，表達出對第二故鄉雲南的眷戀。納蘭的模仿，卻並不只是

夢江南

表現在形式上以相同的首句發端而已。即如這首〈夢江南〉，在一如既往的雋秀超逸中，也有別樣的風采，即能將自己禁不住激起的興亡之感傳達給讀者，發人深省。

清詞復興，首在清初，其中的一大發展或表現，即是長調之聯章或疊韻，但納蘭並未追隨這一潮流。這跟他「好觀北宋之作，不喜南渡諸家」（徐乾學〈通議大夫一等侍衛進士納蘭君墓誌銘〉）的詞學風格大有關係。當然，據納蘭〈與梁藥亭書〉，成、梁二人於康熙二十三年（西元1684年）醞釀輯編詞選時，將辛棄疾、姜夔、史達祖、吳文英、王沂孫、張炎等作為「專取精詣」的對象。如果選目是集中在這些南宋詞人的長調作品上，似乎又顯示納蘭的詞學視野並不狹窄。不過，文獻資料往往具有多方面的價值，關鍵要看作者用什麼樣的理論來統合這些資料。比如，戈載《宋七家詞選》和周濟《宋四家詞選》雖然同樣選擇了王沂孫的詠物詞，甚至連篇目也相同，但走出的卻是不同的道路，前者從詠物和騷雅的角度入手，是浙派的觀點；後者從比興寄託的角度出發，是常派的看法。

一名文史學家表示，每一個人都是歷史的存在，納蘭和他的詞的獨特魅力之一，也在於此。

夢江南

江南好，虎阜[①]晚秋天。山水總歸詩格秀，笙簫恰稱語音圓。誰在木蘭船[②]。

[注釋]

①虎阜：虎丘，在蘇州西北閶門外，以形如蹲虎得名。②木蘭船：柳宗元〈酬曹侍御〉：「破額山前碧玉流，騷人遙駐木蘭舟。」潘閬〈酒泉子〉：「長憶西湖，湖上春來無限景。吳姬個個是神仙。競泛木蘭船。」

[評析]

南宋詞人羅椅曾經寫過一首〈清平樂〉：「明虹收雨。兩槳能吳語。人在江南荷葉浦。採得花無數。夢中舞燕棲鶯。起來煙渚風灣。一點愁眉天末，憑誰劃卻春山。」況周頤對羅氏此篇評價不低，解讀也很準確：「羅子遠〈清平樂〉『兩槳能吳語』五字甚新。楊柳渡頭，荷花盪口，暖風十里，剪水咿啞，聲愈柔而景愈深。嘗讀飲水詞〈望江南〉云云。『笙簫』句與此『兩槳』句，同一妙於領會。」(《蕙風詞話》卷二) 既然是「同一妙於領會」，也就說明，納蘭的詞也可作類似理解，所謂美妙歌吹共柔潤吳語一色，秀麗山水助澎湃詩情騰飛。

據《清聖祖實錄》記載，康熙二十三年（西元 1684 年）十月二十七日，愛新覺羅‧玄燁遊虎丘，曾經對侍臣們說：「向聞吳閶繁盛，今觀其風土，大略尚虛華，安佚樂，逐末者眾，力田者寡。遂致家鮮蓋藏，人情澆薄。為政者，當使之去奢反樸，事事務本，庶幾家給人足，可挽頹風。漸摩既久，自有熙皞氣象。」政教意味非常濃厚，又頗有自我標榜之嫌，當然也是「為政者」的題中應有之義。不過，在納蘭眼中，吳地的風土民情是那樣令人陶醉，以致於忍不住時時用手中如椽的彩筆將其描繪一番。於是，我們就看到，正像這首〈夢江南〉所寫的，納蘭將眼中、心中碰觸到的一些東西提煉、淨化及至審美外化，成為一種盎然、鮮明的美學情懷的詩性展現。納蘭終歸是一個詩人，而極為令人傾倒的，也剛好是他這種似乎與生俱來的浪漫氣質。

夢江南

　　江南好，真個到梁溪①。一幅雲林高士畫，數行泉石故人題②。還似夢遊非。

[注釋]

　　①梁溪：水名，在無錫西門外，代稱無錫。②「一幅」二句：倪瓚，號雲林居士，元末畫家，無錫人。所繪山水，幽遠簡淡。性高潔，人稱高士。嚴繩孫（西元1623～1702年），字蓀友，號藕蕩漁人。康熙十二年（西元1673年）結識納蘭，十四年（西元1675年），曾客居其家。康熙十八年（西元1679年）薦舉鴻博。著有《秋水集》。兼工書畫，「梁溪之人爭以倪雲林目之」（法式善《槐廳載筆》卷十四引〈高澹人文稿〉）。

[評析]

　　大自然對詩人的餽贈是慷慨的，對此，劉勰有過這樣的表述：「然屈平所以能洞監風騷之情者，抑亦江山之助乎？」（《文心雕龍‧物色》）主要是說大自然能激發詩情，陶冶人格。這跟社會閱歷影響詩歌創作的所謂「窮而後工」說，既相關，又有區別。這首〈夢江南〉，傳達給讀者的不僅是美不勝收的梁溪山水圖景，更有一種如夢似幻的感覺，夾雜著一見之下即襲上心頭的濃重驚喜之情，所以感染力非常強，使人如身臨其境。對於納蘭而言，成功製造這種審美效果，也是生動詮釋了「江山之助」。

　　詞中間接提到的「故人」嚴繩孫，如果將考察範圍擴展到他所隸屬的梁溪一地詞人團體，也還會有其他的收穫。嚴繩孫、秦松齡以及後面將要介紹的顧貞觀，他們的創作，代表了康熙年間梁溪詞人群體的成就。衍至乾、嘉時期，無錫顧、楊兩姓詞人輩出。其中，顧翰與中表楊夔生

在清代山水詞的創作上都有新的拓展，堪稱雙璧。山水詞的創作，之所以出現如此顯著的跨越，與無錫一地濃郁的人文氛圍以及各自的家學淵源，都是息息相關。而像嚴繩孫這樣的鄉先輩兼擅詩詞書畫，時不時地打通多種文藝創作形式，不可低估其示範效應。至於納蘭，在與嚴繩孫等人交遊的過程中，在一些方面相互發生影響，也是很正常的事情。

一直以來，納蘭都被認為是清代旗人詞人中的翹楚，有「男中成容若，女中太清春」（況周頤《蕙風詞話》續編卷二引）之謂；也是清代詞史上的佼佼者，被認為可與蔣春霖、項鴻祚「二百年中，分鼎三足」（譚獻《篋中詞》今集卷五。《清史稿》卷四八四〈文苑一〉附項鴻祚、蔣春霖傳於納蘭性德傳後，當係受此論影響）；還是通代詞史上的奇蹟，所謂「重光後身」（譚獻《篋中詞》今集卷一引周之琦語。其實，譚獻自己認為，「重光後身唯臥子（即陳子龍）足以當之」，語載《復堂日記》卷二）。柳亞子也將納蘭視為可與蘇、辛並舉以代表「千古詞人」的詞人：「算黃州太守，猶輸氣概，稼軒居士，只解牢騷。更笑胡兒，納蘭容若，豔想穠情著意雕。」（〈沁園春・次韻和毛潤之初到陝北看大雪之作，不能盡如原意也〉）納蘭何以能在漢族文人於創、評兩端均占據統治地位的領域取得如此之高的成就，並獲得如此一致的認同？恐怕不全是王國維《人間詞話》中所說的「初入中原，未染漢人風氣」，而恰恰是因為入主中原後，接受漢文化的薰陶，深深地浸染了「漢人風氣」之故。

夢江南

　　新來好，唱得虎頭①詞。一片冷香唯有夢，十分清瘦更無詩②。標格早梅知③。

夢江南

[注釋]

①虎頭：晉代畫家顧愷之，無錫人，小字虎頭。借指友人顧貞觀。貞觀（西元 1637～1714 年），初名華文，字華封，一作華峰，號梁汾。顧憲成曾孫。康熙初入京，受知於魏裔介，擢祕書院典籍。十年（西元 1671 年），落職歸里。十五年（西元 1676 年）復入京，館於納蘭明珠家。晚歲還里，構積書巖，坐擁萬卷，吟詠不輟。著有《塘集》、《積書巖集》、《彈指詞》，編有《宋詩刪》等。②「一片」二句：顧貞觀〈浣溪沙·梅〉：「物外幽情世外姿。凍雲深護最高枝。小樓風月獨醒時。一片冷香唯有夢，十分清瘦更無詩。待他移影說相思。」③「標格」句：陳善《捫蝨新話》下集卷一：「詩有格有韻……格高似梅花，韻勝似海棠花。」王彥泓〈題徐雲閒故姬遺照〉：「未許丹青涴玉顏，天然標格小梅邊。」

[評析]

這首〈夢江南〉可以看作是一首論詞。況周頤就說：「容若〈夢江南〉云云，即以梁汾詠梅句喻梁汾詞。賞會若斯，豈易得之並世。」（《蕙風詞話》續編卷一）以其人詞句還喻其詞，做得最稱人意的，似乎是《人間詞話》中以「畫屏金鷓鴣」（〈更漏子〉）、「弦上黃鶯語」（〈菩薩蠻〉）、「和淚試嚴妝」（〈菩薩蠻〉）、「映夢窗，零亂碧」（〈秋思〉）、「玉老田荒」（〈祝英台近〉）分別形容溫庭筠、韋莊、馮延巳、吳文英、張炎的詞。如果沒有超強的審美嗅覺和綜合判斷力，這些結論是很難得到認可的。

納蘭與顧貞觀最為相知，在並世詞人中最有條件論定其詞。他們合選過《今詞初集》，以獨特的審美眼光建構當代詞史，其中便滲透了兩人獨抒性靈的共同追求。比如，儘管顧貞觀對朱彝尊的詞學見解很不以為然，納蘭對《詞綜》也頗有微詞，他們還是選了不少朱彝尊的詞，其中的詠物詞，也正是一些雖然多用典，尚能展現出真性情的作品，如〈滿江

紅〉(絕塞淒清)；陳維崧從京師開始專力為詞，對真性情的追求，與兩位編者並沒有什麼不同，但所作有過於粗豪、一覽無遺的瑕疵，所以在入選篇數上就有所控制。

《今詞初集》還收入毛際可、閻瑒次與「江南科場案」有關的作品，即毛氏〈金縷曲〉(唯我與君耳)與閻氏〈金縷曲〉(且住為佳耳)，意在顯示，詞的寫作，還有另外一種「更加直接的心靈方式」(張宏生《清詞探微》)。

《今詞初集》的出現，意味進一步確認京城詞壇中心的地位，後來《四庫全書》於清初詞人獨收曹貞吉，也可以看作是一種認可。(按：文學博士在一論文中提出，從一定意義上講，「〈珂雪詞〉的幸運卻是中國文學的不幸」。未免有些言重了。事實上，四庫登〈珂雪詞〉並未顛覆人們對清初詞壇的基本認知。)號稱「京華三絕」的這三位詞人，在浙西詞派尚未籠及全域性的時段內，以自抒情懷、不拘一格的面貌，聯袂構築起一道亮麗的詞壇景觀，是京華詞苑中心地位得以確立的柱石之一。其中，顧貞觀曾自言「吾詞獨不落宋人圈襛」(諸洛〈彈指詞序〉)，所作也名副其實。如〈青玉案〉(天然一幀荊關畫)，寫秋士易感、黍離之悲的常見主題，疏朗厚實，寥廓凝重，別具面目。〈一叢花〉(一篙輕碧眾香浮)，一反常態，指出並蒂蓮縱使各自得意，相憐相妒，最後都是一樣地凋殘敗落，自悔風流，寓託深長。〈南柯子〉(選勝輕裝出)，運用漫畫手法描摹，莊諧相濟，清新詭譎。〈南鄉子〉(繡榻近來閒)，使用俗語、卦象等寫相思之情，極見特色。(詳參張秉戍先生《彈指詞箋註》)〈雙雙燕〉(單衣小立)，人燕合寫，以人為主，從獨自相思，寫到燕歸人滯，又復回憶舊日情事，懸想來春燕歸情境，句句詠燕，句句傳情，卻是舊調新唱，並且在篇章結構上挑戰南宋詠物高手史達祖。最為引人注目的，是康熙十五年(西元1676年)冬為安慰因科場案流放寧古塔的朋友吳兆騫而寫的〈金縷曲〉(季子平安否)、(我亦飄零久)，以詞代書，雖非首創，但運用極其

成功，語語發自真情，沁人心脾，堪稱「純以性情結撰而成」（陳廷焯《白雨齋詞話》卷三）的千秋絕調。對這些，納蘭當然是了然於心的，所以，他選用了歷來在文人心目中占有無尚崇高地位的梅意象，來評論摯友和他的詞，兼以夫子自道。所謂「夫子自道」，從納蘭另一首〈眼兒媚・詠梅〉（莫把瓊花比淡妝）中「別樣清幽，自然標格，莫近東牆」等句亦可見出。文史學家即云，此數句「皆一面寫花，一面自道也」（《詞學論叢・納蘭容若評傳》）。

藉助創作中所展現的傾向來發表見解，一向是中國傳統的文學評論的基本形式之一，只是沒有引起文學評論者應有的重視。在論詞出現之前，這種現象在文學的多個領域就已經大量存在。其中，陶淵明的詩之所以在宋代開始成為經典，主要的緣由和表現是出現了團體性的模仿創作，蘇軾遍和陶詩，又在宋代詩壇形成普遍性的和陶風氣中達到了決定性的作用。北宋中期伊始，以歐陽脩為首的宋代散文六大家以示範性作品推動創作風氣，正是因為如此，韓柳散文的星星之火終成燎原之勢，獲得了遠較中晚唐時期為顯著的社會影響。蘇軾與周邦彥的詞，在詞學評論不盛行的情況下能夠產生重大影響，也是因為分別有黃庭堅、晁補之、辛棄疾、元好問和姜夔、方千里、楊澤民、陳允平、吳文英等人的學習性創作和創造性繼承。這些不僅讓人了解到陶詩、韓柳散文、蘇詞和周詞的魅力，也在創作與評論的良性互動中，推動了相關的研究過程。就清詞而言，從闡釋學的角度講，後來的讀者所接受的往往是之前的學者所構築的清詞視角，換句話說，清詞的經典化主要是由讀者中的部分評論者建構的。當然，其中不可忽略的是，很多人（包括評論者如納蘭等在內）也以詞體創作的方式參與了這一漫長、複雜的過程（包括《彈指詞》的經典化過程在內），從而豐富了詞學理論評論的媒介形式，也豐富了文學的經典化所具有的美學途徑和形式。

江城子

　　溼雲全壓數峰低①。影淒迷。望中疑。非霧非煙②，神女欲來時。若問生涯原是夢③，除夢裡，沒人知。

[注釋]

　　①「溼雲」句：李賀〈巫山高〉：「古祠近月蟾桂寒，椒花墜紅溼雲間。」范成大〈巫山高〉：「溼雲不收煙雨霏，峽船作灘梢廟磯。」陸游《入蜀記》：「巫山峰巒上入霄漢，然十二峰不可悉見。所見八九峰，唯神女峰最為纖麗奇峭，宜為仙真所託。」②非霧非煙：《史記‧天官書》：「若煙非煙，若雲非雲，郁郁紛紛，蕭索輪囷，是謂卿云。」唐彥謙〈賀李昌時禁苑新命〉：「萬戶千門迷步武，非煙非霧隔儀形。」③「若問」句：宋玉〈高唐賦〉：「昔者楚襄王與宋玉遊於雲夢之臺，望高唐之觀，其上獨有雲氣，崪兮直上，忽兮改容，須臾之間，變化無窮。王問玉：『此何氣也？』玉對曰：『所謂朝雲者也。』王曰：『何謂朝雲？』玉曰：『昔者先王嘗遊高唐，怠而晝寢，夢見一婦人，曰：妾巫山之女也，為高唐之客。聞君遊高唐，願薦枕蓆。王因幸之。去而辭曰：妾在巫山之陽，高丘之阻。旦為朝雲，暮為行雨。朝朝暮暮，陽臺之下。』」宋玉〈神女賦〉：「楚襄王與宋玉遊於雲夢之浦，使玉賦高唐之事。其夜，王寢，果夢與神女遇，其狀甚麗。」李商隱〈無題二首〉之二：「神女生涯原是夢，小姑居處本無郎。」

[評析]

　　據成書於康熙五十四年（西元1715年）的《欽定詞譜》，〈江城子〉「唐詞單調，以韋莊詞為主，餘俱照韋詞添字。至宋人始作雙調」。具體而言，韋詞三十五字，七句，五平韻；歐陽炯三十六字，七句，五平韻，「開宋

江城子

詞襯字之法」；牛嶠三十七字，七句，五平韻，「開宋詞添字之法」；尹鶚三十六字，八句，五平韻，「開宋詞減字攤破之法」。比《欽定詞譜》早成書二十八年的《詞律》，分別錄取牛嶠三十五字形、張泌三十六字形、歐陽炯三十七字形，其實與《欽定詞譜》並無不同，或者應該說，《欽定詞譜》比較完整地繼承了《詞律》的編纂方式，杜文瀾就在《校記》中說：「萬氏雖未列原詞，核所注可仄可平，即校端己詞也。」當然，萬樹也特別強調，唐調〈江城子〉第四、五兩句「本九字句，故語氣或於四字斷，或於六字斷，不拘。而宋詞，俱依後所載謝無逸體矣。作雙調者勿誤」，以引起作詞者的重視。納蘭沒有選擇宋人常用的雙調〈江城子〉，從一個方面說明他的確是對唐五代詞情有獨鍾。從當時的情況看，納蘭這樣做，或者是藉助明人詞譜如《詩餘圖譜》、《嘯餘譜》等，或者就是直接從閱讀唐五代名家詞集而來。

這首詞，原刻本有詞題「詠史」。但是讀過之後，感覺詞本文與詞題之間似乎是風馬牛不相及，至少跟納蘭另外一首直接標明「詠史」的〈于中好〉有所不同：

馬上吟成鴨綠江。天將間氣付閨房。生憎久閉金鋪暗，花笑三韓玉一床。添哽咽，足淒涼。誰教生得滿身香。至今青海年年月，猶為蕭家照斷腸。

〈江城子〉末尾雖然有世間一切美好轉瞬即逝的深沉慨嘆，但全篇並沒有按照詠史詩詞的慣常方式，從具體的歷史人物或事件切入，因而與一般的即景詠懷之作，在格局和命意上並沒有根本的區別。稍有不同的只在於，通篇瀰漫著一種納蘭詞獨有的悲感，又由於藉助了神女陽臺的典故，使得夢幻般的外物與悸動的心靈感應之間對流交融，因而詞境更為迷離惝恍。可以進行多重解讀，諸如襄王有意、神女無情的無奈之感之類，但作品本身的厚度似嫌不夠，也是一種遺憾。

如夢令

　　正是轆轤金井①。滿砌落花紅冷。驀地一相逢,心事眼波難定②。誰省。誰省。從此簟紋燈影③。

[注釋]

　　①轆轤金井:轆轤汲水搖動有聲,常用為清晨意象。李煜〈採桑子〉:「轆轤金井梧桐晚,幾樹驚秋。」周邦彥〈蝶戀花〉:「更漏將闌,轆轤牽金井。」②「心事」句:韓偓〈偶見背面是夕兼夢〉:「眼波向我無端豔,心火因君特地然。」王彥泓〈戲和子荊春閨〉:「懶得閒行懶得眠,眼波心事暗相牽。」③簟(ㄉ一ㄢˋ)紋燈影:曲寫幽獨難眠之狀。簟,竹蓆。蘇軾〈南堂〉五首之五:「掃地焚香閉閣眠,簟紋如水帳如煙。」杜甫〈大雲寺贊公房〉四首之三:「燈影照無睡,心清聞妙香。」

[評析]

　　納蘭另外還有兩首〈如夢令〉,其一:

　　黃葉青苔歸路。屧粉衣香何處。消息竟沉沉,今夜相思幾許。秋雨。秋雨。一半因風吹去。

　　後三句化用朱彝尊〈轉應曲·安丘客舍對雨〉:「秋雨。秋雨。一半回風吹去。晚涼依舊庭隅。此夜愁人睡無。無睡。無睡。紅燭也飄秋淚。」其二:

　　纖月黃昏庭院。語密翻教醉淺。知否那人心,舊恨新歡相半。誰見。誰見。珊枕淚痕紅泫。

　　作品年代不應晚於康熙十六年(西元1677年),以見載初刻於本年的

如夢令

《今詞初集》之故。三首詞詞意相似，內容相關，都寫相思愛戀之苦，追憶懷想之痛，還有可能是作於同時，應該合起來讀。

依據納蘭詞中使用朱彝尊成句等情況綜合考察，這三首詞確實可能與朱氏有關。不過，以納蘭的情感經歷，及其一貫的作風，即便果真與朱彝尊有所關聯〔也許是朱氏與其妻妹馮壽常（字靜志）之間撲朔迷離的「風懷」傳聞。按：類似的著名揣測對象還有龔自珍（與顧春）。謝桃坊先生《詞學辨·清代詞學復興述評》甚至認為，龔氏「純寫豔情，情意極為纏綿」的一卷〈無著詞〉「肯定與其香豔軼事『丁香花公案』有關」。此疑案雖事出有因，尤其是經過曾樸的《孽海花》推波助瀾，一時影響甚大，但查無實據，孟森先生《丁香花》一書早已力辨其非〕，更為可能的還是，借他人之酒杯，澆一己胸中塊壘。從詞作本身來看，同為一段美好回憶，不惑之年的朱彝尊表現出的是清雅幽婉，情辭相稱，沉靜空靈，雖然他直到晚年仍不免為此「繞幾迴旋，終夜不寐」（丁紹儀《聽秋聲館詞話》卷二引翁方綱語）；弱冠之年的納蘭一樣內心糾結，念念難忘，詞表淒麗婉媚，但直探心靈深處，不稍假借於物象。就此而言，深入探究浙派領袖朱彝尊的某些作品，在異量之美的相容與賞識中，也可以找到打開納蘭詞迷人之門的一把金鑰匙。

如果再往前追溯，能夠與納蘭詞對讀的作品還有晁衝之的〈如夢令〉：「牆外轆轤金井。驚夢嘈騰初省。深院閉斜陽，燕入陰陰簾影。人靜。人靜。花落鳥啼風定。」結句點化孟浩然〈春曉〉整篇詩意：「春眠不覺曉，處處聞啼鳥。夜來風雨聲，花落知多少。」使得全詞的情感主流為之進一步化動為靜，在翻騰中趨於和諧。與納蘭迥異的心境，也一樣明顯地表現在了詞篇的措辭用語上。

採桑子

誰翻①樂府淒涼曲，風也蕭蕭。雨也蕭蕭。瘦盡燈花又一宵②。不知何事縈懷抱，醒也無聊。醉也無聊。夢也何曾到謝橋③。

[注釋]

①翻：依曲作詞。劉禹錫〈楊柳枝〉：「請君莫奏前朝曲，聽唱新翻楊柳枝。」歐陽脩〈蝶戀花〉：「紅粉佳人翻麗唱。驚起鴛鴦，兩兩飛相向。」
②「瘦盡」句：曹溶〈採桑子〉：「憶弄詩瓢，落盡燈花又一宵。」吳綺〈南鄉子〉：「月暗吳天夜沉寥。瘦盡燈花紅不語，長宵。風弄琅玕影自敲。」
③謝橋：所戀之人的居所。晏幾道〈鷓鴣天〉：「夢魂慣得無拘檢，又踏楊花過謝橋。」

[評析]

譚瑩跋粵雅堂本《飲水集》有云：「容若詞固自哀感頑豔，有令人不忍卒讀者。至如〈採桑子〉句云：『瘦盡燈花又一宵』，〈浣溪沙〉句云：『生憐瘦減一分花』，〈浪淘沙〉句云：『紅影溼幽窗，瘦盡春光』等，竊謂《詞苑叢談》稱沈江東嘲毛稚黃有『三瘦』之目，故當以移贈容若耳。」、「瘦」字句寫得好的，王世貞《藝苑巵言》認為有程垓〈攤破江城子〉中「一夜無眠連曉角，人瘦也，比梅花，瘦幾分」，秦觀〈水龍吟〉中「名韁利鎖，天還知道，和天也瘦」，李清照〈醉花陰〉中「莫道不銷魂，簾卷西風，人比黃花瘦」。徐釚在《詞苑叢談》卷四中加上了李清照〈如夢令〉中「應是綠肥紅瘦」，毛滂〈感皇恩〉中「寶燻濃炷，人共博山煙瘦」；在同書卷五中又添上了毛先舒的「三瘦」：〈玉樓春〉中「月明背著陡然驚，不信我真如影瘦」，〈踏莎行〉中「空閨寂寂念相聞，書來墨淡知伊瘦」，〈臨江仙〉

採桑子

中「鶴背山腰同一瘦,且看若個詩仙」。僅就納蘭與毛先舒「瘦」詞相比,譚瑩「移贈」之評是頗有見地的。情到深處人孤獨,衣帶漸寬終不悔,身體的瘦,往往是精神狀態的外在表現,因此,用於燈花,便使之帶上強烈的感情色彩,進一步深化了前人所開創的這一意境。這種創造,與「三影」詞人張先體物細膩、情意朦朧諸作不同,亦非毛詞之溺於《花間》、《草堂》門徑者可比,更從用字煉意這樣一個典型的側面,集中展現了納蘭詞公認的「哀感頑豔」之美。一字之下,撩亂人情,的確「令人不忍卒讀」。納蘭喜於詞中上、下片收束處用力,這首〈採桑子〉可為顯例。

然而,如果只是把該闋理解為一首纏綿悱惻、悽切哀婉的愛情詞,則未免低估了大家及其經典名篇的不可窮盡性。梁啟超曾評論:「容若小詞,直追後主。後主有亡國苦痛,容若有時代哀音,因此二人為詞,眼界大而感慨深。」(《飲冰室文集》卷七十七〈淥水亭雜識跋〉)要說納蘭的詞裡面有「時代哀音」,這首詞略可當之。風飄雨瀟,淒寂無聊,半夢半醒,孤苦連宵,沉鬱悲情,翻為樂府淒涼之調,徬徨哀鳴,是傷心人別有懷抱。至於納蘭詞是否只能追步李煜,還可以討論。王國維認為,像李煜「問君能有幾多愁。恰似一江春水向東流」(〈虞美人〉)、「自是人生長恨水長東」(〈烏夜啼〉)這樣的句子,其中的意涵,「儼然有釋迦、基督擔荷人類罪惡之意」(《人間詞話》),亦即對人生的大悲哀有著具有普遍性的感受。這種崇高評價得到後世不少人的認同,並不是無緣無故的。梁啟超所謂納蘭詞「直追」李煜,似乎主要也是就這方面而言。不過,也正是在這個方面,已足以暴露納蘭詞與後主詞之間的差距。

採桑子・九日

　　深秋絕塞誰相憶，木葉蕭蕭。鄉路迢迢①。六曲屏山②和夢遙。佳時倍惜風光別，不為登高③。只覺魂銷。南雁歸時更寂寥。

[注釋]

　　①鄉路迢迢：王彥泓〈歸途自嘆〉：「縱使到家仍是客，迢迢鄉路為誰歸。」②六曲屏山：屏風曲折若重巒疊嶂，或繪有山水圖畫，故稱屏山，代指家園。李賀〈屏風曲〉：「團回六曲抱膏蘭，將鬟鏡上擲金蟬。」王琦注：「六曲，十二扇也，以十二扇疊作六曲。」龔鼎孳〈羅敷媚〉：「分明六曲屏山路，那得朦朧。」③登高：重陽舊俗。王三聘《古今事物考》：「九月九日，九為陽數，而日月並應。俗嘉其名，以為宜於長久，故以享宴高會。漢費長房謂桓景作絹囊，盛茱萸懸臂，登高山，飲菊花酒，可消家厄。」

[評析]

　　邊塞詞，唐代已經開始萌芽，宋時正式形成，出現了一些著名的作家、作品，是邊塞詞發展過程中的一個高峰。不過，正如唐宋詞在詞史上所表現的那樣，由於觀念尚未更新，參與者不夠多，境界也不夠開闊，因而讓後人留下了很大的開拓空間。金元時期，邊塞詞的創作處於停滯狀態。明代以來，詞學不振，邊塞詞的創作也很少有人問津。一直到成化以後，隨著詞學漸有復興之勢，以及時代的現實需求，才出現了一些邊塞詞人和詞作，最重要的代表是孫承宗。延續到清初，無論從作者的廣泛多元，創作主題既基於文學史上對邊塞文學的規定，又有符合時代特色的表達，還是從表現方式的多樣性來看，邊塞詞都開始有了很

採桑子・九日

大的突破。其中,納蘭的成就最高,貢獻也最大,作品不僅多,而且有深度,在歷代邊塞文學中,占有非常突出的地位。康熙二十一年(西元1682年),納蘭隨副都統郎坦等「覘梭龍」,即赴梭龍(唆龍、索倫)偵察,這首〈採桑子〉便作於其時。

塞上重陽,是邊塞與重陽兩個重要傳統題材的複合體,表現方式當然大多從前代相關詩詞或直接或間接地獲得資源。如王縉〈九日作〉:「莫將邊地比京都,八月嚴霜草已枯。今日登高樽酒裡,不知能有菊花無。」就是這種複合型題材的作品。王縉之兄王維〈九月九日憶山東兄弟〉的著眼點則有所不同:「獨在異鄉為異客,每逢佳節倍思親。遙知兄弟登高處,遍插茱萸少一人。」《詩經・魏風・陟岵》有云:「陟彼岡兮,瞻望兄兮。兄曰:『嗟!予弟行役,夙夜必偕。上慎旃哉,猶來無死。』」王維詩後二句從側面著筆,寫詩人自己的想像,突出思念之情,即沈德潛所謂「陟岵詩意」(《唐詩別裁集》卷十九)。又如李清照〈醉花陰〉:「薄霧濃雲愁永晝。瑞腦消金獸。佳節又重陽,玉枕紗廚,半夜涼初透。東籬把酒黃昏後。有暗香盈袖。莫道不銷魂,簾卷西風,人比黃花瘦。」寫相思寂寥,一結妙用譬喻,可謂悽苦絕倫。不過,就全篇而言,詞體文學本身尚有一定的限制,主要體現在從側面著筆,包括從女性的角度,或者物象的角度來寫。即如本闋過片三句,在似乎不經意間點化王維詩意和易安詞意,以蕭瑟淒清的絕塞深秋景象,牽出寂寥悲苦的佳節思親鄉情,妙手轉接,顯出納蘭詞創作技巧高超的一面。所以,儘管不太可能從中直接領略到杜牧交織著憂鬱之情的疏俊曠達:「江涵秋影雁初飛,與客攜壺上翠微。塵世難逢開口笑,菊花須插滿頭歸。但將酩酊酬佳節,不作登臨恨落暉。古往今來只如此,牛山何必獨沾衣。」(〈九日齊山登高〉)悠悠千載之下,仍然令人魂銷不已。

採桑子・塞上詠雪花

非關癖愛輕模樣①，冷處偏佳。別有根芽。不是人間富貴花②。謝娘③別後誰能惜，飄泊天涯。寒月悲笳。萬里西風瀚海④沙。

[注釋]

①輕模樣：雪花飄飛之態。孫道絢〈清平樂・雪〉：「悠悠颺颺，做盡輕模樣。」（此首別作趙彥端詞，見《寶文雅詞》卷四）②富貴花：周敦頤〈愛蓮說〉：「牡丹，花之富貴者也。」陸游〈留樊亭三日王覺民檢詳日攜酒來飲海棠下比去花亦衰矣〉：「何妨海內功名士，共賞人間富貴花。」③謝娘：謝道韞。見前〈夢江南〉（昏鴉盡）。④瀚海：戈壁沙漠，泛指塞外。陶翰〈出蕭關懷古〉：「孤城當瀚海，落日照祁連。」周祈《名義考》：「以飛沙若浪，人馬相失若沉，視猶海然，非真有水之海也。」

[評析]

這首〈採桑子〉，借詠物抒懷明志。全篇雪、人合一，夾敘夾議，由表及裡，層層推進，句句詠雪，處處關情。而於體雪一端，基本上不持寸鐵，即盡量避免使用直接形容對象外部特徵、比喻對象外部特徵、比喻對象特徵及其動作和直接陳述對象動作的一些字（程千帆、張宏生《被開拓的詩世界・火與雪：從體物到禁體物——論白戰體及杜、韓對它的先導作用》），在塞上詠物一門中殊為別緻。相比而言，納蘭另外一首〈洛陽春・雪〉便不完全是如此著筆：

密灑征鞍無數。冥迷遠樹。亂山重疊杳難分，似五里、濛濛霧。惆悵瑣窗深處。溼花輕絮。當時悠颺得人憐，也都是、濃香助。

納蘭與禁體物詩詞間接相涉，例證其一，是曹寅的〈詠荷述事〉（戲

採桑子・塞上詠雪花

用白戰體），出自《楝亭詩別集》卷一，納蘭與曹寅有過往來。其二，是高不騫的〈金縷曲・和容若侍衛詠水仙花，禁用湘妃、漢女、洛神事〉：「歲事將殘了。在長安、沉吟那復，一枝花裊。曲檻重幃幽香散，偏有亭亭碧草。問甚日、歐盆攜到。素量黃圍凌波影，似銀枒、配入金卮小。羅袖捧，鵝兒倒。昔遊頻倚山塘棹。記家家、齊翻舊根，曝乾秋杪。細擘花磚勻排後，貪看青芽茁早。自路遙、南圃晴沼。誰分風霜塵土外，見重抽、凍萼迎人笑。須信是，更娟妙。」和韻對象也許是納蘭的〈謁金門〉（風絲裊），也有可能是〈點絳唇〉（一種蛾眉）、〈天仙子〉（月落城烏啼未了）。不騫少時親炙朱彝尊，而朱彝尊與納蘭頗有詞學交流。朱氏曾在納蘭致張純修手簡跋語中說，「容若好填小詞，有作必先見寄」（《飲水詞箋校・附錄》），集中也有〈臺城路・夏日同對岩、蓀友、西溟、其年舟次見陽，飲容若淥水亭〉、〈臨江仙・和成容若見寄秋夜詞〉（朱氏跋語所附該闋題作「和容若秋夜詞，在通潞作」）。此前，明清之際的女詞人朱中楣曾作過一首〈千秋歲・春雪〉：「瓊花飄砌。點額新妝媚。微雨間，輕風起。同雲迷雁杳，繡閣添香沸。囊罄也，唯餘薄釀還堪醉。幸識貧滋味。衙舍清如水。冰已泮，寒應已。心隨殘夢遠，意攪繁英碎。春又也，人歸不似春歸易。」只第一句緊扣題目，隨即空際轉身，放開筆墨，多方烘托，「似從歐陽脩、蘇軾以禁體寫雪獲取資源，能夠宕出遠神」（張宏生《經典確立與創作建構——明清女詞人與李清照》），略可與納蘭此闋相參。

其實，詞史上最早明確標示「禁體」的作品，遠在明初就已出現，如楊基的〈水調歌頭〉（風色夜來緊），其序云：「詠雪禁體。嘗愛歐陽及蘇公禁體雪詩，而自古雪詞無禁體者。十月晦，余歸龍江，風雪連日，因賦〈水調歌頭〉一曲，仍不用鹽、梅、玉、潔、皓、白、飛、舞字。」順康年間，曹溶（有〈聲聲慢・七夕，嵋雪、敬可過，用禁體〉）、朱彝尊（有

〈金縷曲・水仙花，禁用湘妃、漢女、洛神事〉四首）將禁體範圍從詠雪拓展至七夕、水仙花，引起雍乾時期陳沆、查學、吳烺、張宗等人的響應。嘉道以後，張景祁（有〈暗香・梅魂。按石帚旁譜協四聲，禁用招、返、銷、斷等字〉和〈疏影・菊影。禁用水、月、燈、鏡等語〉）等將其進一步擴展至吟詠梅魂、菊影，梁鼎芬也有一首〈點絳唇・同香雪賦。詞贈梅花，禁用雪、月、香、影等字〉。明清禁體物詞的形成與發展，是對唐宋以還禁體詩法的回應，也可能是基於周邦彥、姜夔的部分詠物詞對它的先導。詞中白戰體，詠物而竭力追求挑戰傳統體物手段，創造出了詞體創作中一種嶄新的表現手法，整體而言，也取得了「不用之用」的審美效果，可見一時詞學風格。從禁體詞史演進的角度看納蘭的這首詞，不僅有益於領會其詞在創作方式和藝術表現上的求新求變，或許也對確定它到底作於何年另有幫助。

　　文學史上，大部分作家的作品，都會不由自主地寫出富貴氣。比較有代表性的，一是白居易的〈宴散〉：「小宴追涼散，平橋步月回。笙歌歸院落，燈火下樓臺。殘暑蟬催盡，新秋雁帶來。將何迎睡興，臨臥舉殘杯。」二是晏幾道的〈鷓鴣天〉：「彩袖殷勤捧玉鍾。當年拚卻醉顏紅。舞低楊柳樓心月，歌盡桃花扇底風。從別後，憶相逢。幾回魂夢與君同。今宵剩把銀照，猶恐相逢是夢中。」《蓼園詞選》認為：「『舞低』二句，比白香山『笙歌歸院落，燈火下樓臺』更覺濃致。詞愈濃，情愈深，今昔之感，更覺悽然。」黃蘇據以對比的兩篇作品，宋人早就已經注意到了，所謂「善言富貴」（胡仔《苕溪漁隱叢話》前集卷二十六）。不過，從意象上來看，晏詞具體寫唱歌、跳舞的環境，出語確是更加「濃致」；從表現手法上看，白詩是寫公退生活，富貴閒暇而又心滿意足，晏詞是寫別後追憶，魂牽夢縈但卻充滿惆悵。因此，儘管一樣是寫富貴，晏詞的內涵無疑更為深厚。納蘭以一介貴冑公子，不言富貴，反言少人憐惜，西風

採桑子

萬里,漂泊天涯,「不是人間富貴花」,悲戚鬱結,藉機宣洩。內涵是一樣的深厚,但迥異於常情常軌,這是誦讀納蘭詞時另一個需要著力掌握的地方。

採桑子

　　涼生露氣湘弦①潤,暗滴花梢。簾影誰搖。燕蹴風絲上柳條②。舞鸂③鏡匣開頻掩,檀粉④慵調。朝淚如潮。昨夜香衾覺夢遙。

[注釋]

　　①湘弦:琴瑟之弦,代指琴瑟。《楚辭・遠遊》:「使湘靈鼓瑟兮,令海若舞馮夷。」賀鑄〈雁後歸〉:「湘弦彈未半,悽怨不堪聽。」②「燕蹴」句:杜甫〈城西陂泛舟〉:「魚吹細浪搖歌扇,燕蹴飛花落舞筵。」秦觀〈滿庭芳〉:「古臺芳榭,飛燕蹴紅英。」別本張炎〈南浦〉:「溪燕蹴游絲,漾粼粼、鴨綠光動晴曉。」③舞鸂(ㄎㄨㄣ):鏡背鐫刻的裝飾。劉敬叔〈異苑〉:「山雞愛其毛羽,映水則舞。魏武時,南方獻之,公子蒼舒令置大鏡其前,雞鑑形而舞,不知止,遂乏死。」范泰〈鸞鳥詩序〉載類似故事,唯山雞為鸞鳥,雲鸞鳥「睹影悲鳴,哀響衝霄,一奮而絕」。公孫乘〈月賦〉:「月出皎兮,君子之光。鸂雞舞於蘭渚,蟋蟀鳴於西堂。」李商隱〈破鏡〉:「秦臺一照山雞後,便是孤鸞罷舞時。」④檀粉:沈自南《藝林匯考》引〈畫譜〉:「七十二色有檀色,淺赭也,與婦人暈眉。」鹿虔扆〈虞美人〉:「不堪相望病將成。鈿昏檀粉淚縱橫。不勝情。」

[評析]

　　這首〈採桑子〉，上片的涼潤湘弦，露滴花梢，簾影搖搖，燕蹴游絲，寫客觀物象，動靜相宜，句句寫景，處處含情。下片的鏡匣開掩，檀粉慵調，朝淚如湧，香衾夢遙，寫慵倦情態，注重細節，情意幽獨，令人神傷。

　　明末清初的閨情詞作者中，男性的身影似乎正在漸漸淡去，女性的介入迅速填補了這暫時被遺棄的領域。儘管她們仍免不了要按照男性所設定的傳統吟哦，甚至於製造出來的成品，整體品質也不見得比男性虛擬式的代言體高，然而，那一份解脫了性別悖反後突顯出的細膩、真實、樸拙、稚嫩，終究散發著無可替代的關於生活的美。從這種意義上來講，男子而作閨音，跟女子而作閨音相比，至少從理論上看，的確是「隔」了一層。雖然如此，一些高明的藝術家也可以寫出一樣的效果，而且還有不同的寫法。此前，「花間鼻祖」溫庭筠作過一首〈菩薩蠻〉，追敘昔日歡會情景：「翠翹金縷雙。水紋細起春池碧。池上海棠梨。雨晴紅滿枝。繡衫遮笑靨。煙草黏飛蝶。青瑣對芳菲。玉關音信稀。」上片以鮮亮的景物描寫襯出人情歡欣，下片先虛寫往日幽會，再實寫今日孤寂，最後揭出本旨，在章法上，確如周濟所云「字字有脈絡」（《介存齋論詞雜著》）。另外一首〈菩薩蠻〉稍有不同：「小山重疊金明滅。鬢雲欲度香腮雪。懶起畫娥眉。弄妝梳洗遲。照花前後鏡。花面交相映。新貼繡羅襦。雙雙金鷓鴣。」寫夢醒時分情事，不是直白地表現情思，而是透過訴諸感官直覺，以密集、豔麗的意象、詞藻，去描寫動作、衣飾、器物，含蓄隱晦地暗示出一種空虛孤獨之感。「學女兒腔」（啟功《啟功韻語・論詞絕句》，載《啟功叢稿・詩詞卷》）的納蘭詞，結構分明，情調相對疏朗，與溫詞之穠麗殊途而同歸。

採桑子

　　謝家①庭院殘更立，燕宿雕梁②。月度銀牆。不辨花叢那辨香③。此情已自成追憶④，零落鴛鴦。雨歇微涼。十一年前夢一場。

[注釋]

　　①謝家：張泌〈寄人〉：「別夢依依到謝家，小廊回合曲欄斜。多情只有春庭月，猶為離人照落花。」②「燕宿」句：李中〈燕〉：「喧覺佳人晝夢，雙雙猶在雕梁。」③「不辨」句：元稹〈雜憶五首〉之三：「寒輕夜淺繞迴廊，不辨花叢暗辨香。」④「此情」句：李商隱〈錦瑟〉：「此情可待成追憶，只是當時已惘然。」

[評析]

　　從首句「謝家庭院殘更立」、過片二句「此情已自成追憶，零落鴛鴦」及結句「十一年前夢一場」等，並結合納蘭的情感經歷來看，這首〈採桑子〉很可能是一首悼亡詞。但如果換一個角度，對照顧貞觀與之「詠事則一，句意又多相似」（張任政《納蘭性德年譜・叢錄》）的同調詞——「分明抹麗開時候，琴靜東廂。天樣紅牆。只隔花枝不隔香。檀痕約枕雙心字，睡損鴛鴦。孤負新涼。淡月疏櫺夢一場」來讀，則它也可能只是一首對往昔情愛的沉痛追憶之作，追懷對象不必僅限於盧氏。顧詞上片「只隔」句，化用自王彥泓〈無題〉之一首二句：「幾層芳樹幾層樓，只隔歡娛不隔愁。」王詩有自注：「詩本不工，存其深恨，聊當共泣，何忍長歌。」可以為理解顧詞和納蘭詞提供間接幫助。

　　一首詞的成功創作，能否成功點化前人作品是比較重要的象徵之一。作為後來者，點化在一定程度上意味著繼承前代文學遺產的能力。

被譽為「詞人之甲乙」（陳振孫《直齋書錄解題》卷二十一）的周邦彥，詞作強烈追求詞藝的規範，其中之一便是既能自鑄偉辭，又善於融化前人詩句。周邦彥的化用，與一般人只是或全句嵌用，或句法不變而略改數字不同，不僅經常數句同時化用，更從意境上點化，創造出新的意境，從而將其發展為一種可資取法的語言技巧。如果考慮到黃庭堅之前已對宋詩法按照自己的理解予以規範，因而躋身於唐宋規範詩學家行列的話（「規範詩學」的概念，假自〈論唐代的規範詩學〉，而所指與其有別），那麼，周邦彥的規範詞學，示人矩矱，顯示自唐代以來，詩詞二體從此都已相繼進入規範時代。從「寫什麼」到「怎麼寫」的轉變，蘊含其中的是一種學術發展趨勢。

　　納蘭詞上片「不辨」句，元稹的〈雜憶五首〉可能是其化用對象，王彥泓〈和孝儀看燈〉中的一首也許更為直接：「欲換明妝自忖量，莫教難認暗衣裳。忽然省得鍾情句，不辨花叢卻辨香。」關於王彥泓，朱彝尊曾指出：「風懷之作……存者，玉溪生最擅場，韓冬郎次之，由其緘情不露，用事豔逸，造語新柔，令讀之者喚奈何，所以擅絕也。後之為豔體者，言之唯恐不盡，詩焉得工？故必琴瑟鐘鼓之樂少，而寤寐反側之情多，然後可以追韓軼李。金沙王次回，結撰深得唐人遺意。」（《靜志居詩話》卷十九）將王彥泓視為李商隱、韓偓之後又一位優秀的香奩體作家，這或許應該是公論。比如〈和孝儀看燈〉中的另一首：「燈街試走斷紅韉，新嫁橋南第幾晨。夫婿欲扶伴不要，一回低媚一回嗔。」寫盡少婦觀燈情態和微妙心理，真切細膩，溫馨活潑，與上舉一首一樣不乏動人之句，精彩成功。所以，朱彝尊總評其詩為「感心娛目，迴腸蕩氣」。王彥泓詩中的清詞麗句，朱彝尊在詩話中還舉出了不少。這是吸引後世作家關注並化用其秀句的關鍵因素。這首〈採桑子〉算是納蘭點化得比較成功的一首作品，儘管其化用手法相比於兩宋諸賢而言，並不見得有什麼新的創造。

臺城路・上元①

當然，客觀地講，失敗的例子也是有的。比如一樣是化用王彥泓〈寒詞〉之一：「從來國色玉光寒，晝視常疑月下看。況復此宵兼雪月，白衣裳憑赤闌干。」納蘭另一首〈採桑子〉中尤其是首句對它的點化，有學者就認為基本上接近於化神奇為腐朽：

　　白衣裳憑朱闌立，涼月趖西。點鬢霜微。歲晏知君歸不歸。殘更目斷傳書雁，尺素還稀。一味相思。準擬相看似舊時。

既無原作的清雅綺麗，似乎還造成了主題認知上的混亂，更遑論「化濁為雅」。

王彥泓也是詞壇有名之輩，《今詞初集》卷一就收有他的〈滿江紅〉（眼角眉端）、〈念奴嬌〉（簾櫳午寂）兩首，說明編者顧貞觀和納蘭還是比較了解並看重他的詞，編成於康熙晚期的《御選歷代詩餘》卷五十六也收了這首〈滿江紅〉。整體來看，詞如其詩然遠遜於詩。王彥泓研究已經引起學界重視，不少學者均對其進行探討及研究，可資參酌。

臺城路・上元①

　　闌珊火樹魚龍舞②，望中寶釵樓③遠。鞲韉餘紅，琉璃剩碧④，待囑花歸緩緩⑤。寒輕漏淺。正乍斂煙霏，隕星如箭。舊事驚心，一雙蓮影藕絲斷。莫恨流年逝水，恨消殘蝶粉，韶光忒賤⑥。細語吹香，暗塵籠鬢，都逐曉風零亂⑦。闌干敲遍⑧。問簾底纖纖⑨，甚時重見。不解相思，月華今夜滿⑩。

[注釋]

①上元：正月十五日夜（元夜、元宵、元夕）有觀燈之俗。②「闌珊」句：闌珊，燈火將盡。火樹，疊燈如樹。魚龍舞，舞魚燈或龍燈。蘇味

道〈觀燈〉：「火樹銀花合，星橋鐵鎖開。」辛棄疾〈青玉案〉：「東風夜放花千樹。更吹落、星如雨。寶馬雕車香滿路。鳳簫聲動，玉壺光轉，一夜魚龍舞。蛾兒雪柳黃金縷。笑語盈盈暗香去。眾裡尋他千百度。驀然回首，那人卻在，燈火闌珊處。」③寶釵樓：泛指京中樓閣。蔣捷〈女冠子〉：「春風飛到，寶釵樓上，一片笙簫，琉璃光射。」④「靺鞨（ㄇㄛˋㄏㄜˊ）」二句：靺鞨、琉璃，寶石名。《舊唐書・肅宗紀》：「上元二年壬子，楚州刺史崔侁獻定國寶玉十三枚……七日紅靺鞨，大如巨慄，赤如櫻桃。」《漢書・西域傳》注：「孟康曰：『流離青色如玉。』」⑤花歸緩緩：蘇軾〈陌上花〉：「遺民幾度垂垂老，遊女長歌緩緩歸。」蘇詩有引云：「遊九仙山，聞里中兒歌〈陌上花〉。父老言：吳越王妃每歲必歸臨安，王以書遺妃曰：陌上花開，可緩緩歸矣。吳人用其語為歌。」⑥「恨消殘」二句：周邦彥〈滿江紅〉：「蝶粉蜂黃都褪了，枕痕一線紅生肉。」湯顯祖〈牡丹亭・驚夢〉：「雨絲風片，煙波畫船，錦屏人忒看的這韶光賤。」⑦「都逐」句：盧炳〈冉冉雲〉：「拚對花、滿把流霞頻勸，怕逐東風零亂。」顧貞觀〈望梅〉：「怕佩聲釵影，俱逐曉風零亂。」⑧闌干敲遍：晁衝之〈感皇恩〉：「綺窗猶在，敲遍闌干誰應。斷腸明月下，梅搖影。」⑨纖纖：辛棄疾〈念奴嬌〉：「聞道綺陌東頭，行人曾見，簾底纖纖月。」⑩「月華」句：周邦彥〈水調歌頭〉：「今夕月華滿，銀漢瀉秋寒。」

[評析]

　　元夕之作，寫得精彩絕倫的，當屬上引辛棄疾的〈青玉案〉。學者甚至以非凡的眼光，從中讀出了人生境界：「古今之成大事業、大學問者，必經過三種之境界：『昨夜西風凋碧樹。獨上高樓，望盡天涯路』，此第一境也。『衣帶漸寬終不悔，為伊消得人憔悴』，此第二境也。『眾裡尋她千百度，驀然回首，那人正在燈火闌珊處』，此第三境也。此等語皆非大

臺城路・上元①

詞人不能道。」(《人間詞話》)從徵引諸作本身來講,王國維的「以意逆志」頗具啟發性。不過,他也承認:「然遽以此意解釋諸詞,恐為晏、歐諸公所不許也。」

生為後代詞人,其實有幸與不幸兩面。最為不幸的,倒不是再後來的後來者不斷地對詞作本意抽絲剝繭般的解剖與訓詁,而是經典作品及其審美定勢橫亙於前,難乎雙重凌跨。納蘭的這首〈臺城路〉比較顯著地繼承了辛詞的想法,寫燈事闌珊,心底湧起的另一番情味反而愈加繾綣,揮之難去。不完全相同的是,婉曲幽怨之意而出以直致暢快語,一樣是藉景語鋪敘、抒懷,但不像辛詞那樣景、情幾乎絕然上下兩分,又能交融至於渾然無跡,而是忍不住早早地將景中之人與景外之情袒露出來(此殆李慈銘《越縵堂日記》所謂「每露底蘊」?),雖然也以含蓄語總結全篇,但留給讀者發揮想像的空間已經十分有限。這也許跟小令、長調在寫法上本來就有區別有關。小令比較容易把構思上的細膩精微處寫出來,凝練含蓄,而以小令之法為長調,整體感覺就難免不那麼大氣(亦朱庸齋先生《分春館詞話》卷三所謂「氣格薄弱」之意)。如此前張先的一首〈謝池春慢〉:「繚牆重院,時聞有、啼鶯到。繡被掩餘寒,畫閣明新曉。朱檻連空闊,飛絮知多少。徑莎平,池水渺。日長風靜,花影閒相照。塵香拂馬,逢謝女、城南道。秀豔過施粉,多媚生輕笑。鬥色鮮衣薄,碾玉雙蟬小。歡難偶,春過了。琵琶流怨,都入相思調。」這類慢詞長調被周濟評為「無大起落」(《介存齋論詞雜著》),也說明了培養駕馭長調的綜合能力的重要性。當然,張先的詞所展現的是長調技法稚嫩時期的常態,並非有意為之。

姜夔也有吟詠節序之作,如分詠丁巳元日、正月十一日觀燈及元夕不出的三闋〈鷓鴣天〉:「柏綠椒紅事事新。隔籬燈影賀年人。三茅鐘動西窗曉,詩鬢無端又一春。慵對客,緩開門。梅花閒伴老來身。嬌兒學作

人間字，鬱壘神荼寫未真。」、「巷陌風光縱賞時。籠紗未出馬先嘶。白頭居士無呵殿，只有乘肩小女隨。花滿市，月侵衣。少年情事老來悲。沙河塘上春寒淺，看了遊人緩緩歸。」、「憶昨天街預賞時。柳慳梅小未教知。而今正是歡遊夕，卻怕春寒自掩扉。簾寂寂，月低低。舊情唯有絳都詞。芙蓉影暗三更後，臥聽鄰娃笑語歸。」這些詞展現出的是又一種寫法，景實情真，別有一縷縷動人之處。納蘭離合於辛、姜兩種風格之間，雖才有偏至，力有未逮，但努力創造，是其轉益多師的一種表現。

臺城路·塞外七夕

　　白狼河①北秋偏早，星橋又迎河鼓②。清漏頻移，微雲欲溼，正是金風玉露③。兩眉愁聚④。待歸踏榆花，那時才訴⑤。只恐重逢，明明相視更無語。人間別離無數，向瓜果筵⑥前，碧天凝佇。連理⑦千花，相思一葉⑧，畢竟隨風何處。羈棲良苦。算未抵空房，冷香⑨啼曙。今夜天孫⑩，笑人愁似許。

[注釋]

　　①白狼河：《清史稿·地理志》：（直隸朝陽府）「建昌，東有布祐圖山，漢白狼山，白狼水出焉，今曰大凌河。」②「星橋」句：星橋，鵲橋。李商隱〈七夕〉：「鸞扇斜分鳳幄開，星橋橫過鵲飛回。」李清照〈行香子〉：「星橋鵲駕，經年才見，想離情、別恨難窮。」河鼓，何鼓，古謂之黃姑。《史記·天官書》張守節《正義》：「河鼓三星，在牽牛北，自昔傳牽牛織女七月七日相見，此星也。」③金風玉露：李商隱〈辛未七夕〉：「由來碧落銀河畔，可要金風玉露時。清漏漸移相望久，微雲未接過來遲。」④兩眉愁聚：柳永〈甘草子〉：「中酒殘妝慵整頓。聚兩眉離恨。」⑤「待歸」二句：

曹唐〈織女懷牽牛〉:「欲將心就仙郎說,借問榆花早晚秋。」⑥瓜果筵:《荊楚歲時記》:「七月七日為牽牛織女集會之夜。是夕,人家婦女結綵縷,穿七孔針,或金銀石為針,陳幾筵酒脯瓜果於庭中以乞巧。有蟢子網於瓜上,則以為符應。」⑦連理:白居易〈長恨歌〉:「七月七日長生殿,夜半無人私語時。在天願作比翼鳥,在地願為連理枝。」⑧相思一葉:劉斧《青瑣高議》:「唐僖宗時,于祐於御溝中拾一葉,上有詩。祐亦題詩於葉,置溝上流,宮人韓夫人拾之。後置帝放宮女,韓氏嫁祐成禮,各於笥中取紅葉相示曰:可謝媒矣。」他書所記,與此略有不同。⑨冷香:代指女子。侯方域〈梅宣城詩序〉:「『昔年別君秦淮樓,冷香搖落桂華秋。』冷香者,余棲金陵所狹斜遊者也。」⑩天孫:《史記‧天官書》司馬貞《索隱》:「織女,天孫也。」

[評析]

　　傳統題材,之所以成為題材書寫上的傳統,是因為這一領域往往能夠極大限度地展現文人的創造力。以七夕詞為例,秦觀的〈鵲橋仙〉:「纖雲弄巧,飛星傳恨,銀漢迢迢暗度。金風玉露一相逢,便勝卻、人間無數。柔情似水,佳期如夢,忍顧鵲橋歸路。兩情若是久長時,又豈在、朝朝暮暮。」詠牛郎織女而作翻案文章,一反〈古詩十九首〉「迢迢牽牛星」中之悲切,表現對感情的追求,將之昇華到崇高的精神境界,從而提升了詞品。衍至後代,一些有才華的女性詞人也秉承了這種創造精神。如楊琇的〈西江月〉:「鏡裡雙蛾時蹙,枕邊香淚長拋。鄰姬事事愛吹簫。不管旁人潦倒。露下野蓮有子,風涼秋燕離巢。銀河千丈也填橋。天上原來惡巧。」將喜鵲之同情、牛女之深情都帶過不提,卻以妒忌的語氣,突出「千丈」及「巧」字,看似純粹站在旁觀者的角度,實則暗示自己與情人相距並不遠,卻難得一見。意似不忠厚,正是感傷身世的「過激之

辭」（張宏生《清代詞學的建構》）。其他如鄧瑜的〈鵲橋仙・七夕詞索和璞齋〉（涼風瑟瑟）、張玉珍的〈鵲橋仙・七夕〉（香消碧篆）和黃婉璩的〈七娘子・七夕〉（閒庭永夜金風細），也都轉換不同的角度來寫，自出機杼，爭奇鬥豔，繼響少遊。至於男性作家，就納蘭而言，這首〈臺城路〉下片後五句的構思，就與同時代的董元愷〈浪淘沙・七夕〉（新月一弓彎）下片很相近：「莫為見時難。錦淚潸潸。有人猶自獨憑欄。若果一年真一度，還勝人間。」都展現出一定的創造性。

　　將七夕與邊塞題材結合起來，意味著作家在分別汲取前代相關領域文學遺產的同時，在新的機遇面前也將面臨新的挑戰，他們的努力，決定著這一新的題材類型能夠在多大程度上成為一種新的「傳統」。納蘭的這首詞，從所思念的閨中人一面來寫，不僅寫「只恐重逢，明明相視更無語」，而且具體點出「算未抵空房，冷香啼曙」，從而顯出了自己的特色，也成為譚獻所評「逼真北宋慢詞」（《篋中詞》今集卷一）之一端。納蘭「是特意地在這個方面用力」（張宏生《論清初邊塞詞》），所以總能變換出不同的花樣。又如〈一絡索〉：

　　過盡遙山如畫。短衣匹馬。蕭蕭木落不勝秋，莫回首、斜陽下。別是柔腸縈掛。待歸才罷。卻愁擁髻向燈前，說不盡、離人話。

　　預設相逢情形，顯示從李商隱〈夜雨寄北〉而來。不過，納蘭也有自己的獨特角度。如果只是「擁髻向燈前，說不盡、離人話」，那麼還沒有跳出李商隱的藩籬，可是，納蘭以「卻愁」二字，寫出現在想像中已是難以為懷，真的相見，實在不知該如何應對那悲喜交集的場面，這樣就顯得比李商隱的寫法還要深曲了。

玉連環影

玉連環影

　　何處。幾葉蕭蕭雨。溼盡簷花，花底人無語。掩屏山。玉爐寒①。誰見兩眉愁聚倚闌干②。

[注釋]

　　①玉爐：燻爐的美稱。孫光憲〈生查子〉：「玉爐寒，香燼滅。還似君恩歇。」②「誰見」句：蕭綱〈賦樂名得箜篌〉：「欲知心不平，君看黛眉聚。」

[評析]

　　納蘭還寫了一首〈玉連環影〉：

　　才睡。愁壓衾花碎。細數更籌，眼看銀蟲墜。夢難憑。訊難真。只是賺伊終日兩眉顰。

　　跟這首一樣，都是日常閨怨之事。謝章鋌指出：「容若頗多自度曲，〈玉連環影〉（三十一字）、〈落花時〉（五十二字）、〈添字採桑子〉（五十字，與〈促拍採桑子〉字同句異）、〈秋水〉（一百一字）、〈青衫溼遍〉（一百二十二字，一曰〈青衫溼〉）、〈湘靈鼓瑟〉（一百三十二字，一曰〈剪字梧桐〉）是也。若〈踏莎美人〉（六十二字）、〈剪湘雲〉（八十八字），則梁汾所度，取而填者。」（《賭棋山莊詞話》卷七）這裡面涉及了一個比較大的問題，即清初自度曲。

　　清初詞人雖然對明詞中的自度曲甚不以為然，如《詞律》、《欽定詞譜》即對之概不收錄，但他們自己對於自度曲的熱衷程度卻遠遠超過明人。據閔豐《清初清詞選本考論》統計，有清一代曾自度新腔的詞人約有130人，其中清初超過70人。其所自度之曲，出於完全的原創者較少，

取不同詞調句法組合而成者,即所謂犯曲(猶南北曲中集曲)者較多。後期「吳派」詞人朱和羲甚至編輯過一部清人自度曲的專題選本《新聲譜》,徐乃昌刻《懷豳雜俎》十二種,將之收入,反映出這種探索已經引起後來者相當程度的關注。有志於斯道者,可循此進一步擴大搜尋範圍,深入研究。

自度,其實是一個古老的話題,兩宋精通音律的詞人如柳永、周邦彥、姜夔等都勇於創調,長於自度。需要特別提出的是姜夔,他的17首註明了工尺旁譜的詞中有12首屬於自度曲。(遺憾的是,旁譜裡都沒有板眼符號,所以無法完全恢復宋時歌唱真相。)而且,姜夔的有些自度曲,與傳統的因聲作詞不同,是先詞後曲:「予頗喜自製曲,初率意為長短句,然後協以律,故前後闋多不同。」(〈長亭怨慢〉詞序)先作詞,固然可以少受固定格律的限制,舒卷自如地抒發情感,比拘譜盲填相對自由一些,但並不意味著下筆之時就一定毫無遵循格律之意。按照一定的規則組合字句,充分發揮其內在的音樂性,暗含的其實也是一種格律意識。當然,因詞製曲,音樂節奏往往更能與情感律動協調配合,所以,姜夔的自度曲大都音節諧婉。而後代的「自度」曲,大致上曲之不存,不得不流為文字上的模擬與變化,就顯然不可與此同日而語。納蘭的自度曲,也當作如是觀。

謁金門

風絲①裊。水浸碧天清曉②。一鏡溼雲青未了③。雨晴春草草④。夢裡輕螺⑤誰掃。簾外落花紅小⑥。獨睡起來情悄悄⑦。寄愁⑧何處好。

謁金門

[注釋]

①風絲：柳絲隨風飄拂。蕭綱〈三月三日率爾成詩〉：「綺花非一種，風絲亂百條。」②「水浸」句：張昇〈離亭燕〉：「水浸碧天何處斷，翠色冷光相射。」③青未了：杜甫〈望嶽〉：「岱宗夫如何，齊魯青未了。」④草草：匆促。晁補之〈金鳳鉤〉：「春辭我，向何處。怪草草、夜來風雨。」⑤輕螺：淡眉。李煜〈長相思〉：「淡淡衫兒薄薄羅。輕顰雙黛螺。」⑥紅小：齊己〈春日感懷〉：「落苔紅小櫻桃熟，侵井青纖燕麥長。」⑦悄悄：憂愁貌。《詩經·邶風·柏舟》：「憂心悄悄，慍於群小。」⑧寄愁：李白〈聞王昌齡左遷龍標遙有此寄〉：「我寄愁心與明月，隨風直到夜郎西。」

[評析]

這首〈謁金門〉，用的是反襯手法。上片寫景，雨霽清曉，天青水碧，柔風習習，柳絲飄拂，盡情描摹大好風光，在不動聲色中嵌入「春草草」三字，綰結上文，領起下文，所謂良辰美景奈何天。下片藉景言情，脈脈溫情，原是夢中廝守的回想；愁緒難解，醒來卻見簾外的落花。全篇在較為強烈的情景反差中，表現哀怨離懷，盡顯納蘭一派雅人深致。

詩歌創作中，很早就有這種貫穿著藝術辯證法的表現方式。

《詩經·小雅·采薇》即云：「昔我往矣，楊柳依依。今我來思，雨雪霏霏。」是說依依楊柳，惹人沉醉，卻是黯然別離之時；霏霏雨雪，寒意襲人，竟是征人還鄉之際。後來，這種寫法慢慢成為一種傳統，也被詞人們繼承下來。如李煜的〈採桑子〉：「亭前春逐紅英盡，舞態徘徊。細雨霏微。不放雙眉時暫開。綠窗冷靜芳音斷，香印成灰。可奈情懷。欲睡朦朧入夢來。」末二句寫萬般無奈，朦朧入睡，卻見伊人入夢來。對此，王夫之在《薑齋詩話》中做了理論性的總結和提升：「以樂景寫哀，以哀景寫樂，一倍增其哀樂。」

王夫之在詩話中接著說：「知此，則『影靜千官里，心蘇七校前』，與『唯有終南山色在，晴明依舊滿長安』，情之深淺宏隘見矣。況孟郊之乍笑而心迷，乍啼而魂喪者乎？」意思是，相比而言，反襯手法往往比陪襯手法更為有力。他舉出的幾個例子，首例出自杜甫〈喜達行在所三首〉之三：「死去憑誰報，歸來始自憐。猶瞻太白雪，喜遇武功天。影靜千官里，心蘇七校前。今朝漢社稷，新數中興年。」杜甫當時終於從淪陷的長安逃到鳳翔，驚魂稍定，所以心情是愉快的。次例出自李拯〈退朝望終南山〉：「紫宸朝罷綴鵷鸞，丹鳳樓前駐馬看。唯有終南山色在，晴明依舊滿長安。」山色美麗，長安晴明，也都是好的。孟郊的例子，「乍笑」、「心迷」都是喜，「乍啼」、「魂喪」都是悲。這些，都是以樂景寫樂，或者以哀景寫哀，是陪襯，而不是反襯，所以，審美效果要打一些折扣。詩作中的「反」例，有助於從正面理解包括納蘭詞在內的一些作品的妙處。

　　可以討論的還不只這一點。摘句評賞固然是極富民族特色的古代文學評論方法之一，但如果從〈採薇〉整篇著眼，看法可能就會稍微有一些變化。原文在「楊柳」、「雨雪」之後，是這樣結束全篇的：「行道遲遲，載飢載渴。我心傷悲，莫知我哀。」漫漫征程，飢寒交迫，哀感深沉，主旨分明。當然，這跟前面討論的不是一個層面的問題。只是，從中多少也能夠明瞭，或者說終歸需要明瞭，摘句所取之「義」既然是來自於「斷章」，是攻其一點的結果，有時就難免遮蔽其他的東西。另外，一樣是在《薑齋詩話》中，王夫之對杜詩「影靜」二句，還從以樂景寫樂以外的角度發表過意見：「得主矣，尚有痕跡。」說的是作品中的主賓關係問題，正面的是主，反面的是賓。一位文學家在書中說，類似的看法也有一定的道理，但不能流於絕對化。可以理解為要盡量避免過度闡釋，以及闡釋中的神祕化傾向。納蘭詞也應作如是觀。

點絳唇・黃花城①早望

　　五夜②光寒，照來積雪③平於棧。西風何限。自起披衣看。對此茫茫④，不覺成長嘆。何時旦⑤。曉星欲散。飛起平沙雁⑥。

[注釋]

　　①黃花城：今中國北京懷柔北長城內側。②五夜：五更。陸倕〈新刻漏銘〉：「六日無辨，五夜不分。」李善注《文選》引衛宏《漢舊儀》：「五夜者，甲夜、乙夜、丙夜、丁夜、戊夜也。」③積雪：祖詠〈望薊門〉：「燕臺一去客心驚，笳鼓喧喧漢將營。萬里寒光生積雪，三邊曙色動危旌。」④對此茫茫：《世說新語・言語》：「衛洗馬初欲渡江，形神慘悴，語左右云：『見此茫茫，不覺百端交集。苟未免有情，亦復誰能遣此！』」⑤何時旦：《史記・鄒陽列傳》裴駰《集解》引甯戚〈飯牛歌〉：「從昏飯牛薄夜半，長夜漫漫何時旦。」賀鑄〈秋風嘆〉：「白雲聯度河漢。長宵半。參旗爛爛。何時旦。」⑥「飛起」句：柳永〈迷神引〉：「孤城暮角，引胡笳怨。水茫茫，平沙雁、旋驚散。」

[評析]

　　這首〈點絳唇〉勾繪作者「黃花城早望」的情景，諸如積雪平棧、西風浩蕩、曉星欲散、平沙飛雁等，線條簡潔，景象清奇，藉以抒發蒼涼意緒與茫茫浩嘆。全篇韻致盎然，情味十足，讓我們不由自主地聯想到前代著名詩篇。

　　阮籍曾經寫過82首〈詠懷〉，其中第一首是：「夜中不能寐，起坐彈鳴琴。薄帷鑑明月，清風吹我襟。孤鴻號外野，翔鳥鳴北林。徘徊將何見，憂思獨傷心。」和納蘭詞一樣，都是在景觀的描繪中充分包蘊內心的

情緒，也就是將無形無盡的感喟化入直觀清凜的意象中，「言在耳目之內，情寄八荒之表」，情境清落，耐人尋味。不過，人與世的絕然迥殊，尤其是正始時期無往而不在的政治高壓，直接導致阮籍詩中情感的複雜程度遠較納蘭詞為甚，憤懣、悲涼、落寞與憂慮混融交織，憂傷嗟嘆，言近旨遠。再有，就是陳子昂的〈登幽州臺歌〉：「前不見古人，後不見來者。念天地之悠悠，獨愴然而涕下。」這首感奮之作，大氣磅礴，慷慨深沉如雲海舒卷，被認為「盡削浮靡，一振古雅」（胡應麟《詩藪·內篇》卷二評陳子昂〈感遇〉語），也遠為納蘭詞所不及。其實，納蘭詞的好處主要也在於「令人慷慨生哀」（唐圭璋《納蘭容若評傳》），這也是它與上述篇章能夠歷時性地綜合考察的基點，儘管一結「飛起平沙雁」，又似乎在不經意間稍稍消解了這種情感基調。

浣溪沙

消息誰傳到拒霜①。兩行斜雁碧天長。晚秋風景倍淒涼。銀蒜押簾人寂寂，玉釵敲竹信茫茫②。黃花開也近重陽。

[注釋]

①拒霜：李時珍《本草綱目·木三》：「木芙蓉八月始開，故名拒霜。」洪諮夔〈贈石室朱修行兩絕〉其一：「響泉一派落天風，人在浮雲柳絮中。亭午柴關猶未啟，碧玲瓏底拒霜紅。」②「銀蒜」二句：銀蒜，銀質蒜形簾押。蘇軾〈哨遍〉：「睡起畫堂，銀蒜押簾，珠幕雲垂地。」高適〈聽張立本女吟〉：「自把玉釵敲砌竹，清歌一曲月如霜。」孫光憲〈浣溪沙〉：「春夢未成愁寂寂，佳期難會信茫茫。」

浣溪沙

[評析]

　　這是一首情詞。重陽來臨，菊花已開，但是信茫人寂，所以，秋水長天，雁陣驚寒，倍覺風景淒涼。一曲歌罷，一種異常強烈而深摯的懷想之情透過紙背，撲面而來。一名文史學者認為乃悼亡之作，可備一說。另一名學者則認為：「此必有相知名『菊』者為此詞所屬意，惜其本事已不可考。」（《詞林新話》卷五）所言過於坐實，並不可取。

　　不過，文史學者透過考知本事進而幫助解讀詞作，倒也一直是一個基本的詮釋方法，不能因此而輕言放棄。當一些歌詞廣為傳唱之後，為了配合並幫助讀者了解作品背景，加深對作品內容的理解，以不同層次讀者的需求為基礎，詞作本事便應運而生。草創時期的宋人詞話著作如楊繪的《時賢本事曲子集》等，便嚴肅認真地輯錄了一定數量的詞作本事（儘管多為風流韻事），本意也許只是希望作為談資之用，但客觀上卻也與這些本事一起，是可以作為詞在傳播過程中不可忽視的一個環節而存在。當這些本事在作為故事再次流傳時，它們又能夠帶動受眾對原詞作的選擇、理解與判斷，進而強化對詞人的了解，形成關於詞人及其作品特點的固定看法，為後世研究者提供判定詞人詞史貢獻和地位的依據。從理論上講，詞體文學本事研究可以借鑑唐詩本事研究的方式，從本事的淵源流別、體制類型、漫衍分化、故事生成、故事類型、文字構成、對詞創作的影響，以及本事的解評方式，本事詞評的思維方式，本事中的文學習尚和詞學觀念等方面展開。（參余才林《唐詩本事研究》及李劍亮《宋詞詮釋學論稿》）人的一生會有很多遺憾，讀其詞，思其人，納蘭尤其堪稱一個享年不永但卻可能頗有故事的人，所以，他的情詞不但多而且品質一般都比較高。至於其中有些詞本考無可考，也就未必一定要去刨根問底了。

浣溪沙

睡起惺忪強自支。綠傾蟬鬢①下簾時。夜來愁損小腰肢。遠信不歸空佇望，幽期細數卻參差②。更兼何事耐尋思。

[注釋]

①綠傾蟬鬢：崔豹《古今注・雜注》：「魏文帝宮人絕所寵者，有莫瓊樹、薛夜來、田尚衣、段巧笑四人，日夕在側。瓊樹乃製蟬鬢，縹眇如蟬翼，故曰蟬鬢。」蘇軾〈浣溪沙〉：「未應春閣夢多情。朝來何事綠鬢傾。」②「幽期」句：李商隱〈櫻桃花下〉：「他日未開今日謝，嘉辰長短是參差。」趙令畤〈蝶戀花〉：「屈指幽期唯恐誤。恰到春宵，明月當三五。」

[評析]

這首〈浣溪沙〉寫閨中傷離苦況，遠信不歸，睡起強支，蟬鬢綠傾，衣帶漸寬，念想佇望，細數歸期。其中尤以在「幽期細數卻參差」的細節描寫中抒情為傳神，也頗為令人神傷。

細節的價值，主要在於既有利於藝術性地揭明作品主旨，又能與作品的其他部分融合在一起。這樣的例子不勝列舉。如陶淵明〈歸園田居〉其一：「少無適俗韻，性本愛丘山。誤落塵網中，一去三十年。羈鳥戀舊林，池魚思故淵。開荒南野際，守拙歸園田。方宅十餘畝，草屋八九間。榆柳蔭後簷，桃李羅堂前。曖曖遠人村，依依墟里煙。狗吠深巷中，雞鳴桑樹顛。戶庭無塵雜，虛室有餘閒。久在樊籠裡，復得返自然。」以「狗吠」二句的典型細節描繪出鄉村生活的恬靜閒適。金昌緒〈春怨〉：「打起黃鶯兒，莫教枝上啼。啼時驚妾夢，不得到遼西。」以「打起」句的細節深刻顯示出一種哀怨的情緒。賀知章〈回鄉偶書〉：「少小離家

浣溪沙

老大回，鄉音無改鬢毛衰。兒童相見不相識，笑問客從何處來。」以「兒童」二句的細節表達出百感交集的心情。金、賀之作，脫口一氣呵成，純是天籟。杜甫〈北征〉，以「天吳及紫鳳，顛倒在短褐」的細節表現其家庭生活的艱難。李端〈聽箏〉：「鳴箏金粟柱，素手玉房前。欲得周郎顧，時時誤拂弦。」以「時時」句的細節傳達微妙的心理動態。一學者所云可參：「梅瓣偶飛，點額效壽陽之飾；柳腰爭細，息肌服楚女之丸。希寵取憐，大率類此。不獨因病致妍以貢媚也。」（《詩境淺說》）白居易〈邯鄲冬至夜思家〉：「邯鄲驛裡逢冬至，抱膝燈前影伴身。想得家中夜深坐，還應說著遠行人。」以「抱膝」句的細節反映遊子思家之情。劉禹錫〈和樂天春詞〉：「新妝宜面下朱樓，深鎖春光一院愁。行到中庭數花朵，蜻蜓飛上玉搔頭。」以「蜻蜓」句的細節描摹出伊人沉浸在痛苦中的情態。元稹〈行宮〉：「寥落古行宮，宮花寂寞紅。白頭宮女在，閒坐說玄宗。」在看似輕輕帶過的細節描寫——「閒坐說玄宗」中，蘊含無窮慨嘆。張籍〈秋思〉：「洛陽城裡見秋風，欲作家書意萬重。復恐匆匆說不盡，行人臨發又開封。」以「行人」句的細節表達出思念親人的複雜感情。張祜〈詠內人〉：「禁門宮樹月痕過，媚眼唯看宿燕窠。斜拔玉釵燈影畔，剔開紅焰救飛蛾。」以「剔開」句的細節寫盡宮女的哀怨。杜牧〈過華清宮〉：「長安回望繡成堆，山頂千門次第開。一騎紅塵妃子笑，無人知是荔枝來。」以「一騎」句的細節為全詩主題畫龍點睛，有褒姒烽火一笑傾周之慨。辛棄疾〈清平樂〉：「茅簷低小。溪上青青草。醉裡吳音相媚好。白髮誰家翁媼。大兒鋤豆溪東。中兒正織雞籠。最喜小兒亡賴，溪頭臥剝蓮蓬。」結以「溪頭臥剝蓮蓬」的細節描寫，更增添了濃郁的農家生活氣息。納蘭置身於這樣的書寫傳統中，努力創造，也取得了應有的成績。

浣溪沙・西郊馮氏園看海棠，因憶〈香嚴詞〉有感[1]

誰道飄零不可憐。舊遊時節好花天。斷腸人去自今年。一片暈紅才著雨[2]，幾絲柔綠乍和煙[3]。倩魂銷盡夕陽前。

[注釋]

①詞題：西郊馮氏園，明萬曆大太監馮寶園林，在北京阜成門外。龔鼎孳（西元1615～1673年），字孝升，號芝麓，安徽合肥人。崇禎七年（西元1634年）進士。入清，官至禮部尚書。康熙十二年（西元1673年）再任會試主考時，納蘭出其門下。諡端毅，乾隆三十四年（西元1769年）詔削其諡。與吳偉業、錢謙益並稱「江左三大家」。著有《定山堂集》、《香嚴詞》等。②「一片」句：《妝臺記》：「美人妝面，既傅粉，復以胭脂調勻掌中，施之兩頰，濃者為酒暈妝，淺者為桃花妝。」宋代無名氏失調名詞句：「海棠著雨透胭脂。」③「幾絲」句：鄭谷〈小桃〉：「和煙和雨遮敷水，映竹映村連灞橋。」

[評析]

這首〈浣溪沙〉，徐釚在《詞苑叢談》卷五中稱其見於《側帽詞》，若此，則必作於康熙十五年（西元1676年）之前。徐釚又稱此詞「蓋憶《香嚴詞》有感作也」，並指出，王鴻緒對它評價不低：「柔情一縷，能令九轉腸回，雖山抹微雲君不能道也。」納蘭的詞能否在某些方面勝出淮海詞一籌，可以再行討論。不過，此篇寫得極其迷離惝恍，婉媚空靈，令人蕩氣迴腸，惆悵莫名，與汪刻本所綴副題適相契合，也的確是事實。又上片第三句中「今年」，汪刻本作「經年」。

浣溪沙・詠五更，和湘真①韻

龔鼎孳是清初京師詞壇的領袖人物，從雲間派開始作詞，善寫小令。今集中存西郊海棠詞五首，臚列如次。〈菩薩蠻・上巳前一日西郊馮氏園看海棠〉：「春花春月年年客。憐春又怕春離別。只為曉風愁。催花撲玉鉤。娟娟雙蛺蝶。宛轉飛花側。花底一聲歌。疼花花奈何。」〈菩薩蠻・同韶九西郊馮氏園看海棠〉二首：「年年歲歲花間坐。今來卻向花間臥。臥倚璧人肩。人花並可憐。輕陰風日好。蕊吐紅珠小。醉插帽簷斜。更憐人勝花。」、「錦香陣陣催春急。舊花又是新相識。紈扇一聲歌。流鶯爭不多。紫絲圍步屧。小立朱樓側。簾外鬥腰身。垂楊軟學人。」〈羅敷媚・朱右君司馬招集西郊馮氏園看海棠〉：「今年又向花間醉，薄病探春。火齊才勻。恰是盈盈十五身。春苔過雨風簾定，天判芳辰。鶯燕休嗔。白首看花更幾人。」〈菩薩蠻・西郊海棠已放，風復大作，對花悵然〉：「愛花歲歲看花早。今年花較年時老。生怕近簾鉤。紅顏人白頭。那禁風似箭。更打殘花片。莫使踏花歸。留他緩緩飛。」彭孫遹《金粟詞話》論龔詞有「芊綿溫麗」之語，正可移評以上諸篇。不過，將龔氏與納蘭之作放在一起稍加推究，還是能夠發現兩者的細微差別，那就是，納蘭詞以花擬人，傾訴思念的意向要更為明顯。納蘭還寫過一首〈錦堂春・秋海棠〉：

簾際一痕輕綠，牆陰幾簇低花。夜來微雨西風軟，無力任欹斜。彷彿個人睡起，暈紅不著鉛華。天寒翠袖添悽楚，愁近欲棲鴉。

大致上也是如此構思立意。

浣溪沙・詠五更，和湘真①韻

微暈嬌花溼欲流。篆紋燈影一生愁。夢迴疑在遠山樓[2]。

殘月暗窺金屈戌[3]，軟風徐蕩玉簾鉤。待聽鄰女喚梳頭。

[注釋]

①湘真：陳子龍（西元 1608～1647 年），字臥子，號大樽，松江華亭人。崇禎十年（西元 1637 年）進士。後欲結義兵抗清，事洩被獲，乘間投水死。乾隆間，追諡忠裕。著有《陳忠裕全集》，附詩餘一卷。詞原有《湘真閣存稿》、《江蘺檻》兩種，早經散佚，今所傳為王昶輯本。②遠山樓：借指女子居處。湯顯祖《紫釵記・泣玉》：「則他遠山樓上費精神，舊模樣直恁翠眉顰。」王彥泓〈夢遊〉：「繡被鄂君仍眺賞，篷窗新署遠山樓。」③金屈戌：見後〈浣溪沙〉（萬里陰山萬里沙）。

[評析]

這首〈浣溪沙〉借寫閨中拂曉情景，如簟紋燈影愁，嬌暈酲欲流，殘月窺屈戌，軟風蕩簾鉤，夢迴遠山樓，鄰女喚梳頭，景象朦朧，情態嬌慵，以發抒無奈心緒。「簟紋燈影一生愁」，是說為了愛，夢一生，愁一生，堪稱納蘭情感世界的縮影。〈浣溪沙〉這個詞調跟〈玉樓春〉一樣，都能比較典型、直觀地展現出詞之形體由齊言句演變至長短句所遺留的痕跡，因為全篇無一不是整齊的七言句式，所以尤其是過片二句，容易寫出工整的對句來，類似於七律中的頷聯或頸聯，如此詞中的「殘月暗窺」二句。

納蘭所和之作是陳子龍《幽蘭草》中的〈浣溪沙・五更〉：「半枕輕寒淚暗流。愁時如夢夢時愁。角聲初到小紅樓。風動殘燈搖繡幕，花籠微月淡簾鉤。陡然舊恨上心頭。」陳子龍是「開三百年來詞學中興之盛」（龍榆生《近三百年名家詞選》陳氏小傳）的重要詞史人物。以他為代表的雲間詞派，是明清之交特定的社會環境和詞學背景中湧現出的文學流派，在詞學上以復古為革新，具體而言，是指他們有鑑於明詞創作中「時復近曲」的現象，追本窮源，梳理詞史，推獎五代、北宋，貶抑南宋，正如陳

浣溪沙

氏《幽蘭草・題詞》所云：「晚唐語多俊巧而意鮮深至，比之於詩，猶齊梁對偶之開律也。自金陵二主以至靖康，代有作者，或穠纖婉麗，極哀豔之情；或流暢淡逸，窮盼倩之趣。然皆境由情生，辭隨意啟，天機偶發，母音自成，繁促之中尚存高渾，斯為最盛也。南渡以還，此聲遂渺。寄慨者亢率而近於傖武，諧俗者鄙淺而入於優伶，以視周、李諸君，即有彼都人士之嘆。」陳子龍所作，完整展現了這些觀念。現存《幽蘭草》55首，成於明亡以前，意欲回歸五代詞風，卻「更多接過的是《花間》傳統」（張宏生《清詞探微》）。不過，時代畢竟不同，身分也大異，作為愛國志士，面對即將分崩離析的天下大勢，即使倚紅偎翠，也不可能無動於衷，所以，在承接晚唐五代詞風的同時，也會有意無意注入由作者本身的學養、抱負所決定的某些志意，從而開闊作品的境界。上述〈浣溪沙・五更〉正是如此，內涵複雜，寄慨遙深。同理，世易時移，納蘭詞雖稱和韻，實僅為泛泛豔麗之曲，不可與原作等量齊觀。陳廷焯對納蘭這首詞整體評價較高：「（上片）秀絕矣，亦自悽絕。結句從旁面生情。」（《雲韶集》卷十五）「調和意遠，似此真不愧大雅矣，古今豔詞亦不多見也。惜全篇平平。」（《詞則・閒情集》）其中「全篇平平」之語，或即指不及陳子龍詞遠甚。

浣溪沙

伏雨[①]朝寒愁不勝。那能還傍杏花行。去年高摘鬥輕盈[②]。漫惹爐煙雙袖紫，空將酒暈一衫青。人間何處問多情。

[注釋]

①伏雨：見後〈菩薩蠻〉(闌風伏雨催寒食)。②「去年」句：吳偉業〈浣溪沙〉：「斷頰微紅眼半醒。捐人驀地下階行。摘花高處賭身輕。細撥薰爐香繚繞，嫩塗吟紙墨欹傾。慣猜閒事為聰明。」

[評析]

這首〈浣溪沙〉描繪出一種多情無奈之感，伏雨朝寒，懶傍花行，爐煙紫袖，酒暈青衫，原是「杏花」依舊，人面不再，往歲歡愉，而今惘然，寫來清麗空濛，不勝情愁，讀之有崔護重來對花傷情之意。汪刻本以異文頗多，另錄作一首：

酒醒香銷愁不勝。如何更向落花行。去年高摘鬥輕盈。夜雨幾番消瘦了，繁華如夢總無憑。人間何處問多情。

其實大可不必，儘管改動之處並不涉及關鍵的點明情傷緣由的第三、六兩句。

文學史上，類似的修訂初稿的情形比較多見，有的甚至差不多就是重寫一次，這代表的主要是一種精益求精的精神。王安石反覆推敲「春風又綠江南岸」之「綠」字，是一個眾所周知的典型。詞史上的情況也許更為常見。況周頤《蕙風詞話‧附錄》即有過這樣的記載：「一詞作成，當前不知其何者須改，黏之壁上，明日再看，便覺有未愜者。取而改之，仍黏壁上。明日再看，覺仍有未愜，再取而改之。如此者數四，此陳蘭甫（即陳澧）改詞法也。」後來者從改稿的過程中，不僅能夠總結出後出轉精的一般規律，更重要的是，可以獲得一些在創作上值得借鑑的東西。黃庭堅〈題子瞻枯木〉的定稿和任淵註文所引初稿，是又一個著名的例證：「折衝儒墨陣堂堂，書入顏楊鴻雁行。胸中元自有丘壑，故作老木蟠風

浣溪沙

霜。」、「文章日月與爭光，書入顏楊鴻雁行。筆端放浪有江海，臨深枯木飽風霜。」納蘭詞亦當作如是觀，求真更兼其善。

浣溪沙

記綰長條欲別難[1]。盈盈自此隔銀灣[2]。便無風雪也摧殘。

青雀幾時裁錦字[3]，玉蟲連夜剪春幡[4]。不禁辛苦況[5]相關。

[注釋]

①「記綰（ㄨㄢˇ）」句：折柳贈別。張喬〈維揚故人〉：「離別河邊綰柳條，千山萬水玉人遙。」②「盈盈」句：銀灣，銀河。〈古詩十九首〉：「迢迢牽牛星，皎皎河漢女。盈盈一水間，脈脈不得語。」朱彝尊〈風入松〉：「穿針縱有他生約，悵迢迢、路斷銀灣。」③「青雀」句：青雀，青鳥，借指信使。錦字，書信。〈漢武故事〉：「七月七日，上於承華殿齋。日正中，忽見有青鳥從西方來，集殿前。上問東方朔，朔對曰：西王母暮必降尊像。……有頃，王母至。」李商隱〈漢宮詞〉：「青雀西飛竟未回，君王長在集靈臺。」李璟〈攤破浣溪沙〉：「青鳥不傳雲外信，丁香空結雨中愁。」④「玉蟲」句：玉蟲，燈花。楊萬里〈和范至能參政寄二絕句〉：「錦字展開看未足，玉蟲挑盡不成眠。」《歲時風土記》：「立春之日，士大夫之家，剪綵為小幡，或懸於家人之頭，或綴於花枝之下。」⑤況：張相《詩詞曲語辭彙釋》：「況，猶正也，適也。與況且之本義異。」

[評析]

這首〈浣溪沙〉寫離情別怨，模擬顧夐同調之作的痕跡比較明顯：「惆悵經年別謝娘。月窗花院好風光。此時相望最情傷。青鳥不來傳錦字，

瑤姬何處鎖蘭房。忍教魂夢兩茫茫。」納蘭詞學唐五代詞，詞格清麗婉雅是一個方面的表現。更為重要的是，透過對上、下片綰結之句痛下鍛練工夫，以收騰挪跌宕之效，甚至使之成為一種相對固定的寫法，在類似題材的作品中「屢試不爽」，而又較之花間普泛化抒情模式更為明確、具體。這是納蘭在詞法探索上的貢獻。

納蘭還有一首〈臨江仙·寒柳〉（飛絮飛花何處是），在想法上確實多所借鑑這首〈浣溪沙〉。這一點，一些學者已經敏銳地指出過。僅就詠柳而言，文學史上的優秀作品可以稱得上浩如煙海，其中頂尖之作所彰顯的詩法詞法，也是層出不窮。納蘭的篇章作為這片詩海中的一朵浪花，既有不避重複，因而不免微受詬病的一面，也有打破桎梏，努力求變的另一面。後者，在納蘭的另外一首〈臨江仙〉（夜來帶得些兒雪）中就有所展現。清代作家往往在創作中展現出一種建立在學習之上，同時有所超越的自覺。比如，與這首詞下片寫盼望重聚相似，後來厲鶚的〈楊柳枝詞〉也在幽懷難遣中寫出蜜意濃情：「玉女窗前日未曛，籠煙帶雨漸氤氳。柔黃願借為金縷，繡出相思寄與君。」卻又不像納蘭詞那樣明顯地哀怨叢生。

浣溪沙

誰念西風獨自涼[①]。蕭蕭黃葉閉疏窗。沉思往事立殘陽[②]。被酒[③]莫驚春睡重，賭書消得潑茶香[④]。當時只道是尋常。

[注釋]

[①]「誰念」句：秦觀〈減字木蘭花〉：「天涯舊恨。獨自淒涼人不問。」
[②]「沉思」句：李珣〈浣溪沙〉：「鏤玉梳斜雲鬢膩，縷金衣透雪肌香。暗

浣溪沙

思何事立殘陽。」③被酒：醉酒，中酒。史達祖〈探芳信〉：「謝池曉。被酒滯春眠，詩縈芳草。」張先〈青門引〉：「庭軒寂寞近清明，殘花中酒，又是去年病。」④「賭書」句：李清照〈金石錄後序〉：「余性偶強記，每飯罷，坐歸來堂烹茶，指堆積書史，言某事在某書某卷第幾頁第幾行，以中否角勝負，為飲茶先後。中即舉杯大笑，至茶傾覆懷中，反不得飲而起。」

[評析]

這是一首悼亡詞。西風瑟瑟，黃葉蕭蕭，死生契闊，獨立殘陽思往事；被酒春睡，賭書潑茶，執子之手，當時只道是日常。全篇以景含情，借典為喻，在追憶一去不返的往日美好中，寫盡今日痛徹心腑的悽愴酸楚與寂寥悲黯，簡約而不簡單。

易祓有一首〈喜遷鶯‧春感〉：「帝城春晝。見杏臉桃腮，胭脂微透。一霎兒晴，一霎兒雨，正是催花時候。淡煙細柳如畫，雅稱踏青攜手。怎知道、那人，獨倚闌干消瘦。別後。音信斷，應是淚珠，滴遍香羅袖。記得年時，膽瓶兒畔，曾把牡丹同嗅。故鄉水遙山遠，怎得新歡如舊。強消遣，把閒愁推入，花前杯酒。」黃簡有一首〈眼兒媚〉：「畫樓瀨水翠梧陰。清夜理瑤琴。打窗風雨，逼簾煙月，種種關心。當時不道春無價，幽夢費重尋。難忘最是，鮫綃暈滿，蟬錦香沉。」況周頤將納蘭此篇與上引二者對讀，認為黃詞「當時不道」二句，「非深於詞不能道，所謂詞心也」（《蕙風詞話》卷二）。易詞「記得年時」三句，「語小而不纖。極不經意之事，信手拈來，便覺旖旎纏綿，令人低徊不盡」（《蕙風詞話》續編卷一）。「工於寫情」的納蘭詞，也可以這樣解讀。甚是。大凡有萬不得已之詞心者，所作自能「信手拈來」，搖盪人心，看似日常最奇絕。

浣溪沙

十八年來墮世間①。吹花嚼蕊弄冰弦②。多情情寄阿誰③邊。紫玉釵斜燈影背，紅棉粉冷枕函偏④。相看好處卻無言⑤。

[注釋]

①「十八年」句：李商隱〈曼倩辭〉：「十八年來墮世間，瑤池歸夢碧桃閒。」②「吹花」句：李商隱〈柳枝五首‧序〉：「柳枝，洛中里娘也。……生十七年，塗妝綰髻，未嘗竟，已復起去。吹葉嚼蕊，調絲擫管，作天海風濤之曲，幽憶怨斷之音。」劉一止〈夢橫塘〉：「念誰伴、塗妝綰結。嚼蕊吹花弄秋色。」冰弦，琴弦。《楊太真外傳》：拘彌國琵琶弦，為冰蠶絲所製。③阿誰：誰。晏殊〈木蘭花〉：「未知心在阿誰邊，滿眼淚珠言不盡。」(此首別又見歐陽脩《近體樂府》卷二)④「紫玉」二句：蔣防〈霍小玉傳〉：「曾令侍婢浣沙將紫玉釵一只詣侯景先家貨之。」賀鑄〈菩薩蠻〉：「絳紗燈影背。玉枕釵聲碎。」周邦彥〈蝶戀花〉：「喚起雙眸清炯炯。淚花落枕紅棉冷。」枕函，木製或瓷製枕，中空，可收藏物件。韋莊〈思帝鄉〉：「髻墜釵垂無力，枕函欹。」⑤「相看」句：湯顯祖〈牡丹亭‧驚夢〉：「是那處曾相見，相看儼然，早難道好處相逢無一言。」

[評析]

這首〈浣溪沙〉，在納蘭的情詞中算是一個「異數」。儘管很多學者對詞中具體描寫對象頗有不同看法，但無論如何，這首詞的風格與納蘭詞一貫的哀戚傷神迥不相侔，是可以確定的。或許正是由於詞作背景多方面的不同日常，才帶來了寫法上的若干變化，對其可能的取法對象——歐陽炯的同調之作：「落絮殘鶯半日天。玉柔花醉只思眠。惹窗映竹滿爐

浣溪沙

煙。獨掩畫屏愁不語,斜欹瑤枕髻鬟偏。此時心在阿誰邊。」——也不是亦步亦趨。納蘭詞最主要的改變是,以充滿熱情和喜悅的筆調描繪對象的情態以及兩人相處的情景,而且似乎也沒有試圖迴避一些什麼的意思。事實上,納蘭在康熙二十三年(西元1684年)寫給顧貞觀的信裡就這樣說過:「昔人言,身後名不如生前一杯酒,此言大是。弟是以甚慕魏公子之飲醇酒、近婦人也。……弟胸中塊壘,非酒可澆,庶幾得慧心人以晤言消之而已。淪落之餘,久欲葬身柔鄉,不知得如鄙人之願否耳。」(《納蘭詞箋校·附錄》)這有助於我們更為全面、直觀地了解納蘭真實的情感生活。

使用曲文乃至貫穿作曲的精神於詞,是以曲為詞的組成部分,在清初一些詞作中屢有表現。「西泠十子」之一的沈謙即時以曲家手眼填詞,如〈浪淘沙·春恨〉:「彈淚溼流光。悶倚迴廊。屏間金鴨裊餘香。有限青春無限事,不要思量。只是軟心腸。驀地悲傷。別時言語總荒唐。寒食清明都過了,難道端陽。」一般認為,這是仍然未能脫盡明詞習氣的一種表現。及至晚清,詞曲互參似乎更為頻繁。如項鴻祚的擬作〈菩薩蠻·戲仿元人小令〉:「夜來風似郎蹤惡。曉來雲似郎情薄。窗外柳飛綿。問郎心那邊。誓盟全是假。只合將花打。見面說相思。知人知不知。」的確自然顯暢。又如黃燮清以輕快語勢表現漂泊離愁的〈蘇幕遮〉:「客衣單,人影悄。越是天涯,越是秋來早。雨雨風風增懊惱。越是黃昏,越是蟲聲鬧。別情濃,歸夢渺。越是思家,越是鄉書少。一幅疏簾寒料峭。越是銷魂,越是燈殘了。」別有韻致,似得力於他所擅長的戲曲創作。在這方面,女性詞人也不例外。如許德的〈一剪梅·秋別〉:「一陣涼生一片秋。渺渺煙波,輕送扁舟。橫空雁影叫西風,望斷天涯,更上層樓。但見行雲逐水流。霜葉千林,盡是離愁。計程猶住古餘杭,為避潮頭,未過江頭。」以〈西廂記〉中「曉來誰染霜林醉,總是離人淚」入詞,在清代嚴厲

批評以曲入詞的大環境中，頗能見出膽魄。當然，清人詞論對於以曲為詞往往表現出評價標準上的雙重性，或者理論譴責和實際創作之間的悖反，這是詞學大環境下的小生態。這首〈浣溪沙〉，尾句用〈牡丹亭〉曲文入詞，偶一為之，卻也跟全篇輕麗的風調很是合拍。化用曲文，在納蘭詞中非屬僅見，如另一首〈菩薩蠻〉中「荒雞再咽天難曉」，也似直接源自〈牡丹亭‧冥誓〉中「夢迴遠塞荒雞咽。覺人間風味別」。

浣溪沙

蓮漏①三聲燭半條。杏花微雨濕紅綃②。那將紅豆寄無聊③。春色已看濃似酒④，歸期安得信如潮⑤。離魂入夜倩⑥誰招。

[注釋]

①蓮漏：李肇《唐國史補》卷中：「初，惠遠以山中不知更漏，乃取銅葉製器，狀如蓮花，置盆水之上，底孔漏水，半之則沉。每晝夜十二沉，為行道之節，雖冬夏短長，雲陰月黑，亦無差也。」李彭老〈壺中天〉：「怨鶴知更蓮漏悄，竹裡篩金簾戶。」②「杏花」句：志南〈絕句〉：「沾衣欲濕杏花雨，吹面不寒楊柳風。」③「那將」句：白居易〈罷杭州領吳郡寄三相公〉：「那將最劇郡，付與苦慵人。」韓偓〈玉合〉：「羅囊繡兩鳳凰，玉合雕雙。中有蘭膏漬紅豆，每回拈著長相憶。」④「春色」句：葛勝仲〈臨江仙〉：「二月風光濃似酒，小樓新濕青紅。」元好問〈西園〉：「皇州春色濃如酒，醉煞西園歌舞人。」⑤信如潮：李益〈江南曲〉：「早知潮有信，嫁與弄潮兒。」⑥倩：請。朱敦儒〈相見歡〉：「試倩悲風吹淚、過揚州。」

浣溪沙

[評析]

　　這首詞寫早春相思別愁。杏花微雨，蓮漏三聲，紅豆記無聊，春色如酒，歸信不得，離魂倩誰招。日常離情，寫來頗有耐人咀嚼處。上片結句，用一個生動而又典型的細節，形象地傳寫出無聊心緒，與歐陽炯〈賀明朝〉中的「暗拋紅豆」異曲同工：「憶昔花間相見後。只憑纖手。暗拋紅豆。人前不解，巧傳心事，別來依舊。辜負春晝。碧羅衣上蹙金繡。睹對對鴛鴦，空裏淚痕透。想韶顏非久。終是為伊，只恁偷瘦。」過片二句，寫盼斷歸期。在原本描摹美景、良辰的句子中嵌入「已看」、「安得」，透露出一種苦澀、無望之感，是說離人歸期無期，即便是春光明媚，也無心欣賞。結句「倩誰招」三字，是期待夢中相逢，以解思念之苦，而正話反說，將悽苦、無奈的心情進一步推向高潮。

　　整篇詞作中包蘊的心思，跟陳允平〈蝶戀花〉接近，而筆路不同：「寂寞長亭人別後。一把垂絲，亂拂閒軒牖。三月春光濃似酒。傳杯莫放纖纖手。金縷依依紅日透。舞徹東風，不減蠻腰秀。撲鬢楊花如白首。少年張緒心如舊。」其中比較明顯的一點是，納蘭情詞喜歡使用室內景緻為意象，同時又以跟室內人物活動相關的自然景象為輔，這又跟小山詞有相似之處。

浣溪沙

　　身向雲山那畔行。北風吹斷馬嘶聲。深秋遠塞若為情[①]。一抹晚煙荒戍壘，半竿斜日[②]舊關城。古今幽恨幾時平。

[注釋]

①若為情：張相《詩詞曲語辭彙釋》：「若為情，猶云何以為情或難以為情也。」李珣〈定風波〉：「簾外煙和月滿庭。此時閒坐若為情。」②半竿斜日：張孝祥〈眼兒媚〉：「半竿殘日，兩行珠淚，一葉扁舟。」

[評析]

這首詞作於康熙二十一年（西元 1682 年）覘梭龍時。深秋遠塞，風吼馬嘶，荒煙落照，故壘廢戍，一派悲涼景象，而蒼涼今昔之感無處不在。此時此地的「幽恨」難平，涵蓋古今，哀婉動人，基本上就是李華在〈弔古戰場文〉中表達過的意思：「浩浩乎平沙無垠，敻不見人，河水縈帶，群山糾紛。黯兮慘悴，風悲日曛。蓬斷草枯，凜若霜晨。鳥飛不下，獸鋌亡群。亭長告余曰：『此古戰場也。嘗覆三軍。往往鬼哭，天陰則聞。』傷心哉！秦歟？漢歟？將近代歟？」、「蒼蒼蒸民，誰無父母？提攜捧負，畏其不壽。誰無兄弟，如足如手？誰無夫婦，如賓如友？生也何恩？殺之何咎？其存其沒，家莫聞知。人或有言，將信將疑。悁悁心目，寢寐見之。布奠傾觴，哭望天涯。天地為愁，草木淒悲。弔祭不至，精魂何依？必有凶年，人其流離。嗚呼噫嘻！時耶？命耶？從古如斯。為之奈何？守在四夷。」只是，囿於詞體文學樣式自身的限制，萬般感慨，高度濃縮。就此而言，納蘭的「幽恨」，應該不會只是與明清之際的戰事有關。

和納蘭同時代的馮雲驤有兩首〈憶秦娥・弔古戰場〉：「煙明滅。戰場遙望沙如雪。沙如雪。蕭條老木，西風淒烈。野花黯淡英雄血。驚蓬斷草殘戈折。殘戈折。清霜鬼語，聲聲幽咽。」、「斜陽裡。浮雲慘淡天如水。天如水。戰場懷古，荒墩殘壘。西風剪剪紅旗死。秋林落葉驚鴉起。驚鴉起。不堪極目，平沙千里。」與納蘭詞相似的內容和淒婉之情，其中也有所表現，可以對讀。

浣溪沙・大覺寺①

燕壘空梁畫壁寒②。諸天花雨散幽關③。篆香清梵有無間④。蛺蝶乍從簾影度,櫻桃半是鳥銜殘⑤。此時相對一忘言⑥。

[注釋]

①大覺寺:京中、河北有數處大覺寺,不詳所指。②「燕壘」句:薛道衡〈昔昔鹽〉:「暗牖懸蛛網,空梁落燕泥。」韓愈〈山石〉:「僧言古壁佛畫好,以火來照所見稀。」③「諸天」句:諸天,佛經以神界眾神位或護法眾天神為諸天。花雨,佛既說法,諸天讚其功德,散花如雨。幽關,佛門深幽。④「篆香」句:篆香,盤香。洪芻《香譜》:「近世尚奇者作香,篆其文,準十二辰,分一百刻,凡燃一晝夜而已。」秦觀〈減字木蘭花〉:「欲見迴腸。斷盡金爐小篆香。」清梵,誦經之聲。⑤「櫻桃」句:王維〈賜百官櫻桃〉:「才自寢園春薦後,非關御苑鳥銜殘。」⑥忘言:《莊子・外物》:「言者所以在意,得意而忘言。」

[評析]

這是一首記遊詞。全篇牢牢抓住寺廟內外景緻予以刻劃,經過「空」、「寒」、「幽」、「清」等字眼連綴,能夠突出景觀的特殊性,再加上習慣性地(或者是特意地)以第三、六兩句分別收束上、下兩片,畫龍點睛,所以,令人讀來有些許的遺貌取神之感,甚至於還有幾分莫名的感傷和隱隱的禪意,悠然而至。

寺廟記遊題詠詩詞,常建的〈題破山寺後禪院〉是一座高峰:「清晨入古寺,初日照高林。曲徑通幽處,禪房花木深。山光悅鳥性,潭影空人心。萬籟此都寂,但餘鐘磬音。」首二句點題,以下六句愈轉愈靜。「山

光」二句寫優遊中的會悟，清警閒雅，堪為千古名句。在詞史上，黃庭堅間以禪理入詞。如果說，〈訴衷情〉（一波才動萬波隨）結三句「水寒江靜，滿目青山，載月明歸」，還只是用自然超妙之景，象徵自己覺悟解脫之後由凡入聖的心志襟懷的話，那麼，〈漁家傲〉則近乎以禪為詞，闡釋至法無法、純任本然之理：「三十年來無孔竅，幾回得眼還迷照。一見桃花參學了。呈法要，無絃琴上單于調。摘葉尋枝虛半老，拈花特地重年少。今後水雲人欲曉，非玄妙。靈雲合被桃花笑。」相比於黃庭堅的更為自覺和深入，納蘭詞的結句「此時相對一忘言」，雖約略有一絲禪理含蘊其中，但也僅此而已，不如其另一首〈浣溪沙〉中的禪意那麼明顯：

　　拋卻無端恨轉長，慈雲稽首返生香。妙蓮花說試推詳。但是有情皆滿願，更從何處著思量。篆煙殘燭並迴腸。

　　同在清初，較之納蘭，陳維崧的類似作品雖然非關禪理，但在寫法上有竭力掘進之勢。如〈鬲溪梅令〉的活潑靈動：「花前小寺背春城。不知名。淼淼夕陽金剎、著波平。風光難畫成。阿師洗鉢趁新晴。隔溪行。閒鎖階前梅萼、一枝橫。僧雛學弄笙。」〈春雲怨〉的閒麗沉靜：「春山六幅。和山前春水，朝來齊綠。指點前村古寺，隔水經幡煙際矗。竟買蜻蜓，斜穿略徑，搖皺溪梢一痕玉。隱隱鐘聲，迢迢僧語，風亞半牆竹。遙青媚寺添幽獨。意中人拾到，吟情倍足。小院松濤又將熟。笑問空王，十載塵襟，一時盡沐。斜日歸莊，落紅成陣，依舊閒愁萬斛。」〈念奴嬌〉則多顯叱吒與磅礡：「長江之上，看枝峰蔓壑，盡饒霸氣。獅子寄奴生長處，一片雄山莽水。怪石崩雲，亂崗淋雨，下有黿鼉睡。層層都狹，飛而食肉之勢。只有鐵甕城南，群山贏秀，畫出吳天翠。絕似小喬初嫁與，顧曲周郎佳婿。竹院盤陀，松寮峭蒨，最愛林皋寺。徘徊難去，夕陽煙磬沉未。」張德瀛有云：成、陳兩家「詣力」，「猶之晉侯不能

乘鄭馬，趙將不能用楚兵」，「固判然各別也」(《詞徵》卷六)。從上引陳維崧的最後一首詞來看，的確如此。

浣溪沙・古北口①

　　楊柳千條②送馬蹄。北來征雁舊南飛。客中誰與換春衣③。終古閒情歸落照，一春幽夢④逐游絲。信回剛道⑤別多時。

[注釋]

　　①古北口：京北長城關隘之一。孫承澤〈天府廣記〉：「古北口在密雲縣東北一百二十里，兩崖壁立，中有路僅容一車。」②楊柳千條：沈佺期〈奉和春日幸望春宮應制〉：「楊柳千條花欲綻，葡萄百丈蔓初縈。」③「客中」句：陸游〈聞雁〉：「過盡梅花把酒稀，熏籠香冷換春衣。秦關漢苑無消息，又在江南送雁歸。」④一春幽夢：趙彥端〈秦樓月〉：「為君細拂衾羅馥。衾羅馥。一春幽夢，與君相續。」⑤剛道：偏說。蘇軾〈水調歌頭〉：「堪笑蘭臺公子，未解莊生天籟，剛道有雌雄。」

[評析]

　　這首詞，雖可以「換春衣」句作為推測依據，但作期難定。塞外奔忙，思鄉念親，當此一懷愁緒莫之能解之際，家書來到，偏說北雁南飛，距離當初依依惜別已有時日，未知何人替你操持換季衣裳，念念深情，溢於言表，讀之不禁悵然。過片二句工整，「閒情」非等閒之情，「逐游絲」反扣起首句挽柳送別情景，巧妙自然地引出結句「剛道別多時」所包含的情感碰撞，更顯跌宕有致，韻味深長。

「古北口」作為一個重要隘口，在某些文學作品中的象徵意義似乎要大於它的現實意義，清初的一些文人因而對其情有獨鍾。顧炎武曾在同題詩作中這樣寫道：「霧靈山上雜花生，山下流泉入塞聲。卻恨不逢張少保，磧南猶築受降城。」明顯是傷心人語，別有懷抱。納蘭與之心境迥異，所以著眼點絕然不同，不僅會在詞作中抒發「閒情」、「幽夢」，而且會在同題詩作末尾由衷地表達出喜悅之情：

亂山如戟擁孤城，一線人爭鳥道行。地險東西分障塞，雲開南北望神京。新圖已入三關志，往事休論十路兵。都護近來長不調，年年烽火報昇平。

在同一地點，愛新覺羅・玄燁也有詩作：「斷山逾古北，石壁開峻遠。形勝固難屏，在德不在險。」文學價值也許的確像通常認為的那樣不堪，但明確表達出注重修明政治之意，是政治人物高屋建瓴式的口吻。納蘭跟這位同齡人相比，至少在胸懷和氣度上，能夠見出小大之別。

浣溪沙

敗葉填溪水已冰。夕陽猶照短長亭①。何年廢寺失題名②。倚馬客臨碑上字，鬥雞人撥佛前燈③。淨消塵土禮金經④。

[注釋]

①短長亭：〈白孔六帖〉：「十里一長亭，五里一短亭。」②題名：米芾〈山光寺〉：「一一過僧談舊事，遲遲繞壁認題名。」③「鬥雞人」句：陳鴻《東城老父傳》：賈昌期以善鬥雞享榮華富貴，安史亂起，皈依佛門。李曾伯〈滿江紅〉：「走馬鬥雞年少趣，椎牛釃酒軍中樂。」④金經：〈金剛經〉。

浣溪沙

[評析]

  這首詞寫見到廢寺而感動生情。詞作先透過簡約與組合敗葉、寒水、殘陽等衰颯意象，描繪出失名廢寺破敗不堪的景象，再透過運典，寫曾經香火興旺的寺廟竟然荒廢至此，正是世間一切繁華轉瞬即逝的縮影，就像翩翩佳公子一樣也會淹留於此一樣。全篇似有勘破滾滾紅塵的頓悟，同時也透露出不勝今昔的悲涼感喟。從這種意義上講，汪刻本結句作「勞勞塵世幾時醒」，的確如《飲水詞箋校》所云「更見警策」。

  因為社會和家庭的影響，納蘭早年受到過佛教思想的薰陶，也接觸過一些佛典。比較直接的表現是，〈淥水亭雜識〉中載有較多的佛寺資料，詞集取名「飲水」以及自號「楞伽山人」等。納蘭的漢族友人中，顧貞觀、陳維崧分別以「彈指」、「迦陵」名集，也屬於類似的情形，並且有可能與納蘭相互產生影響。更為明顯的表現是在他的詞作中，除前文已涉及者外，還有如〈眼兒媚・中元夜有感〉：

  手寫香臺金字經。唯願結來生。蓮花漏轉，楊枝露滴，想鑑微誠。欲知奉倩神傷極，憑訴與秋擎。西風不管，一池萍水，幾點荷燈。

  以及〈水調歌頭・題西山秋爽圖〉：

  空山梵唄靜，水月影俱沉。悠然一境人外，都不許塵侵。歲晚憶曾遊處，猶記半竿斜照，一抹界疏林。絕頂茅庵裡，老衲正孤吟。雲中錫，溪頭釣，澗邊琴。此生著幾兩屐，誰識臥遊心。準擬乘風歸去，錯向槐安回首，何日得投簪。布襪青鞋約，但向畫圖尋。

  後一首，甚至包含了一定的禪隱思想，略如姜宸英挽納蘭詩所云：「心期如有託，寂寞去塵寰。」不過，整體看來，納蘭似乎只是試圖從佛理中獲取精神資源，以求解脫，而事實上卻又總是不免剪不斷，理還亂。這種極其矛盾而又真實的狀態——葉昌熾〈藏書紀事詩〉按語所云

有助於理解這種狀態：「武進費屺懷（即費念慈）同年藏容若玉印，一面鐫『繡佛齋』，一面鐫『鴛鴦館』。」——往往極能扣人心弦，從而影響到讀者解讀和理解其作品。

浣溪沙

　　萬里陰山①萬里沙，誰將綠鬢鬥霜華②。年來強半在天涯。魂夢不離金屈戌，畫圖親展玉鴉叉③。生憐瘦減一分花④。

[注釋]

　　①陰山：今中國河套以北、大漠以南諸山統稱陰山。《史記・秦始皇本紀》：「自榆中並河以東，屬之陰山。」王昌齡〈出塞〉：「但使龍城飛將在，不教胡馬度陰山。」②「誰將」句：李白〈怨歌行〉：「沉憂能傷人，綠鬢成霜蓬。」③「魂夢」二句：金屈戌，門窗上的銅製環鈕。李商隱〈驕兒〉：「凝走弄香奩，拔脫金屈戌。」玉鴉叉，玉製的叉子。郭若虛《圖畫見聞志》卷六：（張文懿）「每張畫，必先施帟幕，畫叉以白玉為之。」李商隱〈病中聞河東公樂營置酒口占寄上〉：「鎖門金了鳥，展幛玉鴉叉。」了鳥即屈戌。④「生憐」句：生憐，甚憐。《牡丹亭・寫真》：「春夢暗隨三月景，曉寒瘦減一分花。」

[評析]

　　在以往的邊塞之作中，經常會出現女性形象，其手法往往是男性作者從自己的對面寫。如王昌齡的〈從軍行〉：「烽火城西百尺樓，黃昏獨上海風秋。更吹羌笛關山月，無那金閨萬里愁。」不說戍邊者思家，偏說家

浣溪沙

中人愁苦。後來，便慢慢成為既定的格套之一，如耿湋〈關山月〉：「月明邊徼靜，戍客望鄉時。塞古柳衰盡，關寒榆發遲。蒼蒼萬里道，戚戚十年悲。今夜青樓上，還應照所思。」

清初的邊塞詞承襲前代邊塞詩詞而來，也喜歡這樣寫，其中又以納蘭的詞值得大書一筆。納蘭和妻子的感情本來就很深，有了出使邊塞的媒介，就更能在這個傳統寫法中騰挪生新。如這首〈浣溪沙〉，在艱苦的環境中，本來應該清減的是邊塞之人，作品卻別出心裁，寫夢魂回家，妻子因思念而瘦削，比起王昌齡的作品，顯得更加具體。又如〈浪淘沙〉：

野宿近荒城。砧杵無聲。月低霜重莫閒行。過盡征鴻書未寄，夢又難憑。身世等浮萍。病為愁成。寒宵一片枕前冰。料得綺窗孤睡覺，一倍關情。

不寫夢而寫想像，其實跟〈浣溪沙〉是一個意思。詞中說征戍在外，環境惡劣，心情孤寂，書難寄達，夢又無憑，因愁成病，孤衾冷清，乃有身世浮萍之感。最後一轉，卻又寫到妻子身上，說是料得此時對方是「一倍關情」。「這個『一倍』，並不是說他對妻子的思念就弱於對方，而是寫出兩人的相知」（張宏生《論清初邊塞詞》），也就更加具有表現力。

當然，這種從側面去寫，因而「一倍關情」的手法，絕非邊塞詩人所獨擅，一旦出現類似的、特定的情景，有創造力的詩人，甚至能夠藉以展現出更為懾人心魄的藝術魅力。如杜甫的〈月夜〉：「今夜鄜州月，閨中只獨看。遙憐小兒女，未解憶長安。香霧雲鬟溼，清輝玉臂寒。何時倚虛幌，雙照淚痕乾。」章法緊密，語麗情悲，詞旨婉切，是公認的千古卓絕之作。

浣溪沙

　　腸斷斑騅去未還，繡屏深鎖鳳簫寒①。一春幽夢有無間。逗雨疏花濃淡改，關心芳草淺深難②。不成③風月轉摧殘。

[注釋]

①「腸斷」二句：李商隱〈對雪二首〉之二：「關河凍合東西路，腸斷斑騅送陸郎。」《風俗通》：「《尚書》，舜作〈簫韶〉九成，鳳凰來儀。其形參差，像鳳之翼。」辛棄疾〈江神子〉：「繡閣香濃，深鎖鳳簫聲。」②「逗雨」二句：李賀〈李憑箜篌引〉：「女媧煉石補天處，石破天驚逗秋雨。」《楚辭・招隱士》：「王孫遊兮不歸，芳草生兮萋萋。」③不成：猶難道、不料。周紫芝〈千秋歲〉：「春去也，不成不為愁人住。」

[評析]

　　這首詞模擬女性口吻寫別恨離愁。征人遠行在外，閨中寂寞傷懷，神情恍惚中，面對春雨淅瀝，花草嬌美，非但沒有心情去欣賞，反而更為傷心無奈。全篇纏綿哀怨，尤以過片「逗雨疏花濃淡改，關心芳草淺深難」二句語淡情濃，如果不是特別在意兩者包蘊的情感在深廣度上的天壤之別，這兩句還真有一絲「感時花濺淚，恨別鳥驚心」的味道。

　　早在南朝清商「西曲」中，〈襄陽樂〉就曾經站在女性的角度寫道：「朝發襄陽城，暮至大堤宿。大堤諸女兒，花豔驚郎目。」想像男子在旅途中驚豔於貌美如花的女子，傳達對遠行者移情別戀的隱憂。而江上聚散作為「西曲」中的常見主題，〈那呵灘〉又是這樣寫的：「離歡下揚州，相送江津灣。願得篙櫓折，交郎到頭還。」、「篙折當更覓，櫓折當更安。各自是官人，那得到頭還。」男女對唱，情深而無奈。如果把納蘭的這首〈浣

溪沙〉跟他的另一首同調「楊柳千條送馬蹄」合起來,並對照著〈那呵灘〉來看,會發現〈那呵灘〉其實在「男女對唱」一類寫法上,可以視為納蘭詞的遠源。納蘭另有兩首〈于中好〉(雁帖寒雲次第飛)、(冷露無聲夜欲闌),分寫兩地情思,與這兩首〈浣溪沙〉的情況相似。詞的起源問題,作為文體學研究中的一個難點,歷來眾說紛紜。在討論過程中,這一問題的要點往往可以簡化明確為源於何因、源於何時和源於何人(民間還是文人)三個方面,代表性的理論視角則包括形體說、風格說和音樂說三種。這裡所指出的有關納蘭詞的情形,自然不能作為風格起源說的例證來對待和使用,但仍然可以見出南朝民歌深刻影響詞體風格之一斑。

浣溪沙・小兀喇[1]

樺屋魚衣柳作城[2]。蛟龍[3]鱗動浪花腥。飛揚應逐海東青[4]。猶記當年軍壘跡,不知何處梵鐘聲。莫將興廢話分明。

[注釋]

①兀喇(ㄌㄚ):小兀喇即吉林烏喇,在今中國吉林省吉林市松花江畔。又有大兀喇,距小兀喇八十餘里,在今中國永吉縣。②「樺屋」句:黑龍江流域民族如赫哲族人舊俗,以樺木、樺樹皮築屋,以魚皮製衣,植柳如牆。③蛟龍:松花江中大小魚。④海東青:鵰之一種,產於中國東北。西清《黑龍江外紀》:「海青,一名海東青,身小而健捷異常。見鷹隼以翼搏擊,大者力能制鹿。」

[評析]

　　這首〈浣溪沙〉作於康熙二十一年（西元1682年）隨扈東巡時。納蘭本屬葉赫那拉氏，在部族戰爭中，被愛新覺羅部所滅，來到東北，經過明清戰場，經過曾是自己部族所在地的小兀喇一帶，儘管到了他這一代，已經完全融入愛新覺羅氏，但以他的善感，對王朝的興廢、人事的變遷，不能沒有觸動。詞先抓住滿族人生活中的典型情景──「樺屋」、「魚衣」、「柳作城」、「蛟龍」、「海東青」等，描繪出小兀喇特異的民俗風情，再由軍壘舊跡聯想到人世滄桑，油然而生興亡之嘆。不過，這種興亡之感，不比一般，有不能說、不忍說者，實在是無法「話分明」的。

　　一樣經過這塊土地的愛新覺羅·玄燁，心境就大不一樣：「松花江，江水清，夜來雨過春濤生，浪花疊錦繡縠明。彩帆畫鷁隨風輕，簫韶小奏中流鳴，蒼岩翠壁兩岸橫。浮雲耀日何晶晶，乘流直下蛟龍驚，連檣接艦屯江城。貔貅健甲皆銳精，旌旄映水翻朱纓，我來問俗非觀兵。松花江，江水清，浩浩瀚瀚衝波行，雲霞萬里開澄泓。」（〈松花江放船歌〉）玄燁的這首感奮之作，宏大雄渾，簡樸有力，與納蘭詞之幽微要眇不同。葉赫那拉氏另有一知名文人納蘭常安（西元1684～1755年），字履坦，滿洲鑲紅旗人。康熙三十二年（西元1693年）舉人，官至浙江巡撫，著有《受宜堂集》五十卷。如果將其作與納蘭性德的同類作品對讀，也許會有有意思的發現。

　　另外，同屬描摹邊塞風情，西北邊陲與東北還是有所不同。如晚清詞人沈鎤在〈摸魚兒‧聞楊南村名府於役西藏，詞以代柬〉中揭示的情形，可錄以對讀：「問幾人、讀書捧檄，出門遊萬千里。星星霜鬢嗟牢落，伴我放歌燕市。投筆起。驀走馬西風，鞭向秦川指。書來一紙。道星宿河源，穹廬部落，此去控雕騎。恆河岸，昔日布金寶地。古今風景

何似。黃沙白草羸羊臥，塞外玉關迢遞。君老矣。有挏酒酪漿，痛飲休辭醉。鬚眉若此。便拔劍狂歌，草書磨盾，吐盡豎儒氣。」

浣溪沙・姜女祠①

海色殘陽影斷霓。寒濤日夜女郎祠。翠鈿塵網上蛛絲。澄海樓②高空極目，望夫石在且留題。六王如夢祖龍非③。

[注釋]

①姜女祠：孟姜女廟，在山海關附近。《大清一統志・永平府二》：「姜女祠在臨榆縣東南並海里許。祠前土丘為姜女墳，傍有望夫石。」②澄海樓：《大清一統志・永平府二》：「澄海樓，在臨榆南寧海城上，前臨大海。明兵部主事王致中建。」③「六王」句：六王，戰國時齊、楚、燕、趙、韓、魏六國之王。杜牧〈阿房宮賦〉：「六王畢，四海一。」祖龍，秦始皇。《史記・秦始皇紀》：「今年祖龍死。」《集解》：「祖，始也；龍，人君象，謂始皇也。」

[評析]

「古史辨」派曾提出過「層累」的歷史的概念，即從很大意義上講，歷史基本上是由對歷史人物的評價構成的，但是這些評價，自後而前，卻總是免不了出現不同資訊的層層附著、累積，形成表象與真實之間的種種隔閡，歷史研究者的主要任務之一，就是要逐層拂去籠罩在歷史真實上的迷霧，恢復其本來面目。其中，孟姜女哭倒長城的悠久傳說，一直是被該派中人作為典型例證來使用的。不過，在文學家筆下，這個傳說

卻幾乎都是被當作借題發揮的歷史資源來對待的，是不是史有其事，對他們來說並不重要。

保存至今最為完整的姜女題詠碑，可能是出現在北宋仁宗年間的一首七絕詩碑：「哲婦叢祠倚翠嶺，哭城遺列可悲吟。秋霜勁節男兒事，何意天鍾女子心。」其「悲吟」的主題，堪稱典型。當然，吟詠的具體指向也不必侷限在「秋霜勁節」一端。愛新覺羅‧玄燁的同題詩作正是如此：「朝朝海上望夫還，留得荒祠半初山。多少征人埋白骨，獨將大節說紅顏。」康熙二十一年（西元1682年）隨扈東巡的納蘭所作也是這樣。在這首思古憂今的留題之作中，「殘陽」、「斷霓」、「寒濤」既是實景實寫，又可以看作是內心情緒的投射與外化，再經過與「翠鈿」意象有意無意的對照，全篇主旨──「祖龍非」也就在一路的層層鋪陳與烘托下，最終在樓高目「空」的歷史眺望與思考中噴湧而出。

風流子‧秋郊即事

　　平原草枯矣，重陽後，黃葉樹騷騷①。記玉勒青絲②，落花時節，曾逢拾翠③，忽憶吹簫。今來是，燒痕④殘碧盡，霜影亂紅凋。秋水映空，寒煙如織，皂雕飛處，天慘雲高⑤。人生須行樂⑥，君知否，容易兩鬢蕭蕭⑦。自與東君作別，剗地無聊⑧。算功名何許，此身博得，短衣射虎⑨，沽酒西郊。便向夕陽影裡，倚馬揮毫⑩。

[注釋]

　　①騷騷：風吹草木聲。徐凝〈莫愁曲〉：「玳瑁床頭刺戰袍，碧紗窗外葉騷騷。」②玉勒青絲：馬銜及韁繩。庾信〈三月三日華林園馬射賦〉：

089

風流子・秋郊即事

「控玉勒而搖星,跨金鞍而動月。」杜甫〈高都護驄馬行〉:「青絲絡頭為君老,何由卻出橫門道。」③拾翠:拾取翠鳥羽毛為飾物,代指遊春女子。曹植〈洛神賦〉:「或採明珠,或拾翠羽。」紀少瑜〈遊建興苑〉:「踟躕憐拾翠,顧步惜遺簪。」鄭谷〈省試春草碧色詩偶賦〉:「想得尋花徑,應迷拾翠人。」④燒痕:蘇軾〈正月二十日往岐亭郡人潘古郭三人送余於女王城東禪莊院〉:「稍聞決決流冰谷,盡放青青沒燒痕。」⑤「寒煙」三句:李白〈菩薩蠻〉:「平林漠漠煙如織。寒山一帶傷心碧。」皂雕,一種黑色大型猛禽。王昌齡〈城傍曲〉:「邯鄲飯來酒未消,城北原平掣皂雕。」天慘,日色昏暗。庾信〈小園賦〉:「風騷騷而樹急,天慘慘而雲低。」⑥「人生」句:楊惲〈報孫會宗書〉:「人生行樂耳,須富貴何時。」⑦蕭蕭:蘇軾〈次韻守狄大夫見贈〉:「華髮蕭蕭老遂良,一身萍掛海中央。」⑧「自與」二句:東君,司春之神。辛棄疾〈滿江紅〉:「可恨東君,把春去春來無跡。」〈詩詞曲辭語彙釋〉:「剗（ㄔㄢˇ）地,猶云只是也。引申之,則猶云依舊或照樣也。」⑨短衣射虎:杜甫〈曲江〉:「短衣匹馬隨李廣,看射猛虎終殘年。」⑩倚馬揮毫:《世說新語・文學》:「桓宣武北征,袁虎時從,被責免官。會須露布文,喚袁倚馬前令作,手不輟筆,俄得七紙,殊可觀。東亭在側,極嘆其才。」

[評析]

這首〈風流子〉收入《今詞初集》,是納蘭早期的作品。因為是一首秋天行獵詞,是對親身經歷的藝術還原,所以起手就能夠比較輕鬆地在今昔對比中抓住景物特點,如草枯葉騷,殘碧紅凋,寒煙秋水,皂雕飛唳,天慘雲高,為下片痛快淋漓地直抒胸臆,如兩鬢易蕭蕭,人生須行樂,功名在何許,沽酒射虎,倚馬揮毫等烘托氛圍。學者認為此篇有稼軒詞的味道,是比較敏銳的判斷。而此前況周頤的評價要更為具體:「意

境雖不甚深，風骨漸能騫舉，視短調為有進。更進，庶幾沉著矣。歇拍『便向夕陽』云云，嫌平易無遠致。」(《蕙風詞話》卷五) 當然，意不甚深，言不甚俗，本來就是納蘭詞的共性之一。

　　田茂遇在與張淵懿合輯的《清平初選後集》卷九中曾評賞納蘭的這首詞：「豪情雲舉，相見秋崗盤馬時。」跟後來況周頤的評論相比，田氏的肯定儘管未及其餘，卻在所評之一點上幾乎是毫無保留的。不過，更有意思的不是評論本身，而是評論的體式對象。納蘭能夠屹立於詞史之林的主要依據，一般認為，乃是瀰漫於其詞作中的哀戚之風，就體式而言，其精品大多不在長調部分。雲間派「不欲涉南宋一筆」(王士禛《花草蒙拾》)，在這裡評論的卻是他們一向並不在意的長調作品，這便是值得玩味的地方。《清平初選後集》刊刻於康熙十七年(西元 1678 年)，是雲間詞派的一部十卷本總結性選本。其中張氏〈凡例〉與田氏〈敘〉，揚棄同派前輩觀點，反思詞學演變歷程，與當時競相推出的多種詞籍所展現出的不同詞學觀點互相影響滲透，可以看出清初詞學發展分化又融合的趨勢。編者肯定納蘭這首寫作時間不長的長調，正是這種趨勢的表現。它顯示，雲間派其實也一直在慢慢發生變化，力圖改變過去方幅過小、格局不大的弊病，更好地適應詞史發展。也許正是因為如此，該派的生命力和影響力才得以盡可能長久地延續，至少波及了乾隆前期詞壇。

　　蔣景祁(西元 1646～1695 年)字京少，一作荊少，江蘇宜興人。貢生。康熙十八年(西元 1679 年)薦舉鴻博，未遇。官至府同知。著有《東舍集》、《梧月詞》、《罨畫溪詞》，編有《瑤華集》、《輦下和鳴集》等。蔣氏與納蘭頗有詞作往還，如〈採桑子‧答容若〉(鯫生生小江南住)(誰知李廣功難問)(門風衰颯無能繼)(請今懶唱江南好)、〈風流子‧上元，和容若韻〉(沉吟元夜句)、〈風流子‧讀容若塞上諸詞書後即用元夜元韻〉(新詞雞祿塞)，納蘭也有〈羅敷媚‧贈蔣京少〉(如君清廟明堂器)。蔣

畫堂春

氏〈刻瑤華集述〉有云：「昔人論長調染指較難，然今作者率多工長句。蓋知難而趨，才可以展，學可以副，類能為之。而如溫、韋諸公，短音促節，天真爛漫，遂擬於天仙化人，可望而不可即。顧舍人（梁汾）、成進士（容若）極持斯論，吾無以易之。」、「今作者」、「成進士（容若）」云云，反映出清初詞壇風會所發生的改變，即尚在《清平初選後集》刊刻時或刊刻前兩年，也是《瑤華集》於康熙二十五年（西元 1686 年）刊刻之前八到十年，詞壇便已出現從雲間派的「專意小令」到「今作者率多工長句」的明顯轉變。而且，跟雲間詞派中人對待長調的態度性質相同，好為長調、選詞亦多長調的陽羨派重要人物蔣景祁，一樣也不廢小令，指出並肯定了顧貞觀、納蘭性德在小令方面的創作成就。可見，在「清詞中興」局面逐步形成的過程中，若干主要詞學流派較為宏通的詞學視域，是其間甚為重要的一個支撐點。

畫堂春

一生一代一雙人①。爭教兩處銷魂②。相思相望不相親③。天為誰春。漿向藍橋④易乞，藥成碧海難奔⑤。若容相訪飲牛津⑥。相對忘貧。

[注釋]

①「一生」句：駱賓王〈代女道士王靈妃贈道士李榮〉：「相憐相念倍相親，一生一代一雙人。」②「爭教」句：江淹〈別賦〉：「黯然銷魂者，唯別而已矣。」王益〈訴衷情〉：「夢蘭憔悴，擲果淒涼，兩處銷魂。」（此首，《唐宋諸賢絕妙詞選》卷四作杜安世詞，而〈壽域詞〉不載。）③「相思」句：王勃〈寒夜懷友雜體二首〉之二：「故人故情懷故宴，相望相思不

相見。」李白〈相逢行〉：「相見不得親，不如不相見。」④藍橋：在陝西藍田縣東南藍溪上，傳說此處有仙窟，為裴航遇仙女雲英處。事見裴鉶《傳奇》。蘇軾〈南歌子〉：「卯酒醒還困，仙材夢不成。藍橋何處覓雲英。只有多情流水、伴人行。」⑤「藥成」句：《淮南子・覽冥訓》：「羿請不死之藥於西王母，姮娥竊之，奔月宮。」高誘注：「姮娥，羿妻，羿請不死之藥於西王母，未及服之。姮娥盜食之，得仙。奔入月宮，為月精。」李商隱〈嫦娥〉：「嫦娥應悔偷靈藥，碧海青天夜夜心。」⑥飲牛津：天河，典出張華《博物誌》。劉筠〈戊申七夕〉：「淅淅風微素月新，鵲橋橫絕飲牛津。」

[評析]

　　這首〈畫堂春〉，先寫天生一雙，相思相望，兩處銷魂，天不為春，繼寫藍橋易乞，藥成難奔，若容相訪，相對忘貧，在納蘭的愛情詞中屬於相對直白顯豁的一路，卻並不簡單。雖然所涉對象不曾明言，因而勾起某些學者的猜測與想像，有學者即以此中愛戀對象為「入宮女子」(《清代男女兩大詞人戀史的研究》)，但是，詞作在針對特定對象的書寫中，儘管也適當使用了相關典故，卻能夠道出兩性情感間具有普遍意味的東西，比如對「相對忘貧」的嚮往，所以一直以來引人賞識，不是偶然的。

　　詞中「相思相望不相親」句，點化前人相關詩句，但為我所用，極寫一種可欲難求的刻骨相思之情，與王勃〈寒夜懷友雜體二首〉之思念友人，以及李白〈相逢行〉之深有寄託大不同。對於〈相逢行〉，胡震亨的解說頗為精到：「〈相和歌〉本辭，言相逢年少，問知其家之豪盛。太白則言相逢之後，仍不得相親，恐失佳期，迴環致望不已，較古詞用意尤為婉轉。《離騷》詠不得於君，必託男女致詞……太白此篇，詩題雖取之樂府，而詩意實本自《離騷》，蓋有已近君而有不得終近之意焉。」(王琦注《李太白全集》引)不過，透過女性題材表達政治之戀的寫法，其實在盛

蝶戀花

唐時期就已經開始有所轉變。比較典型的是杜甫的某些作品，黃生這樣理解杜甫的〈佳人〉：「偶有此人，有此事，適切放臣之感，故作此詩。」（仇注引）指出在比興寄託的感喟中，杜詩中的現實性情境得到了強化。再往後，杜詩中女性形象由「美」趨「真」，政治性比喻漸漸消失。

在詞的創作和闡釋傳統中，雖然比興寄託說在理論上的最終確認與強化，要等到晚清常州派崛起，但這並不妨礙在此之前有一定數量的比興寄託之作被認為已經出現在了詞人筆下，納蘭生活的清代初期，富含騷情雅意的作品便比比皆是。就此而言，納蘭的部分情詞既是一種背離悠久書寫的傳統，但同時又是對另外一種同樣悠久的書寫傳統的呼喚與回歸。

蝶戀花

辛苦最憐天上月。一昔如環，昔昔都成玦[1]。若似月輪終皎潔[2]。不辭冰雪為卿熱[3]。無那[4]塵緣容易絕。燕子依然，軟踏簾鉤說[5]。唱罷秋墳愁未歇[6]。春叢認取雙棲蝶[7]。

[注釋]

[1]「一昔」二句：昔，同「夕」。玦（ㄐㄩㄝˊ），玉玦，有缺口之玉，借指缺月。陸龜蒙、皮日休〈寒夜聯句〉：「河光正如劍，月魄方似玦。」
[2]「若似」句：江淹〈感春冰〉：「冰雪徒皎潔，此焉空守貞。」李商隱〈蝶〉：「並應傷皎潔，頻近雪中來。」王彥泓〈和孝儀看燈〉：「可憐心似清霄月，皎潔隨郎處處遊。」鄭雲娘〈西江月〉：「一片冰輪皎潔，十分桂魄婆娑。」
[3]「不辭」句：《世說新語·惑溺》：「荀奉倩與婦至篤，冬月婦病熱，乃出

中庭自取冷，還以身熨之。」④無那：無奈。王易簡〈酹江月〉：「衰草寒蕪吟未盡，無那平煙殘照。千古閒愁，百年往事，不了黃花笑。」⑤「軟踏」句：李賀〈賈公閭貴婿曲〉：「燕語踏簾鉤，日虹屏中碧。」⑥「唱罷」句：李賀〈秋來〉：「秋墳鬼唱鮑家詩，恨血千年土中碧。」⑦「春叢」句：用梁祝或韓憑夫婦典事。李商隱〈蜂〉：「青陵粉蝶休離恨，長定相逢二月中。」又〈偶題二首〉之一：「春叢定是雙棲夜，飲罷莫持紅燭行。」

[評析]

　　盧氏去世後，納蘭的痛苦追憶綿綿無絕期。盧氏去世當年，納蘭所作〈沁園春〉（瞬息浮生）序云：亡婦「臨別有云：『啣恨願為天上月，年年猶得向郎圓。』」本篇即緣此而來。人天永訣，須臾不能忘，「一昔」二句可見塵緣之短，感懷之深。接下來極寫濃情，說如果亡婦果真如天上皎潔的圓月，自己也不懼寒冷，願意夜夜送去溫暖，真是痴心奇想。下片以燕語呢喃的溫馨情景反襯「塵緣」易絕的「淒淡無聊」（譚獻《篋中詞》今集卷一），結二句秋墳鬼唱、化蝶雙棲皆死別之辭，哀怨淒厲，寫盡生死不渝之情，尤覺真摯。

　　柳永有一首〈鳳棲梧〉：「佇倚危樓風細細。望極春愁，黯黯生天際。草色煙光殘照裡。無言誰會憑欄意。擬把疏狂圖一醉。對酒當歌，強樂還無味。衣帶漸寬終不悔。為伊消得人憔悴。」、「衣帶」二句是說甘願為思念伊人日漸憔悴，可謂柔情健筆。類似的例子，還有馮延巳〈鵲踏枝〉中的「日日花前常病酒。鏡裡不辭朱顏瘦」，只是稍覺頹唐而已。文史學家認為，納蘭此篇「若似」二句與柳詞結二句「同合風騷之旨」（《納蘭容若評傳》）。此處所謂「風騷之旨」，可以簡單地理解成一種異常執著的態度，即但求付出。如此說來，難怪納蘭詞於清初傳到朝鮮之後，令彼邦人士有柳永重生之嘆：「同時有以成容若《側帽詞》、顧梁汾《彈指詞》寄

朝鮮者，朝鮮人有『誰料曉風殘月後，而今重見柳屯田』句，惜全首不傳。」（徐釚《詞苑叢談》卷五。按：時徐釚《菊莊詞》為人一同攜去，為朝鮮人仇元吉、徐良崎購去。後來，吳錫麒等人詞集，亦曾傳入朝鮮。據《清代詩話東傳略論稿》，在清代，除詞集外尚有小量詞話東傳，《詞苑叢談》即是東傳日本的詞話之一種。又，據馮金伯《詞苑萃編》卷十八，徐良崎所題此詩，並非「全首不傳」，首二句為「使車昨渡海東偏，攜得新詞二妙傳」。）又，賀裳提出，相比韋莊〈思帝鄉〉中「縱被無情棄，不能羞」、牛嶠〈菩薩蠻〉中「須作一生拚。盡君今日歡」的「作決絕語而妙」，柳詞二句無非「氣加婉矣」（《皺水軒詞筌》）。這是從小令詞法本應以含蓄蘊藉為佳的角度，指出柳詞，亦即納蘭詞所本。

蝶戀花

　　眼底風光留不住①。和暖和香②，又上雕鞍去。欲倩煙絲遮別路③。垂楊那是相思樹④。悵悵玉顏成間阻。何事東風，不作繁華主。斷帶依然留乞句⑤。斑騅一繫無尋處⑥。

[注釋]

　　①「眼底」句：辛棄疾〈蝶戀花〉：「有底風光留不住。煙波萬頃春江櫓。」有底，意謂所有的。②「和暖」句：王彥泓〈驪歌二疊〉：「憐君辜負曉衾寒，和暖和香上馬鞍。」③別路：溫庭筠〈送李億東歸〉：「別路青青柳弱，前溪漠漠苔生。」④相思樹：干寶《搜神記》：戰國時宋康王舍人韓憑娶妻何氏，甚美，康王奪之。憑怨，王囚之，淪為城旦。憑自殺。其妻乃陰腐其衣，王與之登臺，妻遂自投臺下，左右攬之，衣不中手而

死。遺書於帶,願以屍骨賜憑合葬。王怒,弗聽,使里人埋之,塚相望也。宿昔之間,便有大梓木生於二塚之端,旬日而大盈抱,屈體相就,根交於下,枝錯於上。又有鴛鴦,雌雄各一,恆棲樹上,晨夕不去,交頸悲鳴,音聲感人。宋人哀之,遂號其木曰「相思樹」。左思〈吳都賦〉:「楠榴之木,相思之樹。」李善注:「相思,大樹也。材理堅,邪(斜)斫之則文可做器。其實如珊瑚,歷年不變。東冶有之。」⑤「斷帶」句:李商隱〈柳枝五首・序〉:「……余從昆讓山,比柳枝居為近。他日春曾陰,讓山下馬柳枝南柳下,詠余〈燕臺詩〉,柳枝驚問:『誰人有此,誰人為是?』讓山謂曰:『此吾里中少年叔耳。』柳枝手斷長帶,結讓山為贈叔乞詩。」⑥「斑騅」句:斑騅,青白色的馬。李商隱〈無題〉:「斑騅只繫垂楊岸,何處西南待好風。」晏幾道〈玉樓春〉:「斑騅路與陽臺近。前度無題初借問。」

[評析]

　　這首詞寫又一次深情的離別。「和暖和香」、「又上雕鞍去」兩句,點明主旨,以樂景寫哀。被順勢帶出的「欲倩」二句,以看似無理之辭照應起首「留不住」,是說垂楊本來可以挽住行人的腳步,但是終歸不如相思樹那般堅韌有力,因而令送者無可奈何。下片的情感流程與行文措語是上片的翻版,運典也是一致的,透過正話反說,繼續從無情無理處寫出無盡的纏綿哀怨。

　　有學者提出,納蘭詞純以天分勝,更為重要的是,因為有非同一般的個人遭際、生平家世和灌注於作品中的一往情深,才使得所作不流為「乍讀之頗覺輕茜纖婉,再三讀之,終不耐人尋味」(《分春館詞話》卷三)的側豔小慧之事。在頗為「耐人尋味」的作品中,有一些雖然寫來淒婉愴痛,但蘊含其中的無非相思阻隔,戀情愴傷,以及經歷風波曲折之意而

蝶戀花

已，並不都是悼念亡妻。這首〈蝶戀花〉（與後二首均和韻馮延巳同調「幾日行人何處去」詞）便是一例，不可誤二為一。類似的例證還有如〈採桑子〉：

桃花羞作無情死，感激東風。吹落嬌紅。飛入窗間伴懊儂。誰憐辛苦東陽瘦，也為春慵。不及芙蓉。一片幽情冷處濃。

結語出自王彥泓〈寒詞〉中「個人真與梅花似，一片幽香冷處濃」，可以視為納蘭詞代表性的審美特徵。

蝶戀花

又到綠楊曾折處①。不語垂鞭②，踏遍清秋路③。衰草連天④無意緒。雁聲遠向蕭關⑤去。不恨天涯行役⑥苦。只恨西風，吹夢成今古⑦。明日客程還幾許。沾衣況是新寒雨。

[注釋]

①「又到」句：吳文英〈桃源憶故人〉：「潮帶舊愁生暮。曾折垂楊處。」②「不語」句：溫庭筠〈贈知音〉：「晉陽宮裡鐘初動，不語垂鞭上柳堤。」③「踏遍」句：李賀〈馬詩〉：「何當金絡腦，快走踏清秋。」④衰草連天：秦觀〈滿庭芳〉：「山抹微雲，天連衰草，畫角聲斷譙門。」⑤蕭關：古關名，此或為泛指。《漢書》顏師古注：「在上郡北。」⑥行役：《周禮·地官》賈公彥疏：「行謂巡狩，役謂役作。」《詩經·魏風·陟岵》：「予子行役，夙夜無已。」⑦「只恨」二句：毛滂〈七娘子〉：「雲外長安，斜暉脈脈。西風吹夢來無跡。」

[評析]

　　這首詞寫塞上行役之情。詞寫又到了當日作別之地，衰草連天，雁聲陣陣，西風漫卷，前程荒遠，不禁觸景傷懷，默默無語。

　　「只恨」二句異常醒目，不是因為「西風」、「吹夢」對〈雜曲歌辭・西洲曲〉中「南風知我意，吹夢到西洲」在語詞上的翻新，而是因為經過改造後的「成今古」一語對詞作在意境乃至境界上的提升，將一種深刻的歷史感悟強力灌注於作品中，意含騷雅，尺幅萬里，從而與眾多的羈旅行役詞拉開了一定的距離。可惜的是，結二句似乎在絢爛已極之後重歸於平淡，略嫌收束不住。

　　在歷代羈旅行役詞系列中，秦觀和陳維崧的寫法對柳永既有繼承，又有革新，都值得一提。前者如〈減字木蘭花〉：「天涯舊恨。獨自淒涼人不問。欲見迴腸。斷盡金爐小篆香。黛蛾長斂。任是春風吹不展。困倚危樓。過盡飛鴻字字愁。」併身世之感於豔情，寄寓天涯羈旅的淒涼苦恨。後者如〈夜遊宮・秋懷〉其四：「一派明雲薦爽。秋不住、碧空中響。如此江山徒莽蒼。伯符耶，寄奴耶，嗟已往。十載羞廝養。孤負煞、長頭大顙。思與騎奴遊上黨。趁秋晴，蹋蓮花，西嶽掌。」客遊北方時所作，借懷古抒發事業無成之慨，但不見一毫意氣消沉之色，結三句廉悍如「幹將出匣，寒光逼人」（陳廷焯《詞則・放歌集》）。納蘭詞在外在風貌上適得其中。作品的意義往往大於文字本身，所以，納蘭這首〈蝶戀花〉裡是否包含對亡妻的思念之情，也就並不是顯得特別重要了，或亦作家所謂「闡釋之循環」（《管錐編・左傳・隱西元年》）具體運用之一例。

蝶戀花

蕭瑟蘭成①看老去。為怕多情，不作憐花句②。閣淚③倚花愁不語。暗香飄盡知何處。重到舊時明月路。袖口香寒，心比秋蓮苦④。休說生生⑤花裡住。惜花人去花無主⑥。

[注釋]

①蘭成：陸龜蒙〈小名錄〉：「庾信幼而俊邁，聰敏絕倫，有天竺僧呼信為蘭成，因以為小字。」杜甫〈詠懷古蹟〉：「庾信平生最蕭瑟，暮年詩賦動鄉關。」②憐花句：劉克莊〈賀新郎〉：「料得花憐儂消瘦，儂亦憐花憔悴。」③閣淚：含淚。夏竦〈鷓鴣天〉：「尊前只恐傷郎意，閣淚汪汪不敢垂。」（此據《詞林萬選》卷二。詞末「不如飲待奴先醉，圖得不知郎去時」二句，《後村先生大全集》卷一七五作宋無名氏詞中語。）④「袖口」二句：晏幾道〈西江月〉：「醉帽簷頭風細，征衫袖口香寒。」晏幾道〈生查子〉：「遺恨幾時休，心抵秋蓮苦。」高觀國〈喜遷鶯〉：「香鎖霧扃，心似秋蓮苦。」⑤生生：世世代代。袁去華〈鵲橋仙〉：「牛郎織女，因緣不斷，結下生生世世。」⑥「惜花」句：辛棄疾〈定風波〉：「畢竟花開誰作主。記取。大都花屬惜花人。」

[評析]

這是一首悼亡詞。上片說時光荏苒，思念不減，但又怕睹花思人，因此不再作「憐花句」，倚花添愁，也只有含淚不語，任由暗香飄零。下片說寒月之下，徘徊在曾經一同走過的香徑小道上，雖然袖口似乎還留有餘香，但「惜花人去」，自己已成孤另，當年「生生花裡住」的信誓化為泡影，心比蓮心還苦。譚獻以「勢縱語咽」（《篋中詞》今集卷一）評論這

首詞,非常恰當。勢縱是指「情感積蘊既多,發之於詞,自有縱放之勢,可以開闔自如」。語咽是指「欲語不語,言短意長,有含蓄不盡之妙」(盛冬鈴《納蘭性德詞選》)。意思是悲情席捲,得意脈通暢、轉接無痕之妙;又感懷細膩,收潛氣內轉、往復迴環之效。

　　篇中念念哀情,離合於人、花之間,哀怨纏綿,令人由身後想到生前事。在這方面,元稹的〈離思五首〉(《才調集》題作〈離思六首〉,第一首是〈鶯鶯詩〉:「殷紅淺碧舊衣裳,取次梳頭黯淡妝。夜合帶煙籠曉日,牡丹經雨泣殘陽。依稀似笑原非笑,彷彿聞香不是香。頻動橫波嬌不語,等閒教見小兒郎。」)可以參讀:「自愛殘妝曉鏡中,環釵漫綠雲叢。須臾日射胭脂頰,一朵紅蘇旋欲融。」、「山泉散漫繞街流,萬樹桃花映小樓。閒讀道書慵未起,水晶簾下看梳頭。」、「紅羅著壓逐時新,杏子花紗嫩麴塵。第一莫嫌才地弱,些些絓縵最宜人。」、「曾經滄海難為水,除卻巫山不是雲。取次花叢懶回顧,半緣修道半緣君。」、「尋常百種花齊發,偏摘梨花與白人。今日江頭兩三樹,可憐枝葉度殘春。」其中尤以第四首「曾經滄海」二句為千古絕唱。又,據鄭玄箋,《詩經·唐風·葛生》為婦悼夫之作:「葛生蒙楚,蘞蔓於野。予美亡此,誰與獨處。葛生蒙棘,蘞蔓於域。予美亡此,誰與獨息。角枕粲兮,錦衾爛兮。予美亡此,誰與獨旦。夏之日,冬之夜,百歲之後,歸於其居。冬之夜,夏之日,百歲之後,歸於其室。」從葛藤觸動情思寫起,反覆抒寫無法承受的獨處之懷,以反襯生前的美好相親,因而發出死後同穴的悲號。從中,既可見出後世悼亡詩詞在某些表達方式上的源頭,也可與自《詩經·邶風·綠衣》發展下來的夫悼婦之作對照參酌。

蝶戀花・出塞

今古河山無定據①。畫角②聲中，牧馬③頻來去。滿目荒涼誰可語。西風吹老丹楓樹。從前幽怨應無數。鐵馬金戈④，青塚⑤黃昏路。一往情深深幾許⑥。深山夕照深秋雨。

[注釋]

①無定據：無憑準。黃庭堅〈晝夜樂〉：「其奈冤家無定據。約雲朝、又還雨暮。」②畫角：徐廣〈車服儀制〉：「角，本出羌，欲以驚中國之馬也。」牧馬：賈誼〈過秦論〉：「胡人不敢南下而牧馬。」唐無名氏〈胡笳曲〉：「漢家自失李將軍，單于公然來牧馬。」④鐵馬金戈：辛棄疾〈永遇樂〉：「想當年，金戈鐵馬，氣吞萬里如虎。」⑤青塚：杜甫〈詠懷古蹟〉其三：「一去紫臺連朔漠，獨留青塚向黃昏。」仇注引〈歸州圖經〉：「邊地多白草，昭君塚獨青。」⑥「一往」句：《世說新語・任誕》：「桓子野每聞清歌，輒喚奈何。謝公聞之，曰：子野可謂一往有深情。」

[評析]

這是一首塞上詠懷詞。西風老樹，青塚黃昏，塞外秋來，滿目荒涼，一種興亡之感油然而生；金戈鐵馬，畫角聲聲，往日紛爭，疊印腦海，留下的何止是幽怨深深。全篇景語淒懷，含婉流暢，確如《詞林新話》中「通體俱佳」之評。其中，結二句連用四個「深」字，可與朱淑真〈減字木蘭花〉起首二句「獨行獨坐。獨倡獨酬還獨臥」之連下五個「獨」字相媲美，而更顯自然天成之妙。

清初邊塞詞無疑是歷代邊塞詞創作中的一座高峰。如果說，丁介的〈賀新涼・和扶荔出塞詞〉（出塞春無力），以及蔣景祁的〈風流子・讀容若

塞上諸詞書後即用元夜元韻〉:「新詞雞祿塞,鮫綃寫、千里暮雲來。正鞭勒荒城,笳聲吹斷,煙銷古磧,劍氣橫裁。長征路,江隨鴻影度,嶺向馬頭開。暗驗刀環,陰山風雪,看題錦字,燕月樓臺。盈箱堆紅豆,旗亭句,早已傳唱銅街。更約小園春好,花底徘徊。待有酒如澠,銜杯休放,含毫欲下,擊缽頻催。他日南湖夜色,東閣官梅。」是以讀後感的形式,反映出了當時詞壇對邊塞主題和若干邊塞詞人的認同感的話,那麼,董元愷的一首〈沁園春·出塞〉,則為我們提供了一個別樣的觀察角度,尤其是觀察納蘭邊塞詞的角度:「跨馬西征,極望長城,無限蒼涼。正金風萬里,濛濛草白,穹廬千帳,歷歷榆黃。獅子屯空,九龍溝冷,落日孤鴻俯大荒。英雄恨,灑無邊血淚,老盡沙場。當年順義降王。指晾馬、臺傾古道旁。任臂鷹牽犬,紫髯碧眼,鳴鞭挾彈,綠鹿紅羊。觱篥橫吹,琵琶倒載,重酪旃裘錦繡香。真無外,只八埏一統,安用邊牆。」詞作慷慨激昂,尤其是結末「真無外」三句,表現出江山一統的豪邁,是「伴隨著改朝換代激發的情思」(張宏生《論清初邊塞詞》)。本來更應如此著筆的納蘭邊塞詞,卻反而絕少表現出這樣的情思,而是強調「今古河山無定據」,思接千載,視通萬里,實在耐人尋味。

蝶戀花

　　盡日驚風吹木葉。極目嵯峨,一丈天山雪[①]。去去丁零[②]愁不絕。那堪客裡還傷別。若道客愁容易輟。除是朱顏,不共春消歇。一紙鄉書和淚折[③]。紅閨此夜團月。

蝶戀花

[注釋]

①「一丈」句：天山，祁連山，這裡是代稱。李端〈雨雪曲〉：「天山一丈雪，雜雨夜霏霏。」②丁零：漢代匈奴屬國。《史記・匈奴列傳》：「後北服渾庾、屈射、丁零、鬲昆、薪犁之國。」《正義》：「已上五國在匈奴北。」《索隱》引《魏略》：「丁零在康居北，去匈奴庭接習水七千里。」李涉〈六嘆〉：「漢臣一沒丁零塞，牧羊兩過陰沙外。」③「一紙」句：孟郊〈聞夜啼贈劉正元〉：「愁人獨有夜燈見，一紙鄉書淚滴穿。」蘇軾〈江城子〉：「攜手佳人，和淚折殘紅。」

[評析]

詞作於康熙二十一年（西元 1682 年）與友人經綸等隨副都統郎坦受命率兵赴唆龍偵察時，《瑤華集》有詞題：「十月望日與經巖叔別。」經巖叔即經綸，姚江人，《圖繪寶鑑續纂》（收入於安瀾編《畫史叢書》第二冊）謂其工於仕女。經綸因故返回，納蘭賦此闋與之話別，並請他捎帶家書。

納蘭在寫這首〈蝶戀花〉之前，還有一首〈唆龍與經巖叔夜話〉：

絕域當長宵，欲言冰在齒。生不赴邊庭，苦寒寧識此。草白霜氣空，沙黃月色死。哀鴻失其群，凍翩飛不起。誰持花間集，一燈氍帳裡。

兩者並讀，有助於進一步探求納蘭心境。納蘭另外還有兩首詩——

〈龍泉寺書經巖叔扇〉：

雨歇香臺散晚霞，玉輪輕碾一泓沙。來春合向龍泉寺，方便風前檢較花。

〈與經生夜話〉：

率意元無咎，經心始自疑。昔人猶有恨，今我竟何期。客與齊書帙，人來問畫師。若無心賞在，愁絕更從誰。

是考察他與經綸之間交誼的重要資料。

納蘭羈旅天涯，離情別緒揮之不去，所以，常常將「無計相迴避」的「相思淚」融入蒼涼邊景籠罩下的茫茫邊愁。這種寫法，是對范仲淹所創闢的邊塞詞境在一定取向上的開掘。早前，明萬曆四十六年（西元1618年）舉人柴世堯次女、「蕉園五子」之一的柴靜儀有一首〈風入松·擬塞上詞〉：「少年何事遠從軍。馬首日初曛。關山隔斷家鄉路，回首處、但見黃雲。帶月一行哀雁，乘風萬里飛塵。茫茫塞草不知春。畫角那堪聞。金閨總是書難寄，又何用、歸夢頻頻。幾曲琵琶，送酒沙場，自有紅裙。」就可以看成是類似的、在文學史意識驅使下的嘗試。

河傳

春殘，紅怨，掩雙環①。微雨花間畫閒。無言暗將紅淚彈。闌珊，香消輕夢還②。斜倚畫屏思往事，皆不是，空作相思字③。記當時，垂柳絲。花枝，滿庭蝴蝶兒。

[注釋]

①「春殘」三句：首二句，《今詞初集》、《瑤華集》等作「春暮。如霧」，《百名家詞鈔》、汪刻本等作「春淺。紅怨」。此調二十餘體中凡首句押韻者，皆非平韻。「雙環」，《詞彙》作「雙鐶」，門環。汪元量〈玉樓春〉：「帝鄉春色濃於霧。誰遣雙環堆繡戶。」或解「雙環」為「雙鬟」，「掩雙環」為女子愁苦狀，似可再細加斟酌。②「香消」句：李清照〈念奴嬌〉：「被冷香消新夢覺，不許愁人不起。」③相思字：韋應物〈效何水部二首〉之二：「反覆相思字，中有故人心。」張炎〈水龍吟〉：「幾番問竹平安，雁書不盡相思字。」

河傳

[評析]

　　這是一首相思詞。按理說，這樣的傳統題材在納蘭筆下是經常出現的，如果「千篇一律，無所取裁」（陳銳〈袌碧齋詞話〉），不厭其煩地反覆書寫，很容易形成思維慣性，也是惰性，就不免帶給讀者審美疲勞。不過，納蘭的這首詞卻並不完全是這樣。緣由之一是跟所使用的詞調有關。〈河傳〉是一個促節繁音的調子，但並不像一樣句短韻密的〈六州歌頭〉那樣適合表現壯闊意境，而是以二、三、五、七字等幾種長短不同的句式錯雜而出，收放自如，猶如大珠小珠落玉盤，聲情曲折婉轉，比較適宜於抒發纏綿悱惻的幽幽情思。

　　這首〈河傳〉蕩漾著一種畫面感，將這組內在相關、動靜相宜的畫面串聯起來的，正是作者希望表達的刻骨銘心的寂寞相思。這就引出了緣由之二，即全篇直到結末幾句，才透過描繪明顯帶有亮色的往日歡處情景，以略近於倒敘的手法揭明相思哀愁之由，在今昔對比中倒扣同時也寫盡「思往事」的主旨。試與溫庭筠的同調名作對讀：「湖上。閒望。雨蕭蕭。煙浦花橋路遙。謝娘翠蛾愁不銷。終朝。夢魂迷晚潮。蕩子天涯歸棹遠。春已晚。鶯語空腸斷。若耶溪。溪水西。柳堤。不聞郎馬嘶。」湖上閒望，煙雨濛濛，夢迷眉鎖，盼斷歸棹，堤上悵望，郎馬不嘶，寫來筆意動宕，層次分明。溫庭筠在音樂方面的修養是很高的，所以，這樣的詞調使用起來得心應手，所謂「解其聲，故能製其調」（吳梅《詞學通論》）。當詞不再能夠歌唱，而只能流為案頭閱讀文字時，其與音樂與生俱來的血緣關係，烙刻在按照不同規程組合起來的文字上，也能在相當程度上保證作品內在的音樂審美。

河瀆神

涼月轉雕闌，蕭蕭木葉聲乾①。銀燈飄落瑣窗閒，枕屏②幾疊秋山。朔風吹透青縑被③，藥爐火暖初沸④。清漏⑤沉沉無寐，為伊判得憔悴⑥。

[注釋]

①「蕭蕭」句：乾，脆響。岑參〈虢州西亭陪端公宴集〉：「開瓶酒色嫩，踏地葉聲乾。」柳永〈傾杯〉：「空階下、木葉飄零，颯颯聲乾，狂風亂掃。」②枕屏：趙彥衛《雲麓漫鈔》卷三：「紹興末，宿直，中官以小竹編聯，籠以衣，畫風雲鷺絲作枕屏。」歐陽脩〈贈沈遵〉：「有時醉倒枕溪石，青山白雲為枕屏。」③青縑（ㄐㄧㄢ）被：白居易〈冬夜與錢員外同直禁中〉：「連鋪青縑被，對置通中枕。」④「藥爐」句：王彥泓〈述婦病懷〉：「無奈藥爐初欲沸，夢中已作殷雷聲。」⑤清漏：王昌齡〈長信秋詞〉：「熏籠玉枕無顏色，臥聽南宮清漏長。」⑥「為伊」句：柳永〈鳳棲梧〉：「衣帶漸寬終不悔。為伊消得人憔悴。」《詩詞曲語辭彙釋》：「判，割捨之辭，亦甘願之辭。」杜甫〈曲江對酒〉：「縱飲久判人共棄，懶朝真與世相違。」周邦彥〈解連環〉：「拚今生，對花對酒，為伊淚落。」

[評析]

這首〈河瀆神〉寫相思之情，情在景中，如涼月雕闌，木葉蕭蕭，瑣窗銀燈，枕屏秋山，朔風吹被，藥爐初沸，清漏沉沉，而且景隨人動，因而景物之間的串接也就並不顯得毫無邏輯關聯。納蘭之善言情，尤其表現在結句。經過之前所寫淒清之景的烘托與鋪陳，以「為伊」句的無怨無悔點明主旨，綰結全篇，在戛然而止中道出無盡的相思懷念。

納蘭還有一首〈河瀆神〉，題材非同，而寫法有相近之處：

金縷曲・贈梁汾

風緊雁行高,無邊落木蕭蕭。楚天魂夢與香消,青山暮暮朝朝。斷續涼雲來一,飄墮幾絲靈雨。今夜冷紅浦漵。鴛鴦樓向何處?

如果把後面這首〈河瀆神〉跟〈菊花新・用韻送張見陽令江華〉(愁絕行人天易暮)對讀,發現它可能也是康熙十八年(西元 1679 年)秋寄張純修詞,其結句中「鴛鴦」一語,讀來頗覺曖昧,實際上在兩雄相悅之作中也非罕見。後來袁枚所記,似可為一旁證:「兩雄相悅,如變風變雅,史書罕見。余在粵東,有少艾袁師晉,見劉霞裳而悅之,誓同衾枕;忽為事阻,兩人涕泗漣如。余賦詩詠之。不料事隔十載,偕嚴小秋(即嚴文俊)秀才遊廣陵,遇計五官者,風貌儒雅,亦慕嚴不已,竟得交歡盡意焉。為嚴郎貧故,轉有所贈。余書扇贈云:『計然越國有精苗,生小能吹子晉簫。哺啜可觀花欲笑,芳蘭竟體筆難描。洛神正挾陳思至,嚴助剛為宛若招。自是人天歡喜事,老夫無分也魂銷。』臨別,彼此灑淚。小秋作〈離別難〉詞:『花落鳥啼日暮,悲流水西東。悔從前、意摯情濃。問東君、仙境許儂通。為底事、玉洞桃花,才開三夕,偏遇東風。最堪憐、任有游絲十丈,留不住飛紅。春去也,五更鐘。隔雲煙、十二巫峰。恨春波、一色搖綠,曲江頭、明月掛孤篷。偏逢著、杜宇啼時,將離花放,人去帷空。斷腸處、灑盡相思紅淚,明月二分中。』」(《隨園詩話》補遺卷九)有一點需要特別說明,有文學博士在研究中提到,如果進一步擴大考察範圍,會發現袁枚、劉霞裳師生間頗有斷袖之情。蓋即詩話中所言「兩雄相悅」之意的另一面。

金縷曲・贈梁汾

德也狂生耳。偶然間、緇塵京國,烏衣門第[①]。有酒唯澆趙州土[②],誰會成生此意。不通道[③]、遂成知己。青眼高歌俱未老,向樽前、拭盡英

雄淚④。君不見，月如水。共君此夜須沉醉。且由他、蛾眉謠諑⑤，古今同忌。身世悠悠⑥何足問，冷笑置之而已。尋思起、從頭翻悔⑦。一日心期千劫在，後身緣、恐結他生裡⑧。然諾⑨重，君須記。

[注釋]

①「偶然」二句：陸機〈為顧彥先贈婦〉：「京洛多風塵，素衣化為緇。」呂延濟注：「言塵染衣黑也。」謝朓〈酬王晉安〉：「誰能久京洛，緇塵染素衣。」烏衣，南京烏衣巷。劉禹錫〈烏衣巷〉：「朱雀橋邊野草花，烏衣巷口夕陽斜。舊時王謝堂前燕，飛入尋常百姓家。」②趙州土：李賀〈浩歌〉：「買絲繡作平原君，有酒唯澆趙州土。」王琦注：「古之平原君虛己下士，深可敬慕。今日既無其人，唯當買絲繡其形而奉之，取酒澆其墓而弔之已矣。深嘆舉世無有能得士者。」③不通道：道，竟。歐陽脩〈梁州令〉：「誰教薄倖輕相誤。不通道、相思苦。如今卻恁空追悔，元來也會憶人去。」④「青眼」二句：《晉書·阮籍傳》：「籍又能為青白眼，見禮俗之士，以白眼對之。及嵇喜來吊，籍作白眼，喜不懌而退。喜弟康聞之，乃齎酒挾琴造焉，籍大悅，乃見青眼。」杜甫〈短歌行贈王郎司直〉：「青眼高歌望吾子，眼中之人吾老矣。」張榘〈賀新涼〉：「髀肉未消儀舌在，向樽前、莫灑英雄淚。」⑤蛾眉謠諑（ㄓㄨㄛˊ）：謠言中傷。《離騷》：「眾女疾余之蛾眉兮，謠諑謂余以善淫。」⑥身世悠悠：李商隱〈夕陽樓〉：「欲問孤鴻向何處，不知身世自悠悠。」⑦翻悔：辛棄疾〈臨江仙〉：「六十三年無限事，從頭悔恨難追。」⑧「一日」二句：心期，期許。晏幾道〈採桑子〉：「征人去日殷勤囑，莫負心期。」劫，佛以天地一成一毀為一劫。高彥休〈唐闕史〉：「儒謂之世，釋謂之劫。」後身緣，來世情。孟棨《本事詩·情感》：「開元中，頒賜邊軍纊衣，製於宮中。有兵士於短袍中得詩，曰：『沙場征戍客，寒苦若為眠。戰袍經手作，知落阿誰邊。蓄

意多添線，含情更著綿。今生已過也，重結後身緣。』兵士以詩白於帥。帥進之。玄宗命以詩遍示六宮，曰：『有作者勿隱，吾不罪汝。』有一宮人自言萬死。玄宗深憫之。遂以嫁得詩人，仍謂之曰：『我與汝結今生緣。』邊人皆感泣。」⑨然諾：承諾。《新唐書·哥舒翰傳》：「家富於財，任俠重然諾。」

[評析]

　　這首詞，顧貞觀有和作〈金縷曲·酬容若見贈次原韻〉：「且住為佳耳。任相猜、馳箋紫閣，曳裾朱第。不是世人皆欲殺，爭顯憐才真意。容易得、一人知己。慚愧王孫圖報薄，只千金、當灑平生淚。曾不直，一杯水。歌殘擊築心逾醉。憶當年、侯生垂老，始逢無忌。親在許身猶未得，俠烈今生已已。但結托、來生休悔。俄頃重投膠在漆，似舊曾、相識屠沽裡。名預籍，石函記。」也表達了「但結托、來生休悔」之意。納蘭卒後，顧氏於此篇補綴過一段文字：「歲丙辰，容若年二十有二，乃一見即恨識余之晚，閱數日，填此曲為余題照。極感其意，而私訝『他生再結』語殊不祥，何意為乙丑五月之讖也，傷哉！」據知，納蘭的這首〈金縷曲〉為康熙十五年（西元1676年）初識顧氏後所題贈，時胤礽尚未立為儲君，故「成生」云云不避諱。詞題，《今詞初集》作「贈顧梁汾題杵香小影」，「小影」者，毛際可、徐釚和詞分別作「佩劍投壺小影」、「側帽投壺圖」，其實一也。顧氏標格，嚴繩孫答顧梁汾見懷七絕所云可參：「曈曈曉日鳳城開，才是仙郎下直回。絳蠟未消封詔罷，滿身清露落宮槐。」納蘭乃「深於情者也」，因而無論是享有盛譽的悼亡詞，還是「非金石所能比堅」的友情之作，無須「刻劃《花間》」（謝章鋌《賭棋山莊詞話》卷七），也都是一樣的情辭兼備。這首〈金縷曲〉，直抒胸臆，不假雕飾，真切自然地表達出了與顧貞觀誠摯深厚的友情，冰心一片，直中漸深。

所以，傅庚生先生曾評曰：「其率真無飾，至令人驚絕。率真則疏快而不滯，不滯則見賦於天者，可以顯現而無遺，生香天色，此其是已。」（《中國文學欣賞舉隅》十七）這首詞也以其深情厚誼為納蘭贏得了極大的聲譽，正如徐釚《詞苑叢談》卷五所云：「詞旨嶔崎磊落，不啻坡老、稼軒。都下競相傳寫，於是教坊歌曲間，無不知有《側帽詞》者。」在詞史上，真正動人心魄的友情之作其實並不易得，而在納蘭筆下，卻似乎總是能夠信手拈來，如他還有一首〈大酺·寄梁汾〉，與〈金縷曲〉情致相似，可以並讀：

只一爐煙，一窗月，斷送朱顏如許。韶光猶在眼，怪無端吹上，幾分塵土。手捻殘枝，沉吟往事，渾似前生無據。鱗鴻憑誰寄，想天涯隻影，淒風苦雨。便矻損吳綾，啼沾蜀紙，有誰同賦。當時不是錯，好花月、合受天公妒。準擬倩、春歸燕子，說與從頭，爭教他、會人言語。萬一離魂遇，偏夢被、冷香縈住。剛聽得、城頭鼓。相思何益，待把來生祝取。慧業相同一處。

先是，顧貞觀有〈梅影〉自詠其圖，序云：「金校書臨別為余寫照，曹秋嶽先生屬賦長調紀之。是夜積雪堆簷，擁爐沉醉，詞成後都不知為何語。先生名之曰〈梅影〉，因圖中有照水一枝也。」詞云：「好寒天。正孤山凍合，誰喚覺、梅花夢，瘦影重傳。自簇桃笙獸炭，偎金門、微熨芳箋。更未解鸞膠，絳唇呵展，才融雀瓦，酥手親研。土木形骸，爭消受、丹青供養，況承他、十分著意周旋。丁寧說，要全刪粉墨，別譜清妍。憑肩。端詳到也，看側帽輕衫，風韻依然。入洛愁餘，遊梁倦極，可惜逢卿憔悴，不似當年。一段心情難寫處，分付朦朧淡月暈秋煙。披圖笑我，等閒無語，人憶誰邊。卿知否，離程縱遠，只應難忘，弄珠垂箔，乍浦停船。甚日身閒，瑣窗幽對，畫眉郎還向畫中圓。且緩卻標題，留些位置，待虎頭癡絕，與伊貌出嬋娟。彷彿記、脂香浮玉斝，翠

金縷曲・贈梁汾

縷颺珊鞭。淡妝濃抹俱瀟灑,莫教輕墮塵緣。便眼前阿堵,聊供任俠,早心空及第,似學安禪。(校書富纏頭,隨手立散。某狀元欲求一笑,竟不能得。)共命雙棲,都緣是、雪泥紅爪,從今宵、省識春風紙帳眠。須信傾城名士,相逢自古相憐。」而納蘭詞之所謂「競相傳寫」者,當下可搜得另外六首,一併附錄如次,以便參讀。毛際可〈金縷曲・題顧梁汾佩劍投壺小影次成容若韻〉:「唯我與君耳。更非因、標題月旦,攀援門第。一諾相期千古在,車笠區區何意。敢自附、龍泉知己。塊壘頻澆還未散,共滂沱、灑作襟前淚。把臂後,淡如水。何須獨醒憐皆醉。信從來、夷門終隱,長沙招忌。閒卻殘編除是臥,壺矢猶賢乎已。思往事、不須重悔。舉世盡誇皮相好,嘆傳神、卻在生綃裡。顧子影,毛生記。」閻場次〈金縷曲・和成容若贈梁汾之作〉:「且住為佳耳。任相猜、馳箋紫閣,曳裾朱第。不是世人皆欲殺,爭顯憐才真意。容易得、一人知己。慚愧王孫圖報薄,只千金、當灑生平淚。渾不直,一杯水。

歌殘擊築心逾醉。似當年、侯生垂老,忽逢無忌。親在許身猶未得,俠烈今生已矣。但結托、來生休悔。俄頃重投膠在漆,似舊曾、相識屠沽裡。君試讀,龍門記。」(按:此首與前錄顧貞觀同調詞僅數字異。大概亦「互見」嗎?)徐釚〈賀新涼・題顧舍人側帽投壺圖次成容若韻〉:「作達何妨耳。任猜疑、六朝人物,過江門第。稽契許身原不薄,爭識乃公此意。也只要、一人知己。匣冷魚腸壺中天,倩誰儂、搵住英雄淚。看寫照,情如水。記曾綺席同沾醉。笑回頭、夷門漸老,不逢無忌。胡粉騷頭聊自噱,擊築彈絲而已。閒共話、拂衣追悔。宮柳輕煙寒食盡,盼仙韶、再奏龍池裡。游俠傳,君休記。」沈爾燝〈賀新涼・題顧梁汾舍人小像和成容若韻〉:「涼吹初喧耳。想當年、鳳池仙客,蕊珠高第。神武門前乞閒草,穩臥知君何意。又社燕、辭營戊己。叢桂小山想見晚,聽梧桐、雨灑清宵淚。攜玉塵,剪秋水。披圖未展心先醉。況題詞、南

州孺子,西園無忌。錦帶純鉤數壺矢,忘卻金門三已。怕楊柳、陌頭輕悔。盡道封侯人易老,笑麒麟、也只丹青裡。憑紅豆,隔簾記。」陸進〈賀新郎・題顧梁汾舍人佩劍投壺圖次成容若韻〉:「白面書生耳。問誰知、虎頭名望,貂冠門第。半袒鐵衣欹皂帽,那解個中深意。算相對、自成知己。此日甲兵天地滿,按青萍、莫灑英雄淚。無限事,付流水。高陽舊侶堪同醉。想從來、才人未遇,多遭猜忌。老我名場三十載,君卻壯心未已。年少事、不須深悔。試看英姿偏俊爽,對畫圖、如在雲霄裡。聊執筆,為君記。」鄭景會〈賀新涼・題顧梁汾先生小影次成容若進士原韻〉:「仕路浮沉耳。羨崢嶸、南金聲價,長康門第。八斗才華能獨擅,不似陳思失意。恰傾蓋、情深知己。把臂湖頭斜日暮,又匆匆、灑卻旗亭淚。空淚落,似流水。丹楓萬樹寒江醉。想吾生、及時行樂,阿誰能忌。挷蝨劇談千古事,一片雄心未已。總潦倒、莫教追悔。擊劍投壺身裹甲,對斯圖、儼在雲臺裡。勳業遂,史官記。」

金縷曲・姜西溟①言別,賦此贈之

誰復留君住。嘆人生、幾番離合,便成遲暮②。最憶西窗同剪燭,卻話家山夜雨③。不道④只、暫時相聚。滾滾長江蕭蕭木,送遙天、白雁哀鳴去⑤。黃葉下,秋如許。曰歸⑥因甚添愁緒。料強如、冷煙寒月,棲遲梵宇。一事傷心君落魄,兩鬢飄蕭⑦未遇。有解憶、長安兒女⑧。裘敝入門空太息,信古來、才命真相負⑨。身世恨,共誰語。

[注釋]

①姜西溟:姜宸英(西元1628～1699年)字西溟,號湛園,浙江慈溪人。性孤傲,久不得志。康熙三十六年(西元1697年),中李蟠榜探

金縷曲・姜西溟①言別，賦此贈之

花。兩年後，以順天鄉試案牽連（時李蟠與其分任正、副主考）入獄卒。著有《湛園未定稿》、《葦間詩集》等。②遲暮：《離騷》：「唯草木之零落兮，恐美人之遲暮。」③「最憶」二句：李商隱〈夜雨寄北〉：「君問歸期未有期，巴山夜雨漲秋池。何當共剪西窗燭，卻話巴山夜雨時。」④不道：不料。柳永〈巫山一段雲〉：「貪看海蟾狂戲。不道九關齊閉。」⑤「滾滾」二句：杜甫〈登高〉：「無邊落木蕭蕭下，不盡長江滾滾來。」彭乘《續墨客揮犀》：「北方有白雁，似雁而小，色白，秋深則來，白雁至則霜降。」唐彥謙〈留別〉：「丹湖湖上送行舟，白雁啼殘蘆葉秋。」⑥日歸：《詩經・豳風・東山》：「我東日歸，我心西悲。」⑦飄蕭：杜甫〈義鶻行〉：「飄蕭覺素髮，凜欲衝儒冠。」⑧「有解」句：杜甫〈月夜〉：「遙憐小兒女，未解憶長安。」⑨「裘敝」二句：《戰國策・秦策》：「蘇秦始將連橫說秦王，書十上而說不行，黑貂之裘敝，黃金百斤盡，資用乏絕，去秦而歸。」李商隱〈有感〉：「中路因循我所長，古來才命兩相妨。勸君莫強安蛇足，一盞芳醪不得嘗。」

[評析]

姜宸英與納蘭相識於康熙十二年（西元1673年），經由徐乾學介紹。不久隨徐南歸。十七年返京。十八年秋，以母喪旋里。納蘭賦此篇贈別，於惜別、撫慰中滿含對西溟「才命相負」遭際的悲憤不平之鳴，低迴婉轉，出盡深摯情懷。

西溟此番南旋，友人中另有賦詞相送者，以其作於本年鴻博之後不甚久，詞中多有物傷其類的悲哀慨嘆語，錄以附讀。嚴繩孫〈金縷曲・送西溟奔母喪南歸次韻〉：「此恨何當住。也須知、王和生死，總成離阻。真使通都聞慟哭，廢盡蓼莪詩句。算母子、尋常歡聚。秔稻登場春韭綠，便休論、萬里封侯去。須富貴，竟何許。片帆觸處成悲緒。問從今、檣烏堠

燕,幾番風雨。不爾置君天祿閣,未算人生奇遇。甚一種、世間兒女。畫荻教成羞半豹,早高堂、鸞誥偏無負。天可否,儻相語。」陳維崧〈賀新郎‧送西溟南歸,和容若韻(時西溟丁內艱)〉:「三載徐園住。記纏綿、春衫雪屐,幾曾離阻。又作昭王臺畔客,日日旗亭畫句。最難得、他鄉歡聚。眼底獨憐君落拓,又何堪、鵑烏啼紅去。都不信,竟如許。千絲漫理無頭緒。問愁悰、原非只為,渭城朝雨。如此人還如此別,說甚凌雲遭遇。笑多少、痴兒女。本擬三冬長剪燭,恨今番、舊約成孤負。和殘菊,隔籬語。」陳維崧所和之納蘭詞,稿本〈迦陵詞〉所附當為原稿:「誰復留君住。恨人生、一回相見,又成間阻。曾向亂紅深處坐,春夜燈前聯句。應不到、暫時相聚。無限長江多少淚,聽遙天、一雁哀鳴去。黃葉下,秋如許。丈夫因甚傷離緒。憶年來、棲遲梵寺,冷煙寒雨。更是傷心君落魄,兩鬢蕭蕭未遇。只悽惻、故鄉兒女。一事無成身已老,嘆古來、才命真相負。千萬恨,共誰語。」兩相對照,足證後出轉精之不誣與不易。

金縷曲‧簡梁汾

灑盡無端淚。莫因他、瓊樓①寂寞,誤來人世。通道痴兒多厚福,誰遣偏生明慧。莫更著、浮名相累。仕宦何妨如斷梗,只那將、聲影供群吠②。天欲問,且休矣。情深我自判憔悴。轉丁寧、香憐易爇,玉憐輕碎。羨殺軟紅塵③裡客,一味醉生夢死。歌與哭、任猜何意。絕塞生還吳季子④,算眼前、此外皆閒事。知我者,梁汾耳⑤。

[注釋]

①瓊樓:仙界樓臺或月宮。蘇軾〈水調歌頭〉:「我欲乘風歸去,又恐瓊樓玉宇,高處不勝寒。」②「仕宦」二句:斷梗,喻漂泊無定之物。《戰

國策・齊策》：蘇代對孟嘗君說：「今者臣來，過於淄上，有土偶人與桃梗相與語。桃梗謂土偶曰：『子，西岸之土也，挺子以為人，至歲八月，降雨下，淄水至，則汝殘矣。』土偶曰：『不然。吾西岸之土也，土則復西岸耳。今子東國之桃梗也，刻削子以為人，降雨下，淄水至，流子而去，則子漂漂者將如何耳？』」柳永〈輪臺子〉：「嘆斷梗難停，暮雲漸杳。」王符《潛夫論》：「諺曰：『一犬吠形，百犬吠聲。』世之疾此，固久矣哉。」③軟紅塵：都市繁華。蘇軾〈次韻蔣穎叔錢穆父從駕景陵宮二首〉之一：「半白不羞垂領發，軟紅猶戀屬車塵。」自注云：「前輩戲語：有西湖風月，不如京華軟紅香土。」④「絕塞」句：吳季子，春秋時吳國公子季札，封於延陵，稱延陵季子。此代指自寧古塔歸來的吳兆騫。吳兆騫（西元1631～1684年）字漢槎，江蘇吳江人。「江左三鳳凰」之一。順治十四年（西元1657年）江南鄉試中舉，卻因主考方猷等作弊而被劾。次年三月，清廷在北京覆試江南舉人，以檢驗是否有弊端。覆試之日，兩旁有士兵巡邏，氣氛恐怖。吳兆騫因而驚恐戰慄，不能落筆，交了白卷，似乎坐實了作弊的罪名。於是，十一月間，與其他一同考試的七人各被責四十大板，家產籍沒入官，父母兄弟妻子並流徙寧古塔（今中國黑龍江省寧安縣）。至康熙二十年（西元1681年）始放還，入明珠府教授揆敘，未三年病卒。著有《秋笳集》。⑤「知我」二句：辛棄疾〈賀新郎〉：「不恨古人吾不見，恨古人、不見吾狂耳。知我者，二三子。」

[評析]

這首〈金縷曲〉，汪刻本詞題作「簡梁汾，時方為吳漢槎作歸計」。顧貞觀康熙十五年（西元1676年）冬寄吳兆騫〈金縷曲〉二闋後所附補記，道出納蘭為吳氏「作歸計」的原委：「二詞容若見之，為泣下數行，曰：『河陽生別之詩，山陽死友之傳，得此而三。此事三千六百日中，弟當以身

任之,不俟兄再囑也。』余曰:『人壽幾何?請以五載為期。』懇之太傅,亦蒙見許,而漢槎果以辛酉入關矣。附書志感,兼志痛云。」據知,納蘭詞作於顧氏賦此兩首〈金縷曲〉之後未久。納蘭在詞中寬慰無端灑淚、激憤難平的友人,其實自己何嘗不是跟友人一樣耿耿縈懷,憂鬱不舒,所以,一諾千金,傾力相助。全篇由人及己,又由己及人,往復迴環,流露拳拳真情,也可以看作是以「深情真氣為枝幹」(謝章鋌《賭棋山莊詞話》卷七)的「以詞代書」之作。

令納蘭為之泣下的顧貞觀〈金縷曲〉二首,堪稱「純以性情結撰而成」(陳廷焯《白雨齋詞話》卷三)的千秋絕調,錄以並讀:

「季子平安否。便歸來、平生萬事,那堪回首。行路悠悠誰慰藉,母老家貧子幼。記不起、從前杯酒。魑魅搏人應見慣,總輸他、覆雨翻雲手。冰與雪,周旋久。淚痕莫滴牛衣透。數天涯、依然骨肉,幾家能夠。比似紅顏多命薄,更不如今還有。只絕塞、苦寒難受。廿載包胥承一諾,盼烏頭、馬腳終相救。置此札,君懷袖。」

「我亦飄零久。十年來、深恩負盡,死生師友。宿昔齊名非忝竊,只看杜陵窮瘦。曾不減、夜郎僝僽。薄命長辭知己別,問人生、到此淒涼否。千萬恨,為兄剖。兄生辛未我丁丑。共些時、冰霜摧折,早衰蒲柳。詞賦從今須少作,留取心魂相守。但願得、河清人壽。歸日急翻行戍稿,把空名、料理傳身後。言不盡,觀頓首。」

可以附帶提及的是,「每語淚潺湲」(納蘭〈喜吳漢槎歸自關外次座主徐先生韻〉)的顧貞觀這兩首〈金縷曲〉既出,即託苗君稷代寄,吳兆騫接詞後,有〈寄顧梁汾舍人三十韻〉回贈,成就一段萬里酬唱佳話。

金縷曲

　　生怕芳樽滿①。到更深、迷離醉影,殘燈相伴。依舊迴廊新月在,不定竹聲撩亂。問愁與、春宵長短。人比疏花還寂寞,任紅葵②、落盡應難管。向夢裡,聞低喚③。此情擬倩東風浣。奈吹來、餘香病酒④,旋添一半。惜別江郎渾易瘦,更著輕寒輕暖⑤。憶絮語、縱橫茗碗。滴滴西窗紅蠟淚,那時腸、早為而今斷。任角枕⑥,倚孤館。

[注釋]

①芳樽滿:駱賓王〈別李嶠得勝字〉:「芳樽徒自滿,別恨轉難勝。」錢唯演〈木蘭花〉:「昔年多病厭芳尊,今日芳尊唯恐淺。」②紅葵(ㄖㄨㄟˊ):花萼。王筠〈摘安石榴贈劉孝威〉:「素莖表朱實,綠葉厠紅葵。」③「向夢裡」二句:王彥泓〈滿江紅〉:「幾度卸裝垂手望,無端夢覺低聲喚。」④餘香病酒:蔡松年〈尉遲杯〉:「覺情隨、曉馬東風,病酒餘香相伴。」⑤輕寒輕暖:陳德武〈水調歌頭〉:「如訴如歌體態,輕暖輕寒天氣,春色把人烘。」⑥角枕:《詩經・唐風・葛生》:「角枕粲兮,錦衾爛兮。」

[評析]

　　這首〈金縷曲〉寫別後苦情。上下片的情感歷程,都是在當下情境的描繪中穿插往日相聚相別情景。眼前境況,已是消愁不得反而寂寞「旋添一半」,回想從前,更覺不勝惆悵,孤館清寒,唯有夢中「低喚」。轉切之間,跌宕而不滯礙,寫來愁腸百折,柔情無極。這首詞,《今詞初集》所錄作:

　　生怕芳樽滿。到更深、迷離醉影,殘燈相伴。依舊迴廊新月在,不定竹聲撩亂。問愁與、春宵長短。燕子樓空絃索冷,任梨花、落盡無人

管。誰領略,真真喚。此情擬倩東風浣。奈吹來、餘香病酒,還添一半。惜別江淹消瘦了,怎耐輕寒輕暖。憶絮語、縱橫茗碗。滴滴西窗紅蠟淚,那時腸、早為而今斷。任角枕,倚孤館。

《飲水詞箋校》據其中「燕子樓空絃索冷」、「真真喚」等異文,推論當為悼亡之作,可備一說。

納蘭的某些詞比較難解釋,並不一定全是因為文字本身的複雜、多義造成的。早在宋末,大致相近的情感內容,吳文英在〈鶯啼序〉中的處理方式,可以稱得上複雜之極:「殘寒正欺病酒,掩沉香繡戶。燕來晚、飛入西城,似說春事遲暮。畫船載、清時過卻,晴煙冉冉吳宮樹。念羈情遊蕩,隨風化為輕絮。十載西湖,傍柳繫馬,趁嬌塵軟霧。溯紅漸、招入仙溪,錦兒偷寄幽素。倚銀幕、春寬夢窄,斷紅溼、歌紈金縷。暝堤空,輕把斜陽,總還鷗鷺。幽蘭旋老,杜若還生,水鄉尚寄旅。別後訪、六橋無信,事往花萎,瘞玉埋香,幾番風雨。長波妬盼,遙山羞黛,漁燈分影春江宿,記當時、短楫桃根渡。青樓彷彿,臨分敗壁題詩,淚墨慘淡塵土。危亭望極,草色天涯,嘆鬢侵半苧。暗點檢、離痕歡唾,尚染鮫綃,嚲鳳迷歸,破鸞慵舞。殷勤待寫,書中長恨,藍霞遼海沉過雁,漫相思、彈入哀箏柱。傷心千里江南,怨曲重招,斷魂在否。」詞篇大致上以跳蕩的思緒為線索,打破時空的正常理性順序,甚至打碎人物、事件、景物的完整形象,只是以之作為表情的工具或媒介,而不太注重讀者的可接受性,所以,「通體離合變幻,一片淒迷」(陳洵《海綃說詞》)。其實,納蘭的詞跟吳文英一樣,整體來看,也「不出悲歡離合四字」(劉永濟《唐五代兩宋詞簡析》)。當然,凡規律皆有例外,比如納蘭還有一首〈清平樂〉:

青陵蝶夢,倒掛憐幺鳳。退粉收香情一種,樓傍玉釵偷共。惺惺鏡閣飛蛾,誰傳錦字秋河?蓮子依然隱霧,菱花暗惜橫波。

金縷曲・慰西溟

詞中帶有宮體意味的「退粉」二句，使得全篇主旨雖有「依然隱霧」等句暗示的鬱鬱寡歡之意，仍然頗費斟酌。

金縷曲・慰西溟

何事添悽咽。但由他、天公簸弄，莫教磨涅①。失意每多如意少，終古幾人稱屈。須知道、福因才折。獨臥藜床②看北斗，背高城、玉笛吹成血。聽譙鼓，二更徹。丈夫未肯因人熱③。且乘閒、五湖料理，扁舟一葉④。淚似秋霖揮不盡⑤，灑向野田黃蝶。須不羨、承明班列⑥。馬跡車塵⑦忙未了，任西風、吹冷長安月。又蕭寺，花如雪⑧。

[注釋]

①磨涅：摧折。《論語・陽貨》：「不曰堅乎，磨而不磷。不曰白乎，涅而不緇。」林希逸〈代陳玄謝啟〉：「磨涅豈無，恪守磷緇之訓。」②藜（ㄌㄧˊ）床：陋床。庾信〈小園賦〉：「管寧藜床，雖穿而可坐。」③因人熱：借人之力。《東觀漢記・梁鴻傳》：「比舍先炊，已，呼鴻及熱釜炊。鴻曰：童子鴻不因人熱者也。滅灶更燃之。」④「且乘閒」二句：放棄功名。五湖，春秋時范蠡佐越王勾踐滅吳後「浮於五湖」。陳子昂〈感遇〉：「誰見鴟夷子，扁舟去五湖。」⑤「淚似」句：陸游〈滿江紅〉：「料也應、紅淚伴秋霖，燈前滴。」⑥承明班列：承明，漢代侍臣值宿所居之屋，後為入朝、在朝為官之典。應璩〈百一詩〉：「問我何功德，三入承明廬。」班列，朝班位次。⑦馬跡車塵：元好問〈玉漏遲〉：「擾擾馬足車塵，被歲月無情，暗消年少。」⑧花如雪：宋之問〈寒食還陸渾別業〉：「洛陽城裡花如雪，陸渾山中今始發。」

[評析]

　　康熙十七年（西元1678年），「三藩之亂」戰局已根本扭轉，國勢漸趨穩定，康熙帝詔令「博學鴻詞」開科取士。據《清聖祖實錄》卷八十及秦瀛《己未詞科錄》，當時內外各官薦舉凡186人，其中143人於次年三月初一日考試一賦一詩（〈璇璣玉衡賦〉、〈省耕詩〉五言排律二十韻）。本科與同年進士科考試並行不悖，二十九日發榜，共取一等20名：彭孫遹、倪燦、張烈、汪霦、喬萊、王頊齡、李因篤、秦松齡、周清原、陳維崧、徐嘉炎、陸葇、馮勖、錢中諧、汪楫、袁佑、朱彝尊、湯斌、汪琬、丘象隨；二等30名：李來泰、潘耒、沈珩、施閏章、米漢雯、黃與堅、李鎧、徐釚、沈筠、周慶曾、尤侗、范必英、崔如岳、張鴻烈、方象瑛、李澄中、吳元龍、龐塏、毛奇齡、錢金甫、吳任臣、陳鴻績、曹宜溥、毛升芳、曹禾、黎騫、高詠、龍燮、邵遠平、嚴繩孫，各授侍讀、侍講、編修、檢討等職，俱纂修《明史》。白夢鼐、鄧漢儀、孫枝蔚、宋實穎、黃始、陳玉璂、儲方慶、董俞、高層雲、葉奕苞、陸元輔、許自俊、陶元淳、鄧林梓、馮行賢、江闓、閻若璩、田茂遇、吳農祥、陸次雲、王昊、吳雯等落選。孫枝蔚以年老得內閣中書銜歸。汪懋麟、彭桂、錢芳標、黃虞稷等以親喪守制，未與試。姜宸英以薦不及期，失去應試機會。納蘭深表同情，因賦此詞勸慰之。

　　全篇緊扣主題，施以多方寬慰之語，交誼之深摯，於中可見一斑。其實，西溟勃勃功名之心至老不渝，至康熙三十六年（西元1697年）得中探花，已是年屆古稀。所以，納蘭「五湖料理」之說，也許應該理解為只是希望姜氏稍作休整，以消沮喪，再作打算。之所以衝口而出，連繫詞中「失意每多」、「須不羨」等語約略透露出的不平之意，是因為這可能正好遂了納蘭本人心中所願。至於西溟胸懷，雖僅就此次鴻博中的表現而言，確與堅臥不出的顧炎武、黃宗羲、李顒、冒襄，抵死不試的傅

金縷曲・亡婦忌日①有感

　　山，中途退場的嚴繩孫（只成省耕一詩，丁紹儀《聽秋聲館詞話》卷二稱其未完卷是因為「適病甚」），以及勘破清廷用心（指下列和詞中「牢籠」之語）的秦松齡諸人相比，為「遠不及」（《飲水詞箋校》），然類似情形，放眼望去，究非個別，所以也無須苛責。

　　同時友人亦有致意者，當附讀如次。嚴繩孫〈金縷曲・贈西溟次容若韻〉：「畫角三聲咽。倩星前、梵鐘敲破，三生慧業。身後虛名當日酒，未穀消磨才傑。君莫嘆、蘭摧玉折。多少青蠅相弔罷，鮑家詩、碧濺秋墳血。聽鬼哭，幾時徹。更誰炙手真堪熱。只些兒、翻雲覆雨，移根換葉。我是漆園工穩幾，也任人猜蝴蝶。憑寄語、四明狂客。爛醉綠槐雙影畔，照傷心、一片琳宮月。歸夢冷，逐迴雪。」秦松齡〈金縷曲・和容若韻簡西溟。時西溟寓千佛寺〉：「失意空悲咽。只新來、棲遲梵舍，試談白業。居士現身菩薩果，莫是牢籠豪傑。聽幾個、篔簹夜折。彈絕朱弦休再續，笑荒唐、四海青鸞血。禪榻上，曉鐘徹。一龕佛銷炎熱。更閒翻、琅函萬卷，止啼黃葉。浪把空虛分兩橛，栩栩莊生蝴蝶。看荏苒、年華如客。學道苦遲婚宦誤，錯回頭、第二天邊月。我與爾，鬢成雪。」納蘭另有一詩〈柬西溟〉：

　　廿載疏狂世未容，重來依舊寺門鐘。曉衾何處還家夢，唯有驚飆起古松。直致。

金縷曲・亡婦忌日①有感

　　此恨何時已②。滴空階、寒更雨歇，葬花天氣③。三載悠悠魂夢杳，是夢久應醒矣。料也覺、人間無味。不及夜臺塵土隔，冷清清、一片埋愁地④。釵鈿約⑤，竟拋棄。重泉若有雙魚寄⑥。好知他、年來苦樂，與誰

相倚。我自終宵成轉側，忍聽湘弦重理。待結個、他生知己。還怕兩人俱薄命，再緣慳、剩月零風裡⑦。清淚盡，紙灰⑧起。

[注釋]

①亡婦忌日：葉舒崇〈納臘室盧氏墓誌銘〉：「夫人盧氏，年十八歸餘同年生成德。康熙十六年五月三十日卒，春秋二十有一。」舒崇（西元1640～1678年）字元禮，別號宗山，江蘇吳江人。王士禎門人。康熙十五年（西元1676年）二甲第五十名進士，與納蘭為同年。官中書舍人。應鴻博舉，未試卒。著有《宗山集》、《謝齋詞》、〈哀江南賦注〉。②「此恨」句：李之儀〈卜運算元〉：「此水幾時休，此恨何時已。」③「滴空階」二句：何遜〈臨行與故遊夜別〉：「夜雨滴空階，曉燈暗離室。」葬花天氣，落花時節。彭孫遹〈憶王孫〉：「不歸家。風雨年年葬落花。」④「不及」二句：夜臺，墳墓。陸機〈輓歌〉之一：「按轡遵長薄，送子長夜臺。」李周翰注：「墳墓一閉，無復見明，故雲長夜臺。」黃滔〈馬嵬〉：「夜臺若使香魂在，應作煙花出隴頭。」元好問《雜著》：「埋愁不著重泉底，盡向人間種白頭。」⑤釵鈿約：用李、楊愛情故事。陳鴻《長恨歌傳》：「（上）詔高力士潛搜外宮，得弘農楊玄琰女於壽邸……上甚悅……定情之夕，授金釵鈿合以固之。……適有道士自蜀來，知上心念楊妃，自言有李少君之術。玄宗大喜，命致其神。方士乃竭其術以索之，不至。……久之，（玉妃出）……揖方士，問皇帝安否……言訖，憫然。指碧衣取金釵鈿合，各折其半，授使者曰：為我謝太上皇，謹獻是物尋舊好也。」白居易〈長恨歌〉：「唯將舊物表深情，鈿合金釵寄將去。釵留一股合一扇，釵擘黃金合分鈿。但令心似金鈿堅，天上人間會相見。」李賀〈春懷引〉：「寶枕垂雲選春夢，鈿合碧寒龍腦凍。」⑥「重泉」句：重泉，猶黃泉、九泉。江淹〈雜體三十首潘黃門述哀〉：「美人歸重泉，悽愴無終畢。」雙魚，書信。〈飲

| 金縷曲‧亡婦忌日①有感

馬長城窟行〉：「客從遠方來，遺我雙鯉魚。呼兒烹鯉魚，中有尺素書。」⑦「還怕」二句：慳（ㄑㄧㄢ），欠缺。晏幾道〈木蘭花〉：「欲將恩愛結來生，只恐來生緣又短。」顧貞觀〈唐多令〉：「雙淚滴花叢。一身驚斷蓬。盡當年、剩月零風。」⑧紙灰：高翥〈清明〉：「紙灰飛作白蝴蝶，淚血染成紅杜鵑。」

[評析]

這首詞，據詞題中「亡婦忌日」及詞中「三載悠悠」語，知作於康熙十九年（西元1680年）五月二十九日（6月25日。按：本年五月無三十日）。詞以設問開篇，總領全域性。夏意方濃，身心寒苦，久夢不醒，人間無味，都是說陰陽兩隔，歷時三載，傷逝之苦沒有絲毫消減。一個「竟」字，淒婉怨極語，在波瀾驟起中收束上文。下片從設想亡妻處著筆，反襯一己情緣難再續的沉痛之情。「待結個」以下三句，是說如果在「他生」裡連這樣的願望也都不可能實現，那一倍於當下的哀慟又當如何承受？一波未平又乍起，尤為撕心裂肺，其驚心動魄處，實在令人難以卒讀。

晚清葉衍蘭有一首〈金縷曲‧展倩姬遺影悽然有感〉：「此恨何時已。（用飲水詞句。）鎮傷心、一回展卷，一番悲涕。秀靨修眉渾似昔，萬喚千呼難起。生悔煞、留仙無計。三載情緣剛一霎，甚人天、直恁迢迢地。清淚滴，如鉛水。銘幽欲寫相思字。奈年來、江郎才盡，筆花枯死。惆悵綺羅脂粉福，做盡愁邊滋味。看華鬢、已星星矣。縱有玉簫能續夢，再生緣、怕阻他生裡。含酸語，卿知未。」苦語悽情，追逼納蘭。張鳴珂序葉氏《秋夢盦詞鈔》正是這麼看的：「度飲水之新詞，青衫溼遍。」葉衍蘭被認為是當世之張先，慣將煙月情債驅入吟筆。翻開《秋夢盦詞鈔》，僅傷悼十七歲夭亡的侍妾羅倩的詞作就有七首，於中可見一斑。高度認同飲水詞，則是葉詞追逼納蘭更為內在的緣由。葉衍蘭編〈清

代學者象傳〉曾這樣評論道：（朱彝尊）「詞與迦陵齊名，然堪與匹敵者唯飲水一人而已。飲水深得南唐二主之遺，先生則宛然玉田再世。國朝詞筆首推二家，二百年來直無其比。」在這首〈金縷曲〉裡使用納蘭成句，是葉衍蘭的認同感在具體創作實踐中的直觀表現之一。

紅窗月

　　燕歸花謝早因循，又過清明①。是一般風景，兩樣心情。猶記碧桃影裡、誓三生②。烏絲闌紙嬌紅篆，歷歷春星③。道休孤密約，鑑取深盟④。語罷一絲香露、溼銀幕。

[注釋]

　　①早因循，又過清明：王雱〈千秋歲引〉：「算韶華，又因循過了，清明時候。」戈登〈行香子〉：「休負文章，休說經綸。得生還、已早因循。」②「猶記」句：劉斧《續青瑣高議》：魯敢與女子西真「復入一洞，碧桃豔天，香凝如霧。西真曰：他日與君人間還，雙棲於此」。三生，謂前生、今生、來生。③「烏絲」二句：李肇《唐國史補》卷下：「又宋、亳間有織成界道絹素，謂之烏絲欄、朱絲欄。」袁文《甕牖閒評》卷六：「黃素細密，上下烏絲織成欄。其間用墨朱界行，此正所謂烏絲欄也。」歷歷，清晰貌。〈古詩十九首〉：「玉衡指孟冬，眾星何歷歷。」④「道休」二句：見後〈木蘭花令〉（人生若只如初見）。

[評析]

　　這首詞寫離情。全篇情在筆先，與所取用的今昔比對之法適相契合。上片寫燕歸花謝，春景依舊，而心情不同，「早因循」三字已透出無

紅窗月

奈與愁怨。「猶記」句是篇章結構和詞意轉承上的雙重關鍵，既綰合前篇敘寫此時情景，指出紛飛傷離題旨，又引出整個下片對相親相愛往事的深情回憶，點明離懷難遣之由。「語罷」句，在以景結情中收神餘言外之效，也是對過片「烏絲」二句的呼應。況周頤《蕙風詞話》卷五曾以「烏絲闌紙嬌紅篆」和「吹花嚼蕊弄冰弦」形容納蘭短調的「輕清婉麗」風貌，可見，納蘭此篇大致稱得上有句有篇。

　　句是煉句，篇是結構，二者的離與合，是考察詞史演進的一條途徑。以北宋詞為例，張先精於煉句，也因此而得名甚盛，集中描摹「影」字句達二十九處之多，其最著者如「雲破月來花弄影」、「簾壓卷花影」、「墮輕絮無影」、「無數楊花過無影」等，大致體物細膩，意境朦朧，展現出他的創作追求。但就全篇而言，由於是滿心而發，佇興而作，基本上只能說是有句無篇，類似於大部分大曆詩人所作。周邦彥也喜歡寫「影」，如「望一川暝靄，雁聲哀怨，半規涼月，人影參差」（〈風流子〉）、「相將羈思亂如雲。又是一窗燈影、兩愁人」（〈虞美人〉）、「何人正弄、孤影蹁躚西窗悄」（〈倒犯〉）等，但跟他的其他作品一樣，都更看重整篇詞作的章法結構，因此需要結合全篇，才能充分領略其意涵。也正是從周邦彥以典範性的創作間接規範詞法開始，詞人們不再過分拘戀於單句的淬鍊，無句有篇的情況俯拾皆是，也代表了詞體創作與審美發展的一種理性化趨勢。由此，讀詞也不必再有流為讀句之虞，是謂既見樹木又見森林。當然，像許寶蘅「集飲水詞句」而成的〈眼兒媚〉：「腸斷斑騅去未還。何處是長安。鬢絲憔悴，浮生如夢，好夢原難。隔花才歇簾纖雨，香徑晚風寒。沉吟往事，天涯芳草，明月欄杆。」讀來卻無多納蘭詞味，又可以就句與篇之關係提供別種的角度。

　　清無名氏《餐玉堂詩稿》稿本（黃裳先生藏書）附有一首〈紅窗月‧詠紅紗窗〉：「洞房燭影，映窗紗、難辨分明。到烏啼人醒，驀地心驚。錯

道良宵夢短、日光生。起臨妝鏡，襯青鸞、一抹霞橫。訝玉顏脂暈，不用塗成。莫是朝來香頰、帶餘酲。」《全清詞・順康卷補編》將其收入。吳寶書《籜仙詞》中也有一首〈紅窗月〉：「杏花香雨溼雲鬟，小立溪灣。見螺痕數點，眉譜全刪。歸去銀幕六曲、畫春山。簾前小蝶風前燕，棲上雕闌。似綠窗人倦，密意相關。願得今宵長伴、畫樓間。」為《全清詞・雍乾卷》所收入。如果納蘭〈紅窗月〉是自度曲，那麼，以上兩首雖接近於句句押韻，仍可視為擬納蘭體之作。兩兩對照，當有助於點定詞作句讀。在這種意義上，汪刻本納蘭〈紅窗月〉也是值得重視的：

夢闌酒醒早因循，過了清明。是一般心事，兩樣愁情。猶記迴廊影裡、誓生生。金釵鈿盒當時贈，歷歷春星。道休孤密約，鑑取深盟。語罷一絲清露、溼銀幕。

南歌子

翠袖凝寒薄①，簾衣②入夜空。病容扶起月明中③。惹得一絲殘篆、舊薰籠。暗覺歡期過，遙知別恨同。疏花已是不禁風。那更夜深清露、溼愁紅④。

[注釋]

①「翠袖」句：杜甫〈佳人〉：「天寒翠袖薄，日暮倚修竹。」②簾衣：簾以隔內外，故稱衣。陸龜蒙〈寄遠〉：「畫扇紅弦相掩映，獨看斜月下簾衣。」施紹莘〈憶秦娥〉：「驚棲庭樹啾啾雀。霜花侵綴簾衣薄。」③「病容」句：李賀〈南園十三首〉之九：「瀉酒木蘭椒葉蓋，病容扶起種菱絲。」④「那更」句：張泌〈臨江仙〉：「煙收湘渚秋江靜，蕉花露泣愁紅。」鹿虔扆

南歌子

〈臨江仙〉:「暗傷亡國,清露泣香紅。」柳永〈定風波〉:「自春來、慘綠愁紅,芳心是事可可。」

[評析]

這首詞寫離恨,情調淒婉。整篇透過「凝」、「空」、「惹」、「暗覺」、「遙知」、「已是」、「那更」等語詞的連綴,在情景交融中寫出相思情態,同時也將情感歷程描摹得流暢而又有起伏。

類似的情懷,五代詞中已有過非常充分的表現。如李珣的兩首〈臨江仙〉:「簾卷池心小閣虛,暫涼閒步徐徐。芰荷經雨半凋疏。拂堤垂柳,蟬噪夕陽餘。不語低鬟幽思遠,玉釵斜墜雙魚。幾回偷看寄來書。離情別恨,相隔欲何如。」、「鶯報簾前暖日紅,玉爐殘麝猶濃。起來閨思尚疏慵。別愁春夢,誰解此情悰。強整嬌姿臨寶鏡,小池一朵芙蓉。舊歡無處再尋蹤。更堪回顧,屏畫九疑峰。」前者,淒清景色中人的心思,透過「閒步徐徐」、「簾卷」、「閣虛」加以暗示,又以「偷」、「不語」分別傳達嬌羞之態和懷人之情。後者,以「芙蓉」比臨鏡美豔,以「九疑峰」的難辨喻「舊歡無處再尋蹤」,使上片早起「疏慵」情態可見可感。又如孫光憲〈臨江仙〉:「霜拍井梧乾葉墜,翠幃離檻初寒。薄鉛殘黛稱花冠。含情無語,延佇倚闌干。杳杳征輪何處去,離愁別恨千般。不堪心緒正多端。鏡奩長掩,無意對孤鸞。」以「無語」、「延佇」、「無意對孤鸞」寫出心緒「多端」,別恨離愁「千般」。納蘭還有一首〈南歌子〉(暖護櫻桃蕊),《飲水詞箋校》認為與這首〈南歌子〉都是悼亡詞。對此,與前代作品對讀當有助於讀者作出自己的判斷。

南歌子

　　古戍飢烏集①,荒城野雉飛②。何年劫火剩殘灰③。試看英雄碧血、滿龍堆④。玉帳空分壘,金笳已罷吹⑤。東風回首盡成非⑥。不道興亡命也、豈人為⑦。

[注釋]

①「古戍」句:古戍,古代將士守邊之處。韓琦〈過故關〉:「古戍餘荒堞,新耕入亂山。」沈佺期〈被試出塞〉:「飢烏啼舊壘,疲馬戀空城。」②「荒城」句:劉禹錫〈荊門道懷古〉:「馬嘶古道行人歇,麥秀空城野雉飛。」③「何年」句:劫火,壞劫之末所發生的大火。慧皎《高僧傳·竺法蘭》:「昔漢武穿昆明池底,得黑灰,問東方朔,朔云:不知,可問西域胡人。後法蘭既至,眾人追而問之。蘭曰:世界終盡,劫火洞燒,此灰是也。」後亦借指兵火。方回〈旅次感事〉:「千村經劫火,萬境嘆虛花。」顧炎武〈恭謁天壽山十三陵〉:「康昭二明樓,並遭劫火亡。」④「試看」句:《莊子·外物》:「人主莫不欲其臣之忠,而忠未必信,故伍員流於江,萇弘死於蜀,藏其血三年而化為碧。」龍堆,白龍堆,漢代西域地名。《漢書·匈奴傳》:「豈為康居、烏孫能逾白龍堆而寇西邊哉?」顏師古注引孟康曰:「龍堆形如土龍身,無頭有尾,高大者二三丈,埤者丈餘,皆東北向,相似也,在西域中。」⑤「玉帳」二句:玉帳,主帥軍帳,取如玉之堅之意。李商隱〈重有感〉:「玉帳牙旗得上游,安危須共主君憂。」笳,古代北方民族樂器之一種。劉禹錫〈連州臘日觀莫徭獵西山〉:「日暮還城邑,金笳發麗譙。」⑥「東風」句:李煜〈虞美人〉:「小樓昨夜又東風。故國不堪回首、明月中。」⑦「不道」句:《國語·晉語》:「范成子曰:國之存亡,天命也。」揚雄《法言》:「命者,天之命也,非人為也;人為不為命。」

南歌子

[評析]

　　古戍飢烏，荒城野雉，劫火殘灰，碧血龍堆，玉帳分壘，金筋罷吹，回首成非，這首詞透過描繪大漠邊城景象表達深沉感喟。結句「不道興亡命也、豈人為」的慨嘆，展現出一種無法解釋的天命觀和虛無感。納蘭邊塞詞中的悲哀情調，因其善感的心性而被推上了一個極端，即如本篇，在對歷史的思考中表現出濃重的虛無感。這在詞體文學中較為罕見，不過也值得珍視，不宜輕輕放過。

　　歷史虛無感很容易消解人生的執著與追求，導致無盡的痛苦與哀傷。這種時候，尤其能夠突顯建構精神家園的重要性。在這方面，蘇軾具有典範意義。他在〈定風波〉中是這樣表達的：「莫聽穿林打葉聲。何妨吟嘯且徐行。竹杖芒鞋輕勝馬。誰怕。一蓑煙雨任平生。料峭春風吹酒醒。微冷。山頭斜照卻相迎。回首向來蕭瑟處。歸去。也無風雨也無晴。」對待「風雨」的態度就是一種對待人生態度的隱喻。這種態度，不是韓愈「雲橫秦嶺家何在，雪擁藍關馬不前」（〈左遷至藍關示姪孫湘〉）的失路之悲，柳宗元「驚風亂颭芙蓉水，密雨斜侵薜荔牆」（〈登柳州城樓寄漳汀封連四州刺史〉）的茫茫愁思，也不是陸游「此身合是詩人未，細雨騎驢入劍門」（〈劍門道中遇微雨〉）的劍閣崢嶸，而是一種執著之後的淡定與從容。蘇軾曾經有過躊躇滿志的書生意氣：「有筆頭千字，胸中萬卷，致君堯舜，此事何難」（〈沁園春・赴密州早行馬上寄子由〉），豪邁激越的赤子之心：「持節雲中，何日遣馮唐。會挽雕弓如滿月，西北望，射天狼」（〈江城子・密州出獵〉），也有過「夢繞雲山心似鹿，魂驚湯火命如雞」（〈獄中寄子由〉）的滿心絕望與「揀盡寒枝不肯棲，寂寞沙洲冷」（〈卜運算元〉）的惆悵徘徊。不過，也正是在苦難和憂患中，磨礪出了磅礴的精神力量。這種力量，使得蘇軾雖然從未像陶淵明那樣有過真正意義上的歸隱，但卻獲得了心靈的安頓和精神境界上的超越：「此心安處是吾鄉。」（〈定風波〉）

這是一種有似於從神秀「時時勤拂拭，莫使染塵埃」到慧能「本來無一物，何處惹塵埃」的轉變和漸悟，是「山重水複疑無路」之後的「柳暗花明又一村」（陸游〈遊山西村〉）。當然，如果納蘭果真也能變得像蘇軾那樣曠達，那他就不一定是現在這個讓人異常著迷的納蘭了。

一絡索

野火①拂雲微綠。西風夜哭②。蒼茫雁翅列秋空，憶寫向、屏山曲③。山海幾經翻覆。女牆④斜矗。看來費盡祖龍心，畢竟為、誰家築。

[注釋]

①野火：磷火。《戰國策・楚策》：「野火之起也若雲蜺。」方干〈東陽道中作〉：「野火不知寒食節，穿林轉壑自燒雲。」②「西風」句：哭，風聲淒厲。吳偉業〈送友人出塞〉：「魚海蕭條萬里霜，西風一哭斷人腸。」③「蒼茫」二句：雁列秋空，景象如屏風所繪。宋無名氏〈秦樓月〉：「白鷗飛下屏山曲。行人點破秋郊綠。」④女牆：城牆上有堞口的短牆。劉禹錫〈石頭城〉：「淮水東邊舊時月，夜深還過女牆來。」這裡指長城。

[評析]

這是一首具「風人旨」（納蘭〈填詞〉）的邊塞詞。上片寫秋塞聞見，野火拂雲，西風夜哭，雁翅列空，在景緻的描繪中含蘊一種蒼茫感，為下片陡然轉入議論達到緩衝和鋪陳作用。褒貶「祖龍」，展現出的是一種深沉的憂患意識，實含借古鑑今之意。之前，此語似僅見於張友仁〈水調歌〉，而與納蘭詞的主旨不盡相同：「石屋勢平曠，峭壁幾巉岩。妙哉天造

一絡索

地設,誰復謂神刓。疇昔涪翁題品,曾說人寰稀有,豈特冠湘南。趁取腳輕健,相與上高寒。避秦者,君莫問,意其間。祖龍文密,至今草木尚愁顏。贏得功成丹鼎,久矣乘風而去,跨鶴與驂鸞。猶有白雲在,鎮日繞禪關。」《飲水詞箋校》認為,此篇不讓姜夔〈疏影〉獨擅於前,著眼點也還可以是在它們同深於寄託上。以納蘭也作過別有含蘊的詠物詞,姜詞也還另有可說之處,試細繹如下:「苔枝綴玉。有翠禽小小,枝上同宿。客裡相逢,籬角黃昏,無言自倚修竹。昭君不慣胡沙遠,但暗憶、江南江北。想佩環、月夜歸來,化作此花幽獨。猶記深宮舊事,那人正睡裡,飛近蛾綠。莫似春風,不管盈盈,早與安排金屋。還教一片隨波去,又卻怨、玉龍哀曲。等恁時、重覓幽香,已入小窗橫幅。」

宋人喜詠梅,在北宋,詠梅詞就大量出現,而到了姜夔手中,則把這一題材推向登峰造極。姜夔的這首〈疏影〉跟他的另一首〈暗香〉一樣:「舊時月色。算幾番照我,梅邊吹笛。喚起玉人,不管清寒與攀摘。何遜而今漸老,都忘卻、春風詞筆。但怪得、竹外疏花,香冷入瑤席。江國。正寂寂。嘆寄與路遙,夜雪初積。翠尊易泣。紅萼無言耿相憶。長記曾攜手處,千樹壓、西湖寒碧。又片片、吹盡也,幾時見得。」融會歷史和現實,打通人與物,不作瑣細刻劃,重在傳神。這種看似不緊扣所詠之物的寫法,使物取代人成為吟詠中心和抒情主體,作為作品結構的一個點和人物感情在作品中的一個座標,創作主體貫注其中的感情非但沒有弱化,反而更為強烈了。(詳參〔美〕林順夫著、張宏生譯《中國抒情傳統的轉變 —— 姜夔與南宋詞》)這樣一種創作姿態,使姜夔在擁有悠久歷史的詠物文學傳統中,占據了一個十分顯眼的位置,白石詠物詞因而在一定意義上意味著宋代詠物詞審美理想的確立。後來,厲鶚將朱彝尊推尊姜夔的理念,真正落實在創作層面上,就此開創出浙西詞派發展的新局面。只是,跟姜夔詞風很難在後世得到真正的回應一樣,厲

鶚那些最得姜夔神髓的作品，在實際創作的層面得到的呼應也是不明顯的。這一現象告訴我們：「姜夔所展現的，是一種精神，一種意度，所謂『清空』，也不完全是技術層面的東西，沒有一定的生活經歷，沒有一定的學養累積，沒有一定的襟懷思致，是無法簡單模仿的。說到底，姜夔所代表的是一種『雅』的精神。……所謂典範，如果能夠輕易達到，也就失去了意義。」（張宏生《浙西別調與白石新聲》）從這種意義上講，厲鶚可以被認為是清詞最後一個具有典範意義的大家。當然，也有人認為：「以余觀之，（納蘭）似又勝竹垞、樊榭，其才力、工力，皆遠軼朱、厲耳。」（林庚白《子樓詩詞話》，載張寅彭主編《民國詩話叢編》）姑錄之以備一說。

眼兒媚

　　重見星娥碧海槎①。忍笑卻盤鴉②。尋常多少，月明風細，今夜偏佳。休籠彩筆閒書字③，街鼓已三撾④。煙絲欲裊，露光微泫⑤，春在桃花。

[注釋]

　　①「重見」句：星娥，織女。槎，木筏。李商隱〈海客〉：「海客乘槎上紫氛，星娥罷織一相聞。」東方朔〈十洲記〉：「扶桑在東海之東岸，岸直，陸行登岸一萬里。東復有碧海，海廣狹浩汗，與東海等。」張華《博物誌·雜說下》：「舊說云，天河與海通，近世有人居海渚者，年年八月有浮槎，來去不失期。」②「忍笑」句：卻，卸退。歐陽脩〈定風波〉：「何事碧窗春睡覺。偷照。粉痕勻卻溼胭脂。」盤鴉，髮髻。李賀〈美人梳頭

歌〉：「纖手卻盤老鴉色，翠滑寶釵簪不得。」孟遲〈蓮塘〉：「脈脈低迴殷袖遮，臉橫秋水鬢盤鴉。」仇遠〈小秦王〉：「眼溜秋潢臉暈霞。寶釵斜壓兩盤鴉。」③「休籠」句：籠，猶拈。趙光遠〈詠手二首〉之二：「慢籠彩筆閒書字，斜指瑤階笑打錢。」④「街鼓」句：街鼓，更鼓。撾（ㄓㄨㄚ），敲擊。侯寘〈玉樓春〉：「市橋燈火春星碎。街鼓催歸人未醉。」⑤露光微泫（ㄒㄩㄢˋ）：泫，水珠微微下滴。周邦彥〈荔枝香近〉：「夜來寒侵酒席，露微泫。鳥履初會，香澤方薰，無端暗雨催人，但怪燈偏簾卷。」

[評析]

　　這首詞寫情人重逢。上片寫「月明風細」的春晚別後重聚，伊人「忍笑卻盤鴉」，矜持而溫馨的情景，令人陶醉。下片透過回味往昔重逢情境，進一步烘托兩人今夜的歡欣愉悅之情。當然，過片二句也可以理解為類似於周邦彥〈少年遊〉中的婉轉纏綿：「并刀如水，吳鹽勝雪，纖手破新橙。錦幄初溫，獸煙不斷，相對坐調笙。低聲問向誰行宿，城上已三更。馬滑霜濃，不如休去，直是少人行。」結末「煙絲」三句寫景，飽含歡情蕩漾之意。類似的情緒，在納蘭詞中並不多見，所謂歡娛之詞難工，即如納蘭可能是寫新婚的〈山花子〉（昨夜濃香分外宜），似乎也不曾見到這首〈眼兒媚〉中發自內心的歡悅。納蘭另有一首〈蝶戀花〉：

　　露下庭柯蟬響歇。紗碧如煙，煙裡玲瓏月。並著香肩無可說。櫻桃暗解丁香結。笑卷輕衫魚子纈。試撲流螢，驚起雙棲蝶。瘦斷玉腰沾粉葉。人生那不相思絕。

　　還原夏夜共度情景，以活潑溫馨之筆一路寫來，逼出相思之意，與這首〈眼兒媚〉自有不同處。

　　寫別後重逢，跟納蘭詞寫得一樣婉麗輕快的，是晏幾道的〈鷓鴣天〉（彩袖殷勤捧玉鍾）。劉體仁甚至認為，同寫重逢，小山詞中「今宵剩把

銀照，猶恐相逢是夢中」與杜甫著名的「夜闌更秉燭，相對如夢寐」二句，能夠展現出詩詞二體的「分疆」（《七頌堂詞繹》）所在。的確，在無論是否關乎兒女情長的重逢之作中，詩作相比詞作而言往往能夠更見深沉，倒是不言而喻的，儘管二者也實在無須軒輊。如李益〈喜見外弟又言別〉：「十年離亂後，長大一相逢。問姓驚初見，稱名憶舊容。別來滄海事，語罷暮天鐘。明日巴陵道，秋山又幾重。」十年彈指，滄海桑田，當眼前的陌生人道出自己的姓名時，才想起他兒時的音容笑貌，一「問」一「稱」，一「驚」一「憶」，形象地表現出由驚到喜再到回憶的重逢過程。可是，還沒來得及徹夜敘談，卻是又到言別時。聚散匆匆，令人唏噓不已，亦范成大「何意重逢作病媒」之意。杜甫另外的一首〈江南逢李龜年〉也是如此：「岐王宅裡尋常見，崔九堂前幾度聞。正是江南好風景，落花時節又逢君。」春天重逢，卻正值落花時節，已自不免心生淒涼之感，此時無須再細述兩人的漂泊流落，千言萬語，盡在「又逢君」三字中。「詩聖」之於絕句，非不能也，實不為也。

荷葉杯

　　簾卷落花如雪。煙月。誰在小紅亭。玉釵敲竹乍聞聲。風影[1]略分明。化作彩雲飛去[2]。何處。不隔枕函邊。一聲將息[3]曉寒天。腸斷又今年。

[注釋]

　　①風影：陳叔寶〈自君之出矣〉之一：「思君若風影，來去不曾停。」陸龜蒙〈懷宛陵舊遊〉：「唯有日斜溪上思，酒旗風影落春流。」②「化作」

句：李白〈宮中行樂詞〉：「只愁歌舞散，化作彩雲飛。」③將息：保重。謝逸〈柳梢青〉：「香肩輕拍。尊前忍聽，一聲將息。」

[評析]

這首詞寫別恨。上片全是想像之詞，寫在「落花如雪」的月夜，恍恍惚惚中，彷彿看見伊人立於小紅亭中，又彷彿聽到玉釵輕輕敲竹發出的聲音。下片承上而來，說她雖已猶如「化作彩雲飛去」，杳不知其所之，自己卻久久不能忘懷。結二句，是說徹夜難眠，再一想到她當初的一聲珍重，更覺悽苦惘然。

跟作品中的想像有連繫又相區別，很多詩詞作品都能以一定的表達方式啟發讀者插上聯想和想像的翅膀。如高適〈除夜作〉：「旅館寒燈獨不眠，客心何事轉悽然。故鄉今夜思千里，霜鬢明朝又一年。」後二句透過想像故鄉親友對遠在千里之外的自己的思念，寫出自己一樣深沉的思念之情，從對面寫來，更顯情思濃郁；以流水對句收筆，尤為自然。王昌齡〈送別魏二〉：「醉別江樓橘柚香，江風引雨入舟涼。憶君遙在湘山月，愁聽清猿夢裡長。」以江上夜月、愁聽猿聲的浮想聯翩之筆，寫別後之情，與其另一首〈盧溪別人〉意、景相同：「武陵溪口駐扁舟，溪水隨君向北流。行到荊門上三峽，莫將孤月對猿愁。」差別只在末句，前者搖曳，餘韻較長；後者轉折，詩境較曲。又如李煜〈望江南〉：「多少恨，昨夜夢魂中。還似舊時遊上苑，車如流水馬如龍。花月正春風。」寫出對夢境中往昔繁華生活的眷戀，反襯夢醒後的悲哀與淒涼。辛棄疾〈醜奴兒・書博山道中壁〉：「少年不識愁滋味，愛上層樓。愛上層樓。為賦新詞強說愁。而今識盡愁滋味，欲說還休。欲說還休。卻道天涼好個秋。」以過去的「強說愁」反襯而今的「愁」之深。又如柳宗元〈與浩初上人同看山寄京華親故〉：「海畔尖山似劍芒，秋來處處割愁腸。若為化作身千億，散向峰頭望

故鄉。」以新奇的想像表達懷念京師親友的心緒。郎士元〈聽鄰家吹笙〉：「鳳吹聲如隔彩霞，不知牆外是誰家。重門深鎖無尋處，疑有碧桃千樹花。」一個「疑」字，以寫視覺上的幻象帶出聽覺感受，較王駕〈雨晴〉中「蜂蝶紛紛過牆去，卻疑春色在鄰家」之想像鄰家春色有過之而無不及。又如鄭谷〈淮上與友人別〉：「揚子江頭楊柳春，楊花愁殺渡江人。數聲風笛離亭晚，君向瀟湘我向秦。」嗣響「西出陽關」，一片淒音，結句蘊含種種情愫，留下廣闊的想像空間，令讀者「覺尚有數十句在後未竟者」（賀貽孫〈詩筏〉）。趙師秀〈約客〉：「黃梅時節家家雨，青草池塘處處蛙。有約不來過夜半，閒敲棋子落燈花。」引發對客人不來的種種情況的想像。納蘭詞置身其中，殊無愧色。

梅梢雪・元夜月蝕

　　星球①映徹。一痕微褪梅梢雪。紫姑②待話經年別。竊藥心灰，慵把菱花③揭。踏歌才起清鉦歇④。扇紈仍似秋期潔⑤。天公畢竟風流絕。教看蛾眉，特放些時⑥缺。

[注釋]

　　①星球：煙火。高士奇〈金鰲退食筆記〉：「癸亥元夜，於五龍亭前施放煙火……坐觀星球萬道，火樹千重。」②紫姑：《荊楚歲時記》：「正月十五日，其夕迎紫姑，以卜將來蠶桑並占眾事。」劉敬叔〈異苑〉：「世有紫姑神，古來相傳，云是人家妾，為大婦所嫉，正月十五日感激而死。故世人以其日作其形，夜於廁間或豬欄迎之。」歐陽脩〈驀山溪〉：「應卜紫姑神，問歸期、相思望斷。」③菱花：妝鏡，多呈六角形或背面刻有菱花。

梅梢雪‧元夜月蝕

韓偓〈閨怨〉：「時光潛去暗淒涼，懶對菱花暈曉妝。」④「踏歌」句：《資治通鑑‧則天後聖曆元年》胡三省注：「踏歌者，連手而歌，踏地以為節。」鉦（ㄓㄥ），打擊樂器。舊俗以為月蝕為天狗食月，因此家家鳴鉦，以嚇退天狗。歇，謂月已復圓，不再鳴金。⑤「扇紈」句：扇紈，喻月色皎潔。班婕妤〈怨歌行〉：「新裂齊紈素，鮮潔如霜雪。裁為合歡扇，團團如明月。出入君懷袖，動搖微風發。常恐秋節至，涼飆奪炎熱。棄置篋笥中，恩情中道絕。」秋期，七夕。杜甫〈月〉：「天上秋期近，人間月影清。」⑥些時：一下子。歐陽脩〈蝶戀花〉：「不見些時眉已皺。水闊山遙，乍向分飛後。」

[評析]

此調本作〈一斛珠〉，納蘭取本篇第二句中三字以為調名。詞藉助代字及與月亮相關的神話、傳說，再加上「踏歌」、「清鉦」等風物的渲染，順序描繪出月初蝕、蝕甚、月蝕漸出的景象，尤以上片結句「慵把菱花揭」及下片結三句「天公畢竟風流絕。教看蛾眉，特放些時缺」為極富情味。納蘭寫月偏食的詞作，還有一首〈清平樂‧上元月蝕〉：

瑤華映闕。烘散蕞墀雪。比似尋常清景別。第一團時節。影蛾忽泛初弦。分輝借與宮蓮。七寶修成合璧，重輪歲歲中天。

遣詞造句、情調風味都與〈梅梢雪〉非常接近，可能作於同時。納蘭又有〈上元月食〉一詩，是寫月全食：

夾道香塵擁狹斜，金波無影暗千家。姮娥應是羞分鏡，故倩輕雲掩素華。

一樣興味盎然。學者根據〈清朝文獻通考〉所載，並參照詞本文「踏歌才起清鉦歇」、「些時缺」和「重輪歲歲中天」等，認為納蘭此二詞作於康熙二十二年（西元 1683 年），才與當時的天象更為符合。詩則應作於康

熙二十一年。至於康熙二十年的月蝕,與納蘭同時的查慎行有一首〈辛酉元夕月蝕〉,可以參讀:

「顧兔乘鸞事總乖,暗塵誰鬥踏燈鞋。但期來歲圓還再,肯照人間缺亦佳。金築舊聞荒野史,玉川奇句抵齊諧。素娥似有刀環約,漸放清光入客懷。」

另外,一樣是寫月食,徐倬的一首〈賀新涼·中秋夜月(是夜月食)〉是這樣著筆的:

「碧海晶簾卷。問姮娥、清輝須惜,浮雲鬚遣。幾點憂時嫠婦淚,迸作九霄露泫。星影散、漫空飛繭。此夕風光猶較可,忍來宵、素魄留痕淺。桂華蠹,愁何展。門邊一角銀河顯。怨無端、投壺笑巧,南箕舌扁。更怕寒芒分道出,惱亂人間雞犬。天上恨、嬋娟難免。自有凌雲修月斧,奈瓊樓玉宇非專典。霓裳袖,阿誰剪。」

雖含蓄而更有意味,與「秋水軒唱和」諸作大異,也與納蘭詞顯然不同。

木蘭花令·擬古決絕詞[①]

人生若只如初見。何事秋風悲畫扇[②]。等閒變卻故人心,卻道故心人易變[③]。驪山語罷清宵半。淚雨零鈴終不怨[④]。何如薄倖錦衣郎,比翼連枝當日願。

[注釋]

①詞題:《宋書·樂志》引〈白頭吟〉:「聞君有兩意,故來相決絕。」另,汪刻本詞題作:「擬古決絕詞,柬友。」②「何事」句:見前〈梅梢雪〉

木蘭花令・擬古決絕詞①

（星球映徹）。③「等閒」二句：謝朓〈同王主簿怨情〉：「平生一顧重，宿昔千金賤。故人心尚永，故心人不見。」趙師俠〈菩薩蠻・用三謝詩「故人心尚遠，故心人不見」之句〉：「故人心尚如天遠。故心人更何由見。腸斷楚江頭。淚和江水流。江流空滾滾。淚盡情無盡。不怨薄情人。人情逐處新。」④「驪山」二句：陳鴻《長恨歌傳》：「玉妃茫然退立，若有所思，徐而言曰：『昔天寶十載，侍輦避暑於驪山宮。秋七月，牽牛織女相見之夕，秦人風俗，是夜張錦繡，陳飲食，樹瓜果，焚香於庭，號為乞巧。宮掖間尤尚之。時夜殆半，休侍衛於東西廂，獨侍上。上憑肩而立，因仰天感牛女事，密相誓心，願世世為夫婦。言畢，執手各嗚咽。此獨君王知之耳。』」王灼《碧雞漫志》卷五：「《明皇雜錄》及《楊妃外傳》云：『帝幸蜀，初入斜谷，霖雨彌旬，棧道中聞鈴聲，帝方悼念貴妃，採其聲為〈雨淋鈴〉曲以寄恨。』」張祜〈雨淋鈴〉：「雨淋鈴夜卻歸秦，猶是張徽一曲新。長說上皇和淚教，月明南內更無人。」

[評析]

　　納蘭的這首詞，跟他所模擬的元稹〈古決絕詞三首〉一樣，都是借女性口吻抒發怨懟之情：「乍可為天上牽牛織女星，不願為庭前紅槿枝。七月七日一相見，故心終不移。那能朝開暮飛去，一任東西南北吹。分不兩相守，恨不兩相思。對面且如此，背面當可知。春風撩亂伯勞語，此時拋去時。握手苦相問，竟不言後期。君情既決絕，妾意已參差。借如死生別，安得長苦悲。」、「噫春冰之將泮，何予懷之獨結。有美一人，於焉曠絕。一日不見，比一日於三年，況三年之曠別。水得風兮小而已波，筍在苞兮高不見節。矧桃李之當春，競眾人之攀折。我自顧悠悠而若雲，又安能保君皚皚之若雪。感破鏡之分明，睹淚痕之餘血。幸他人之既不我先，又安能使他人之終不我奪。已焉哉，織女別黃姑，一年一

140

度暫相見，彼此隔河何事無。」、「夜夜相抱眠，幽懷尚沉結。那堪一年事，長遣一宵說。但感久相思，何暇暫相悅。虹橋薄夜成，龍駕侵晨列。生憎野鶴性遲迴，死恨天雞識時節。曙色漸曈曈，華星欲明滅。一去又一年，一年何時徹。有此迢遞期，不如生死別。天公隔是妒相憐，何不便教相決絕。」不過，恩斷義絕，納蘭擬作中卻無多橫眉冷對與冷若冰霜，反而流露出對舊情的念念難忘與溫馨回味。語意忠厚，終究是緣於那一份無悔的付出。一段看似已經了結的情緣，又怎一個斷字所能了得？

在詞史上，「作決絕語而妙」（賀裳《皺水軒詞筌》）的例子並不少見，只是彼「決絕語」非此「決絕語」，寫出的是奔放的愛情告白和斬釘截鐵的信誓。如敦煌詞中的〈菩薩蠻〉：「枕前發盡千般願。要休且待青山爛。水面上秤錘浮。直待黃河徹底枯。白日參辰現。北斗回南面。休即未能休。且待三更見日頭。」以物象喻人情，處處從不可能處下筆，連續展開青山壞爛、秤錘浮水、黃河徹底枯、白日參辰現、北斗回南面、三更見日頭等六種反喻，以六種不可能來說明一種不可能，無論內容、格調還是表現方式，都與漢樂府〈上邪〉非常相似。又如韋莊的〈思帝鄉〉：「春日遊。杏花吹滿頭。陌上誰家年少，足風流。妾擬將身嫁與，一生休。縱被無情棄，不能羞。」寫燃燒的熱情，猶如飛蛾撲火一般熾熱。納蘭另外的一首〈減字木蘭花〉也是如此：「花叢冷眼。自惜尋春來較晚。知道今生。知道今生那見卿。天然絕代。不信相思渾不解。若解相思。定與韓憑共一枝。」寫絕望而又無解的愛戀之心。從情感抒發的層面來看，它們與納蘭的這首〈木蘭花令〉之間，其實是一體之兩面的關係。

長相思

長相思

　　山一程。水一程。身向榆關那畔行①。夜深千帳燈②。風一更。雪一更。聒碎鄉心夢不成③。故園無此聲。

[注釋]

　　①「身向」句：榆關，古關名，明代改稱山海關。那畔，那邊。蘇軾〈洞仙歌〉：「永豐坊那畔，盡日無人，唯見金絲弄晴晝。」②「夜深」句：張翥〈上京秋日〉：「甌脫數家門早閉，輜千帳火宵明。」③「聒（ㄍㄨㄚ）碎」句：聒，叨擾。柳永〈爪茉莉〉：「金風動、冷清清地。殘蟬噪晚，甚聒得、人心欲碎，更休道、宋玉多悲，石人、也須下淚。」

[評析]

　　這首〈長相思〉與後文所錄〈如夢令〉（萬帳穹廬人醉），先後作於康熙二十一年（西元1682年）春，時納蘭隨扈東巡。大致上，納蘭因為時時身歷其情其景，才能將塞上情懷「言之親切如此」（蔡嵩雲《柯亭詞論》）。從創作的角度講，要達成這種「親切」，不能迴避的恰恰也是處理情景關係，即如何做到情與景的矛盾性統一，因為闊大壯麗的境界和瑣細柔婉的歸心放在一起，就像這兩首詞所展現的，的確有其不協調處。這是一個很微妙卻又值得關注的問題，非僅日常所謂「情景交融」所能塞責。

　　王國維曾這樣評價納蘭的這兩首詞：「『明月照積雪』、『大江流日夜』、『中天懸明月』、『長河落日圓』，此種境界，可謂千古壯觀。求之於詞，唯納蘭容若塞上之作，如〈長相思〉之『夜深千帳燈』，〈如夢令〉之『萬帳穹廬人醉，星影搖搖欲墜』差近之。」（《人間詞話》）

「境界」，是需要藉助詞法來具體展現的。從被用作納蘭詞參照對象的諸作來看，前兩首——謝靈運的〈歲暮〉：「殷憂不能寐，苦此夜難頹。明月照積雪，朔風勁且哀。運往無淹物，年逝覺已催。」謝朓的〈暫使下都夜發新林至京邑贈西府同僚〉：「大江流日夜，客心悲未央。徒念關山近，終知返路長。秋河曙耿耿，寒渚夜蒼蒼。引領見京室，宮雉正相望。金波麗鵲，玉繩低建章。驅車鼎門外，思見昭丘陽。馳暉不可接，何況隔兩鄉。風雲有鳥路，江漢限無梁。常恐鷹隼擊，時菊委嚴霜。寄言尉羅者，寥廓已高翔。」雖然也都寫愁，但通篇有莽蒼之氣，渾然一體。後兩首——杜甫的〈後出塞〉五首之二：「朝進東門營，暮上河陽橋。落日照大旗，馬鳴風蕭蕭。平沙列萬幕，部伍各見招。中天懸明月，令嚴夜寂寥。悲笳數聲動，壯士慘不驕。借問大將誰，恐是霍嫖姚。」王維的〈使至塞上〉：「單車欲問邊，屬國過居延。征蓬出漢塞，歸雁入胡天。大漠孤煙直，長河落日圓。蕭關逢候騎，都護在燕然。」則或寫軍容，或寫邊景，格調也是統一的。納蘭的處理，看上去幾乎就是不處理，直接將一對矛盾納入詞中。但這種無法之法，卻使作品有了一種強勁的內在張力，更為重要的是，也因此而賦予短幅小令以頓挫之感，將情與景一併頓挫，「在不和諧中又展現出和諧來」，從而實行了局部超越前代的作品，如范仲淹的〈漁家傲〉，也達到了應有的審美效果。儘管從唐代邊塞詩之後的傳統來看，這種情景關係的處理方式，使納蘭的詞失去了一些部分，但是，其在這一整體傳統中，仍然能夠占有一席之地。

尋芳草・蕭寺①記夢

　　客夜怎生過。夢相伴、倚窗吟和。薄嗔佯笑道，若不是恁②淒涼，肯來麼。來去苦匆匆，準擬待、曉鐘敲破③。乍煨人、一閃燈花墮。卻對著、琉璃火④。

[注釋]

　　①蕭寺：泛指佛寺。李肇《唐國史補》：「梁武帝造寺，命蕭子雲飛白大書一蕭字。」②恁：如此。賀鑄〈減字浣溪沙〉：「望處定無千里眼，斷來能有幾迴腸。少年禁取恁淒涼。」③「準擬」句：準擬，打算。韓愈〈北湖〉：「應留醒心處，準擬醉時來。」戴叔倫〈客夜與故人偶集〉：「羈旅長堪醉，相留畏曉鐘。」④琉璃火：琉璃燈。周密《武林舊事》卷二：「燈之品極多，每以『蘇燈』為最，圈片大者徑三四尺，皆五色琉璃所成。」白居易〈簡簡吟〉：「大都好物不堅牢，彩雲易散琉璃脆。」

[評析]

　　這是一首客夜憶夢之作。上片寫客況孤悽，夢迴從前。尤其是後三句，描摹伊人「薄嗔佯笑」情態，極為動人，是明顯的唐五代詞家聲口。其形象生動處，與張泌的〈江城子〉好有一比：「浣花溪上見卿卿。臉波明。黛眉輕。綠雲高綰，金簇小蜻蜓。好是問他來得麼，和笑道，莫多情。」下片說來去匆匆，好夢難長。本來希望夢中的歡會能延續到「曉鐘敲破」時，卻不料夢斷香消，令人愁對燈火，悵惘不已。

　　整體來看，納蘭此篇無論情思還是措語，都跟柳永的某些作品有相似的地方，如〈秋蕊香引〉：「留不得。光陰催促，奈芳蘭歇，好花謝，唯頃刻。彩雲易散琉璃脆，驗前事端的。風月夜，幾處前蹤舊跡。忍思

憶。這回望斷，永作終天隔。向仙島，歸冥路，兩無消息。」只是，納蘭詞旖旎輕倩，卻最終歸於「慘淡」，而不是柳詞的些許平淡。另外，作為柳詞象徵之一的以口語入詞，在納蘭的作品中其實並不多見。不過，類似的想法，卻在兩百多年後的梁啟超等人筆下，得到了極大的呼應。〔當然，胡適發表在《新青年》第三卷第四號（民國 6 年 6 月 1 日）上的〈採桑子・江上雪〉（正嫌江上山低小）、〈生查子〉（前度月來時）、〈沁園春・生日自壽〉（棄我去者）、〈沁園春・新俄萬歲（有序）〉（客子何思）等四首詞，是「白話詞」第一次正式公開發表，在解放詞體上走得要更早，也似更遠更徹底。〕如〈虞美人・自題小影寄思順〉：「一年愁裡頻來去。淚共滄波注。懸知一步一回眸。嵌著阿爺小影在心頭。天涯諸弟相逢道。哭罷還應笑。海雲不礙雁傳書。可有夜床俊語寄翁無。」〈鵲橋仙・自題小影寄思成〉：「也還美睡，也還善飯，忙處此心常暇。朝來點檢鏡中顏，好像比去年胖些。天涯遊子，一年惡夢，多少痛愁驚怕。開緘還汝百溫存，爹爹裡好尋媽媽。」〈好事近・代思禮題小影寄恩順（滑稽作品）〉：「昨日好稀奇，迸出門牙四個。剛把來函撕吃，卻正襟危坐。一雙小眼碧澄澄，望著阿圖和。肚裡打何主意，問親家知麼。」、「謝你好衣裳，穿著合身真巧。那肯赤條條地，叫瞻兒取笑。爹爹替我掉斯文，我莫名其妙。我的話兒多著，兩親家心照。」諸篇通俗詼諧，自然率真，可見其時詞學革新的一個很重要的方面，當是藉助語言變革的東風，進一步顛覆傳統雅俗觀念。

　　梁啟超與納蘭之間的關聯還不止於此。如在書中評論納蘭〈採桑子〉（而今才道當時錯）：「情感熱烈到十二分，刻劃到十二分。」上片「滿眼春風百事非」中的錯位修辭，便是將情感刻劃到「十二分」之法，頗堪注目。又如在納蘭去世二百四十週年忌日所作的〈鵲橋仙〉：「冷瓢飲水，蹇驢側帽，絕調更無人和。為誰夜夜夢紅樓，卻不道當時真錯。寄愁天

上,和天也瘦,廿紀年光迅過。斷腸聲裡憶平生,寄不去的愁有麼。」既是追懷,也像是回顧和反省自己的平生,為此,下片第四句直接取用納蘭〈浣溪沙〉(殘雪凝輝冷畫屏)中成句。另外,梁氏此詞上片第四句原有注云:「『只休隔、夢裡紅樓,有個人兒見』,集中〈雨霖鈴〉句。『此夜紅樓。天上人間一樣愁』,集中〈減蘭〉句。容若詞屢說『紅樓』,好事者附會為《紅樓夢》中人物。」(或謂納蘭〈四時無題詩〉十六首「每首中各一黛玉」,亦此之類。)以一種特殊的方式和角度,發表對舊紅學索隱派觀點的意見,對於今天的讀者理解納蘭及其詞作仍不無價值。

鞦韆索・淥水亭①春望

　　壚邊喚酒雙鬟亞②。春已到、賣花簾下③。一道香塵碎綠,看白袷、親調馬④。煙絲宛宛⑤愁縈掛。剩幾筆、晚晴圖畫⑥。半枕芙蕖壓浪眠,教費盡、鶯兒話⑦。

[注釋]

　　①淥(ㄌㄨˋ)水亭:納蘭家園亭,在今中國北京什剎後海北岸。②「壚邊」句:亞,通「壓」,低垂貌。韋莊〈菩薩蠻〉:「壚邊人似月。皓腕凝雙雪。」陸游〈春愁曲〉:「蜀姬雙鬟婭奼嬌,醉看恐是海棠妖。」李白〈金陵酒肆留別〉:「風吹柳花滿店香,吳姬壓酒喚客嘗。」③賣花簾下:王彥泓〈紀遇〉:「曾向長陵小市行,賣花簾下見卿卿。」④「看白袷(ㄐㄧㄚˊ)」句:白袷,白色袷衣。調馬,馴馬。李賀〈染絲上春機〉:「綵線結茸背覆疊,白袷玉郎寄桃葉。」李端〈贈郭駙馬〉:「新開金埒看調馬,舊賜銅山許鑄錢。」⑤宛宛:細柔貌。陸羽〈小苑春望宮池柳色〉:「宛宛如

絲柳,含黃一望新。」文同〈依韻和蒲誠之春日即事〉:「新蔬宛宛生晴圃,淺溜涓涓出暖沙。」⑥「晚晴」句:吳融〈富春〉:「水送山迎入富春,一川如畫晚晴新。」⑦「教費盡」句:王安石〈清平樂〉:「留春不住。費盡鶯兒語。」

[評析]

　　這首〈鞦韆索〉,調名有原委(詳後),又孫致彌有和作〈撥香灰・容若侍中索和楞伽山人韻〉:「流鶯並坐花枝亞。簾影動、合歡窗下。綠繡笙囊紫玉簫,稱鹿爪、調絃馬。宣和宮裱崔徽掛。恰側畔、有人如畫。幾許傷春夢雨愁,都付與、鸚歌話。」據詞題中「侍中」,可知作期最早應在康熙十八年(西元 1679 年)。

　　納蘭詞全篇圍繞「春望」做文章,上片描繪亭中所望之景,爐邊喚酒,簾下賣花,水禽嬉戲,湖邊馴馬,一派盎然春意。下片轉寫春光帶將愁來,依依柔柳,如畫晚晴,半枕輕眠,費盡鶯話,不禁萌生闌珊意緒。納蘭還有一首〈天仙子・淥水亭秋夜〉,均可與其〈淥水亭宴集詩序〉:「予家象近魁三,天臨尺五。牆依繡堞,雲影周遭。門俯銀塘,煙波滉漾。蛟潭霧盡,晴分太液池光,鶴渚秋清,翠寫景山峰色。雲興霞蔚,芙蓉映碧葉田田,雁宿鳧棲,粳稻動香風冉冉。設有乘槎使至,還同河漢之皋,倘聞鼓枻歌來,便是滄浪之澳。若使坐對亭前淥水,俱生泛宅之思,閒窺檻外清漣,自動浮家之想。」以及〈淥水亭〉詩參讀:「野色湖光兩不分,碧雲萬頃變黃雲。分明一幅江村畫,著個閒亭掛夕曛。」詩文詞三位一體,相得益彰,讀來應有得於文字之外者。

鞦韆索

藥闌①攜手銷魂侶。爭不記、看承人處②。除向東風訴此情，奈竟日、春無語。悠揚撲盡風前絮。又百五③、韶光難住。滿地梨花似去年④，卻多了、簾纖雨⑤。

[注釋]

①藥闌：李匡義《資暇集》卷上：「今園庭中藥闌，闌即藥，藥即闌，猶言圍援，非花葯之闌也。有不悟者，以為藤架蔬圃，堪作切對，是不知其由，乖之矣。」歐陽脩〈定風波〉：「黯淡梨花籠月影。人靜。畫堂東畔藥闌西。」趙長卿〈長相思〉：「藥欄東，藥欄西。記得當時素手攜。彎彎月似眉。」②「爭不記」句：爭，怎。韓偓〈哭花詩〉：「若是有情爭不哭，夜來風雨葬西施。」《詩詞曲語辭彙釋》：「看承，猶云看待也，亦猶云特別看待也。」吳淑姬〈祝英台近〉：「斷腸曲曲屏山，溫溫沉水，都是舊、看承人處。」③百五：冬至至清明凡一百零五日，因稱清明為百五。周邦彥〈瑣窗寒〉：「遲暮。嬉遊處。正店舍無煙，禁城百五。旗亭喚酒，付與高陽儔侶。」④「滿地」句：劉方平〈春怨〉：「寂寞空庭春欲晚，梨花滿地不開門。」⑤簾纖雨：細雨。晏幾道〈生查子〉：「無端輕薄雲，暗作簾纖雨。」

[評析]

這是一首相思詞。上片在追憶往日令人「銷魂」的歡情中，寫出今日的孤寂和傷感。下片以景託情，刻意傷春更傷別。韶光荏苒，風前柳絮、「滿地梨花」依舊，伊人卻杳無蹤跡，物是人非，已自不勝傷悲，再加上簾纖細雨飄落不輟，更平添了一份惆悵，令人難「以為情」（陳廷焯《雲韶集》十五）。

同為寫相思之情的好言語，納蘭詞疏淡，近於韋莊，不似溫庭筠那般穠麗：「水精簾裡頗黎枕。暖香惹夢鴛鴦錦。江上柳如煙。雁飛殘月天。藕絲秋色淺。人勝參差剪。雙鬢隔香紅。玉釵頭上風。」（〈菩薩蠻〉）溫詞之美，要在透過多重感官刺激和多種意象運用，觸發多方聯想和想像，鑄成一種含蓄蘊藉的詩意境界，不言情字而濃情四溢。當然，這樣的一種美，也是需要藉助音律上的諧婉來實現的。如首二句「水精簾裡頗黎枕。暖香惹夢鴛鴦錦」，落腳於上聲字，展現出悠遠飄渺的夢幻感，使原本靜止的畫面變得富有生氣。過片二句「藕絲秋色淺。人勝參差剪」，接連使用舌尖音和齒頭音，在渲染外貌和動作中，也傳達出一種美感。在努力透過多種藝術手段表達難以為情之情這一點上，納蘭與溫庭筠又是相通的。而由此形成的婀娜綺麗之風，也正是納蘭詞與六朝文風的相近之處，即夏承燾先生所言「相憐婀娜六朝人」（〈瞿髯論詞絕句〉）之意。

鞦韆索

　　游絲斷續東風弱。渾無語、半垂簾幕[①]。茜袖誰招曲檻邊[②]，弄一縷、鞦韆索。惜花人[③]共殘春薄。春欲盡、纖腰如削[④]。新月才堪照獨愁，卻又照、梨花落。

[注釋]

　　①半垂簾幕：朱淑真〈即事〉：「簾幕半垂燈燭暗，酒闌時節未忺眠。」②「茜（ㄑㄧㄢˋ）袖」句：茜，絳紅色。韋莊〈菩薩蠻〉：「騎馬倚斜橋，滿樓紅袖招。」③惜花人：朱淑真〈春陰古律二首〉之二：「芳意被他寒約

住，天應知有惜花人。」④纖腰如削：鮑照〈擬行路難十八首〉之八：「床蓆生塵明鏡垢，纖腰瘦削髮蓬亂。」侯寘〈滿江紅〉：「念沈郎、多感更傷春，腰如削。」

[評析]

謝章鋌《賭棋山莊詞話》卷七道明調名原委：「毛稚黃嘗自度曲名〈撥香灰〉，其句法字數與〈憶王孫〉俱同，但平仄稍異。容若『淥水亭春望』即填此調，因其中有『颺一縷、鞦韆索』句，故自名〈鞦韆索〉。」這首詞寫春殘「獨愁」，又見月照梨花，不禁觸景傷懷，惜春念人。通篇描摹景物——茜袖曲檻，綠柳鞦韆，樓頭新月，庭院梨花，歷歷如畫，寓情於景，含蓄蘊藉。

梨花意象，歷來為文人所喜用。緣由之一，在於此花天然玉容，粉淡香清，風塵莫染，「未容桃李占年華」（陸游〈梨花〉），正如黃庭堅〈次韻梨花〉所云：「桃花人面各相紅，不及天然玉作容。總向風塵塵莫染，輕輕籠月倚牆東。」由此延伸開來，當此花有明月相照，「伴素娥清絕」（王惲〈好事近·賦庭下新開梨花〉）時，尤能惹人情思。劉秉忠的〈臨江仙·梨花〉是這樣寫的：「冰雪肌膚香韻細，月明獨倚闌干。游絲縈惹宿煙環。東風吹不散，應為護輕寒。素質不宜添彩色，定知造物非慳。杏花才思又凋殘。玉容春寂寞，休向雨中看。」元好問〈梨花海棠二首〉之一其實也是這個意思，只是更顯憐惜之情：「梨花如靜女，寂寞出春暮。春色惜天真，玉頰洗風露。素月淡相映，蕭然見風度。恨無塵外人，為續雪香句。孤芳忌太潔，莫遣凡卉妒。」又似乎與杜牧「砌下梨花一堆雪，明年誰此憑闌干」（〈初冬夜飲〉）、蘇軾「人生看得幾清明」（〈和孔密州五絕·東欄梨花〉）一樣，於篇末宕開一筆，別有某種感慨。在喜用梨花意象上，納蘭詞也不例外，不過，他並沒有甘於淹沒在眾多前代優秀作品中。

好事近

馬首望青山，零落繁華如此。再向斷煙衰草，認蘚碑①題字。休尋折戟②話當年，只灑悲秋淚。斜日十三陵③下，過新豐④獵騎。

[注釋]

①蘚碑：可止〈哭賈島〉：「暮雨滴碑字，年年添蘚痕。」顧貞觀〈憶秦娥〉：「雙崖碧。古今多少，蘚碑題跡。」②折戟：杜牧〈赤壁〉：「折戟沉沙鐵未銷，自將磨洗認前朝。」③十三陵：在北京昌平天壽山，葬明朝自永樂遷都後十三帝：長陵（成祖）、獻陵（仁宗）、景陵（宣宗）、裕陵（英宗）、茂陵（憲宗）、泰陵（孝宗）、康陵（武宗）、永陵（世宗）、昭陵（穆宗）、定陵（神宗）、慶陵（光宗）、德陵（熹宗）、思陵（思宗）。④新豐：在今中國陝西臨潼縣東北，劉邦興建，遷家鄉豐邑父老於此。王維〈觀獵〉：「忽過新豐市，還歸細柳營。」

[評析]

這是一首十三陵遊獵詞。秋日青山，繁華零落，斷煙衰草，題字蘚碑，尋話當年，「只灑」悲淚，著意於描摹獵場景觀，以抒寫憑弔感傷之情。結二句滿含今昔興廢感喟，「絕非新朝新貴的語氣」，又引而未發，令人深思。

憑弔舊朝帝王陵寢，因憑弔者身分不同，所抒志意當然各別。如愛新覺羅・玄燁的〈金陵舊紫禁城懷古〉，雖云「斜陽衰草繫情多」，實重在突出「治理艱勤重殷鑑」之意，故「一代規模成往跡，千秋興廢逐流波」等語，無非泛泛懷古之筆。顧炎武〈重謁孝陵〉：「舊識中官及老僧，相看多怪往來曾。問君何事三千里，春謁長陵秋孝陵。」則託言「孤憤」，

太常引・自題小照①

是完全不同的一種心態和情懷。又愛新覺羅・弘曆〈謁明太祖陵〉：「崛起何嫌本做僧，漢高同傑又多能。每當巡省臨華里，必致勤虔謁孝陵。一代規模頗稱樹，百年禮樂未遑興。獨憐復古非通變，翻使燕兵孽可乘。」與玄燁的不同之處在於，自矜自重自得之意濃厚了許多。而寫過史學名著《二十二史札記》的趙翼，在〈題明太祖陵〉中是這樣說的：「定鼎金陵控制遙，宅中方軌集輪鑣。千秋形勝從三國，一樣江山陋六朝。燕啄皇孫傳豈誤，狗烹諸將亂終消。橋陵曾借神僧穴，易代猶聞禁採樵。」基本上是站在歷史的高度，以學者的口吻敘述前朝史事。相比而言，納蘭詞表現出的情況最為特殊，也著實令人難理解。既然已經由王朝興亡、世事盛衰聯想到萬物榮枯不定，人生好景無常，又是什麼原因讓一個對社會、歷史持論大致理性客觀的人——另有例如〈採桑子〉（那能寂寞芳菲節）歇拍二句所云「有酒須傾，莫問千秋萬歲名」，在短暫而又漫長的人生路上艱難跋涉，痛苦困惑不堪到無以復加？

太常引・自題小照①

西風乍起峭寒生，驚雁避移營②。千里暮雲平③，休回首、長亭短亭。無窮山色④，無邊往事，一例冷清清。試倩玉簫聲，喚千古、英雄夢醒。

[注釋]

①小照：〈楞伽出塞圖〉，作者不詳。②「驚雁」句：驚雁，驚弓之雁。庾肩吾〈九日侍宴樂遊苑應令〉：「騰猿疑矯箭，驚雁避虛弓。」③「千里」句：王維〈觀獵〉：「回看射鵰處，千里暮雲平。」④「無窮」句：向子〈秦

樓月〉：「傷心切。無邊煙水，無窮山色。」

[評析]

　　這首詞，據姜宸英〈納臘君墓表〉：「二十一年八月使覘梭龍羌，歸時從奚囊傾方寸札出之，疊數十紙，細行書，皆填詞若詩。」及其〈題容若出塞圖〉之二所云：「奉使曾經蔥嶺回，節毛暗落白龍堆。新詞爛漫誰收得，更與辛勤渡海來。」可知作於從梭龍返回以後。詞借「驚雁」、「千里暮雲」、「長亭短亭」、「山色」、「冷清」、「玉簫聲」等塞上景象婉轉抒情。從結末「英雄夢醒」一語來看，全篇言淺意深，清峭中似有無窮感慨，不只是吳雯〈題楞伽出塞圖〉中所說的「心獨傷」而已：「出關塞草白，立刻心獨傷。秋風吹雁影，天際正茫茫。豈念衣裳薄，還驚鬢髮蒼。金閨千里月，中夜拂流黃。」

　　歷來自題畫像之作，立意不外乎以下數端：或慷慨述志，奮發自勉；或志得意滿，欣然自慰；或感嘆生平，低迴自傷；或故作豁達，詼諧自嘲。「容若此作，似可歸入『自傷』一類」。同屬自題自傷，紀映鍾在「秋水軒唱和」中所作的一首〈賀新涼‧自題像次曹學士韻〉是這樣寫的：「素髮連蜷卷。這痴翁、非君非牧，誰招誰遣。偌大乾坤憑嘯傲，不肯學人啼泫。隨飲啄、川籬谷繭。老屋孤松恆作伴，覆床頭破甕香浮淺。膝長抱，何曾展。詩書也讀羞名顯。趁良辰、郝隆獨晒，腹囊皮扁。一任朝光侵戶牖，好睡朱簾偎犬。起迓客、寒溫雙免。但話桑麻尋水石，有茶槍、酒董奚雙典。秋水棹，吳淞剪。」表現出當時部分遺逸之輩和舊家子弟的狂逸蕭散，而與納蘭詞明顯不同。

太常引

　　晚來風起撼花鈴①。人在碧山亭。愁裡不堪聽。那更雜、泉聲雨聲。無憑②蹤跡，無聊心緒，誰說與多情。夢也不分明③，又何必、催教夢醒。

[注釋]

　　①花鈴：護花鈴。王仁裕《開元天寶遺事》卷上：「至春時，於後園中紉紅絲為繩，密綴金鈴，繫於花梢之上，每有鳥鵲集，（寧王）則令園史掣鈴索以驚之，蓋惜花之故也。」②無憑：晏幾道〈鷓鴣天〉：「相思本是無憑語，莫向花箋費淚行。」③「夢也」句：張泌〈寄人〉：「倚柱尋思倍惆悵，一場春夢不分明。」

[評析]

　　這首詞，寫碧山亭中，晚來風起，撼動花鈴，已是惹人心動神亂；加上「泉聲雨聲」，夾雜而來，就愈發令人「不堪」。「無聊心緒」在這一路的烘托、渲染下，似乎還嫌不夠，於是，接下來寫「蹤跡」、「無憑」，無法向「多情」之人訴說，只好到夢裡去追尋，但是，惱人的聲響卻又催人夢醒。詞在半夢半醒、恍惚迷離中戛然而止，不僅照應前篇，而且更進一步地表現出了揮之難去的滿懷愁緒。

　　「夢也」二句，張德瀛認為，其「纏綿往復」（《詞徵》卷六）處，可與朱彝尊〈沁園春‧送葉元禮之真州〉結二句相等：「遊子何之，迤邐雷塘，二十四橋。正梅花如雪，煙籠寒水，垂楊拂地，雨漲春條。江左文章，竹西歌吹，麗句爭傳勝六朝。褰簾處，報玉驄到也，紅袖齊招。當年瓜步停橈。有桃葉、桃根送晚潮。悵荊雲隔浦，難邀夢雨，秦樓按曲，曾聽吹簫。舊事堪尋，長箋得寄，便欲從君訪翠翹。沉吟久，怕重來不

見,見又魂消。」當然,一樣是表達一種無奈之情,納蘭詞要更顯沉痛。另外,陳廷焯也對「夢也」二句讚賞有加,但同時又指出:「然意境已落第二乘。」(《白雨齋詞話》卷三)即所謂意境「不深厚」。這當然是用常州詞派的觀點,尤其是陳廷焯衡量自己的「沉鬱說」的結果。作詞之法,路線多端,不必一以常派論調為鵠的。陳廷焯的詞學取向前後變化很大,可以用機警靈動與理性固執之別為之分野。所以,陳廷焯在不同階段作出對納蘭詞(當然不只是納蘭詞)的評論,需要具體分析〔與陳廷焯詞學觀念先浙後常略為相關也非常有意思的是,一名學者曾提出,納蘭「自標新幟」,遂「與二家並」,其中的「二家」指的是分別以朱彝尊、陳維崧(還有張惠言)為首的浙、常二派。以陳維崧入常州派,看法與眾不同〕。辨析、使用前代文學評論史料大致均應如是,陳廷焯只是其中較為突出的一個例證而已。

山花子

欲話心情夢已闌①。鏡中依約見春山②。方悔從前真草草③,等閒看。環珮只應歸月下④,鈿釵何意寄人間。多少滴殘紅蠟淚,幾時乾⑤。

[注釋]

①夢已闌:闌,殘。辛棄疾〈南鄉子〉:「別後兩眉尖。欲說還休夢已闌。」②春山:女子之眉。李商隱〈代贈二首〉之二:「總把春山掃眉黛,不知供得幾多愁。」牛嶠〈菩薩蠻〉:「愁勻紅粉淚。眉剪春山翠。」馮延巳〈鵲踏枝〉:「低語前歡頻轉面。雙眉斂恨春山遠。」③「方悔」句:彭孫遹〈卜運算元〉:「草草百年身,悔殺從前錯。」④「環珮」句:杜甫〈詠懷古

山花子

蹟〉五首之三：「畫圖省識春風面，環珮空歸夜月魂。」⑤「多少」二句：溫庭筠〈更漏子〉：「玉爐香，紅燭淚。偏照畫堂秋思。」李商隱〈無題〉：「春蠶到死絲方盡，蠟炬成灰淚始乾。」

[評析]

　　這是一首悼亡詞。上片寫夢見亡妻，醒來唯見朦朧幻象，哀痴情傷。下文轉謂而今痛悔過去對她的等閒相待。下片寫物是人非的感傷，「只應」、「何意」二語是將哀怨之情翻進一層來寫。最後在淚蠟不乾的再度渲染中，更進一步抒發無以排遣的恨憾。

　　情到深處，往往愧悔無比。韋莊的〈悔恨〉是這樣寫的：「六七年來春又秋，也同歡笑也同愁。才聞及第心先喜，試說求婚淚便流。幾為妒來頻斂黛，每思閒事不梳頭。如今悔恨將何益，腸斷千休與萬休。」、「才聞」四句的細節回顧，寫出悔恨之由，更將自己的情深意重從對方對自己的情意之深重中充分顯露出來。韋氏代擬思婦心曲的〈清平樂〉也是如此：「野花芳草。寂寞關山道。柳吐金絲鶯語早。惆悵香閨暗老。羅帶悔結同心。獨憑朱欄思深。夢覺半床斜月，小窗風觸鳴琴。」一想到遠行路上雖有野花芳草，畢竟寂寞淒涼，近處讓人眼前一亮的早春景象，更加激起思婦的悠悠愁思和「悔」意。悔恨，其實是愛之切後的欲尋解脫之語。所以獨倚朱欄，無限思念，以致於連極細微的輕風、琴鳴，都會將她從夢中驚醒，醒來後卻又只見清冷斜月。此情此景，斷非一個愁字所能了得。納蘭另有一首同調之作：

　　風絮飄殘已化萍。泥蓮剛倩藕絲縈。珍重別拈香一瓣，記前生。人到情多情轉薄，而今真個悔多情。又到斷腸回首處，淚偷零。

　　與這首〈山花子〉可能作於同時，但稍為滯重，可以對讀。

山花子

小立紅橋柳半垂。越羅裙颺縷金衣①。採得石榴雙葉子②,欲貽誰。便是有情當落日,只應無伴送斜暉。寄語東風休著力,不禁③吹。

[注釋]

①「越羅」句:越羅,越地所產絲織品。劉禹錫〈酬樂天衫酒見寄〉:「酒法眾傳吳米好,舞衣偏尚越羅輕。」韋莊〈訴衷情〉:「越羅香暗銷。墜花翹。」颺(一ㄤˊ),飄揚。縷金衣,猶金縷衣。顧敻〈荷葉杯〉:「菊冷露微微。看看浥透縷金衣。」②「採得」句:陳師道〈西江月〉:「憑將雙葉寄相思。與看釵頭何似。」王彥泓〈無緒〉:「空寄石榴雙葉子,隔簾消息正沉沉。」③不禁:經不住。黃裳〈錦堂春〉:「面旋不禁風力,揹人飛去還來。」

[評析]

這首詞寫女子情思。翠柳紅橋,越羅金縷,裙裾輕揚,開篇的設色布景,足見匠心。欲寄雙葉,無語斜陽,臨風憔悴,從心理活動和精神狀態兩方面透露懷春之意。

夕陽,作為亙古以來吸引凝望的審美客體,同時也是寄託情感的媒介。如《詩經·王風·君子於役》中「日之夕矣,羊牛下來」云云,室家相思之情,略見「斜暉脈脈」之愁緒。屈原〈思美人〉中「命則處幽吾將罷兮,原及白日之未暮也」,曹植〈箜篌引〉中「驚風飄白日,光景馳西流。盛時不可再,百年忽我遒」,是說以有限生命建不朽功業,才能長留精神於天地。阮籍〈詠懷詩〉中「朝陽不再盛,白日忽西幽」、「朝陽忽蹉跎,盛衰在須臾」、「功業未及建,夕陽忽西流」等,則凝重陰鬱,明顯讓人感

菩薩蠻

受到自身的渺小和生命的脆弱，與前兩者其實是一體兩面的關係。李商隱〈登樂遊原〉中「夕陽無限好，只是近黃昏」，空間上的溫馨喜悅與經由時間上的催逼所增添的無限悲愁，交織成一種特定的情感符號，可與「斜陽草樹，尋常巷陌，人道寄奴曾住。想當年，金戈鐵馬，氣吞萬里如虎」（辛棄疾〈永遇樂・京口北固亭懷古〉）及「萬里夕陽垂地、大江流。（分片）中原亂。簪纓散。幾時收」（朱敦儒〈相見歡〉）中滿含的憂患意識相比觀。至於馬致遠〈天淨沙・秋思〉「夕陽西下」中的遊子之心，更不待言。當然，詩人寄託於夕陽中的情感，也包括禮讚。如「曉霜楓葉丹，夕曛嵐氣陰」（謝靈運〈晚出西射堂〉）與「落霞與孤鶩齊飛，秋水共長天一色」（王勃〈滕王閣序〉）中的和諧柔美，「大漠孤煙直，長河落日圓」（王維〈使至塞上〉）中的壯麗之美，還有「柳塘春水漫，花塢夕陽遲」（嚴維〈酬劉員外見寄〉）與「山氣日夕佳，飛鳥相與還」（陶淵明〈飲酒〉）中的恬淡之美。夕陽在吸引凝望的同時，也靜靜地凝視人間，帶來想像，使人著迷，也使人感傷，多少情懷，都付一抹殘紅中。所有這些，應當或多或少成為納蘭這首〈山花子〉過片「便是」二句的題中應有之義。

菩薩蠻

朔風吹散三更雪，倩魂猶戀桃花月[①]。夢好莫催醒，由他好處[②]行。無端聽畫角，枕畔紅冰[③]薄。塞馬一聲嘶，殘星拂大旗。

[注釋]

①「倩魂」句：陳玄佑〈離魂記〉：衡州張鎰之女倩娘與鎰之甥王宙相戀，後鎰將女另配他人，倩娘因以成病。王宙被遣至蜀，夜半，倩娘之

魂隨至船上,同往。五年後,二人歸家,房中臥病之倩娘出,與歸家之倩娘合一。又,桃花月,農曆二月,代指美好時光。②好處:辛棄疾〈鷓鴣天〉:「山才好處行還倦,詩未成時雨早催。」③紅冰:王仁裕《開元天寶遺事》:「楊貴妃初承恩詔,與父母相別,泣涕登車。時天寒,淚結為紅冰。」方千里〈醉桃源〉:「去時情淚滴紅冰。西風吹涕零。」彭孫遹〈蝶戀花〉:「十二屏山湘水淨,香蓑枕畔紅冰凝。」

[評析]

　　這首詞寫塞外相思,透過夢醒前後的強烈對比達成。詞篇在朔風寒雪和「倩魂」、「花月」的冷暖對寫中起筆,突顯寒苦塞外中的這個「好夢」的難得。因有下文「莫催醒」、「由他好處行」的難捨,更有被聲聲「畫角」、「無端」驚醒後的愁怨感傷。天色漸曉,塞馬嘶鳴,殘星拂旗,景中含情,首尾呼應,深得剛柔相濟之美。

　　文學作品中的對比手法,有多種樣態,包含幾多思緒。如〈孔雀東南飛〉中「舉身赴清池」與「徘徊庭樹下」,刻劃劉、焦二人性格特點之不同,如在目前。白居易〈長恨歌〉中「天長地久有時盡,此恨綿綿無絕期」,慨嘆有盡與「無絕」,傳達深沉思念。劉禹錫〈臺城〉:「臺城六代競豪華,結綺臨春事最奢。萬戶千門成野草,只緣一曲後庭花。」將嚴肅的歷史教訓具體化為怵目驚心的今昔景觀變遷,寄寓盛衰無常之感。與李白〈越中覽古〉一同其妙:「越王勾踐破吳歸,戰士還家盡錦衣。宮女如花滿春殿,只今唯有鷓鴣飛。」杜甫〈自京赴奉先縣詠懷五百字〉中「朱門酒肉臭,路有凍死骨」,借描繪貧富差距,表達對當時社會的深刻理解和憂憤難平之意。高適〈燕歌行〉中「戰士軍前半死生,美人帳下猶歌舞」,對比捨身保國與醉生夢死,矛頭鮮明,諷刺有力。李白〈望天門山〉中「兩岸青山相對出,孤帆一片日邊來」,寫來動靜相宜,相映成趣,知「能手固無淺語

菩薩蠻

也」。李煜〈虞美人〉中「雕欄玉砌應猶在，只是朱顏改」，虛實對照，寫物是人非的恨憾。關漢卿〈南呂·四塊玉·別情〉：「自送別，心難捨，一點相思幾時絕。憑欄袖拂楊花雪。溪又斜，山又遮，人去也。」、「乘一總萬」（劉勰《文心雕龍·總術》），以別情無極寫盡「一點」相思，多方描摹，哀感無端。納蘭浸淫於這樣的文學傳統中，所作自能和而不同。

菩薩蠻

問君何事輕離別，一年能幾團圓月。楊柳乍如絲①，故園春盡時。春歸歸不得，兩槳松花隔②。舊事逐寒潮，啼鵑恨未消③。

[注釋]

①「楊柳」句：沈約〈雜詩〉：「楊柳亂如絲，綺羅不自持。」②「兩槳」句：〈莫愁樂〉：「莫愁在何處，莫愁石城西。艇子打兩槳，催送莫愁來。」松花，松花江。③「啼鵑」句：樂史《太平寰宇記》：蜀帝杜宇被逼禪位於其相，死後，魂化杜鵑，啼至流血。顧況〈子規〉：「杜宇冤亡積有時，年年啼血動人悲。」文天祥〈金陵驛〉：「從今別卻江南路，化作啼鵑帶血歸。」虞集〈送王君實御史〉：「鶯滿輞川君定到，鵑啼劍閣我思歸。」

[評析]

這首詞，《瑤華集》有詞題「大烏剌」，據知作於康熙二十一年（西元1682年）隨扈東巡時。又是一年，塞上春來到，但跟以前的許多次一樣，仍是身不由己，羈旅天涯，歸去不得，於是，在經由眼前之景所激起的往事追憶中，一種聚少離多之嘆，夾雜著深深的愧悔恨意，猶如江潮般

洶湧起伏，久久難於平靜。詞作主題，有思親念家、舊恨、舊情三說。其實，三種情緒在詞作中是或明或暗、或多或少地交織在一起的。這是一種容易導致人們在理解上產生歧義的情形，雖然不一定完全與文字本身無關，卻也可以構成某些作品審美效果的一部分。

　　詞中「楊柳」二句，被陳廷焯評為：「亦悽惋，亦閒麗，頗似飛卿語。」（《白雨齋詞話》卷三）吳梅先生更認為：「較『驛橋春雨』更進一層。」（《詞學通論》）試看溫庭筠的同調名作：「寶函鈿雀金鸂鶒。沉香閣上吳山碧。楊柳又如絲。驛橋春雨時。畫樓音信斷。芳草江南岸。鸞鏡與花枝。此情誰得知。」詞寫曉來登高，觸目騁懷，而人去信斷，苦憶自傷，無人得知，的確稱得上閒婉淒麗。在作法上，一起是模仿王昌齡〈閨怨〉；一結說如花美豔，卻獨守孤寂，讀來哀思洋溢，幽怨深沉。備受關注的上片第三句「楊柳又如絲」，一個「又」字，既傳寫出驚嘆的神情，又能見出相別相憶之既久且深。納蘭詞與之似而不同，所謂「更進一層」，主要表現在這個「乍」字上，故園已春盡，而北國之春始姍姍來遲，與張敬忠〈邊詞〉中「即今河畔冰開日，正是長安花落時」、王之渙〈涼州詞〉中「羌笛何須怨楊柳，春風不度玉門關」以及吳兆騫（一作徐蘭）〈出關〉中「馬後桃花馬前雪，出關爭得不回頭」並同其妙。至於陳廷焯所惋惜的「通篇不稱」，應該主要是指「舊事」結二句，似有筆先之意、言外之神被一語道破之嫌，無助於詞作達成委婉深厚之旨。

菩薩蠻

　　新寒中酒敲窗雨①，殘香細裊秋情緒。才道莫傷神，青衫溼一痕②。無聊成獨臥，彈指③韶光過。記得別伊時，桃花柳萬絲。

菩薩蠻

[注釋]

①「新寒」句：吳文英〈風入松〉：「料峭春寒中酒，交加曉夢啼鶯。」②「青衫」句：青衫，多借指學子或官職卑微。白居易〈琵琶行〉：「座中泣下誰最多，江州司馬青衫溼。」③彈指：極短的時間。本佛家語。《翻譯名義集·時分》：「《僧祇》云，十二念為一瞬，二十瞬為一彈指。」

[評析]

據《今詞初集》「才道」句作「端的是懷人」，知此篇當為納蘭早期懷人之作。至於所懷之人是否為嚴繩孫，尚待進一步求證。詞寫春日與人相別後的思念之情。上、下片都是先寫此際的相思無聊——秋雨敲窗，殘香細裊，擁衾醉臥，黯然神傷，再轉寫惜別情景，尤以「才道」二句摹寫心理狀態為生動細膩。整篇翻轉跳宕，表現深細。

詞筆跳宕轉接，可以比較表面地表現在押韻字句的單雙變化、錯落有致上。其實，跳轉之法作為小令創作中的傳統手法，前代作家早就有過諸多成功的範例。如周邦彥〈菩薩蠻〉：「銀河宛轉三千曲。浴鳧飛鷺澄波綠。何處是歸舟。夕陽江上樓。天憎梅浪發。故下封枝雪。深院捲簾看。應憐江上寒。」換頭處轉變敘述視角，寫在征途中見到大雪「封枝」，末二句又設想對方因天氣變化為自己擔憂，都避免了行文上的平直。姜夔〈醉吟商小品〉：「又正是春歸，細柳暗黃千縷。暮鴉啼處。夢逐金鞍去。一點芳心休訴。琵琶解語。」、「夢逐」句也是宕開一筆，寫女子夢裡追隨，不避險遠，從而增加頓挫之感。再如賀鑄〈夢江南〉：「九曲池頭三月三。柳毿毿。香塵撲馬噴金銜。涴春衫。苦筍鰣魚鄉味美，夢江南。閶門煙水晚風恬。落歸帆。」透過時空跳轉將上、下片的情境組合起來，在一種強烈的整體對比中，突顯出作者對京都的倦怠和對蘇州的神往。又如賀鑄〈點絳唇〉：「一幅霜綃，麝煤燻膩紋絲縷。掩妝無語。的是銷凝處。薄暮蘭橈，漾下花

渚。風留住。綠楊歸路。燕子西飛去。」起首二句已是新奇而生動。換頭處又將畫面切換到別後，剛剛解纜啟程的行者不肯急帆快槳，卻無意中飄到「花渚」，由此勾起甜蜜的回憶。吳文英〈點絳唇〉：「推枕南窗，楝花寒入單紗淺。雨簾不卷。空礙調雛燕。一握柔蔥，香染榴巾汗。音塵斷。畫羅閒扇。山色天涯遠。」跟溫庭筠的很多作品一樣，基本上沒有虛字排程，也不太措意於細部間的呼應銜接，正是況周頤所謂注重整體氣韻貫通的「神圓」（《蕙風詞話・附錄》）之筆。這些，都是納蘭進一步嘗試的源頭活水。

菩薩蠻

　　白日驚飆①冬已半，解鞍正值昏鴉亂。冰合②大河流，茫茫一片愁。燒痕空極望，鼓角③高城上。明日近長安④，客心愁未闌⑤。

[注釋]

　　①驚飆：暴風。殷仲文〈解尚書表〉：「驚飆拂野，林無靜柯。」李白〈古風五十九首〉之四十五：「八荒馳驚飆，萬物盡凋落。」②冰合：合，封。李賀〈北中寒〉：「一方黑照三方紫，黃河冰合魚龍死。」③鼓角：白居易〈祭杜宵興燈前偶作〉：「城頭傳鼓角，燈下整衣冠。」④長安：代指京城。⑤「客心」句：謝朓〈暫使下都夜發新林至京邑〉：「大江流日夜，客心悲未央。」

[評析]

　　這首詞是康熙二十三年（西元 1684 年）冬納蘭隨扈南巡返程時所作，白日驚飆，昏鴉亂飛，燒痕空望，高城鼓角，冰河流淌，客愁茫茫，稱

菩薩蠻

得上情與景偕。納蘭還有一首〈菩薩蠻〉：

　　榛荊滿眼山城路。征鴻不為愁人住。何處是長安。濕雲吹雨寒。絲絲心欲碎。應是悲秋淚。淚向客中多。歸時又奈何。

　　學者據二詞中「長安」云云，認為它們可能是同一主題的後、先之作，證據略嫌單薄。不過，這兩首同調之作的寫法的確有相近的地方，景隨人變，情無不同。

　　羈旅記情之作，在後來的清代詞人那裡，也還有另外的成功的寫法，對照讀來，當能別有會心。如周之琦〈好事近‧輿中雜書所見，得四闋〉之二、四：「詩句夕陽山，扇底故人曾說。好是固關西去，看萬山紅葉。翠蛟潭上認題名，屐齒為君折。驀地蘚花濃處，出一雙蝴蝶。」、「引手摘星辰，雲氣撲衣如濕。前望翠屏無路，忽天門中闢。等閒雞犬下方聽，人住半山側。行踏千家簷宇，看炊煙斜出。」都寫太行景色，也一樣是情在景中，而前者從小處著筆，虛寫處多，生動活脫；後者實寫，在上山過程的動作與感覺中顯示佳境。

　　姜夔浪跡江湖，對淒涼苦寒感受多且深刻，所以習慣於用一些衰落、枯寂、陰冷的意象營造清幽悲冷的詞境。儘管被王國維斥為寫景有「霧裡看花，終隔一層」之病，但姜夔善於別出心裁地用藝術通感寫情狀物，表達特定的心理感受，虛處傳神，意境空靈，因而也不能不被許為「格韻高絕」（《人間詞話》）。如〈揚州慢〉：「淮左名都，竹西佳處，解鞍少駐初程。過春風十里，盡薺麥青青。自胡馬窺江去後，廢池喬木，猶厭言兵。漸黃昏，清角吹寒，都在空城。杜郎俊賞，算而今、重到須驚。縱荳蔻詞工，青樓夢好，難賦深清。二十四橋仍在，波心蕩、冷月無聲。念橋邊紅藥，年年知為誰生。」將宋室南渡之際揚州被兵之後的悽慘景象寫得非常生動，風格上，顯得低迴淒咽，哀怨無端。納蘭詞慣寫

悽然不歡之懷，以我觀物，故物我皆著我之色彩，塑造的大致上為「有我之境」，因此與姜夔之作相異。

菩薩蠻・迴文①

霧窗寒對遙天暮，暮天遙對寒窗霧。花落正啼鴉②，鴉啼正落花。袖羅垂影瘦，瘦影垂羅袖③。風剪④一絲紅，紅絲一剪風。

[注釋]

①迴文：詩體，起源說法不一。除逐句回讀、全首回讀二式外，另有一式，雖只能正讀，但書寫成層層相套之圓環，從中央讀起，逐層外讀，一層左旋，一層右旋，直至讀畢，如蘇蕙〈迴文璇璣圖〉詩。在這個讀的過程中，往往就能得到非常特別的效果。②「花落」句：秦觀〈贈女冠暢師〉：「禮罷曉壇春日靜，落紅滿地乳鴉啼。」③「瘦影」句：朱彝尊〈花犯〉：「正好伴，水亭風檻，低垂羅袖影。」④風剪：風吹。剪，迅疾。趙長卿〈洞仙歌〉：「動離情、最苦旅館蕭條，那堪更、風剪凋零飛柳。」

[評析]

納蘭還有兩首同調迴文之作：

客中愁損催寒夕，夕寒催損愁中客。門掩月黃昏，昏黃月掩門。翠衾孤擁醉，醉擁孤衾翠。醒莫更多情，情多更莫醒。

研箋銀粉殘煤畫，畫煤殘粉銀箋研。清夜一燈明，明燈一夜清。片花驚宿燕，燕宿驚花片。親自夢歸人，人歸夢自親。

這些作品，每句顛倒成誦，一句化為兩句，相輔成韻成義，要寫得

好，比如寫出上述「醒莫」二句一類精警之句，從一個側面展現漢字在表情達意方面的魔力，也不是一件容易的事情。故錄之以備一格。

大多數把這種詩詞別體當作文字遊戲來對待的作者，往往難免為文造情，因文害義，左支右絀。當然，也不乏流暢自如的佼佼之作。如宋朝李禺寫的全首回讀夫妻互憶迴文詩：「枯眼望遙山隔水，往來曾見幾心知。壺空怕酌一杯酒，筆下難成和韻詩。途路阻人離別久，訊音無雁寄回遲。孤燈夜守長寥寂，夫憶妻兮父憶兒。」意切情真，匠心獨運，非僅流於文字技巧嫻熟而已，實在不可多得。由此可見，對於迴文體的看法也不可一概而論。個中緣由恐怕主要在於，文學本身就具有遊戲的功能，在一定條件下展現技巧，也是再正常不過的事情。

菩薩蠻

春雲吹散湘簾①雨，絮黏蝴蝶飛還住。人在玉樓②中，樓高四面風③。柳煙絲④一把，暝色籠鴛瓦⑤。休近小闌干，夕陽無限山。

[注釋]

①湘簾：湘妃竹製的簾子。朱淑真〈浣溪沙〉：「小院湘簾閒不卷，曲房朱戶悶長扃。」②玉樓：辛棄疾〈蘇武慢〉：「歌竹傳觴，探梅得句，人在玉樓。」③「樓高」句：〈懊儂歌〉：「歡少四面風，趨使儂顛倒。」馮延巳〈鵲踏枝〉：「樓上春山寒四面。過盡征鴻，暮景煙深淺。」④煙絲：葛長庚〈鷓鴣天〉：「雨過山花向晚香，煙絲空翠柳微茫。」⑤鴛瓦：鴛鴦瓦。李商隱〈當句有對〉：「密邇平陽接上蘭，秦樓鴛瓦漢宮盤。」

[評析]

　　這首詞寫傷高念遠。全篇透過白描傷情人眼中的淒迷之景，諸如雲收雨散、絮黏蝶飛、「煙絲」、「鴛瓦」、夕陽春山，勾起「玉樓中」人怯近闌干的複雜心緒，情景相偕，淡雅自然。

　　白描源自國畫技法，純用線條簡練勾繪，不加烘托渲染。如果只是觸景生情之筆，或者雖有描繪，卻要透過或直接或間接的方式，將情緒多少透露出來一些，儘管本意可能是為了使讀者更容易進入，但同時卻也極大地壓縮了讀者的想像空間，就不能完全達到透過描摹景物傳遞意緒的目的。如馬致遠的〈天淨沙‧秋思〉：「枯藤老樹昏鴉，小橋流水人家，古道西風瘦馬。夕陽西下，斷腸人在天涯。」白描蕭瑟秋暮景，表現濃濃遊子情，得盡風流，但也不得不在篇末畫龍點睛，並非不著一字。當然，即便如此，馬氏散曲似乎還是要比白樸的同調同題之作好：「孤村落日殘霞，輕煙老樹寒鴉，一點飛鴻影下。青山綠水，白草紅葉黃花。」這就引出了問題的另外一面，即運用白描手法固然簡練、準確、清晰，但如果只是單純地大量使用，不在其中融入抒情，將敘事與抒情完美地結合到一起，往往也難以達到平易而不淺薄、直白而不失含蘊的藝術效果。這些，詩人們不一定想不到，但要真正做到卻並非易事。李白的〈玉階怨〉就是一首在白描方面極為成功的典範之作：「玉階生白露，夜久侵羅襪。卻下水晶簾，玲瓏望秋月。」整首詩寫怨意，只藉助了五種景物，透過冷色調語詞的使用和畫面順序的精心安排，突顯空靈意境，充分調動讀者的想像力，可遇難求。納蘭也屬於在白描方面不斷取得成功的作家之一。

菩薩蠻

　　為春憔悴留春住①，那禁半霎催歸雨。深巷賣櫻桃②，雨餘紅更嬌。黃昏清淚閣③，忍便④花飄泊。消得⑤一聲鶯，東風三月情⑥。

[注釋]

　　①「為春」句：歐陽脩〈蝶戀花〉：「雨橫風狂三月暮。門掩黃昏，無計留春住。」（此首亦載馮延巳〈陽春集〉）②「深巷」句：李煜〈臨江仙〉：「櫻桃落盡春歸去，蝶翻輕粉雙飛。」陸游〈臨安春雨初霽〉：「小樓一夜聽春雨，深巷明朝賣杏花。」③清淚閣：范成大〈八場坪聞猿〉：「天寒林深山石惡，行人舉頭雙淚閣。」周紫芝〈踏莎行〉：「情似游絲，人如飛絮。淚珠閣定空相覷。」④忍便：忍，豈忍。便，便讓。柳永〈少年遊〉：「好天良夜，深屏香被，爭忍便相忘。」⑤消得：經得。劉克莊〈清平樂〉：「消得幾多風露，變教人世清涼。」周密〈長亭怨慢〉：「十年舊事，盡消得、庾郎愁賦。」⑥「東風」句：朱淑真〈問春〉：「東風負我春三月，我負東風三月春。」

[評析]

　　這是一首傷春之作。春風微拂，春雨瀟瀟，櫻桃紅嬌，忍顧春花飄零，鶯聲撩亂，春容憔悴。顧隨先生曾經評論這首詞：「『深巷賣櫻桃。雨餘紅更嬌』，最易引起人愛好是鮮，而最不耐久也是鮮。如菓藕、鮮菱，實際沒有什麼可吃，沒有回甘。耐咀嚼非有成人思想不可。納蘭除去傷感之外，沒有一點什麼，除去鮮，沒有一點回甘。新鮮是好的，同時還要曉得蒼秀。」（《駝庵詩話》）以詞中「雨餘紅更嬌」的「櫻桃」比擬納蘭詞，有似於王國維在《人間詞話》中的做法（俞平伯先生〈讀詞偶得〉曾效之以「恰似一江春水流」譬後主詞品），眼光獨到而敏銳。

至於何謂「蒼秀」，觀前代詞話引證的倪稻孫、劉仲尹二人詞作，可約略知悉。丁紹儀《聽秋聲館詞話》卷十七云：「米樓著有〈夢隱詞〉，楚遊歸經琵琶亭〈長亭怨慢〉云：『又行盡、悽悽三楚。倦客單衣，薄遊情緒。縱有琵琶，半生淪落向誰語。別離如此，盼不到、江南樹。江上已秋風，卻送我、揚舲歸去。重住。看扁舟來往，裊裊豔歌無數。青衫淚點，早吹作（去聲）、驛亭殘雨。算那日、一醉成吟，便贏得、風流千古。認幾疊遙山，還似秋娘眉嫵。』悲涼蒼秀，直合石帚、玉田二家為一。」況周頤《蕙風詞話》卷三也說：「元遺山為劉龍山仲尹撰小傳云：『詩樂府俱有蘊藉，參涪翁而得法者也。』蒙則以謂學涪翁而意境稍變者也。嘗以林木佳勝比之。涪翁信能鬱蒼聳秀，其不甚經意處，亦復老幹枒杈，第無醜枝，斯其所以為涪翁耳。龍山蒼秀，庶幾近似。設令為枒杈，必不逮遠甚。或帶煙月而益韻，託雨露而成潤，意境可以稍變，然而烏可等量齊觀也。茲選錄〈鷓鴣天〉二闋如左，讀者細意玩索之，視『黃菊枝頭破曉寒』風度何如。『騎鶴峰前第一人。不應著意怨王孫。當時豔態題詩處，好在香痕與淚痕。調雁柱，引蛾顰。綠窗絃索合箏。砌臺歌舞陽春後，明月朱扉幾斷魂。』又，『璧月池南剪木棲。六朝宮袖窄中宜。新聲蹩巧蛾顰黛，纖指移雁著絲。朱戶小，畫簾低。細香輕夢隔涪溪。西風只道悲秋瘦，卻是西風未得知。』」大致上應該是說，詞要寫得蒼勁俊秀，又留有餘味，所謂「意有盡而味無盡」（《駝庵詩話》）。

　　納蘭的這首〈菩薩蠻〉手跡尚存，為書贈高士奇者。「忍便」，手跡作「忍共」，似包含有些許傷離念遠之意。高氏與納蘭有詞學交流，所賦酬唱之作有〈臺城路・苑西梳妝樓懷古，和成容若〉（雕闌幾曲層臺上）、〈摸魚兒・臘月十二日，成容若生日索賦〉、〈花發沁園春・和容若種桃〉（冷露凝香）、〈賀新涼・送成容若扈從〉（鳳吹臨晴野）等。其中，尤以〈摸魚兒〉所寫為真情「款款」：「小闌干、早梅初破，紙窗微逗香縷。冰輪似

菩薩蠻

水霜天淨，遙想玉門關路。憑記取。向雪後衝寒，一片玲瓏樹。歸來歲暮。把衣卸盤雕，簾垂銀蒜，款款夜深語。年光近，又被春禽喚曙。匆匆凍臘將去。牙香繡袋渾閒事，那比蠻箋細柱。驚節序。恰十九東坡，十二君初度。酣餘起舞。擬譜鶴南飛（東坡十二月十九日生日，置酒東坡下，進士李委作〈鶴南飛曲〉），樽前狂叫，側帽眤今古。」士奇（西元1645～1703年），字澹人，號竹窗，一號江村，浙江錢塘人。康熙初，由監生供奉內廷，屢官至詹事府少詹事。卒，諡文恪。著有《左傳紀事本末》、《清吟堂集》等。

菩薩蠻

　　黃雲紫塞[1]三千里，女牆西畔啼烏起。落日萬山寒，蕭蕭[2]獵馬還。笳聲聽不得，入夜空城黑。秋夢不歸家，殘燈落碎花[3]。

[注釋]

　　①黃雲紫塞：杜甫〈佐還山後寄三首〉之一：「山晚黃雲合，歸時恐路迷。」仇注：「塞雲多黃，故公詩云。」孟郊〈感懷〉：「登高望寒原，黃雲鬱崢嶸。」崔豹《古今注・都邑》：「秦築長城，土色皆紫，漢塞亦然，故稱紫塞焉。」②蕭蕭：《詩經・小雅・車攻》：「蕭蕭馬鳴，悠悠旆旌。」③「殘燈」句：戎昱〈桂州臘夜〉：「曉角分殘漏，孤燈落碎花。」

[評析]

　　這首詞寫塞上鄉思。黃雲紫塞，落日寒山，烏啼女牆，獵馬蕭蕭，忍聽笳聲，空城夜黑，殘燈碎花，全篇從黃昏寫到入夜，以荒遠雄奇的

塞外景觀，烘托出「秋夢不歸家」的悲涼心緒，語語含情。跟納蘭部分詩作中每每透出颯颯英邁之氣，如「王事兼程促，休嗟客鬢斑」(〈塞外示同行者〉)、「還將妙寫簪花手，卻向雕鞍試臂鷹」(〈塞垣卻寄〉之一)，以及他的部分詞作中也往往深具蕭瑟苦寂情調一樣，這首〈菩薩蠻〉(或者應該說這類詞)因為題材兼具邊塞與相思，因而雄渾、淒婉兩種風格幾乎能夠完美地融為一體，猶如陰陽同體，令人深思。

　　烘托本為國畫技法，指用水墨或色彩在物象的輪廓外面渲染襯托，使之明顯、突出。施之於文，效果亦然。如《詩經・秦風・蒹葭》中「蒹葭蒼蒼，白露為霜」、「白露未晞」、「白露未已」，渲染秋意漸濃的淒涼氛圍，烘托寂寥心境。〈陌上桑〉中「行者見羅敷，下擔捋髭鬚。少年見羅敷，脫帽著帩頭。耕者忘其犁，鋤者忘其鋤。來歸相怨怒，但坐觀羅敷」，不正面描寫人物形象，而透過觀者的種種反應，拓展讀者的想像空間，從而取得極為活躍的視覺藝術效果，羅敷的絕世美貌也因此躍然紙上，真是前無古人。後來，東方虯〈王昭君〉中「單于浪驚喜，無復舊時容」也是此等寫法。王籍〈入若耶溪〉中「蟬噪林逾靜，鳥鳴山更幽」，以「蟬噪」、「鳥鳴」之動烘托出一種恬淡幽靜的意境，寂外有音，令人神往。王維〈鳥鳴澗〉中「月出驚山鳥，時鳴春澗中」，山空月明，宿鳥誤為曙光，故時有鳴聲。以動襯靜，不僅沒有破壞月夜春山的安謐，反而將春夜山澗襯托得更為寧靜。高適〈別董大〉中「千里黃雲白日曛，北風吹雁雪紛紛」，狀眼前暮天苦寒之景，烘托離愁別恨之情。白居易〈琵琶行〉中「東船西舫悄無言，唯見江心秋月白」，透過描寫聽者沉湎於動人的藝術境界中神往心醉的情境，極為含蓄地描繪出音樂的美妙動人。又〈夜雪〉：「已訝衾枕冷，復見窗戶明。夜深知雪重，時聞折竹聲。」從多種不同的角度努力捕捉感受，句句寫人，處處關題，寫來別具一格，韻味悠長。總之，烘托之法要在於日常處寫出不日常，納蘭的一些詞也正是如此。

菩薩蠻

晶簾一片傷心白①，雲鬟香霧成遙隔②。無語問添衣，桐陰月已西。西風鳴絡緯③，不許愁人睡④。只是去年秋，如何淚欲流。

[注釋]

①「晶簾」句：晶簾，水精簾。李白〈玉階怨〉：「卻下水精簾，玲瓏望秋月。」傷心白，極寫傷心，猶極白。杜甫〈滕王亭子〉之一：「清江錦石傷心麗，嫩蕊濃花滿目斑。」李白〈菩薩蠻〉：「平林漠漠煙如織。寒山一帶傷心碧。」宋琬〈蝶戀花〉：「月去疏簾才數尺。烏鵲驚飛，一片傷心白。」②「雲鬟」句：杜甫〈月夜〉：「香霧雲鬟溼，清輝玉臂寒。」③絡緯：一云紡織娘。崔豹《古今注・魚蟲》：「莎雞，一名絡緯，一名蟋蟀，謂其鳴如紡緯也。」李賀〈秋來〉：「桐風驚心壯士苦，衰燈絡緯啼寒素。」蘇軾〈次晁無咎韻閻子常攜琴入村〉：「天寒絡緯悲向壁，秋高風露聲入林。」④「不許」句：見前〈河傳〉（春殘）。

[評析]

納蘭的這首〈菩薩蠻〉，據「只是去年秋」句等推測，當是盧氏去世當年秋天所賦，夜深人獨，由往昔紅袖噓寒的溫馨細節，惹動今日無限哀愁，不禁潸然淚流。全篇兩句一層，晶簾煞白，見月懷想為一層；無人問暖，動感傷情為一層；風剪蟲鳴，深愁難寐為一層；遙想去秋，悽斷衷腸為又一層，層層轉進，環環緊扣，在情波不斷地未平即起中寫盡「恨海難填之痛」（盛冬鈴《納蘭性德詞選》）。所以，錢仲聯先生評論該詞：「短幅而語多曲折，能透過一層寫。」（〈清詞三百首〉）

朱祖謀〈望江南・雜題我朝諸名家詞集後〉評納蘭云：「蘭錡貴，肯

作稱家兒。解道紅羅亭上語，人間寧獨小山詞。冷暖自家知。」（《彊村語業》卷三）其中有一層意思是說，納蘭詞能夠追逼小山詞。晏幾道「收拾光芒入小詞」，所作深入淺出，豔而不俗，從語言的精度、情感的深度和以長調之法為小令等三個層面，幾乎把晚唐五代以還的小令藝術推到了極致，在宗柳學蘇之外，為北宋後期詞壇增添了異樣的色彩，對後世詞壇影響甚大。小晏小令淡語能表深情，常常是得力於「透過一層」（唐圭璋《詞學論叢·論詞之作法》）的句法。如〈阮郎歸〉：「舊香殘粉似當初，人情恨不如。一春猶有數行書，秋來書更疏。衾鳳冷，枕鴛孤。愁腸待酒舒。夢魂縱有也成虛，那堪和夢無。」其中「一春」二句和「夢魂」二句，就是透過句，意思是說縱然如此，也無可奈何，何必不如此呢。這樣寫來，的確更能使情意層層深入，收語短情長之效。當然，這卻並不意味著只有使用透過句法，才能達到一樣的審美效果。比如小晏的另一首詞〈減字木蘭花〉：「長亭晚送。都似綠窗前日夢。小字還家。恰應紅燈昨夜花。良時易過。半鏡流年春欲破。往事難忘。一枕高樓到夕陽。」、「字外盤旋，句中含吐」（先著、程洪《詞潔》），輕而不浮，淺而不露，也一樣大有餘音繞梁之致。清詞中興，令詞創作所取得的成就是其支撐點裡頭不可或缺的組成部分。納蘭小令，在清代令詞中堪稱上佳之品，很重要的一個緣由，即是某些作品對小晏詞中透過一層寫法的學習。至於這種學習或繼承，是否一定只是因為兩者「出身」、「相類」（朱庸齋《分春館詞話》卷五），還可以繼續討論。

菩薩蠻

烏絲畫作迴紋紙①，香煤暗蝕藏頭字②。箏雁十三雙，輸他作一行③。相看仍似客，但道休相憶。索性不還家，落殘紅杏花。

[注釋]

①「烏絲」句：前秦竇滔妻蘇蕙曾作〈迴文璇璣圖〉詩寄夫，後因以代指妻信為迴文錦書。因為需要迴環書寫，故稱「畫」。韋莊〈江行西望〉：「欲將張翰秋江雨，畫作屏風寄鮑昭。」②「香煤」句：香煤，墨。藏頭，藏頭詩，每句第一字連讀可組成話語。元好問〈眉二首〉之二：「石綠香煤淺淡間，多情長帶楚梅酸。」呂渭老〈水龍吟〉：「相思兩地，無窮煙水，一庭花霧。錦字藏頭，織成機上，一時分付。」③「箏雁」二句：箏雁，箏十三絃，兩頭各有一柱，故稱十三雙；弦柱斜列如雁行，曰雁柱。李商隱〈昨日〉：「二八月輪蟾影破，十三絃柱雁行斜。」陸游〈雪中懷成都〉：「感事鏡鸞悲獨舞，寄書箏雁恨慵飛。」輸他，讓他（牠）。

[評析]

這首詞寫暮春閨人懷遠。上片寫閨人孤寂無聊，包括費盡心思寫信給夫君，用墨小心塗抹藏頭詩首字，「畫作」之「畫」和「暗蝕」之「暗」都寫出了複雜微妙的心理活動。「箏雁」二句，是說怕看到雁柱成雙，睹琴思人，所以更沒有心情去彈撥。「輸他」也是心理描寫。過片三句像是複述信中內容，是說「已歸仍似客」（楊基〈江村雜興十三首〉之四），不久還會因再度分離而承受更大的痛苦，因而「叮囑」行人不必掛懷，也不必急著還家，「仍」、「但」、「索性」明顯正話反說，具見詞筆跳宕轉折與深深思念之情。一結照應前文，景中含情，耐人尋味。《飲水詞箋校》認為

是納蘭贈沈宛，也有人說是悼亡之作，均可各備一說。

　　詞中含有相對完整的問、答句，常常能夠達到很好的貫通意脈的作用。如李孝光〈滿江紅〉（煙雨孤帆）中，上片「舟人道、官儂緣底，馳驅奔走」與過片二句「官有語，儂聽取」，就是比較少見的直問直答。李清照〈漁家傲〉（天接雲濤連曉霧）中，上片結二句「聞天語。殷勤問我歸何處」與過片二句「我報路長嗟日暮。學詩謾有驚人句」，也是如此，一個「謾」字尤能顯出憂憤心緒。當然，比較多見的寫法則是，後文不直接作答，而內容實際上是就前文之問而發。如陸游〈雙頭蓮·呈范至能待制〉（華鬢星星），下片「盡道」云云，寫在一個偏安而無所進取的環境中，不可能實現往日的理想和抱負，這事實上次答了上片中的問題，即沒有誰還記得當年在故都激昂慷慨的鬥爭生活。辛棄疾〈水龍吟·為韓南澗尚書壽甲辰歲〉（渡江天馬南來），後文所寫，正是回答上片中「幾人真是經綸手」，即在作者眼中，韓元吉可為其中之一，當然也是壽詞的慣用套路。納蘭這首詞中的「但道」二句也似此類問答形式，而如賈島〈尋隱者不遇〉一般更具跳躍性：「松下問童子，言師採藥去。只在此山中，雲深不知處。」其意義在於也可以看作是以賦法為詞的某種表現。

菩薩蠻

　　闌風伏雨催寒食①，櫻桃一夜花狼藉。剛②與病相宜，鎖窗薰繡衣③。畫眉煩女伴，央及流鶯喚。半晌試開奩，嬌多直④自嫌。

菩薩蠻

[注釋]

①「闌風伏雨」句：闌風伏雨，風雨不止。杜甫〈秋雨嘆〉：「闌風伏雨秋紛紛，四海八荒同一雲。」仇注引趙子櫟曰：「闌珊之風，沉伏之雨，言其風雨之不已也。」《荊楚歲時記》：「去冬節一百五日，即有疾風甚雨，謂之寒食，禁火三日。」②剛：張相《詩詞曲語辭彙釋》：「剛，猶偏也，硬也，亦猶云只也。」柳永〈鬥百花〉：「剛被風流沾惹，與合垂楊雙髻。」③薰繡衣：王彥泓〈病春〉：「櫻桃花盡雨霏霏，漫炷沉香熨祆衣。」④直：只。柳永〈晝夜樂〉：「直恐好風光，盡隨伊歸去。」

[評析]

這首詞寫閨中女子寒食「病」起的情態、心境。起二句寫風雨不止、櫻花零落的節候景象，構成全篇抒情背景。以下，透過「鎖窗」薰衣的節令行為和一系列的裝扮細節，刻劃自傷心理。寒食將至，煩請女伴幫忙梳妝，恰聞流鶯啼囀，觸動心弦，所以許久才打開奩盒，卻又不滿妝鏡中慵懶嬌弱的愁病之容，寓深於淺，一縷情思含吐不露。正因其極為生動活潑，周之琦以「央及」以下數語為「曲語」，而非「詞語」（張祥河刻本〈飲水詞〉硃批引語），這也多少可以跟納蘭在其他詞作中化用曲語放在一起看。

在心理刻劃方面，納蘭的另一首〈南歌子〉也是非常成功的：

暖護櫻桃蕊，寒翻蛺蝶翎。東風吹綠漸冥冥。不信一生憔悴、滯啼鶯。素影飄殘月，香絲拂綺櫺。百花迢遞玉釵聲。索向綠窗尋夢、寄餘生。

上片先寫櫻花初綻，暖風呵護，蝴蝶翻飛，猶帶寒聲，透過「暖」、「寒」之於物的不同感受，寫出春景特徵，為下文抒寫「憔悴」、「滯啼鶯」

的春恨鋪陳。「冥冥」，暗示春意漸濃，愁懷漸生。過片轉寫月夜夢醒愁恨，「素影」飄月，「香絲」拂檻，「百花迢遞」，「綠窗尋夢」，孤淒無聊，難以排遣。末句作盡語，「然已非歐、晏之法矣」（朱庸齋《分春館詞話》卷三）。對照讀來，朱先生揭示的與歐、晏不同之處，尤其值得重視。

昭君怨

深禁①好春誰惜，薄暮瑤階佇立②。別院管絃聲，不分明。

又是梨花欲謝，繡被春寒今夜③。寂寞鎖朱門，夢承恩④。

[注釋]

①深禁：深宮。宮中稱禁中。蔡邕《獨斷》：「天子所居曰禁中，言門戶有禁，非侍御之臣，不得入也。」②「薄暮」句：瑤階，玉砌的臺階。李白〈菩薩蠻〉：「玉階空佇立。宿鳥歸飛急。」③「又是」二句：李清照〈浣溪沙〉：「遠岫出山催薄暮，細風吹雨弄輕陰。梨花欲謝恐難禁。」晏幾道〈生查子〉：「牽繫玉樓人，繡被春寒夜。（分片）消息未歸來，寒食梨花謝。無處說相思，背面鞦韆下。」④「寂寞」二句：孫光憲〈生查子〉：「寂寞掩朱門，正是天將暮。」承恩，得到君王寵幸。

[評析]

「宮怨」作為一種社會文化現象，在這一特殊題材領域曾出現過無數優秀的篇章，也就相應地形成了一套相對固定的書寫傳統。除本書前引諸例外，另有如朱慶餘〈宮詞〉：「寂寂花時閉院門，美人相並立瓊軒。含情欲說宮中事，鸚鵡前頭不敢言。」李益〈宮怨〉：「露溼晴花春殿香，月

昭君怨

明歌吹在昭陽。似將海水添宮漏，共滴長門一夜長。」司馬札〈宮怨〉：「柳色參差掩畫樓，曉鶯啼送滿宮愁。年年花落無人見，空逐春泉出御溝。」有宮怨之實，而未必都出現宮女形象。

再往後，宮怨題材在詞中也屢見不鮮。如溫庭筠〈清平樂〉：「上陽春晚。宮女愁蛾淺。新歲清平思同輦。爭奈長安路遠。鳳帳鴛被徒熏。寂寞花鎖千門。競把黃金買賦，為妾將上明君。」寫被幽閉的痛苦與寂寞望幸的心情。韋莊〈小重山〉：「一閉昭陽春又春。夜寒宮漏永。夢君恩。臥思陳事暗銷魂。羅衣溼，紅袂有啼痕。歌吹隔重閽。繞庭芳草綠，倚長門。萬般惆悵向誰論。凝情立，宮殿欲黃昏。」寫失寵的落寞幽怨，與其〈宮怨〉詩同一機杼：「一辭同輦閉昭陽，耿耿寒宵禁漏長。釵上翠禽應不返，鏡中紅豔豈重芳。螢低夜色棲瑤草，水咽秋聲傍粉牆。展轉令人思蜀賦，解將惆悵感君王。」湯顯祖評韋詞結句：「何等淒絕！宮詞中妙句也。」董其昌則認為，其「怨而不怨，最為得體」（《新鍥訂正評註便讀草堂詩餘》卷三）處，可與王昌齡〈長信秋詞〉其三「玉顏不及」二句所謂多情之人不及無情之物相媲美。

到了清代，隨著宮廷制度改革，宮怨題材賴以產生的現實環境基本消失：「今大內之制，使八旗婦女輸入供役，朝入夕出，故宮中女人甚少，不比前朝多蓄怨女。」（陸隴其《三魚堂日記》）雖然如此，納蘭這首詞既然是抒發別樣情懷而藉助宮怨外殼，與辛棄疾著名的〈摸魚兒〉（更能消、幾番風雨）部分相似，在某些方面對前代宮怨文學作品有所本，如結末「寂寞」二句，有宮女形象而不再有宮怨之實，也就不足為奇，亦不必務為深求。

琵琶仙·中秋

　　碧海年年，試問取、冰輪為誰圓缺①。吹到一片秋香，清輝了如雪②。愁中看、好天良夜，爭知道、盡成悲咽③。隻影而今，那堪重對，舊時明月。花徑裡、戲捉迷藏，曾惹下蕭蕭井梧葉④。記否輕紈小扇，又幾番涼熱。只落得、填膺百感，總茫茫、不關離別。一任紫玉無情，夜寒吹裂⑤。

[注釋]

　　①「碧海」二句：碧海，指青天。晁補之〈洞仙歌〉：「青煙冪處，碧海飛金鏡。」冰輪，明月。朱慶餘〈十六夜月〉：「昨夜忽已過，冰輪始覺虧。」②「吹到」二句：秋香，桂花。李賀〈金銅仙人辭漢歌〉：「畫欄桂樹懸秋香，三十六宮土花碧。」也泛指秋花。陳普〈蓮花賦〉：「蕙蘭紛其秋香，竹松凌其冬青。」了，明亮。③「愁中看」二句：柳永〈女冠子〉：「相思不得長相聚。好天良夜，無端惹起，千愁萬緒。」，「爭知道」句，徐乾學刻《通志堂集》、張純修刻《飲水詩詞集》漏刻「爭」字，汪元治刻〈納蘭詞〉，因疑為納蘭自度曲，李慈銘《越縵堂日記》曾就此譏彈汪刻本「校讎不精，又指其〈琵琶仙〉、〈秋水〉等調為自度曲，蓋全不知此事者」。（按：〈秋水〉確為納蘭自度曲。）康熙四十八年顧彩刊《草堂嗣響》不缺「爭」字。④「花徑裡」二句：元稹〈雜憶五首〉之三：「憶得雙文朧月下，小樓前後捉迷藏。」羅隱〈聽琴〉：「寒雨蕭蕭落井梧，夜深何處怨啼烏。」⑤「一任」二句：紫玉，笛，截紫竹而製。李白〈留贈崔宣城〉：「胡床紫玉笛，卻坐青雲叫。」陳旅〈次韻友人京華即事〉：「仙女乘鸞吹紫玉，才人騎馬勒黃金。」辛棄疾〈賀新郎〉：「鑄就而今相思錯，料當初、費盡人間鐵。長夜笛，莫吹裂。」

琵琶仙・中秋

[評析]

　　中秋懷想之作，晁端禮有一首名篇〈綠頭鴨・詠月〉：「晚雲收，淡天一片琉璃。爛銀盤、來從海底，皓色千里澄輝。瑩無塵、素娥淡佇，靜可數、丹桂參差。玉露初零，金風未凜，一年無似此佳時。露坐久，疏螢時度，烏鵲正南飛。瑤臺冷，欄杆憑暖，欲下遲遲。念佳人、音塵別後，對此應解相思。最關情、漏聲正永，暗斷腸、花影偷移。料得來宵，清光未減，陰晴天氣又爭知。共凝戀、如今別後，還是隔年期。人強健，清尊素影，長願相隨。」開篇兩句總攬全域性，一筆放開，生發出下文的一切相關情景。以下極寫中秋月景，由海底湧月輪，澄輝無邊際，嫦娥佇立，丹桂參差過渡到美景良辰，使人流連忘返，並以「欄杆憑暖」牽出對月懷人之意。過片二句承上啟下，婉轉妥貼。接著從寫對方的此夜情中，極為深婉地表達出一己的念念深情，同時也是揭示與照應上片的「露坐」、憑欄之深意。歇拍跟蘇軾〈水調歌頭〉(明月幾時有)一樣，都是從謝莊〈月賦〉「隔千里兮共明月」句化出，然雍雅和婉，與蘇詞之豪宕勁健不同。就全篇而言，晁詞描景寫情傳神細膩，語言風格婉雅清和，結構意脈通暢自如。有此等中秋詞之雖「篇長憚唱，故淹沒無聞」而實為上佳之篇者，則不可全謂東坡而後「餘詞盡廢」(胡仔《苕溪漁隱叢話》後集卷三十九)。在不可盡廢之「餘詞」中，納蘭這首凝重淒婉的中秋悼亡詞也能堪稱典型。

　　這首〈琵琶仙〉整篇似由兩首小令疊加而成，上、下片結構如一，都是先景後情。上片描繪中秋月色及月下之景，倍覺隻影孤單。下片追懷往昔月下嬉戲之樂，筆意悲戚，情難以堪。悼亡詩詞中有一種傳統的書寫套路，即追憶過去美好時光中的細節，這樣尤其能夠寫出感人至深的濃摯之情。賀鑄的〈半死桐〉是一個很好的榜樣：「重過閶門萬事非。同來何事不同歸。梧桐半死清霜後，頭白鴛鴦失伴飛。原上草，露初晞。

舊棲新壟兩依依。空床臥聽南窗雨，誰復挑燈夜補衣。」結句中「挑燈補衣」的細節描寫，承接了潘岳悼亡詩所強化的自《詩經‧邶風‧綠衣》所創始的抒情模式，綴以「誰復」二字，更為沉痛地表達出深切懷念亡妻的相濡以沫之情。納蘭詞中「花徑裡」二句，繼承了這種很好的寫法，取得的效果也是一樣的。悼亡詩詞中還有一種經典的抒情方式，是由蘇軾在〈江城子〉中發揚光大的：「十年生死兩茫茫。不思量。自難忘。千里孤墳，無處話淒涼。縱使相逢應不識，塵滿面，鬢如霜。夜來幽夢忽還鄉。小軒窗。正梳妝。相顧無言，唯有淚千行。料得年年腸斷處，明月夜，短松崗。」不僅表現出痛徹心腑的思念，同時也包含了自己人生的失意。納蘭對這種寫法顯然也是心有戚戚焉。納蘭詞下片中「總茫茫、不關離別」一語，在不經意間點出「離別」之外似乎還有別的甚至是同等沉重的憂隱，顯然應該跟他現實的處境有關。納蘭另有一首同主題之作〈採桑子〉：

海天誰放冰輪滿，惆悵離情。莫說離情。但值涼宵總淚零。只應碧落重相見，那是今生。可奈今生。剛作愁時又憶卿。

其中「但值」句與這首〈琵琶仙〉中「又幾番涼熱」句一樣，都至少是盧氏去世次年口吻。大致圈定寫作時間，有助於探究納蘭別有憂愁暗恨生之由。

清平樂

將愁不去①。秋色行難住。六曲屏山深院宇。日日風風雨雨。雨晴籬菊初香。人言此日重陽。回首涼雲②暮葉，黃昏無限思量。

清平樂

[注釋]

①將愁不去：宋玉〈九辯〉：「歲忽忽而遒盡兮，恐餘壽之弗將。」王逸注：「懼我性命之不長也。」辛棄疾〈祝英台近〉：「是他春帶愁來，春歸何處。卻不解、帶將愁去。」②涼雲：謝朓〈七夕賦〉：「朱光既夕，涼雲始浮。」

[評析]

這是一首重陽感懷之作。納蘭另有一首可能是收入《側帽詞》的〈御帶花·重九夜〉：

晚秋卻勝春天好，情在冷香深處。朱樓六扇小屏山，寂寞幾分塵土。蚪尾煙銷，人夢覺、碎蟲零杵。便強說歡娛，總是無憀心緒。轉憶當年，消受盡、皓腕紅萸，嫣然一顧。如今何事，向禪榻茶煙，怕歌愁舞。玉粟寒生，且領略、月明清露。嘆此際淒涼，何必更滿城風雨。

上片先揚後抑，在晚秋冷香好景中透出寂寞無聊心緒。下片更為頓挫，先由「皓腕」、「嫣然」勾起的懷想之思，反襯「此際淒涼」，結句更謂縱然不是滿城風雨，也不能令人歡愉，在照應開端的同時，將此夜孤淒情懷表達得極為曲折深濃。相比而言，這首〈清平樂〉寫秋風秋雨、「涼雲暮葉」下獨立蒼茫、揮之不去的長愁，雖有屏山深院、雨晴菊香，語調似乎靜實壓抑，思緒像「秋色」一樣「難住」。

如許淒楚怨慕，在前人同類作品中並不少見，可錄以對讀。如尹異芳〈懷人〉：「滿城風雨近重陽，偃蹇黃花歷亂香。落葉秋江迷望眼，一杯殘酒伴淒涼。」由據說是潘大臨著名的題壁「一句詩」續成，與方岳、謝逸另外的續作各有千秋。辛棄疾〈踏莎行·庚戌中秋後二夕帶湖篆岡小酌〉：「夜月樓臺，秋香院宇。笑吟吟地人來去。是誰秋到便淒涼，當年宋

玉悲如許。隨分杯盤，等閒歌舞。問他有甚堪悲處。思量卻也有悲時，重陽節近多風雨。」以比興之法借寫節序寄託憂國之心，於短幅中曲折迴環，千鈞重筆從容寫來，愈見沉鬱悲慨。

清平樂

風鬟雨鬢①。偏是來無準。倦倚玉闌看月暈。容易語低香近②。軟風吹過窗紗。心期便隔天涯。從此傷春傷別③，黃昏只對梨花。

[注釋]

①風鬟雨鬢：李朝威《柳毅傳》：「見大王愛女牧羊於野，風鬟雨鬢，所不忍視。」李清照〈永遇樂〉：「如今憔悴，風鬟霧鬢，怕見夜間出去。」②「容易」句：晏幾道〈清平樂〉：「勾引行人添別恨。因是語低香近。」③「從此」句：李商隱〈杜司勳〉：「刻意傷春復傷別，人間唯有杜司勳。」

[評析]

這首詞寫恨海情深。上片追憶往日歡會，刻劃月下軟語溫存的情態，「容易」句「婉麗」（陳廷焯《雲韶集》卷十五）已極。而且，愈是繾綣溫馨，愈能反襯出對如夢佳期「來無準」的無比遺憾。下片承上而來，寫而今「軟風吹過」，卻已是「天涯」永隔，只能空對梨花，傷春傷別。多少「沉痛」（《雲韶集》卷十五）之情，盡在不言中。

納蘭另有一首〈浣溪沙・寄嚴蓀友〉：

藕蕩橋邊埋釣筒。苧蘿西去五湖東。筆床茶灶太從容。況有短牆銀杏雨，更兼高閣玉蘭風。畫眉閒了畫芙蓉。

過片二句,以銀杏、玉蘭著雨經風愈加動人之景,進一步突顯嚴氏居處的安閒。其中的「玉蘭」意象為納蘭詞中所僅見,《瑤華集》作「玉簫」雖損對句卻也更饒風致。玉蘭還常常寓含忠貞不渝之意。如吳文英〈瑣窗寒・玉蘭〉:「紺縷堆雲,清腮潤玉,汜人初見。蠻腥未洗,海客一懷悽惋。渺徵槎、去乘闐風,占香上國幽心展。遺芳掩色,真姿凝淡,返魂騷畹。一盼。千金換。又笑伴鴟夷,共歸吳苑。離煙恨水,夢杳南天秋晚。比來時、瘦肌更銷,冷薰沁骨悲鄉遠。最傷情、送客咸陽,佩結西風怨。」詠玉蘭而懷「去姬」,抱定題目立言,警切而不空泛,與蘇軾的〈水龍吟〉以及姜夔的〈暗香〉、〈疏影〉都是「手寫此而目注彼」(蔡嵩雲〈柯亭詞論〉)的當行名作。加之玉蘭花開時節近清明,因而在「窮倩盼之逸趣」的同時,往往更能「極哀豔之深情」(謝章鋌《賭棋山莊詞話》卷八),如王士禎的一首〈菩薩蠻〉:「玉蘭花發清明近。花間小蝶黏香鬢。邀伴捉迷藏。露微花氣涼。花深防暗邐。潛向花陰躲。蟬翼惹花枝。挼人扶鬢絲。」見《納蘭性德詞新釋輯評》偶誤「玉蘭」為「玉蘭」,因略為申述如上。

清平樂・彈琴峽①題壁

　　泠泠②徹夜,誰是知音者?如夢前朝何處也,一曲邊愁難寫。極天關塞雲中③,人隨雁落西風。喚取紅巾翠袖④,莫教淚灑英雄。

[注釋]

　　①彈琴峽:孫承澤〈天府廣記〉:「居庸關在府北一百二十里,有龍虎臺在關南口,中有峽曰彈琴峽,水聲在石罅間,響如彈琴,故名。」②泠

泠：聲音清脆。陸機〈招隱詩〉：「山溜何泠泠，飛泉漱鳴玉。」劉長卿〈聽彈琴〉：「泠泠七絃上，靜聽松風寒。」③「極天」句：關塞險峻。杜甫〈秋興八首〉之七：「關塞極天唯鳥道，江湖滿地一漁翁。」④「喚取」句：辛棄疾〈水龍吟〉：「倩何人，喚取紅巾翠袖，搵英雄淚。」

[評析]

　　題壁，是指將有關文字或圖畫題寫在寺壁、驛壁、屋壁、橋梁等建築物的壁面上，以傳播資訊、發表言論、釋出文學或書法繪畫作品等。中唐以後，題壁之風及其相關的形式大盛，包括題寫於詩板詩碑、某些植物之上等，成為古代文人生活的一部分，所謂「題詩本是閒中趣」（陸游〈村居閒甚戲作〉）。對於明清以前的題壁詩詞，不少學者在其著作及研究論文中論之甚詳，茲不贅述。

　　明清題壁詩詞，包括邊塞題材也不少見。如楊一清的一首〈山丹題壁〉：「關山偪仄人蹤少，風雨蒼茫野色昏。萬里一身方獨往，百年多事共誰論。東風四月初生草，落日孤城早閉門。記取漢兵追寇地，沙場尤有未招魂。」深遠多義，沉鬱雄渾。女性作家也加入這一創作隊伍（當然，應將男子假託婦女之名而作女子題壁詩的情況排除在外，詳參梁乙真〈清代婦女文學史〉及〔日〕合山究撰、李寅生譯〈明清女子題壁詩考〉），比如查慎行弟查嗣庭之女查蕙，隨二伯父查嗣瑮流謫關西途中，曾題詩於驛壁，王應奎《柳南隨筆》卷四等書中均有記載。納蘭有兩首邊塞題壁詞，另一首是同調「發漢兒村題壁」（詳後文）。這首〈清平樂〉抒發邊愁。上片以鳴琴一般美妙的泠泠水聲發端，慨嘆知音難覓，從聽覺上勾起的「難寫」愁情落筆，並起莫可名狀的興亡之感，也與詞題巧妙吻合。下片寫秋風蒼勁，極目關塞，從視覺上進一步渲染愁緒，表達淒寥孤寂的情懷。結二句寫「英雄」搵淚，點化辛詞，一變原作胸懷鴻鵠之志又報國無

門的極度焦慮之情,摧剛為柔,從另一個方面顯示,無情未必真豪傑,卻也是邊塞題材的題中應有之義。

清平樂

　　塞鴻①去矣,錦字②何時寄?記得燈前佯忍淚③,卻問明朝行未?別來幾度如珪④,飄零落葉成堆。一種曉寒殘夢,淒涼畢竟因誰。

[注釋]

　　①塞鴻:塞雁。康與之〈風入松〉:「塞鴻不到雙魚遠,恨樓前、流水難西。」(此闋,《陽春白雪》卷五注云:又附《田中行集》。)②錦字:書信。《晉書·竇滔妻蘇氏傳》:前秦秦州刺史竇滔被徙流沙,其妻蘇氏思之,織錦為〈迴文璇璣圖〉詩以贈,凡八百四十字,可宛轉循環而讀,詞甚淒婉。陸游〈釵頭鳳〉:「山盟雖在,錦書難託。」③「記得」句:韋莊〈女冠子〉:「別君時,忍淚佯低面,含羞半斂眉。」④珪(ㄍㄨㄟ):同「圭」。《說文解字》:「圭,瑞玉也,上圓下方。」此喻缺月。江淹〈別賦〉:「乃至秋露如珠,秋月如珪,明月白露,光陰往來。與子之別,思心徘徊。」

[評析]

　　這是一首塞上怨別之作,結構明晰。首二句寫盼望家書不至,已含惆悵之意。次二句追憶別時情景,在對愛妻深深眷戀之情的形象刻繪中,又增一己相思。下片寫深秋曉寒夢殘時分,面對白月落葉,不勝孤淒之感,婉曲深情,溢於言表。

　　《飲水詞箋校》疑此詞與另一首同調之作「才聽夜雨」都是寄懷顧貞觀

之作。玩其風情綽約之情調,太不像。「記得」二句,取自李石〈漁家傲・贈鼎湖官妓〉:「西去征鴻東去水。幾重別恨千山裡。夢繞綠窗書半紙。何處是。桃花溪畔人千里。瘦玉倚香愁黛翠。勸人須要人先醉。問道明朝行也未。猶自記。燈前背立偷彈淚。」楊慎認為:「好事者或改『偷』為『佯』。」(《詞品》卷四)而「好事者」納蘭用此「佯」字則甚妙,只是似未曾見「佯」字用於同性友情。如李白〈越女詞〉之三寫耶溪採蓮女「佯羞不出來」。毛熙震〈浣溪沙〉中「佯不覷人空婉約,笑和嬌語太猖狂」。尹煥〈唐多令〉中「悵綠陰、青子成雙。說著前歡佯不採,颺蓮子,打鴛鴦」。張炎〈意難忘〉中「怕誤卻、周郎醉眼,倚扇佯遮」。王受銘〈沁園春〉中「欲語欺鬟,佯羞弄帶,逗露靈犀一點春」。汪世泰〈河傳〉中「分明謎語尊前遞。佯不理。教會千金意」。孫家穀〈江城梅花引〉中「瘦也瘦也,瘦得似、花影婆娑。笑臉佯開,紅暈不成渦」。周星譽〈洞仙歌〉中「問名佯不說,淺笑低聲,暗裡牽衣教娘替」。沈濤〈玉女迎春慢〉中「盈盈無語,渾不解、弄佯妒」。葉小紈〈浣溪沙〉中「髻薄金釵半嚲輕。佯羞微笑隱湘屏」。納蘭自己另外的一首〈尋芳草・蕭寺記夢〉(客夜怎生過)中也是如此,不一而足。當然,詩史上也的確有藉女性口吻諫友之作,如朱慶餘〈近試上張水部〉:「洞房昨夜停紅燭,待曉堂前拜舅姑。妝罷低聲問夫婿,畫眉深淺入時無。」但屬於「香草美人」的比興寄託之法,又另當別論。

滿宮花

盼天涯,芳訊絕[①]。莫是故情全歇。朦朧寒月影微黃,情更薄於寒月。麝煙銷,蘭爐[②]滅。多少怨眉愁睫。芙蓉蓮子待分明[③],莫向暗中磨折。

滿宮花

[注釋]

①「盼天涯」二句：芳訊，音訊。史達祖〈雙雙燕〉：「應自棲香正穩。便忘了、天涯芳信。」王同祖〈摸魚兒〉：「恨天闊鴻稀，杳杳沉芳訊。」②蘭燼：燃盡之燈花。李賀〈惱公〉：「蠟淚垂蘭燼，秋蕪掃綺櫳。」王琦匯解：「謂燭之餘燼狀似蘭心也。」晁公武〈鷓鴣天〉：「蘭燼短，麝煤輕。畫樓鐘鼓已三更。」（此首作者，〈陽春白雪〉原注：或云戴平之。）③「芙蓉」句：〈子夜歌〉：「霧露隱芙蓉，見蓮不分明。」又「乘月採芙蓉，夜夜得蓮子」。

[評析]

這首詞，代擬女子因戀人訊絕情薄而心生疑怨。「月影微黃」、「煙銷」、「燼滅」是寫景，也是長夜難眠、「暗中磨折」的眉怨睫愁者痛苦心情的外化。從「寒月」等語詞有意無意地重複使用，以及「多少」二句等表現出來的特異風調來看，此篇頗有民歌氣息。從這個角度著眼，「芙蓉蓮子」二句，可以順理成章地理解為決絕語，也是深切思念至於無可奈何的自我解脫語。於是，經由這兩句曾經引起的諸多猜測，當然不攻自破。

當然，即便不順著這個想法往下走，把「芙蓉蓮子」二句解為荷香難解蓮心苦，似乎也無妨。陳允平的一首〈青玉案・採蓮女〉即大略如是：「涼庭背倚斜陽樹。過幾陣、菰蒲雨。自棹輕舟穿柳去。綠紅裙襖，與花相似，撐入花深處。妾家住在鴛鴦浦。妾貌如花被花妒。折得花歸嬌廝覷。花心多怨，妾心多恨，勝似蓮心苦。」宋詞將採蓮題材承接過來之後，描寫採蓮女的生活，再現江南水鄉風情。不過，採蓮女的生活中也有煩惱憂愁的一面，正如陳允平詞所寫的那樣。這一類的採蓮女形象或許不免部分出於想像，但應該是較為接近於生活原貌的，與歐陽脩〈蝶戀花〉（越女採蓮秋水畔）不無相通之處。從篇末精心選擇「芙蓉蓮子」意

象,以求和諧於全篇的民歌風情來看,納蘭詞中表現出的取源較廣因而不免大面積點化的現象,顯然也包含了一個多方面消化吸收以至於揚棄的過程,不宜簡單地否定。

唐多令・雨夜

絲雨織紅茵①。苔階壓繡紋②。是年年、腸斷黃昏。到眼芳菲都惹恨,那更說,塞垣③春。蕭颯不堪聞。殘妝擁夜分④。為梨花、深掩重門⑤。夢向金微山下去,才識路,又移軍⑥。

[注釋]

①紅茵:滿地落花。蔣捷〈春夏兩相期〉:「金裁花誥紫泥香,繡裹藤輿紅茵軟。」②「苔階」句:王彥泓〈感舊遊〉:「無限斷腸蹤跡處,壞牆風雨繡苔紋。」③塞垣:長安以西之長城地帶。何景明〈隴右行送徐少參〉:「隴右地,長安西行一千里,秦日長城號塞垣,漢時故郡稱天水。」④夜分:夜半。毛滂〈感皇恩〉:「夜分月冷,一段波平風細。」⑤「為梨花」句:戴叔倫〈春怨〉:「金鴨香消欲斷魂,梨花春雨掩重門。」⑥「夢向」三句:金微山,今阿爾泰山,泛指邊塞。張仲素〈秋閨曲〉:「夢裡分明見關塞,不知何路向金微。」又「欲寄征衣問訊息,居延城外又移軍」。盧照鄰〈王昭君〉:「肝腸辭玉輦,形影向金微。」

[評析]

這首詞寫雨夜傷春懷遠。絲雨霏霏,茵紅階綠,詞先以緊扣題面之景渲染寂寥氣氛。接下來寫從「黃昏」到「夜分」,殘妝獨擁,聽風聽雨,百無聊賴,非獨「到眼芳菲」、「惹恨」,「不堪聞」的「蕭颯」塞垣,更是

秋水・聽雨

觸動離愁。最後說「深掩重門」，相思成夢，但「才識路，又移軍」，所思無著，徒增目前的傷痛。

　　納蘭詞結末「夢向」三句翻進一層，大致上是文史學者提到所謂「西窗剪燭型」之虛筆書寫手法，即從現在設想將來談現在。在納蘭之前，這種寫法早就有過十分成功的例證，可以參讀。如柳永〈引駕行〉：「紅塵紫陌，斜陽暮草長安道，是離人、斷魂處，迢迢匹馬西征。新晴。韶光明媚，輕煙淡薄和氣暖，望花村、路隱映，搖鞭時過長亭。愁生。傷鳳城仙子，別來千里重行行。又記得臨歧，淚眼濕、蓮臉盈盈。消凝。花朝月夕，最苦冷落銀幕。想媚容、耿耿無眠，屈指已算回程。相縈。空萬般思憶，爭如歸去睹傾城。向繡幃、深處並枕，說如此牽情。」末四句，是說千般思憶，都比不上及早返回，與伊人相見。到那個時候，將向她從頭細說自己離別至今的相思苦情。又如周邦彥〈還京樂〉：「禁煙近，觸處、浮香秀色相料理。正泥花時候，奈何客裡，光陰虛費。望箭波無際。迎風漾日黃雲委。任去遠，中有萬點，相思清淚。到長淮底。過當時樓下，殷勤為說，春來羈旅況味。堪嗟誤約乖期，向天涯、自看桃李。想而今、應恨墨盈箋，愁妝照水。怎得青鸞翼，飛歸教見憔悴。」過片四句，彷彿是在叮囑茫茫遠去的江水，流到淮水下游，經過當年與伊人歡會的繡樓下，一定要稍作停留，向她述說自己遊宦漂泊、失意沉浮的諸般況味。

秋水・聽雨

　　誰道破愁須仗酒，酒醒後，心翻醉①。正香銷翠被，隔簾驚聽，那又是、點點絲絲和淚。憶剪燭、幽窗小憩②。嬌夢垂成，頻喚覺、一眶秋

水。依舊亂蛩聲裡,短檠明滅③,怎教人睡。想幾年蹤跡,過頭風浪,只消受、一段橫波④花底。向擁髻、燈前提起⑤。甚日還來,同領略、夜雨空階滋味⑥。

[注釋]

①「誰道」三句:趙長卿〈南鄉子〉:「誰道破愁須仗酒,君看。酒到愁多破亦難。」翻,反。②「憶剪燭」句:李商隱〈夜雨寄北〉:「何當共剪西窗燭,卻話巴山夜雨時。」譚宣子〈西窗燭〉:「待淚華、暗落銅盤,甚夜西窗剪燭。」③「依舊」二句:蛩,蟋蟀。短檠(ㄑㄧㄥˊ),短柄之燈。韓愈〈短燈檠歌〉:「長檠八尺空自長,短檠二尺便且光。」史浩〈滿庭芳〉:「微霰疏飄,驕雲輕簇,短檠黯淡籠紗。」④橫波:水波閃動,喻女子轉動的眼睛。賀鑄〈憶仙姿〉:「羅綺叢中初見。理鬢橫波流轉。」⑤「向擁髻」句:擁髻,捧持髮髻。朱敦儒〈浣溪沙〉:「擁髻淒涼論舊事,曾隨織女度銀梭。當年今夕奈愁何。」劉辰翁〈寶鼎現〉:「又說向、燈前擁髻。暗滴鮫珠墜。」⑥「同領略」句:何遜〈臨行與故遊夜別〉:「夜雨滴空階,曉燈暗離室。」

[評析]

這首自度曲寫離人聽雨的感受。上片先說酒不解愁,反而愁上加愁,再說正處不堪時,聽到簾外雨聲,「點點絲絲」猶如離人淚,再以追憶往昔收束。「嬌夢」二句,指伊人頻頻從自己在夢中發出的呼喚聲裡驚醒,淚光閃爍。這一溫情脈脈的細節描寫,反襯出眼前的淒迷孤寂,當然過渡到下文。下片寫難以入眠,想到幾年來的人生際遇,足堪慰藉因而難以釋懷的,還是「花底」、「橫波」,「燈前」、「擁髻」。結三句順流而下,逗出期盼來日的重會,在一懷幽恨中揭明主題,具見靈變之勢。

虞美人

聽雨之作，以蔣捷的一首〈虞美人〉寫得含蓄蘊藉又清奇流暢：「少年聽雨歌樓上。紅燭昏羅帳。壯年聽雨客舟中。江闊雲低、斷雁叫西風。而今聽雨僧廬下。鬢已星星也。悲歡離合總無情。一任階前、點滴到天明。」以聽雨為主線，巧妙地擷取人生的三個不同階段，包涵廣，內蘊深，可以看成詞人終身遭際的真實寫照。需要附帶提及的是，本書一直堅持將納蘭詞與通代詞家，尤其是對照比較唐宋名家大家的經典作品，在某種意義上，這樣做其實對納蘭是不太公平的，因為不能保證每一次的比較都是置於完全同一的基準和平臺上，況且，還要考慮到清詞並未充分經典化的實際情況。不過，相比而言，這樣做也許對那些名家大家更不公平。不能設想，如果納蘭不是享年不永（亦況周頤《蕙風詞話》卷一所謂「未成就者也」），今天呈現在我們面前的納蘭詞會是怎樣一種面貌。但無論如何，現有的納蘭詞篇倘若排除部分悼亡之作和邊塞之作，實不足以矗立於繁花迷眼的清初詞壇，這一點應該是沒有多少異議的。

虞美人

峰高獨石當頭起，影落雙溪水。馬嘶人語各西東[1]，行到斷崖無路、小橋通。朔鴻過盡歸期杳[2]，人向征鞍老。又將絲淚溼斜陽[3]，回首十三陵樹、暮雲黃。

[注釋]

[1]「馬嘶」句：人抄近道，馬則繞行。陳三聘〈浣溪沙〉：「吳山不見暮雲重。人生何事各西東。」[2]「朔鴻」句：李清照〈念奴嬌〉：「征鴻過盡，萬千心事難寄。」[3]「又將」句：鮑照〈代路平原君子有所思行〉：「蟻壤漏山河，絲淚毀金骨。」李善注：「絲淚，淚之微者。」張率〈白紵歌辭〉：「流

嘆不寢淚如絲，與君之別終何知。」韋應物〈擬古詩〉：「年華逐絲淚，一落俱不收。」吳文英〈三姝媚〉：「佇久河橋欲去，斜陽淚滿。」

[評析]

　　這首詞寫行役懷歸。《草堂嗣響》有詞題「昌平道中」，《飲水詞箋校》據此及相關史料推測詞與納蘭司馬監有關。結合篇中所述情景，可從。詞上片寫塞上景緻，峰高仰止，獨石當頭，斷崖無路，人馬西東，為下文鋪陳。下片寫思歸不得、千絲淚下之情。以日暮雲黃之景作結，進一步深化了全篇傷感的氛圍。

　　邊塞詩詞中的鴻雁，與柳、月等同屬典型意象，往往與相關意象組成各種意象，共同表達情思，或代指書函，觸動鄉關、相思之情；或以物擬人，抒發孤單淒涼之感；或寫寥廓、悲壯之景，以渲染氣氛。鴻雁意象蘊含的多種意味，與牠的生物學特性直接相關，也是作者和讀者在傳播環節一同賦予牠的特定文學意義，因此，並不必須侷限於邊塞題材一隅。如「魯客望津天欲雪，朔鴻離岸葦生風」（樓白〈經廢宮〉），為行經廢宮懷古詠嘆渲染氣氛。

　　「爽氣肅時令，早衣聞朔鴻」（李適〈豐年多慶九日示懷〉），為慶祝豐年烘托氛圍。廖世美〈燭影搖紅〉中的「塞鴻難問，岸柳何窮，別愁紛絮」，被譽為寫別愁的「神來之筆」（況周頤《蕙風詞話》卷二）。鄭方坤〈浣溪沙〉中的「落葉蕭蕭月鑑帷。塞鴻一夜盡南飛。檀郎何事獨歸遲。且自孤燈挑永夕」，是題詠秋閨夜坐圖。陳維崧〈賀新郎〉中的「耳熱杯闌無限感，目送塞鴻歸盡。又眼底、群公衰衰。」題曹貞吉〈珂雪詞〉，直似「自品」（陳廷焯《白雨齋詞話》卷三）。納蘭詞跟它們相通而不相同。又，納蘭詞結句中的「十三陵」，在這裡並不具有地名以外的其他意義。試以蔣平階同調詞與之並讀，一望便知：「白榆關外吹蘆葉。千里長安月。

新妝馬上內家人。猶抱胡琴學唱、漢宮春。飛花又逐江南路。日晚桑乾渡。天津河水接天流。回首十三陵上、暮雲愁。」

虞美人·為梁汾賦

憑君料理花間課,莫負當初我。眼看雞犬上天梯①,黃九自招秦七、共泥犁②。瘦狂那似痴肥好,判任痴肥笑③。笑他多病與長貧,不及諸公袞袞、向風塵④。

[注釋]

①「眼看」句:王充《論衡·道虛篇》:「儒書言:淮南王學道,招會天下有道之人,傾一國之尊,下道術之士。是以道術之士,並會淮南,奇方異術,莫不爭出。王遂得道,舉家升天,畜產皆仙,犬吠於天上,雞鳴於雲中。此言仙藥有餘,犬雞食之,並隨王而升天也。好道學仙之人,皆謂之然。此虛言也。」李商隱〈玉山〉:「何處更求回日馭,此中兼有上天梯。」②「黃九」句:陳師道〈後山詩話〉:「今代詞手,唯秦七、黃九爾,唐諸人不逮也。」惠洪《禪林僧寶傳》卷二十六:「黃庭堅魯直作豔語,人爭傳之。(法)秀呵日:『翰墨之妙,甘施於此乎?』魯直笑日:『又當置我於馬腹中耶?』秀日:『汝以豔語動天下人淫心,不止馬腹,正恐生泥犁中耳。』」③「瘦狂」二句:《南史》卷三十七沈慶之傳附沈昭略傳:「嘗醉,晚日負杖攜家賓子弟至婁湖苑,逢王景文子約,張目視之日:『汝是王約耶?何乃肥而痴。』約日:『汝沈昭略耶?何乃瘦而狂。』昭略撫掌大笑日:『瘦已勝肥,狂又勝痴。』」④「不及」句:杜甫〈醉時歌〉:「諸公袞袞登臺省,廣文先生官獨冷。」

[評析]

　　這首詞，詞題「為梁汾賦」出於汪刻本，《飲水詞箋校》據以定其作期為康熙十七年（西元1678年）。嚴迪昌先生引納蘭〈與梁藥亭書〉為證，認為應該是寫給梁佩蘭的，並循此重新解讀該作。我們現在也還沒有掌握更多的文獻資料，作為肯定或否定上述兩家意見的依據。不過，這也許並不是非常重要，因為無論如何，納蘭的確是藉詞中率直、冷峭之筆，表達出了自己的一部分詞學觀念。

　　自比黃九，不懼「泥犁」，主要說的是納蘭本人經由「花間課」而來的豔情之作。之所以選中黃庭堅，是因為山谷192首詞中，有因早年「放於狹邪」（王灼《碧雞漫志》卷二）所作的30多首豔詞和俗詞。有些甚至比柳詞更為疏蕩，如〈添字少年心〉下片：「見說那廝脾鱉熱。大不成我便與拆破。待來時、鬲上與廝噷則個。溫存著，且教推磨。」作為「江西詩派」的代表，詞並不是黃庭堅最有成就的文體，但當時也有盛名。儘管黃庭堅自己也說：「余嘗為少年言：士大夫處世可以百為，唯不可俗，俗便不可醫也」（〈書繒卷後〉）、「以俗為雅，以故為新，百戰百勝」（〈再次楊明叔韻序〉）。不過，僅就詞之俗豔這一點而言，當時就有人如法秀道人曾當面指責黃庭堅敗壞人心，是「以筆墨勸淫」，黃則說這不過是「少時」、「使酒玩世」（〈小山詞序〉）的「空中語」。後來，朱彝尊在《詞綜‧發凡》中指出「言情之作，易流於穢」的現象時，所舉的例子也正是黃庭堅。黃庭堅的這些側豔俚俗之詞，是一時風氣所致。意識到自己的作品或觀點在某些方面可能也會遭到不被認同的命運，納蘭仍甘願為堅持自己的志願而承受所要付出的代價，此中蘊含的耿直品性與犧牲精神，比黃庭堅顧左右而言他的婉轉迴避走得要更遠。也因為存在這樣的心態，所以詞中「眼看雞犬」句與「不及諸公」句，可以視為這方面的激憤之語。當然，如果結合「痴肥」原典來看，兩句又未嘗不可以包含調侃之意。

另外，納蘭在〈填詞〉中這樣說：「詩亡詞乃生，比興此焉託。往往歡娛工，不如憂患作。冬郎一生極憔悴，判與三閭共醒醉。美人香草可憐春，鳳蠟紅巾無限淚。芒鞋心事杜陵知，只今唯賞杜陵詩。古人且失風人旨，何怪俗眼輕填詞。詞源遠過詩律近，擬古樂府特加潤。不見句讀參差三百篇，已自換頭兼轉韻。」有尊體意識，並拈出比興寄託，確具慧眼。但是飲水詞中的實際情況卻是，比興有餘而寄託不足，亦〈續修四庫全書提要‧納蘭詞提要〉所謂「《花間》高麗菁英，情深比興，性德未能至其境也」之意。這種情形，與同時包括朱彝尊在內的一些詞人的創作，形成了較為鮮明的對比。如〈長亭怨慢‧雁〉：「結多少、悲秋愁侶。特地年年，北風吹度。紫塞門孤，金河月冷、恨誰訴。回汀枉渚，也只戀、江南住。隨意落平沙，巧排作、參差箏柱。別浦。慣驚移莫定，應怯敗荷疏雨。一繩雲杪，看字字、懸針垂露。漸欹斜、無力低飄，正暮送、碧羅天幕。寫不了相思，又蘸涼波飛去。」朱詞描寫群雁輾轉流徙、無處安頓的狀況，蘊含著發自內心的深悲積怨，是比興寄託理論的具體實踐，跟他的不少作品都可以互相印證。〔按：陳廷焯認為，此詞「直逼玉田」，與王士禛〈秋柳〉中「相逢」二句一樣，「純是滄桑之感」（《白雨齋詞話》卷三），實朱詞不只自傷身世，故興感無窮，「逾於玉田」，參《詞論史論稿》。相比而言，納蘭的〈臨江仙‧孤雁〉就不是這樣，雖微有像外之境，但卻難以包含多少超越個人感情的東西：

霜冷離鴻驚失伴，有人同病相憐。擬憑尺素寄愁邊。愁多書屢易，雙淚落燈前。莫對月明思往事，也知消減年年。無端嘹唳一聲傳。西風吹隻影，剛是早秋天。

關於納蘭詞論，另可參《納蘭詞論與清初詞壇》。

虞美人

曲闌深處重相見，勻淚①偎人顫。淒涼別後兩應同，最是不勝清怨、月明中②。半生已分孤眠過，山枕檀痕涴③。憶來何事最銷魂，第一折枝④花樣、畫羅裙。

[注釋]

①勻淚：勻，拭。呂渭老〈小重山〉：「寶奩勻淚粉，晚妝遲。」②「最是」句：錢起〈歸雁〉：「二十五絃彈夜月，不勝清怨卻飛來。」③「半生」二句：分，料想。蔡伸〈踏莎行〉：「莫驚青鬢點秋霜，盧郎已分愁中老。」山枕，枕頭隆起如山，故名。李清照〈浣溪沙〉：「淡蕩春光寒食天。玉爐沉水裊殘煙。夢迴山枕隱花鈿。」檀痕，淚痕，或作口脂的印痕。元絳〈映山紅慢〉：「羅幃護日金泥皺。映霞腮動檀痕溜。」尹鶚〈醉公子〉：「何處惱佳人。檀痕衣上新。」涴（ㄨㄛˋ），浸染。韓愈〈合江亭〉：「願書岩上石，勿使泥塵涴。」④折枝：花卉畫畫法之一種，不畫全株，只畫其中一段。仲仁《華光梅譜・取象》：「其法有偃仰枝、覆枝、從枝、分枝、折枝。」《宣和畫譜》：「徐熙有寫生折枝花。」

[評析]

曲闌重相見，勻淚偎人顫，別後兩淒涼，不勝清怨，半生孤眠，山枕檀痕，憶來最銷魂，折枝花樣羅裙。這是一首通篇以追憶口吻寫成的愛情詞。起首二句化用李煜〈菩薩蠻〉過片二句：「花明月暗籠輕霧，今宵好向郎邊去。剗襪步香階，手提金縷鞋。畫堂南畔見，一晌偎人顫。奴為出來難，教君恣意憐。」形象生動，甜蜜溫馨。結句由裙及人，有餘不盡，與張先〈醉垂鞭〉結二句一同其妙：「雙蝶繡羅裙，東池宴，初相

虞美人

見。朱粉不深勻，閒花淡淡春。細看諸好處，人人道，柳腰身。昨日亂山昏，來時衣上雲。」加上詞篇中間的數句情語，納蘭此篇充分表達出了昔日不重來的淒涼心境。

關於「畫羅裙」，馮金伯《詞苑萃編》卷十記其本事云：「蜀主衍奉其太后太妃禱青城山，宮人皆衣雲霞之衣，後主自製〈甘州曲〉，令宮人唱之，其辭哀怨，聞者悽慘。詞曰：『畫羅裙。能結束，稱腰身。柳眉桃臉不勝春。薄媚足精神。可惜許，淪落在風塵。』衍意本謂神仙而在凡塵耳。後降中原，宮伎多淪落人間，始驗其語。（《十國春秋》）」如果不憚索隱之嫌，連繫納蘭點化的李煜詞乃是描述宮闈中香豔情事之作，則此首〈虞美人〉所涉對象，或可略知一二。

虞美人

銀床淅瀝青梧老①，屧粉②秋蛩掃。採香行處蹙連錢③。拾得翠翹何恨、不能言④。迴廊一寸相思地⑤，落月成孤倚。背燈和月就花陰，已是十年蹤跡、十年心⑥。

[注釋]

①「銀床」句：杜甫〈冬日洛城北謁玄元皇帝廟〉：「風箏吹玉柱，露井凍銀床。」仇注：「朱注：舊以銀床為井欄，《名義考》：銀床乃轆轤架，非井欄也。」佚名〈河中石刻詩〉：「井梧花落盡，一半在銀床。」庾肩吾〈侍宴九日〉：「玉體吹巖菊，銀床落井桐。」張元幹〈驀山溪〉：「桐葉下銀床，又送個、淒涼訊息。」②屧（ㄒㄧㄝˋ）粉：《說文解字》：「屧，履中薦也。」龍輔《女紅餘志》：「無瑕屧牆之內皆襯以沉香，謂之生香屧。」

屧粉,即履薦(屧牆)中所襯之沉香屑。陳維崧〈多麗〉:「算風光,依稀才過傳柑。又取次、韶光媚眼,今朝三月逢三。映一行、水邊粉屧,立幾簇、橋上紅衫。」③「採香」句:范成大《吳郡志·古蹟》:「採香徑,在香山之傍小溪也。吳王種香於香山,使美人泛舟於溪以採香。」連錢,苔痕。文徵明〈三宿岩〉:「古樹騰蛟根束鐵,春苔蝕雨翠連錢。」④「拾得」句:翠翹,玉飾,狀若翠羽。溫庭筠〈經舊遊〉:「環牆經雨蒼苔遍,拾得當時舊翠翹。」⑤「迴廊」句:李商隱〈無題四首〉之二:「春心莫共花爭發,一寸相思一寸灰。」⑥「已是」句:高觀國〈玉樓春〉:「十年春事十年心,怕說湔裙當日事。」

[評析]

這是一首悼亡詞,據結句「已是十年蹤跡、十年心」,當作於康熙二十二年(西元 1683 年)。秋風秋雨,掃盡梧葉秋螢,還有妻子的身影,但掃不去的是難以忘懷的深情。徘徊在當年經行之處,只有斑斑苔蘚空留,縱然能夠拾得她遺下的翠翹,又當如何?迴廊孤倚,花陰和月,一燈背影,十年一夢仍未醒。

以「屧粉」意象暗示女子的曾經來臨和已然離去,也許是前所未有的手法(孟暉〈蓮花香印的足跡〉),在納蘭詞中也非一見,另有如〈如夢令〉(黃葉青苔歸路)中「屧粉衣香何處」。其來由,可能正是經由女性「印香在地」的生香屧痕所生發出的聯想,適如孟文引余懷〈婦人鞋襪考〉所云:「吳下婦人有以異香為底,圍以精綾者。有鑿花玲瓏,囊以香麝,行步霏霏,印香在地者。」、「屧痕」在納蘭另一首〈浣溪沙〉中是出現過的:

雨歇梧桐淚乍收。遣懷翻自憶從頭。摘花銷恨舊風流。簾影碧桃人已去,屧痕蒼蘚徑空留。兩眉何處月如鉤。

虞美人

儘管這一意象早就不再新鮮，但納蘭由此及彼，吐故納新，頗見創穫之功。

如果再將「屟」與納蘭詞中比較常用的「迴廊」意象連在一起來看，會發現生發「屟粉」意象的另一聯想圖景，而納蘭牽涉「迴廊」意象之作也許並非純然隱情匿衷之筆。「迴廊」基本上跟相思之情糾結纏綿，如「步轉迴廊。半落梅花婉娩香。（分片）輕雲薄霧。總是少年行樂處」（蘇軾〈減字木蘭花〉）、「窗外迴廊。斷無人處斷人腸」（吳藻〈浪淘沙〉）、「無限思量。盈盈閒憑小迴廊」（楊蘷生〈浪淘沙〉），於是，不免時時與甚為關情的「月」意象打成一片：「怎忘得、迴廊下，攜手處、花明月滿」（呂渭老〈薄倖〉）、「要識阿儂心曲折。除向迴廊，看取闌干月」（左輔〈蘇幕遮〉）。加上「迴廊步珠屟」（王僧儒〈詠寵姬〉），想像與寫實結合，當然又跟一般所熟知的「響屟廊」典故發生了關聯。如在吳文英〈八聲甘州‧陪庚幕諸公遊靈巖〉中成為飛騰想像的一部分：「渺空煙四遠，是何年、青天墜長星。幻蒼厓雲樹，名娃金屋，殘霸宮城。箭徑酸風射眼，膩水染花腥。時靸雙鴛響，廊葉秋聲。宮裡吳王沉醉，倩五湖倦客，獨釣醒醒。問蒼波無語，華髮奈山青。水涵空、闌干高處，送亂鴉、斜日落魚汀。連呼酒，上琴臺去，秋與雲平。」晚清詞人喜歡將「迴廊」、「響屟」與相關意象略事匯通，如「簾櫳靜悄。有青禽啼處，深翠圍繞。幾折迴廊，幾點苔痕，都是屟聲曾到」（吳蘭修〈綠意〉）、「嬋娟剛瘦損。更零落、滿宮金粉。步屟迴廊，凝塵曲榭，易凋雙鬢」（吳嘉洤〈徵招〉），應該是因為站在了像納蘭這樣的寫情高手肩上。

瀟湘雨・送西溟歸慈溪

　　長安一夜雨，便添了、幾分秋色。奈此際蕭條，無端又聽，渭城風笛①。咫尺層城②留不住，久相忘、到此偏相憶③。依依白露丹楓，漸行漸遠④，天涯南北。淒寂。黔婁當日事，總名士、如何消得⑤。只皂帽蹇驢，西風殘照，倦遊蹤跡⑥。廿載江南猶落拓，嘆一人、知己終難覓⑦。君須愛酒能詩，鑑湖無恙，一蓑一笠⑧。

[注釋]

　　①渭城風笛：渭城，在今中國陝西長安縣西。王維〈送元二使之安西〉：「渭城朝雨浥輕塵，客舍青青柳色新。勸君更進一杯酒，西出陽關無故人。」賀鑄〈虞美人〉：「渭城才唱浥輕塵。無奈兩行紅淚、溼香巾。」鄭谷〈淮上與友人別〉：「數聲風笛離亭晚，君向瀟湘我向秦。」②層城：《淮南子》：「崑崙山有層城九重。」借指京城。陳子昂〈感遇〉：「宮女多怨曠，層城閉蛾眉。」③「久相忘」句：《莊子・大宗師》：「泉涸，魚相與處於陸，相呴以溼，相濡以沫，不如相忘於江湖。」④「漸行」句：李煜〈清平樂〉：「離恨恰如春草，更行更遠還生。」歐陽脩〈玉樓春〉：「漸行漸遠漸無書，水闊魚沉何處問。」⑤「黔婁」二句：皇甫謐《高士傳》：黔婁，齊人，不肯出仕，家貧，死時衾不蔽體。陶淵明〈詠貧士〉之四：「安貧守賤者，自古有黔婁。」《詩詞曲語辭彙釋》：「總，猶縱也。」⑥「只皂帽」三句：劉過〈水調歌頭〉：「達則牙旗金甲，窮則蹇驢破帽，莫作兩般看。」《史記・司馬相如列傳》：「長卿故倦遊。」《集解》郭璞曰：「厭遊宦也。」⑦「廿載」二句：呂岩〈七言〉之四二：「琴劍酒棋龍鶴虎，逍遙落拓永無憂。」《三國志・虞翻傳》裴注引〈翻別傳〉：「使天下一人知己者，足以不恨。」⑧「鑑湖」二句：鑑湖，故址在紹興西南，慈溪在紹興東北。王質〈浣溪沙〉：「眼共雲山昏慘慘，心隨煙水去悠悠。一蓑一笠任孤舟。」

瀟湘雨・送西溟歸慈溪

[評析]

　　這首詞作於康熙十八年（西元 1679 年）姜宸英丁內艱回籍時，怨別中施以寬慰語，紆徐委婉，情真意篤。時姜氏已年逾天命，所以，納蘭在詞篇中勸其棄去功名之求。朱彝尊也這樣勸過姜宸英：「吾友慈溪姜西溟，予嘗勸其罷試鄉闈，西溟怒不答也。」（〈書姜編修手書帖子後〉）不過，康熙二十年（西元 1681 年）十二月，姜氏又返回京師，孜孜於繼續搏擊科場。

　　功名之心與功業之心既相區別又相連繫。也許並不具備可比性，但我們仍然可以從蘇軾被貶到黃州後的詞作中看出古人所追求的。如〈念奴嬌・赤壁懷古〉：「大江東去，浪淘盡、千古風流人物。故壘西邊，人道是、三國周郎赤壁。亂石穿空，驚濤拍岸，捲起千堆雪。江山如畫，一時多少豪傑。遙想公瑾當年，小喬初嫁了，雄姿英發。羽扇綸巾，談笑間、強虜灰飛煙滅。故國神遊，多情應笑我，早生華髮。人生如夢，一尊還酹江月。」在雄奇壯闊的自然中注入深沉的歷史感，當然也有年近半百、功業無成的慨嘆。又如〈西江月・春夜蘄水中過酒家飲。酒醉，乘月至一溪橋上，解鞍由肱少休。及覺，已曉。亂山蔥蘢，不謂塵世也。書此語橋柱〉：「照野淺浪，橫空隱隱微霄。障泥未解玉驄驕。我欲醉眠芳草。可惜一溪明月，莫教踏破瓊瑤。解鞍欹枕綠楊橋。杜宇一聲春曉。」心境如空山明月般澄靜，所以能夠忘卻塵世間的榮辱紛擾，獲得神與物遊的無上愉悅。相比而言，納蘭其實與姜宸英具有某種程度上的相似性，可謂游移、徘徊於功業、功名之心之間，也因此才會有那麼多的痛苦與不安。

臨江仙

　　長記碧紗窗外語，秋風吹送歸鴉。片帆從此寄天涯。一燈新睡覺，思夢月初斜①。便是欲歸歸未得，不如燕子還家②。春雲春水帶輕霞③。畫船人似月④，細雨落楊花⑤。

[注釋]

①「一燈」二句：姚合〈莊居即事〉：「斜月照床新睡覺，西風半夜鶴來聲。」白居易〈涼夜有懷〉：「燈盡夢初罷，月斜天未明。」②「便是」二句：劉兼〈中春登樓〉：「歸去蓮花歸未得，白雲深處有茅堂。」顧敻〈臨江仙〉：「何事狂夫音信斷，不如梁燕猶歸。」③「春雲」句：高觀國〈霜天曉角〉：「春雲粉色。春水和雲溼。」④「畫船」句：韋莊〈菩薩蠻〉：「春水碧於天，畫船聽雨眠。（分片）壚邊人似月，皓腕凝雙雪。」⑤「細雨」句：陸游〈晚春感事〉：「護雛燕子常更出，著雨楊花又懶飛。」

[評析]

　　這是納蘭早期的一首作品。秋去春來，別久相思，所以起筆就是深情追思別時情景，「長記」云云與李清照〈如夢令〉一同其妙。繼而以「片帆」、「一燈」二句描摹別後孤旅天涯和寂寞孤獨的情思。過片進一步訴說恨憾，言欲歸未得，連秋去春歸的燕子都不如。最後在煙柳畫船、細雨楊花的景物描寫中宕開一筆，憧憬與伊人共度美妙春光的情景，以景結情，更顯情韻悠長。

　　遊子思婦主題有遠源。《詩經‧陳風‧月出》：「月出皎兮，佼人僚兮。舒窈糾兮，勞心悄兮。月出皓兮，佼人懰兮。舒憂受兮，勞心慅兮。月出照兮，佼人燎兮。舒夭紹兮，勞心慘兮。」這首寫「男女相悅而

臨江仙

相念之辭」（朱熹《詩集傳》）的詩篇，成為後世見月懷人之作的濫觴。〈古詩十九首〉：「明月何皎皎，照我羅床緯。憂愁不能寐，攬衣起徘徊。客行雖云樂，不如早旋歸。出戶獨徬徨，愁思當告誰。引領還入房，淚下沾裳衣。」遊子久客思家，夜不能寐，皎皎明月，非但沒有帶來心靈的慰藉，反倒激起更加難以遏制的思鄉懷內之情。但這一傳統主題卻不能算流長，最為直觀的表現是，純粹出於遊子角度的名篇佳作數量似乎不太多。在納蘭之前，寫得比較好的有韋莊的〈謁金門〉：「空相憶，無計得傳消息。天上嫦娥人不識，寄書何處覓？新睡覺來無力，不忍把伊書跡。滿院落花春寂寂，斷腸芳草碧。」楊湜《古今詞話》云：「韋莊以才名寓蜀，王建割據，遂羈留之。莊有寵人，資質豔麗，兼善詞翰。建聞之，託以教內人為詞，強莊奪去。莊追念悒怏，作小重山及空相憶云云，情意悽怨，人相傳播，盛行於時。姬後傳聞之，遂不食而卒。」又如秦湛僅存的一首〈卜運算元‧春情〉：「春透水波明，寒峭花枝瘦。極目煙中百尺樓，人在樓中否。四和裊金鳧，雙陸思纖手。擬倩東風浣此情，情更濃於酒。」開篇緊扣詞題，以景託情，鋪陳下文。以問句收束，進一步展現思念情深，「言外無盡」（劉熙載《藝概》卷四）。下片轉換筆法，透過想像之筆續寫情思，因情設景。結末二句想落奇特，出語雖平易而更顯濃摯之情。全篇風格一如其父，難怪賴以邠《填詞圖譜》卷一將之誤作秦觀詞。還有宋無名氏的〈魚遊春水〉：「秦樓東風裡。燕子還來尋舊壘。餘寒微透，紅日薄侵羅綺。嫩筍才抽碧玉簪，細柳輕窣黃金蕊。鶯囀上林，魚遊春水。屈曲闌干遍倚。又是一番新桃李。佳人應念歸期，梅妝淡洗。鳳簫聲杳沉孤雁，目斷澄波無雙鯉。雲山萬重，寸心千里。」許昂霄《詞綜偶評》云：「許多景物，皆為遊子作襯，故下文直接云，佳人應怪歸遲。」個中緣由，恐怕不是男子羞於言情那麼簡單，因為至少納蘭詞中就完全沒有這樣的情況。

臨江仙・塞上得家報雲秋海棠開矣，賦此

六曲闌干①三夜雨，倩誰護取嬌慵。可憐寂寞粉牆東。已分裙釵綠，猶裹淚綃紅。曾記鬢邊斜落下，半床涼月惺忪②。舊歡如在夢魂中③。自然腸欲斷④，何必更秋風。

[注釋]

①六曲闌干：馮延巳〈鵲踏枝〉：「六曲闌干偎碧樹。楊柳風輕，展盡黃金縷。」（此首又見歐陽脩《近體樂府》卷二，別又入晏殊《珠玉詞》。）②「曾記」二句：王彥泓〈臨行阿瑣欲盡寫前詩〉：「可記鬢邊花落下，半身涼月靠闌干。」③「舊歡」句：溫庭筠〈更漏子〉：「春欲暮，思無窮。舊歡如夢中。」晏殊〈謁金門〉：「往事舊歡何限意。思量如夢寐。」④「自然」句：伊世珍《嫏嬛記》：「昔有婦人，思所歡不見，輒涕泣，恆灑淚於北牆之下。後灑處生草，其花甚媚，色如婦面，其葉正綠反紅，秋開，名曰斷腸花，又名八月春，即今秋海棠也。」

[評析]

這首詞詠物、感事兼而有之，而寫情貫穿始終，所以，「不妨把它也歸入悼亡一類」。詞題中「塞上」、「秋海棠開」可以幫助確定其作期。詞上片因事起情，吟詠家中「粉牆東」那「嬌慵」、「寂寞」的秋海棠在「三夜雨」後嬌豔地開放，人花合寫。下片由花思人，以人寫花，借花抒懷，在追念往日美好的時光中，表達塞上此時柔腸寸斷的悲哀苦痛之情。秋海棠又名斷腸花，結末二句藉以反扣題面，愈顯沉痛。

臨江仙・塞上得家報雲秋海棠開矣，賦此

　　值得提出的是，清初的一些詞人透過吟詠塞上的花朵，來反襯邊塞生活。如高士奇〈金縷曲・塞上見杏花〉：「絕塞山無數。動羈愁、馬頭雁底，黑雲黃霧。拚得今年春草草，落盡垂楊輕絮。知道是、東君留否。驀地花開橫小阜，據吟鞍、錯認江村路。灑幾點，洗紅雨。夭斜似解憐人語。問春風、玉門關外，緣何也度。嫩蕊穠香空豔冶，不見蝶圍蜂舞。只惹卻、晴絲牽住。已斷青旗沽酒店，待踟躕、畫角頻催去。搖鞭影，日亭午。」杏花朵朵，為荒涼的塞外帶來些許生機，不禁讓人想起家鄉的春天，因而倍加珍惜。又如揆敘〈念奴嬌・詠秋海棠〉：「蕭條沙塞，早絲絲紅萼，暗催詩句。翠雀（塞外花名）金蓮凋落後，一種向人如語。拾蕊蜂稀，尋香蝶少，秋在花深處。春光不借，免教群卉爭妒。無奈吹謝吹開，西風陣陣，助悲涼情緒。輕著胭脂濃襯葉，畫手應難摹取。香霧濛濛，粉霞淡淡，點綴松亭路。且來閒賞，這天猶未多雨。」

　　〔按：彭元瑞〈知聖道齋讀書跋〉所云從一個方面道出納蘭昆仲能詞的緣由：「于謙牧堂（指揆敘藏書處，納蘭稱珊瑚閣）藏書中，得宋元人詞二十二帙，題曰〈汲古閣未刻詞〉。」〕在凜冽的西風中，秋海棠雖然很快就會凋零，不免讓人平添悲涼情緒，但是，畢竟能夠替孤寂的行邊之人帶來一絲安慰。這些創作實際顯示，邊塞詞人們的視野更加開闊了，他們用手中的詞筆，不僅為荒寒的邊塞增添了幾分暖意，也替邊塞詞「增添了一些新因素」。跟這些作品中的實景實寫相比，納蘭的這首〈臨江仙〉在一定程度上可以說是虛景實寫，而且還實在地寫出了某些在這類作品中所沒有的東西。

臨江仙·謝餉櫻桃

　　綠葉成陰春盡也①，守宮偏護星星②。留將顏色慰多情③。分明千點淚，貯作玉壺冰④。獨臥文園方病渴⑤，強拈紅豆酬卿。感卿珍重報流鶯⑥。惜花須自愛，休只為花疼。

[注釋]

①「綠葉」句：杜牧〈嘆花〉：「自恨尋芳到已遲，往年曾見未開時。狂風落盡深紅色（一作『如今風擺花狼藉』），綠葉成陰子滿枝。」喻指婦嫁生子。②「守宮」句：張華《博物誌》卷四：「蜥蜴或名蝘蜓，以器養之，食以硃砂，體盡赤。所食滿七斤，治搗萬杵，點女人肢體，終身不滅。唯房室事則滅，故號守宮。」喻櫻桃紅若宮砂。星星，同「猩猩」。皮日休〈重題薔薇〉：「濃似猩猩初染就，輕如燕燕欲凌空。」③「留將」句：既指櫻桃，又指人。顏師古《隋遺錄》卷上：大業十二年（616），隋煬帝將幸江都，宮女半不隨駕，爭泣留帝，帝意不回，「因戲以帛題二十字賜守宮女云：『我夢江南好，征遼亦偶然。但存顏色在，離別只今年。』」《吳氏本草》：「櫻桃味甘，主調中，益脾氣，令人好顏色，美志氣。」④「分明」二句：王嘉《拾遺記》卷七：「魏文帝所愛美人，姓薛，名靈藝，常山人也。……咸熙元年，谷習出守常山郡，聞亭長有美女而家甚貧，時文帝選良家子女以入六宮，習以千金寶賂聘之。既得，乃以獻文帝。靈藝聞別父母，歔欷累日，淚下沾衣。至升車就路之時，以玉唾壺承淚，壺則紅色。既發常山，及至京師，壺中淚凝如血矣。……靈藝未至京師十里，帝乘雕玉之輦，以望車徒之盛，嗟曰：『昔者言朝為行雲，暮為行雨，今非雲非雨，非朝非暮。』改靈藝之名曰夜來，入宮後居寵愛。」鮑照〈代白頭吟〉：「直如朱絲繩，清如玉壺冰。」王昌齡〈芙蓉樓送辛漸〉：「洛陽

臨江仙・謝餉櫻桃

親友如相問，一片冰心在玉壺。」吳偉業〈戲題仕女圖〉之五：「四壁蕭條酒數升，錦江新釀玉壺冰。」⑤「獨臥」句：司馬相如曾任孝文園令，患消渴疾，稱病閒居。後人以文園稱之，文園病渴因指文人患病。杜牧〈為人題贈〉：「文園終病渴，休詠白頭吟。」李東陽〈走筆次成國病中見寄〉：「嗟予亦抱文園渴，漫倚高歌到夕陽。」⑥流鶯：《禮記・月令》鄭玄注：「含桃，櫻桃也。」《淮南子・時則訓》高誘注：「含桃，鶯所含食，故言含桃。」李商隱〈百果嘲櫻桃〉：「流鶯猶故在，爭得諱含來。」又〈深樹見一顆櫻桃尚在〉：「惜堪充鳳食，痛已被鶯含。」

[評析]

　　這首〈臨江仙〉的主旨，學界有四種不同的說法。其一，蘇雪林先生認為是寫納蘭與宮女的戀情。此說，夏承燾先生早有定評：「甚傅會。」其二，張草紉先生《納蘭詞箋註》認為是寫為內臣分送帝王所賜之櫻桃的宮女，含戀戀之意。此說與詞題中「餉」字頗不諧。其三，《飲水詞箋校》在「餉」字上進一步做文章，推測答謝對象是納蘭座師徐乾學。此說中有精彩處，然未必與篇中略顯輕豔的情調相合。其四，《納蘭詞箋註》認為是答謝友人餽贈之作。納蘭全篇既詠物又抒情，人、情、事合一，雅俗相容，如果不是刻意寫來，以求泛泛酬應之作不致墮入流俗，此說倒可稍解讀者對詞作中友朋間調笑曖昧之舉的疑惑。文人伎倆，莫可洞測。有教授就此提出，詞寫給侍女或侍妾，亦無不可。雖讀來不免稍有彆扭之處，也不妨備為一解。

　　寫櫻桃，或與櫻桃相關的題材，納蘭之前的一些作品，寫作方式是相對清晰的。或直寫其可寶貴，如孫逖的〈和詠廨署有櫻桃〉：「上林天禁裡，芳樹有紅櫻。江國今來見，君門春意生。香從花綬轉，色繞佩珠明。海鳥銜初實，吳姬掃落英。切將稀取貴，羞與眾同榮。為此堪攀

折，芳蹊處處成。」或僅以之為話頭，抒寫痛切感人之情。如李煜的〈臨江仙〉：「櫻桃落盡春歸去，蝶翻金粉雙飛。子規啼月小樓西。畫簾珠箔，惆悵卷金泥。門巷寂寥人去後，望殘煙草低迷。爐香閒裊鳳凰兒。空持羅帶，回首恨依依。」相比而言，納蘭似乎總是為某種莫名的情思所牽絆，寫得十分糾結。

臨江仙·寒柳

飛絮飛花何處是，層冰積雪摧殘①。疏疏一樹五更寒。愛他明月好，憔悴也相關。最是縈絲搖落後，轉教人憶春山。湔裙夢斷續應難②。西風多少恨，吹不散眉彎。

[注釋]

①「層冰」句：《楚辭·招魂》：「層冰峨峨，積雪千里。」②湔裙：《北齊書·竇泰傳》：「竇泰，字世寧，大安捍殊人也。初，泰母期而不產，大懼。有巫曰：渡河湔裙，產子必易。泰母從之，俄而生泰。」李商隱〈柳枝五首·序〉：「……明日，余比馬出其巷，柳枝椏鬟畢妝，抱立扇下，風鄣一袖，指曰：『若叔是，後三日，鄰當去濺裙水上，以博山香待，與郎俱過。』余諾之。」

[評析]

這首〈臨江仙〉，〈納蘭叢話〉透過重新解讀「湔裙夢」典故，得出詞借詠柳而抒傷悼之幽情的結論。此前，楊希閔有云：「託驛柳以寓意，其音淒唳，蕩氣迴腸。」（《詞軌》卷七）「淒唳」云云，是從詞作「寓意」之深沉著眼。吳梅先生則這樣說：「同時有佟世南〈東白堂詞〉，較容若

臨江仙・寒柳

略遜,而意境之深厚,措詞之顯豁,亦可與容若相勒。然如〈臨江仙・寒柳〉、〈天仙子・淥水亭秋夜〉、〈酒泉子・荼蘼謝後作〉,非容若不能作也。」意境「深厚」云云,僅就此闋而言,與楊希閔所言並無不同,又將〈臨江仙〉與其他兩首詞並列觀照,視點似乎也不是明確集中在它的悼亡主題上。這樣看來,詞篇暗含悼亡的說法應屬莫須有(此處借指不是必須有)。

宋代的詠物之作,經由柳永的圖形寫貌,蘇軾開始物我合一,到周邦彥將身世飄零之感、仕途淪落之悲、情場失意之苦與所詠之物融為一體,為南宋詠物詞重寄託開示法門。再到姜夔看似不緊扣所詠之物、重在傳神的創作姿態,創作主體貫注其中的感情非但沒有弱化,反而更為強烈,一定意義上意味著宋代乃至歷代詠物詞審美理想的確立。也許正是在全面參照詠物詞史的意義上,陳廷焯對納蘭的這首詞讚賞有加:「容若〈飲水詞〉,才力不足,合者得五代人淒婉之意。余最愛其〈臨江仙・寒柳〉云:『疏疏一樹五更寒。愛他明月好,憔悴也相關。』言中有物,幾令人感激涕零。容若詞亦以此篇為壓卷。」(《白雨齋詞話》卷六)

對於以上相關詞論,尚可補充說明兩點。佟世南曾與陸進、張星耀於康熙十七年(西元1678年)編成《東白堂詞選初集》,其所作如〈山花子・無題〉:「芳信無由覓綵鸞。人間天上見應難。瑤瑟暗縈珠淚滿,不堪彈。枕上片雲巫岫隔,樓頭微雨杏花寒。誰在暮煙殘照裡,倚闌干。」另如〈御街行・寄懷王丹麓,即次原韻〉(紛紛黃葉搖空砌)、〈蘭陵王・詠柳贈別和周美成韻〉(雨絲直)等等,均婉麗流暢,含蓄蘊藉,跟所編詞選中展現出的主張基本相符,而未必一定都遜於納蘭,可以共同昭示一代旗人詞創作面貌。(《清詞玉屑》卷一「盛時人才輩出,即聲律餘事,可覘其凡」之意。)

又,佟世南在詞選序言中宣稱:詞「昉於陳隋,廣於二唐,盛於北

宋，衰於南宋」，可見重北宋而輕南宋是「當時普遍存在的一種詞學宗尚」。這樣看來，納蘭的「才力不足」其實是識力不足造成的，在當時一部分詞人中應該也是「普遍存在」的，毋庸諱言。從這個角度著眼，似乎能夠看出，以朱彝尊為代表的「浙西詞派」某些核心觀點的提出，猶如項莊舞劍，不無一定的現實針對性。

臨江仙

夜來帶得些兒雪，凍雲一樹垂垂①。東風回首不勝悲②。葉乾絲未盡，未死只顰眉③。可憶紅泥亭子外，纖腰舞困因誰④。如今寂寞待人歸。明年依舊綠，知否繫斑騅。

[注釋]

①「凍雲」句：方干〈冬日〉：「凍雲愁暮色，寒日淡斜暉。」杜甫〈和裴迪登蜀州東亭送客逢早梅相憶見寄〉：「江邊一樹垂垂髮，朝夕催人自白頭。」②「東風」句：趙鼎〈鷓鴣天〉：「分明一覺華胥夢，回首東風淚滿衣。」③顰眉：垂落之柳葉。駱賓王〈王昭君〉：「古鏡菱花暗，愁眉柳葉顰。」④「可憶」二句：李白〈魯郡堯祠送竇明府薄華還西京〉：「紅泥亭子赤闌干，碧流環轉青錦湍。」柳永〈夜半樂〉：「舞腰困力，垂楊綠映，淺桃穠李夭夭，嫩紅無數。」

[評析]

這首〈臨江仙〉應該也是詠寒柳之作，當與前首合讀。詞在對現在情景的描繪與對過往時光的追懷中糾結纏綿，由「葉乾」二句串聯並表露傷悼情意。結二句懸想來春，詠物而不滯留於物，益見悲情。

臨江仙

陳維崧、顧貞觀均有〈臨江仙‧秋柳〉，人、柳若即若離，寓含淒涼身世之感，亦為「言之有物」者，錄以對讀：「自別西風憔悴甚，凍雲流水平橋。並無黃葉伴飄颻。亂鴉三四點，愁坐話無憀。雲壓西村茅舍重，怕他榾柮同燒。好留蠻樣到春宵。三眠明歲事，重鬥小樓腰。」、「向日宮鶯千百囀，而今幾點歸鴉。西風著意做繁華。飄殘三月絮，凍合一江花。自是心情寥落盡，不堪重繫香車。永豐西畔即天涯。白頭金縷曲，翠黛玉鉤斜。」又，此前柳如是的一首〈金明池‧詠寒柳〉：「有恨寒潮，無情殘照，正是瀟瀟南浦。更吹起、霜條孤影，還記得舊時飛絮。況晚來、煙浪離迷，見行客、特地瘦腰如舞。總一種淒涼，十分憔悴，尚有燕臺佳句。春日釀成秋日雨。念疇昔風流，暗傷如許。縱饒有、繞堤畫舸，冷落盡、水雲猶故。憶從前、一點春風，幾隔著重簾，眉兒愁苦。待約個梅魂，黃昏月淡，與伊深憐低語。」作於脫離陳子龍後，顯見對秦觀、周邦彥、姜夔諸家詞用力甚深。陳寅恪先生認為，從中可約略窺見其「學問嬗蛻，身世變遷之痕跡」（《柳如是別傳》）。

在詠柳詩詞系列中，王士禛作於順治十四年（西元1657年）的〈秋柳〉四首也值得一提：「秋來何處最銷魂，殘照西風白下門。他日差池春燕影，只今憔悴晚煙痕。愁生陌上黃驄曲，夢遠江南烏夜村。莫聽臨風三弄笛，玉關哀怨總難論。」、「娟娟涼露欲為霜，萬縷千條拂玉塘。浦裡青荷中婦鏡，江干黃竹女兒箱。空憐板渚隋堤水，不見琅琊大道王。若過洛陽風景地，含情重問永豐坊。」、「東風作絮糝春衣，太息蕭條景物非。扶荔宮中花事盡，靈和殿裡昔人稀。相逢南雁皆愁侶，好語西烏莫夜飛。往日風流問枚叔，梁園回首素心違。」、「桃根桃葉鎮相憐，眺盡平蕪欲化煙。秋色向人猶旖旎，春閨曾與致纏綿。新愁帝子悲今日，舊事公孫憶往年。記否青門珠絡鼓，松枝相映夕陽邊。」這不只是因為其吟詠主題與新柳、寒柳相關而又不盡相同，也不是由於青年王士禛才情豐茂，納蘭曾以一首〈浣

溪沙·紅橋懷古和阮亭韻〉(無恙年年汴水流)和其當年著名的「紅橋唱和」詞三首之一的〈浣溪沙〉(北郭清溪一帶流)，而是因為作品在未必不著一字中得盡風流，而這「風流」中，卻包蘊著非同一般的故國之思。

臨江仙・寄嚴蓀友

　　別後閒情何所寄，初鶯早雁①相思。如今憔悴異當時。飄零心事，殘月落花知。生小不知江上路，分明卻到梁溪。匆匆剛欲話分攜。香消夢冷，窗白一聲雞②。

[注釋]

　　①初鶯早雁：借指春去秋來。蕭子顯〈自序〉：「早雁初鶯，開花落葉。」②「窗白」句：胡曾〈早發潛水驛謁郎中員外〉：「半床秋月一聲雞，萬里行人費馬蹄。」

[評析]

　　這首贈寄詞作於康熙十六年（西元 1677 年）夏至十七年春之間。詞寫因思念摯友而生寂寥之感，但無人能曉，以致產生夢幻，夢見自己到了朋友的家鄉，然而「剛欲」一訴別後離情，卻又夢斷「香消」，令人不勝悵惘。康熙十五年（西元 1676 年）初夏，嚴繩孫南歸，納蘭有〈別蓀友口占〉二首：

　　離亭人去落花空，潦倒憐君類轉蓬。便是重來尋舊處，蕭蕭日暮白楊風。

　　半生餘恨楚山孤，今夜送君君去吳。君去明年今夜月，清光猶照故人無。

「君去」二句中所包蘊的情意，足堪與此詞相互發明。

當年三十出頭的傅庚生先生以「鬼才」稱賞納蘭詞，雖認為陳廷焯「仙詞不如鬼詞」(《白雨齋詞話》卷七)之論為「所見者甚偏」，其說實多受包括陳廷焯在內的一些評論家的沾溉——程頤以「鬼語」評小山詞，許昂霄《詞綜偶評》以「仙才鬼才，兼而有之」評秦觀〈黃金縷〉(妾本錢塘江上住)，是另外兩個更早的相關著名論斷——而所論甚深細：「仙品、鬼才，何由判耶？試別舉他例以明之。溫飛卿〈商山早行〉云云，吟哦之餘，覺有清清灑灑之致，是仙品也。納蘭容若〈臨江仙〉(別後閒情何所寄)云云，寓目之頃，俄有踽踽悸悸之情，是鬼才也。」、「仙品與鬼才，非止謂作品之光景如仙似鬼也。凡情旨超越，能脫卻煙火氣者，皆仙品；意境奇突而機關詭譎者，皆謂為鬼才矣。」、「神工渾成，鬼斧精鏤，雕鏤之工，鬼詞尚已，學而難便企及也；天授之巧，神詞託焉，瞠乎不可躋攀也。故仙亦好，鬼亦好，要以各在其性靈之真為愈。人各有能有不能，未可相強也。學者於此，宜審辨淄澠，毋妄議臧否。」(《中國文學欣賞舉隅》十三)堪稱能傳言在他人只可意會者，與張德瀛題詠納蘭〈飲水詞〉所云「聽唱鮑家詩」(《耕煙詞》卷一)相通——鮑照〈代蒿里行〉被認為詩到情真之處，鬼亦能唱，後因以「鮑家詩」代稱之——也為詮釋納蘭詞提供了一個頗具理論色彩的新觀念。

臨江仙・永平[①]道中

獨客單衾誰念我，曉來涼雨颼颼[②]。械書欲寄又還休。個儂[③]憔悴，禁得更添愁。曾記年年三月病[④]，而今病向深秋。盧龍風景白人頭。藥爐煙裡，支枕聽河流[⑤]。

[注釋]

①永平：清直隸府名，治所在盧龍，轄遷安、撫寧、昌黎、灤州、樂亭、臨榆等縣。②「曉來」句：王禹偁〈月波樓詠懷〉：「江籬煙漠漠，官柳雨颼颼。」③個儂：那人。陳克〈漁家傲〉：「晚景看來渾似舊。沉吟久。個儂爭得知人瘦。」④「曾記」句：韓偓〈春盡日〉：「把酒送春惆悵在，年年三月病懨懨。」⑤「藥爐」二句：王彥泓〈澄江病瘧口占〉：「歸去不妨翻本草，藥爐聲裡伴秋燈。」葉適〈西江月〉：「啄殘棲老付誰論。謾要睡餘支枕。」河，灤河。

[評析]

納蘭另有一首〈臨江仙·盧龍大樹〉：

雨打風吹都似此，將軍一去誰憐。畫圖曾見綠陰圓。舊時遺鏃地，今日種瓜田。繫馬南枝猶在否，蕭蕭欲下長川。九秋黃葉五更煙。只應搖落盡，不必問當年。

借物詠懷。據「盧龍風景」一語，可推知這首〈臨江仙〉與之大約同作於康熙二十一年（西元1682年）覘梭龍途中。上片「獨客」二句，以設問點明自己「獨客單衾」的孤寂。「緘（ㄐㄧㄢ）書欲寄」三句從對面著筆，欲寫自己愁懷難遣，欲寄還休的矛盾心理，偏說怕因此「書」而增加妻子的相思之愁。下片進一步寫客愁難解，相思難耐。前二句從得「病」時間之長寫出愁病之深重。後三句宕開一筆，以「盧龍」景、「藥爐煙」和「河流」聲的眼前景結「白人頭」的無盡情。其中「支枕聽河流」一句，間接借鑑葉適〈西江月·和李參政〉（識貫事中樞紐）中「謾要睡餘支枕」、陸游〈中春連日得雨雷亦應候〉中的「睡餘支枕聽鶯語，醉裡題窗記燕來」，語帶清閒，稍稍消解了全篇的悲愴蒼涼意緒。

從側面著筆,是「揉直使曲」(袁枚《續詩品·取徑》)手法之一種。此法由《詩經·周南·卷耳》創闢:「采采卷耳,不盈頃筐。嗟我懷人,寘彼周行。陟彼崔嵬,我馬虺隤。我姑酌彼金罍,維以不永懷。陟彼高岡,我馬玄黃。我姑酌彼兕觥,維以不永傷。陟彼砠矣,我馬瘏矣。我僕痡矣,云何吁矣。」劉熙載認為:「只『嗟我懷人』一句是點明主意,餘者無非做足此句。」(《藝概》卷三)後三章「做足此句」之法就是「疊單使復」,從對面著筆,表現綿綿情思。再往後,這種寫法便逐漸形成傳統。徐幹〈室思〉中「既厚不為薄,想君時見思」,徐陵〈關山月〉中「思婦高樓上,當窗應未眠」,都是如此,不僅寫出相思之苦、之深、之濃,增強了表達效果,而且句法靈動,不使「倦心齊生」。至於王昌齡的〈從軍行〉和杜甫的〈月夜〉,更為凝練深沉,自不待言。這種寫法,在納蘭詞中也是屢見而非一見,因為補敘如上。

鬢雲松令

枕函香,花徑漏①。依約相逢,絮語黃昏後。時節薄寒人病酒。剗地東風,徹夜梨花瘦。掩銀幕,垂翠袖。何處吹簫,脈脈情微逗。腸斷月明紅荳蔻②。月似當初,人似當初否③。

[注釋]

①花徑漏:杜甫〈臘日〉:「侵陵雪色還萱草,漏洩春光有柳條。」②紅豆蔻:范成大〈桂海虞衡志〉:「紅荳蔻花叢生,葉瘦如碧蘆。春末發,初開花先抽一干,有大籜包之。籜解花見,一穗數十蕊,淡紅鮮妍如桃杏花色。蕊重則下垂如蒲萄……每蕊心有兩瓣相併,詞人託興如比目、

連理云。」③「月似」二句：秦觀〈水龍吟〉：「念多情但有，當時皓月，向人依舊。」

[評析]

　　這首詞收入《今詞初集》，當是納蘭早年癡癡懷戀之作。上片寫情癡入幻，彷彿在「落花」、「病酒」之後的「黃昏」與伊人再度相會，筆法亦虛亦實。下片寫觸景生情，「月明」花紅，簫聲「逗」情，又想起往昔歡處，不禁「腸斷」神傷，寫來亦實亦虛。結末「月似當初，人似當初否」二句的反詰反襯收束，可比於納蘭另一首〈菩薩蠻〉（夢迴酒醒三通鼓）中「空有當時月。月也異當時」的淒懷冷冷。

　　歐陽脩有一首〈生查子〉：「去年元夜時，花市燈如晝。月到柳梢頭，人約黃昏後。今年元夜時，月與燈依舊。不見去年人，淚滿春衫袖。」透過對照「去年」和「今年」元夜情景的不同，寫出一段難以忘懷的纏綿情事。無論是其簡明而又饒有意味之處，還是物是人非的失落之感，都與崔護〈題城南莊〉異曲同工：「去年今日此門中，人面桃花相映紅。人面不知何處去，桃花依舊笑春風。」當然，歐詞似能更見語言的錯綜迴環之美，也更具民歌風情。所以，徐士俊有這樣的評論：「元曲之稱絕者，不過得此法。」（卓人月《古今詞統》卷三）金聖歎《唱經堂批歐陽永叔詞十二首》所評與之有相同之處：「只謂其清空一氣如活，蓋其筆法高妙，非人之所及也。」蓋其間確有相通之處。納蘭詞不僅內在的意涵和輕倩的風格酷似歐詞，上、下片結構相同而情感有明顯變化的寫法，也與歐詞非常相似，而且這種變化，還都是透過在末二句上用力而表現出來的。無怪乎張淵懿於《清平初選後集》卷六評曰：「柔情婉轉，無限風姿。」

于中好

于中好

獨背斜陽上小樓①。誰家玉笛韻偏幽②。一行白雁遙天暮,幾點黃花滿地秋③。驚節序,嘆沉浮。穠華④如夢水東流。人間所事堪惆悵⑤,莫向橫塘問舊遊⑥。

[注釋]

①「獨背」句:嚴仁〈醉桃源〉:「倚闌看處背斜陽。風流暗斷腸。」②「誰家」句:李白〈春夜洛城聞笛〉:「誰家玉笛暗飛聲,散入春風滿洛城。」③「幾點」句:李清照〈聲聲慢〉:「滿地黃花堆積。憔悴損,如今有誰堪摘。」④穠(ㄋㄨㄥˊ)華:《詩經·召南》:「何彼穠矣,唐棣之華。」鄭玄箋:「興者,喻王姬顏色之美盛。」朱熹《詩集傳》:「穠,盛也。」⑤「人間」句:曹唐〈張碩重寄杜蘭香〉:「人間何事堪惆悵,海色西風十二樓。」所事,雲事事。⑥「莫向」句:蘇州、南京等地皆有橫塘,以是泛指江南。溫庭筠〈池塘七夕〉:「萬家砧杵三篙水,一夕橫塘似舊遊。」賀鑄〈青玉案〉:「凌波不過橫塘路。但目送、芳塵去。」

[評析]

這是一首秋日登高懷遠詞。臨晚登樓,獨自悵望,目見耳聞白雁鳴去,黃花滿地,笛韻清幽,不禁觸景傷感。這種惆悵情懷,兼由節序變換、人事升沉、繁華易逝、好景不長交織引發,不免愁上添愁。一結餘韻不盡,啟人聯想。全篇懷人之意有類張先〈一叢花令〉:「傷高懷遠幾時窮。無物似情濃。離愁正引千絲亂,更東陌、飛絮濛濛。嘶騎漸遙,征塵不斷,何處認郎蹤。雙鴛池沼水溶溶。南北小橈通。梯橫畫閣黃昏後,又還是、斜月簾櫳。沉恨細思,不如桃杏,猶解嫁東風。」然納蘭詞

更像是念友,而不是僅僅限於情人間的相思苦戀,所以風貌格調與張詞的婉媚清麗相殊。

　　懷遠未免獨惆悵,登高必難成絕響。早在盛唐,杜甫的〈登高〉是這樣寫的:「風急天高猿嘯哀,渚清沙白鳥飛回。無邊落木蕭蕭下,不盡長江滾滾來。萬里悲秋常作客,百年多病獨登臺。艱難苦恨繁霜鬢,潦倒新停濁酒杯。」全篇緣情選景,景中寓情,表達壯志難酬、悲憤潦倒的深沉感喟,境界雄渾闊大。所感喟者,近於更早的王粲〈登樓賦〉中所云:「唯日月之逾邁兮,俟河清其未極。冀王道之一平兮,假高衢而騁力。懼匏瓜之徒懸兮,畏井渫之莫食。步棲遲以徙倚兮,白日忽其將匿。風蕭瑟而並興兮,天慘慘而無色。獸狂顧以求群兮,鳥相鳴而舉翼。原野闃其無人兮,征夫行而未息。心悽愴以感發兮,意忉怛而慘惻。循階除而下降兮,氣交憤於胸臆。夜參半而不寐兮,悵盤桓以反側。」將納蘭詞置於這一整體的文學題材系列中,其內蘊的廣狹深淺能夠看得更清楚。

于中好

　　雁帖寒雲次第飛[①]。向南猶自怨歸遲。誰能瘦馬關山道,又到西風撲鬢時。人杳杳,思依依[②]。更無芳樹有烏啼。憑將掃黛[③]窗前月,持向今宵照別離。

[注釋]

　　①「雁帖」句:帖,同「貼」,靠近。舒亶〈虞美人〉:「背飛雙燕貼雲寒。獨向小樓東畔、倚闌看。」劉禹錫〈秋江晚泊〉:「暮霞千萬狀,賓鴻次第飛。」②思依依:高觀國〈更漏子〉:「情悄悄,思依依。天寒一雁飛。」

于中好

③掃黛：畫眉。李商隱〈又效江南曲〉：「掃黛開宮額，裁裙約楚腰。」陸游〈次李季章哭夫人韻〉之一：「遙知最是傷心處，衫袂猶沾掃黛痕。」

[評析]

這是一首塞上思歸之作。上片寫北雁南飛，猶「怨歸遲」，雁可向南，人卻難歸，人已難歸，偏偏又像上次，古道瘦馬，西風撲鬢。下片寫懷思裊裊，又聞烏啼，懸想同一明月，雙照別離。全篇二、三句一層，翻騰轉進，自然流暢，語近情遙，深婉動人。納蘭另有同調之作：

冷露無聲夜欲闌。棲鴉不定朔風寒。生憎畫鼓樓頭急，不放征人夢裡還。秋淡淡，月彎彎。無人起向月中看。明朝匹馬相思處，知隔千山與萬山。

與本篇分寫兩地情思，非但可以相互映襯，「合而觀之，更見經營之妙」。

此篇之中頗為引人注目的跌宕轉折處，令人聯想到晏幾道的某些詞作。如〈蝶戀花〉：「夢入江南煙水路。行盡江南，不與離人遇。睡裡銷魂無說處。覺來惆悵銷魂誤。欲寄此情書尺素。浮雁沉魚，終了無憑據。卻倚緩絃歌別緒。斷腸移破秦箏柱。」因思念而入夢，入夢卻不見，不見仍銷魂，銷魂更惆悵。於是弄琴傾訴，無奈心煩意亂，最終絃斷音希，而情思綿綿難止。全篇非如易安所謂「苦無鋪敘」（《詞論》），而是更見高超又韻味無窮。小山「能於小令之中，具有長調之氣格」，即將長調鋪敘中的騰挪、轉折、頓挫等章法追求，與短篇之中傳達豐富思致的小令家法結合起來，創造性地發展小令藝術。說納蘭詞學小山 —— 集名〈側帽〉取自晏幾道〈清平樂〉（春雲綠處）中「側帽風前花滿路」句乃其心儀小山之一例 —— 這也應該是其中的一個部分，雖不能至，心嚮往之。

于中好·送梁汾南還，為題小影

握手西風淚不乾。年來多在別離間。遙知獨聽燈前雨，轉憶同看雪後山①。憑寄語，勸加餐②。桂花時節約重還。分明小像沉香縷③，一片傷心欲畫難④。

[注釋]

①「轉憶」句：王彥泓〈歲除日即事〉：「浮塵擾擾一身閒，獨看城南雪後山。」②「憑寄語」二句：〈古詩十九首〉：「棄捐勿復道，努力加餐飯。」王彥泓〈滿江紅〉：「欲寄語，加餐飯。難囑咐，魚和雁。」③「分明」句：李賀〈答贈〉：「沉香薰小像，楊柳伴啼鴉。」顧貞觀〈南鄉子〉：「無計與傳神，小像沉香只暗熏。」④「一片」句：高蟾〈金陵晚望〉：「世間無限丹青手，一片傷心畫不成。」韋莊〈金陵圖〉：「誰謂傷心畫不成，畫人心逐世人情。」元好問〈家山歸夢圖〉：「卷中正有家山在，一片傷心畫不成。」

[評析]

康熙十六年（西元1677年）十二月十五日，納蘭寄嚴繩孫書有云：「華峰在都，相得甚歡，一旦忽欲南去，令人幾日心悶。數年之間，何多離別！訂在明年八月間來都，若吾哥明春北來則已，否則秋間即促其發軔，亦吾哥之大惠也。」康熙十七年（西元1678年）正月十七日，顧貞觀離京南行。據知納蘭這首送別詞作於此時段區間，「年來多在別離間」、「桂花時節約重還」等均切題，為實寫，又與「遙知」二句交錯行文雙方別後相思情景的想像，具見筆勢動宕與「握手」惜別情深。「小影」乃納蘭畫像。

南鄉子・搗衣①

　　納蘭為與顧貞觀的每一次分別所作的詩詞作品都是如此披肝瀝膽，自然超拔。如康熙二十年（西元 1681 年）顧貞觀丁內艱南歸，納蘭送行的一詩一詞也是這樣。〈送梁汾〉：

　　西窗涼雨過，一燈乍明滅。沉憂從中來，綿綿不可絕。如何此際心，更當與君別。南北三千里，同心不得說。秋風吹蓼花，清淚忽成血。

　　一行清淚化成血，是傷悲已極語。〈木蘭花慢・立秋夜雨，送梁汾南行〉：

　　盼銀河迢遞，驚入夜，轉清商。乍西園蝴蝶，輕翻麝粉，暗惹蜂黃。炎涼。等閒瞥眼，甚絲絲、點點攪柔腸。應是登臨送客，別離滋味重嘗。疑將。水墨畫疏窗。孤影淡瀟湘。倩一葉高梧，半條殘燭，做盡商量。荷裳。被風暗剪，問今宵、誰與蓋鴛鴦。從此羈愁萬疊，夢迴分付啼螿。

　　淅瀝秋雨，攪斷寸寸離腸，從此以後，萬疊別愁，唯有夢迴時分，付與寒蟬淒切。所以，談到納蘭沾染漢人風氣，從好的一方面來看，應該主要是就在與顧貞觀等人交流中受其影響而言。

南鄉子・搗衣①

　　鴛瓦已新霜。欲寄寒衣轉自傷。見說征夫容易瘦，端相②。
　　夢裡回時仔細量。支枕怯空房③。且拭清砧④就月光。已是深秋兼獨夜⑤，淒涼。月到西南更斷腸⑥。

[注釋]

①搗衣：楊慎〈丹鉛總錄〉：「古人搗衣，兩女子對立執一杵，如舂米然。嘗見六朝人畫搗衣圖，其制如此。」②端相：猶端詳，細看。周邦彥〈意難忘〉：「夜漸深，籠燈就月，子細端相。」③「支枕」句：王涯〈秋夜曲〉：「銀箏夜久殷勤弄，心怯空房不忍歸。」④清砧：砧，搗具。杜甫〈暝〉：「半扇開燭影，欲掩見清砧。」杜牧〈秋夢〉：「寒空動高吹，月色滿清砧。」⑤「已是」句：杜審言〈和康五庭芝望月有懷〉：「明月高秋迥，愁人獨夜看。」⑥「月到」句：王彥泓〈紀事〉：「月到西南倍可憐，照人雙笑影娟娟。」

[評析]

在古代，用生絲織成的絹質地較硬，裁製衣裳前需要搗軟。這種看似平常的日常勞務，往往極易牽動情感，所以漸漸成為古典詩詞中表現思婦懷念征人的常用題材，或者類似主題中的經典意象。如庾信的〈題畫屏風〉之十一：「搗衣明月下，靜夜秋風飄。錦石平砧面，蓮房接杵腰。急節迎秋韻，新聲入手調。寒衣須及早，將寄霍嫖姚。」李白的〈子夜吳歌〉之三：「長安一片月，萬戶搗衣聲。秋風吹不盡，總是玉關情。何日平胡虜，良人罷遠征。」韋莊的〈搗練篇〉：「月華吐豔明燭燭，青樓婦唱搗衣曲。白袷絲光織魚目，菱花綬帶鴛鴦簇。臨風飄渺疊秋雪，月下丁冬搗寒玉。樓蘭欲寄在何鄉，憑人與征鴻足。」都堪稱名篇。

藉閨情以寫征戍之苦，在宋詞中並不多見。賀鑄的系列「古搗練子」詞，是頗為突出的代表性篇章。其中如〈夜搗衣〉：「收錦字，下鴛機。淨拂床砧夜搗衣。馬上少年今健否，過瓜時見雁南飛。」結句運典，猶如使一折筆，便收含毫不盡之妙。〈夜如年〉：「斜月下，北風前。萬杵千砧搗欲穿。不為搗衣勤不睡，破除今夜夜如年。」在撼人心魄的杵聲中，訴說難於「破除」的傷痛。〈杵聲齊〉：「砧面瑩，杵聲齊。搗就征衣淚墨題。

寄到玉關應萬里，戍人猶在玉關西。」結二句採用翻進一層的寫法，每轉而愈加深曲。晏幾道的〈少年遊〉與之大致相似：「西樓別後，風高露冷，無奈月分明。飛鴻影裡，搗衣砧外，總是玉關情。王孫此際，山重水遠，何處賦西征。金閨魂夢枉丁寧。尋盡短長亭。」納蘭的這首〈南鄉子〉也是從怨婦的角度著手，雖然讀來也不免稍稍有一絲距離感，但層層寫來，情調深婉淒切，未可謂為日常擬古之作。

顧貞觀、嚴繩孫有同調同題詞：「嘹唳夜鴻驚。葉滿階除欲二更。一派西風吹不斷，秋聲。中有深閨萬里情。片石冷於冰。兩袖霜華旋欲凝。今夜戍樓歸夢裡，分明。纖手頻呵帶月迎。」、「霜葉滿城頭。一片青砧萬古愁。唯有啼痕點點在，衣襦。夜夜隨君宿戍樓。誤妾定吳鉤。不是蕭郎愛遠遊。條脫旋寬雙釧重，封侯。消得金堂幾度秋。」其中，尤以顧詞較納蘭之作為頓挫、沉鬱。

南鄉子・為亡婦題照

　　淚咽卻無聲。只向從前悔薄情。憑仗丹青重省識[1]，盈盈。一片傷心畫不成。別語忒分明。午夜鶼鶼[2]夢早醒。卿自早醒儂自夢，更更。泣盡風簷夜雨鈴[3]。

[注釋]

①省識：杜甫〈詠懷古蹟〉：「畫圖省識春風面，環珮空歸夜月魂。」

②鶼（ㄐㄧㄢ）鶼：《爾雅・釋地》：「南方有比翼鳥焉，不比不飛，其名謂之鶼鶼。」③「泣盡」句：李商隱〈二月二日〉：「新灘莫悟遊人意，更作風簷夜雨聲。」

[評析]

　　這是一首題亡婦遺像詞。遺像何人所繪,不得而知。盧氏去世後,納蘭悲懷難遣,遺像題詞,猶如執手呼喚,淚眼相看,無語凝咽。過片「別語忒分明」,與納蘭〈荷葉杯〉(知己一人誰是)中「別語悔分明」,一字之差,各有千秋,各得其意。又「卿自早醒儂自夢」,似〈金縷曲〉(此恨何時已)中「人間無味」之意,情至語,亦自我解脫語,或許還不免生出離世超塵的幻念。學者的解讀甚得古人詞心:「設想愛妻『早醒』(逝去)也就早離塵海、棄去無味之人間,自己卻仍夢著獨處其間,了無生趣。」

　　周之琦也有一首類似的作品〈沁園春‧題亡室沈淑人遺照〉:「描出傷心,月悴煙憔,迴腸怎支。憶香消玉腕,愁停針線,病淹珠唾,怯試槍旗。命薄難留,魂柔易斷,當日歡場已早知。良工筆,為傳神個裡,欲下還遲。離箱粉綃空思。剩倩影、幽房一幀攜。看湘蘭婀娜,重拈恨蕊,吳綃宛轉,未了情絲。緩緩花開,真真酒暖,環珮歸來可有期。無眠夜,禮金仙繡像,記否年時。」周氏中年喪妻,在此後的三十年左右時間裡,多有悼念之作,款款深情,溢於言表,正如其〈青衫溼遍〉(瑤簪墮也)中所云:「誰知此恨,只在今生。」男女之間,如果今生能得長相依,即便來世難結連理,這恨也是來生之恨,不在今生。沈氏突然辭世,周詞才有此嘆此問。與納蘭詞措語非一,而情懷無不同。納蘭詞對後世的影響,及後世詞人在同一領域局部超越納蘭詞,此為一例。

南鄉子

飛絮晚悠颺①。斜日波紋映畫梁②。刺繡女兒樓上立，柔腸。愛看晴絲百尺長。風定卻聞香。吹落殘紅在繡床③。休墮玉釵驚比翼④，雙雙。共唼⑤花綠滿塘。

[注釋]

①「飛絮」句：曾覿〈訴衷情〉：「幾番夢迴枕上，飛絮恨悠揚。」②「斜日」句：王彥泓〈夢遊十二首〉之十：「曉日波紋漾鏡臺，玲瓏窗戶壓池開。」③「吹落」句：權德輿〈相思曲〉：「鵲語臨妝鏡，花飛落繡床。」④「休墮」句：杜牧〈入茶山下題水口草市絕句〉：「驚起鴛鴦豈無恨，一雙飛去卻回頭。」⑤唼（ㄕㄚˋ）：水鳥吃食。陸游〈過建陽縣〉：「閒泛晴波唼綠，卻衝微雨傍煙汀。」

[評析]

這首詞寫「刺繡女兒」懷春。日斜飛絮，花落繡床，風定聞香，水映畫梁，多情少女倦繡佇立，閒看鴛鴦共唼，綠滿塘，春懷悵悵，加以接連運用「愛看晴絲」的無聊、「休墮玉釵」的細節和怕「驚比翼」的心理反襯寂寂幽懷，寫來生動傳神，筆調輕靈。

〈南鄉子〉一調從一開始就很容易寫出旖旎風情。如李珣的一首：「相見處，晚晴天。刺桐花下越臺前。暗裡回眸深屬意。遺雙翠。騎象挵人先過水。」歐陽炯的一首：「路入南中。桄榔葉暗蓼花紅。兩岸人家微雨後。收紅豆。樹底纖纖抬素手。」描寫南疆風物，都頗有意致。又如張先的一首：「何處可魂消。京口終朝兩信潮。不管離心千疊恨，滔滔。催促行人動去橈。記得舊江皋。綠楊輕絮幾條條。春水一篙殘照闊，遙遙。

有個多情立畫橋。」如果對照張先同作於宋仁宗皇祐元年（西元 1049 年）的〈贈妓兜娘〉詩，感覺會更明顯：「十載芳州採白𬞟，移舟弄水賞青春。當時自倚青春力，不信東風解誤人。」一樣是抒發相思恨別之情，詩作理性深沉，而詞作活潑動宕，婉曲婀娜，在情趣與意象的相合相契中，一種玲瓏搖盪之美撲面而來。納蘭的這首詞大致上也是如此。

南鄉子

何處淬吳鉤①。一片城荒枕碧流②。曾是當年龍戰③地，颼颼。塞草霜風滿地秋。霸業等閒休。躍馬橫戈總白頭。莫把韶華輕換了，封侯。多少英雄只廢丘。

[注釋]

①「何處」句：淬，浸染。吳鉤，泛指刀劍。辛棄疾〈水龍吟〉：「把吳鉤看了，欄杆拍遍，無人會、登臨意。」②「一片」句：劉禹錫〈西塞山懷古〉：「人世幾回傷往事，山形依舊枕寒流。」李珣〈巫山一段雲〉：「古廟依青嶂，行宮枕碧流。」③龍戰：《周易‧坤》：「龍戰於野，其血玄黃。」後喻群雄爭戰。謝朓〈和伏武昌登孫權故城詩〉：「炎靈遺劍璽，當塗駭龍戰。」胡曾〈滎陽〉：「當時天下方龍戰，誰為將軍作誄文。」

[評析]

這首詞寫深秋經行塞外古戰場的感懷，當是康熙二十一年（西元 1682 年）納蘭往覘梭龍時作。上片起以設問，已見悽愴，接以當年血染吳鉤的龍戰之地的蒼茫景象，蕪城一片，碧流依舊，瑟瑟秋風，塞草滿地，更

南鄉子

見悲涼。下片抒發興亡、古今之慨,「霸業」易休,即使橫戈躍馬,也終將「英雄」老去,一切成空。

憑弔懷古,作為思考人生意義的重要觸媒,一般都會引出英雄老去、霸業易休之類的感喟。如「霸業鼎圖人去盡,獨來惆悵水雲中」(李群玉〈秣陵懷古〉)、「昔時霸業何蕭索,古木唯多鳥雀聲」(劉滄〈鄴都懷古〉)、「楚王辛苦戰無功,國破城荒霸業空」(胡曾〈詠史詩・細腰宮〉)、「霸業荒涼遺堞墜,但蒼崖、日閱征帆渡。興與廢,幾今古」(王千秋〈賀新郎・石城弔古〉)、「霸業已消歇,俯仰剩荒臺」(林玉巖〈水調歌頭〉)。黎廷瑞被讚為「宜興之祖」(陳廷焯《白雨齋詞話》卷八)的〈念奴嬌・題項羽廟〉:「鮑魚腥斷,楚將軍、鞭虎驅龍而起。空費咸陽三月火,鑄就金刀神器。垓丁兵稀,陰陵道狹,月暗雲如壘。楚歌喧唱,山川都姓劉矣。悲泣。喚醒虞姬,為伊死別,血刃飛花碎。霸業銷沉雖不逝。氣盡烏江江水。古廟頹垣,斜陽紅樹,遺恨鴉聲裡。興亡休問,高陵秋草空翠。」寫來勁氣直前,頗有「鞭虎驅龍」之勢,「應為詠項羽第一詞」(李調元《雨村詞話》卷三)。當然,類似的喟嘆也常在悼念時人詞作中出現,如劉克莊〈沁園春・送孫季蕃吊方漕西歸〉:「歲暮天寒,一劍飄然,幅巾布裘。盡緣雲鳥道,躋攀絕頂,拍天鯨浸,笑傲中流。疇昔奇君,紫髯鐵面,生子當如孫仲謀。爭知道,向中年猶未,建節封侯。南來萬里何求。因感慨橋公成遠遊。嘆名姬駿馬,都成昨夢,隻雞鬥酒,誰吊新丘。天地無情,功名有命,千古英雄只麼休。平生客,獨羊曇一個,灑淚西州。」有感而發,沉痛激烈。

南鄉子

　　煙暖雨初收。落盡繁花小院幽。摘得一雙紅豆子①,低頭。說著分攜淚暗流。人去似春休。卮酒曾將酹石尤②。別自有人桃葉渡③,扁舟。一種煙波各自愁④。

[注釋]

　　①紅豆子:象徵愛情或相思。王維〈相思〉:「紅豆生南國,春來發幾枝。勸君多採擷,此物最相思。」②石尤:石尤風,逆風,打頭風。伊世傑《嫏嬛記》引《江湖紀聞》:「石尤風者,傳聞為石氏女嫁為尤郎婦,情好甚篤。尤為商遠行,妻阻之,不從。尤出不歸,妻憶之,病亡,臨亡長嘆曰:『吾恨不能阻其行,以至於此。今凡有商旅遠行,吾當作大風為天下婦人阻之。』」劉駿〈丁督護歌〉之一:「督護初征時,儂亦惡聞許。願作石尤風,四面斷行旅。」司空曙〈送盧秦卿〉:「無將故人酒,不及石尤風。」③桃葉渡:王獻之送愛妾桃葉至秦淮渡口,臨歧而歌,後因以桃葉名其地。在今南京。辛棄疾〈祝英台近〉:「寶釵分,桃葉渡。煙柳暗南浦。」④「一種」句:崔顥〈黃鶴樓〉:「日暮鄉關何處是,煙波江上使人愁。」

[評析]

　　這首詞,《瑤華集》有詞題「孤舟」,據知當為傷別之作。上片寫別時情景,前兩句渲染氛圍:煙暖雨收,繁花落盡,小院幽靜,其中首句以樂景寫哀。末二句刻劃伊人情態真切傳神,摘贈紅豆,低頭垂淚,令人憐愛交加。(《詩境淺說》云:「折芳馨以遺所思,採芍藥以贈將離。自昔詩人騷客,每藉靈根佳卉,以寄芳悱宛轉之懷。」亦此之謂也。)下片寫

南鄉子

別後幽怨。過片「人去」二句，寫行人一去不回，盼斷歸舟。結句翻出相互思念之意，耐人尋味。全篇不斷變換角度，情深款款，婉轉道來，不類一般友情之作。

　　細味納蘭詞，確實切於舟中孤興主題。舟行水流，興味茫茫，思緒悠悠，自古即然。如林子羽〈滿庭芳〉：「小雨催寒，輕煙弄晚，空江一望模糊。片帆東去，誰念旅懷孤。寒雁連翔欲下，還驚起、相應相呼。棲泊處，擁篷欹枕，清夢繞菰蒲。還思行樂處，有高陽酒侶。洛浦嬌姝。空贏得半生，酒困詩癯。不道年來憔悴，但顧影、冷笑微籲。螺江上，天公還肯，容我釣鱸魚。」錢塘舟中述懷之作，不失南宋清疏之氣。蔣玉稜〈高陽臺〉：「杏酪融香，餳膠黏恨，閒愁料理春人。過眼韶光，天涯時序逡巡。柳陰濃似江南岸，記柔荑、親剪涼雲。最難忘，梨雪紅蘭，燕子朱門。深閨定有登樓感，對長堤芳草，空怨王孫。落魄而今，花枝應笑離群。游絲已礙還鄉夢，又東風、捲起珠塵。正無聊，篷背瀟瀟，細雨黃昏。」

　　玉屏舟中適逢清明所作，「洵足追步」(李佳《左庵詞話》卷下。按：此「李佳」乃繼昌，字蓮畦，李佳氏，漢軍正白旗人。陳慶森《百尺樓詞集》中有一闋〈金縷曲〉詞題即云「題繼廉訪《左庵詞話》」) 蔣春霖。黃理〈百字令〉：「酒醒何處，只扁舟一葉，離愁裝滿。如許東風偏作惡，吹面不教人暖。去固無情，行還有侶（謂洪介石），報導郵籤緩。推篷遙望，依稀雙店（地名）。田岸。從此芳草連天，落花遍地，孤館誰能遣。半月歡場成底事，過眼流光休算。雨散星零，燕南雁北，各有窮途感。春城寒食，賣餳聲送簫遠。」舟中寄懷同人，真摯感人。當然，也有包蘊特別意旨的作品，如汪元量〈水龍吟〉：「鼓鞞驚破霓裳，海棠亭北多風雨。歌闌酒罷，玉啼金泣，此行良苦。駝背模糊，馬頭匝匝，朝朝暮暮。自都門燕別，龍艘錦纜，空載得、春歸去。

目斷東南半壁,悵長淮、已非吾土。受降城下,草如霜白,淒涼酸楚。粉陣紅圍,夜深人靜,誰賓誰主。對漁燈一點,羈愁一搦,譜琴中語。」隨駕北遷,舟中夜聞故宮人彈琴的感賦之作,當然沉痛異常。

踏莎行

　　春水鴨頭,春山鸚嘴①。煙絲無力風斜倚②。百花時節好逢迎,可憐人掩屏山睡③。密語移燈,閒情枕臂。從教醞釀孤眠味④。春鴻不解諱相思,映窗書破人人字⑤。

[注釋]

　　①「春水」二句:嘴(ㄗㄨㄟˇ),鳥嘴。水色碧如鴨頭,山花紅似鸚嘴。李白〈襄陽歌〉:「遙看漢水鴨頭綠,恰似蒲萄初醱醅。」蘇軾〈送別〉:「鴨頭春水濃於染,水面桃花弄春臉。」禰衡〈鸚鵡賦〉:「紺趾丹嘴,綠衣翠衿。」嘴(ㄗ)如解作禽類頭上的毛角,似亦通。②「煙絲」句:韓偓〈春盡日〉:「柳腰入戶風斜倚,榆莢堆牆水半淹。」③「百花」二句:毛文錫〈河滿子〉:「恨對百花時節,王孫綠草萋萋。」溫庭筠〈菩薩蠻〉:「無言勻睡臉。枕上屏山掩。」④「密語」三句:吳文英〈玉燭新〉:「移燈夜語西窗,逗曉帳迷香,問何時又。」韓偓〈厭花落〉:「但得鴛鴦枕臂眠,也任時光都一瞬。」范仲淹〈御街行〉:「殘燈明滅枕頭欹。諳盡孤眠滋味。」⑤「映窗」句:人人,暱稱。歐陽脩〈蝶戀花〉:「憶得前春,有個人人共。」又,雁行成人字,故睹雁而思人。辛棄疾〈玉孫信〉:「更也沒書來,那堪被、雁兒調戲。道無書、卻有書中意。排幾個、人人字。」書破,喻雁行不成「人」形。

踏莎行

[評析]

　　這首詞寫春天裡的愁苦相思。上片寫花紅水綠，柳絲斜倚，伊人卻百無聊賴，「掩屏山睡」，煞是「可憐」，落寞情懷在精神狀態與宜人春景構成的強烈反差中得以透顯。過片三句，透過回憶往昔歡樂的情景，交代今日孤眠懶起之由。結末二句宕開一筆，盼望「人字」、「春鴻」帶去一份思念之情。

　　「春鴻不解諱相思，映窗書破人人字」二句是納蘭此篇的亮點，由此聯想到張炎的〈解連環·孤雁〉：「楚江空晚。悵離群萬里，恍然驚散。自顧影、欲下寒塘，正沙淨草枯，水平天遠。寫不成書，只寄得、相思一點。料因循誤了，殘氈擁雪，故人心眼。誰憐旅愁荏苒。謾長門夜悄，錦箏彈怨。想伴侶、猶宿蘆花，也曾念春前，去程應轉。暮雨相呼，怕驀地、玉關重見。未羞他、雙燕歸來，畫簾半卷。」寫孤雁，寓身世，極盡離合之致，確有非畫筆所能傳、非言語所能盡者。尤其是「寫不成書」二句，據元代孔克齊〈至正直記〉記載：「張叔夏〈孤雁〉有『寫不成書，只寄得相思一點』，人皆稱之曰『張孤雁』。」可見當時也有盛名。群雁飛行時，或作「一」字，或作「人」字，此即為「書」；而古人認為，雁足可以傳書，據《漢書》，蘇武出使匈奴被留十八年，匈奴王詭稱其已死，漢使遂假託武帝在上林苑射獵，打到一隻大雁，雁足上有蘇武的書信，迫使匈奴王放回了蘇武。所以，詞句一語雙關，既說出孤雁的形象無法排成完整的雁陣，即完整的字，只能寫出一點，又表達出這一點仍然寄託著深深的情懷，從而把眼前之雁和蘇武的故事連繫起來，也就順理成章地逗出「料因循」以下三句。這三句仍然是從蘇武的故事中來，由於孤雁之孤，無法寫出完整的字，所以當然也就無法傳信了。真是奇思妙想，前無古人。納蘭「春鴻」二句，生動描繪心煩意怨的心理狀態中，刻劃出一片相思之情，儘管在情感的厚度上與張炎幾乎判若天壤，也還是可以看作對其「寫不成」二句在特定情感指向上的發展。

踏莎行・寄見陽

倚柳題箋①，當花側帽②。賞心③應比驅馳好。錯教雙鬢受東風，看吹綠影成絲早。金殿寒鴉，玉階春草④。就中冷暖和誰道。小樓明月鎮長⑤閒。人生何事緇塵老。

[注釋]

①「倚柳」句：劉過〈沁園春〉：「傍柳題詩，穿花勸酒，鬮蕊攀條得自如。」②側帽：《周書・獨孤信傳》：「信在秦州，嘗因獵日暮，馳馬入城，其帽微側。詰旦，而吏民有戴帽者，咸慕信而側帽焉。」晏幾道〈清平樂〉：「側帽風前花滿路。冶葉倡條情緒。」③賞心：娛悅心志。聶冠卿〈多麗〉：「想人生，美景良辰堪惜。問其間、賞心樂事，就中難是並得。」④「金殿」二句：王昌齡〈長信秋詞〉：「玉顏不及寒鴉色，猶帶昭陽日影來。」王維〈雜詩〉：「愁心視春草，畏向玉階生。」⑤鎮長：常常。韓愈〈杏花〉：「浮花浪蕊鎮長有，才開還落瘴霧中。」晁端禮〈上林春〉：「諦殢性，嬌癡做處，雙眉鎮長愁鎖。」

[評析]

這首〈踏莎行〉，詞題「寄見陽」出自張純修刻本。純修（西元 1647～1706 年）字子安，號見陽，一號敬齋，河北豐潤人。隸漢軍正白旗。貢生。康熙十八年（西元 1679 年）為湖南江華令，二十六年前後遷揚州府同知，三十二年升廬州知府。工書畫篆刻，富收藏。著有〈語石軒詞〉。這首詞中表達出對賞心悅目的「倚柳」、「當花」生活的嚮往，厭倦充任侍衛後的「驅馳」生涯。衷腸深隱，只能道與摯友聽。

能夠成為這樣的特殊聽眾，兩人之間關係的親密程度可想而知：「與

長白成公容若稱布衣交,相與切劘風雅,馳騁翰墨之場,其視簪紱之榮泊如也。」(曹鑑倫〈皇清誥授中憲大夫江南廬州府知府加五級見陽張公墓誌銘〉)這就能解釋,張純修何以於康熙三十年(西元1691年)為故友精心刊刻《飲水詩詞集》。(《江浙訪書記》曾盛讚張本「刊刻得極為整潔」,「字大悅目,讀之足以起淥水於九原,慰人生之勞思」。不過,《清名家詞・通志堂詞》則說,此本「雖題顧貞觀閱定,不免意為增刪」。)張純修與納蘭的詞作往還也不算太少。如〈菩薩蠻・看杏花,和容若韻〉:「杏林幾處花如織。朝來競著尋山屐。滿地落殘紅。難禁昨夜風。遠沙平似鏡。人在春波影。攜酒坐花間。相看誰最閒。」

〈浣溪沙・寄容若〉:「薄宦天涯冷署中。相思人隔萬山重。淚痕和葉一林紅。鹿鹿半生渾逝水,飄飄兩袖自清風。浮雲遮莫蔽寒空。」〈點絳唇・詠蘭,和容若韻〉:「弱影疏香,乍開猶帶湘江雨。隨風拂處。似共騷人語。九畹親移,倩作琴書侶。清如許。紉來幾縷。結佩相朝暮。」諸作清麗婉轉,可以看出兩人的詞學宗尚有相同之處。

鵲橋仙・七夕

　　乞巧樓①空,影娥池②冷,佳節只供愁嘆。丁寧休曝舊羅衣,憶素手、為予縫綻③。蓮粉飄紅④,菱絲翳碧,仰見明星空爛。親持鈿合夢中來,信天上、人間非幻。

[注釋]

　　①乞巧樓:王仁裕《開元天寶遺事》:「宮中以錦結成樓殿,高百尺,上可以勝數十人,陳以瓜果酒炙,設坐具,以祀牛、女二星。嬪妃各以

九孔針、五色線向月穿之，過者為得巧之候。動清商之曲，宴樂達旦，士民之家皆效之。」孟元老《東京夢華錄》：「至初六、初七日晚，貴家多結綵樓於庭，謂之『乞巧樓』，鋪陳磨喝樂、花瓜酒炙、筆硯針線。或兒童裁詩，女郎呈巧，焚香列拜，謂之乞巧。婦女望月穿針，或以小蜘蛛安合子內，次日看之，若網圓正，謂之得巧。」王建〈宮詞〉：「每年宮女穿針夜，敕賜諸親乞巧樓。」梁辰魚〈普天樂〉：「羨誰家乞巧樓頭，笑聲喧玉倚香隈。」②影娥池：池名。郭憲《洞冥記》卷三：「（漢武）帝於望鵠臺西起俯月臺，臺下穿池，廣千尺，登臺以眺月。影入池中，使宮人乘舟弄月影，因名影娥池。」上官儀〈詠雪應詔〉：「花明棲鳳閣，珠散影娥池。」③「丁寧」二句：徐堅《初學記》引崔寔《四民月令》：「七月七日曝經書及衣裳，不蠹。」縫綻，縫合，猶言縫衣。王彥泓〈春暮減衣〉：「難消素手為縫綻，那得閒心問織縑。」④「蓮粉」句：杜甫〈秋興八首〉之七：「波漂菰米沉雲黑，露冷蓮房墜粉紅。」

[評析]

這是一首七夕悼亡詞。「佳節」倚樓，俯瞰蓮花飄零，「菱絲翳碧」，仰望長空，唯見明星燦爛，環顧「樓空」人去，物是人非，不禁滿懷「愁嘆」。「丁寧」二句是說懷想叮嚀，不願曝晒她從前縫製的衣裳，只怕再勾起痛苦的回憶。結二句扣緊題面，透過運典引發奇想，在虛實幻變之間進一步傳達深婉情思。

悼亡之作，首重情長語重，不在文學式樣、體制形式、篇章長短。比如以悼亡詩獨步百代的潘岳，〈悼亡賦〉也寫得悽惻婉轉，而且，賦中不直抒慘懷，而是透過他那雙沉痛悼念的眼睛，把所看到的悽慘景象表達出來，可謂曲盡其情，哀婉動人，也為後世之作開出法門。納蘭的一些百言左右的作品哀感頑豔，以真字為骨（文史專家在書中說，清詞相比

望江南・宿雙林禪院①有感

於宋詞而言「社會化途徑極為狹窄」，是詞人們多在作品中表現真我的緣由之一），膾炙人口，已如本書所述。陳衍更以五言排律三百韻賦悼亡，前無古人。在七夕悼亡之作中，袁去華的一首〈虞美人・七夕悼亡〉也值得一提：「娟娟缺月梧桐影。雲度銀潢靜。夜深簾隙下微涼。醒盡酒魂何處、藕花香。鵲橋初會明星上。執手還惆悵。莫嗟相見動經年。猶勝人間一別、便終天。」牛女典故，秦觀此前幾乎已將其用到極致，此篇「莫嗟」二句大致承襲其字面意思，轉用於發抒思念亡妻之情，寫來更見哀怨淒絕。可以附帶提及的是，楊芳燦序納蘭詞有云：「先生貂珥朱輪，生長華，其詞則哀怨騷屑，類憔悴失職者之所為。蓋其三生慧業，不耐浮塵，寄思無端，憂鬱不釋，韻淡疑仙，思幽近鬼，年之不永，即兆於斯。」一些人也常常視以下蔣敦復所云一樣適用於納蘭：「梅卿（即馮登府室）有『雪影壓殘烏夢，月痕冷靠花身』二語，味之亦有鬼氣，宜其不永年也。靈石嘗自謂語涉幽怨，他日恐累君悼亡。且君以才名蓋世，致境遇坎坷，若再擅閨房倡和之樂，不癒為造物所苦耶，乃絕意不作詩詞。」（《芬陀利室詞話》卷一）

望江南・宿雙林禪院①有感

挑燈坐，坐久憶年時。薄霧籠花嬌欲泣②，夜深微月下楊枝。催道太眠遲。憔悴去，此恨有誰知。天上人間俱悵望，經聲佛火③兩淒迷。未夢已先疑。

[注釋]

①雙林禪院：在阜成門外二里溝，萬曆四年（西元 1576 年）建，毀於清末。②「薄霧」句：程垓〈滿江紅〉：「薄靄籠花天欲暮，小風吹角聲初

咽。」毛先舒〈鳳來朝〉：「正輕煙薄霧籠花泣，疑太早，又疑雨。」③佛火：崔液〈上元夜〉：「神燈佛火百輪張，刻像圖形七寶裝。」

[評析]

雙林禪院是盧氏康熙十七年（西元 1678 年）七月安葬前厝柩之所，據可定此詞與納蘭另外一首同調同題詞的作期範圍：

心灰爐，有髮未全僧。風雨消磨生死別，似曾相識只孤檠。情在不能醒。搖落後，清吹那堪聽。淅瀝暗飄金井葉，乍聞風定又鐘聲。薄福薦傾城。

天人永隔，咫尺天涯，禪院久坐，佛火「悽迷」，神情恍惚之間，眼前彷彿閃現亡妻往昔「夜深」催寢的溫馨細節，當時只道是日常，而今勾起的卻是無限哀痛和懷念。

納蘭又有一首〈沁園春・代悼亡〉，不明所代者何人：

夢冷蘅蕪，卻望姍姍，是耶非耶。悵蘭膏漬粉，尚留犀合，金泥蹙繡，空掩蟬紗。影弱難持，緣深暫隔，只當離愁滯海涯。歸來也，趁星前月底，魂在梨花。鶯膠縱續琵琶。問可及，當年萼綠華。但無端摧折，惡經風浪，不如零落，判委塵沙。最憶相看，嬌訛道字，手剪銀燈自潑茶。今已矣，便帳中重見，那似伊家。

與悼念盧氏諸作相比，真有霄壤之別。顧貞觀也有一首代悼亡之作〈金縷曲・悼亡〉，對象正是納蘭，所和者為納蘭同調名作「此恨何時已」：「好夢而今已。被東風、猛教吹斷，藥爐煙氣。縱使傾城還再得，宿昔風流盡矣。須轉憶、半生愁味。十二樓寒雙鬢薄，遍人間、無此傷心地。釵鈿約，悔輕棄。茫茫碧落音誰寄。更何年、香階剗襪，夜闌同倚。珍重韋郎多病後，百感消除無計。那只為、個人知己。依約竹聲新月下，

舊江山、一片啼鴃裡。雞塞杳，玉笙起。」〔《曼殊室詞話》卷一嘗議及之。顧氏另有一首「用辛稼軒韻代別」之作〈賀新涼〉（愁向清輝說），《彈指詞箋註》認為「代別」係假託之辭而非代言。〕可見乃一時文人風格。作家曾因此類作品難得真情，斥之為「替人垂淚，無病而呻」。至少從文學的角度而言，這樣的評價是一針見血的。文人之情，於此等翻手雲覆手雨之間，確有難以思索處。納蘭也不例外。

當然，這裡面也還涉及一個如何判定的問題，尤其是對清代中後期詞人而言。如吳蘭修有兩首詞，意相彷彿，卻深含寬解，不宜定為代悼亡：「簾櫳靜悄。有小禽倒掛，深翠圍繞。幾折迴廊，幾點苔痕，都是屧聲曾到。蘘蕪隱約裙腰碧，襯一片、傷心斜照。甚東風、直恁無情，便把柳枝吹老。猶憶上頭時候，鬢雲梳乍起，眉嫵慵掃。螺不禁濃，黛也嫌深，無可奈何懷抱。二分細膩三分怨，總未許、檀奴看飽。嘆人生、幾日相憐，惆悵滿庭秋草。」（〈綠意·綠春，家蘭雪舍人侍姬也。蘘蕪易老，風雨無情，感逝傷懷，言之酸楚，仿玉田體賦之〉）

「東風一夜吹愁醒。亭亭剩得花前影。苦憶舊眉痕。傷春瘦幾分。綠陰池館在。又是春無奈。簾畔喚琵琶。鸚哥長念他。」（〈菩薩蠻·為蘭雪題綠春小影〉）判斷的重要標準是，看作者自己是否「不打自招」。

百字令·廢園有感

片紅飛減[1]，甚東風不語、只催漂泊。石上胭脂花上露，誰與畫眉商略[2]。碧甃瓶沉，紫錢釵掩[3]，雀踏金鈴索。韶華如夢，為尋好夢擔閣。又是金粉空梁，定巢燕子，一口香泥落[4]。欲寫華箋憑寄與，多少心情難託。梅豆[5]圓時，柳綿飄處，失記當時約。斜陽冉冉，斷魂分付殘角[6]。

[注釋]

　　①「片紅」句：杜甫〈曲江二首〉之二：「一片花飛減卻春，風飄萬點正愁人。」②「石上」二句：胭脂，指落花。杜甫〈曲江對雨〉：「林花著雨燕脂溼，水荇牽風翠帶長。」姜夔〈點絳唇〉：「數峰清苦，商略黃昏雨。」③「碧甃（ㄓㄡˋ）」二句：碧甃，井。紫錢，苔蘚。杜甫〈銅瓶〉：「亂後碧井廢，時清瑤殿深。銅瓶未失水，百丈有哀音。側想美人意，應非寒甃沉。蛟龍半缺落，猶得折黃金。」白居易〈井底引銀瓶〉：「井底引銀瓶，銀瓶欲上絲繩絕。石上磨玉簪，玉簪欲成中央折。瓶沉簪折知奈何，似妾今朝與君別。」

　　李中〈經廢宅〉：「玉纖素綆知何處，金井梧桐碧甃寒。」李賀〈過華清宮〉：「雲生朱絡暗，石斷紫錢斜。」④「又是」三句：薛道衡〈昔昔鹽〉：「暗牖懸蛛網，空梁落燕泥。」周邦彥〈瑞龍吟〉：「愔愔坊陌人家，定巢燕子，歸來舊處。」陳亮〈虞美人〉：「水邊臺榭燕新歸。一口香泥溼帶、落花飛。」⑤梅豆：梅子。歐陽脩〈漁家傲〉：「香滿袖。葉間梅子青如豆。」馬臻〈和山村見寄詩韻二首〉之一：「午睡醒來春事晚，枝頭梅豆已生仁。」⑥「斜陽」二句：周邦彥〈蘭陵王〉：「漸別浦縈迴，津堠岑寂。斜陽冉冉春無極。」毛滂〈惜分飛〉：「今夜山深處。斷魂分付。潮回去。」劉基〈漫興〉：「睡足北窗清似水，數聲殘角起城烏。」

[評析]

　　這首詞寫由某廢園引起的不勝感慨之意。上片寫廢園破敗景象。落紅無情，隨風飄墜，紅殘石冷，瓶沉井寂，苔掩釵痕，雀踏鈴索，一派暮春荒涼之景中似有人、事在焉。兼以枯寂中取擷生動興象，已見鬱結之意，故於結處生感，慨嘆韶光本已如夢幻消失殆盡，亦且「擔閣」追尋好夢。過片承上啟下，演繹「空梁落燕泥」詩意，藉以續寫廢園荒蕪，透

百字令·廢園有感

出空落心境，令人淒楚愴痛。篇末以「斜陽」、「殘角」之景綰結上文層層逗出的「斷魂」、「難託」之情。全闋情景相偕，章法緊密，雖微有瑕疵而無損大局。

所謂「瑕疵」，即周之琦所言「不協律」（譚獻《篋中詞》今集卷一引）。鄭騫先生後來也提出，納蘭「天資不厚」，朱彝尊「才弱氣短，且矜持過甚」，所以「二人長調均鮮佳者」（〈成府談詞〉）。而此前丁澎所評，則頗為不同：「宋初周待制領大晟樂府，比切聲調十二律，柳屯田增至二佰餘闋。然亦有昧於音節，如蘇長公猶不免『鐵綽板』之譏。今飲水以侍衛能文，少年科第，間為詩餘，其工於律呂如此，惜乎不能永年，悲夫。」（轟先等《名家詞鈔評》卷二）謝章鋌也稱納蘭「長短調並工」（《賭棋山莊詞話》卷十二）。考納蘭嘗「以洪武韻改並聯屬，名《詞韻正略》」（徐乾學〈通議大夫一等侍衛進士納蘭君墓誌銘〉），雖似未曾流傳下來——《飲水詞箋校·前言》說納蘭「編刻過」此書，不知箋校者有否過目——顯見在這方面也是下過一番功夫的。當然，問題也可能正出在這裡。茲錄金堡（今釋）所云為一旁證：「予作詩，多用〈洪武正韻〉。或以出韻為疑。予笑曰：唐人圖科第不敢出韻。若吾出韻，只失卻一名詩僧耳。」（〈遍行堂集緣起〉）有關廢園之作不勝列舉，在所包蘊的今昔之感中，往往滲透一己情思。如吳文英〈祝英台近·春日客龜溪遊廢園〉：「採幽香，巡古苑，竹冷翠微路。鬥草溪根，沙印小蓮步。自憐兩鬢清霜，一年寒食，又身在、雲山深處。晝閒度。因甚天也慳春，輕陰便成雨。綠暗長亭，歸夢趁風絮。有情花影闌干，鶯聲門徑，解留我、霎時凝佇。」文史學家盛讚此篇「文字極疏雋，而沉痛異常」。其中，「綠暗」二句寫歸夢縈懷，不說柳絮引發歸思，卻說歸夢追逐柳絮，圍繞長亭飛舞，寫盡內心的清冷淒寂，其精於造句若是。王策〈琵琶仙·秋日遊金陵黃氏廢園〉：「秋士心情，況遇著、客裡西風落葉。惆悵側帽行來，隔溪景清絕。沒半

點、空香似夢,只幾簇、野花誰折。莎雨寒幽,石煙荒淡,鶯蝶飛歇。試問取、舊日繁華,有餅媼漿翁尚能說。道是廿年彈指,竟風光全別。真不信、尋常亭榭,也例逐、滄桑棋劫。何怪宋苑陳宮,荒蛄吊月。」結四句感慨蒼茫,沉鬱深厚,「他手每每倒說,意味轉薄」(陳廷焯《白雨齋詞話》卷四)。廢園感懷詞,女子、方外亦有作者,錄以參讀。莊盤珠〈臨江仙·遊楊氏廢園〉:「聽說園林饒勝賞,誰知轉眼滄桑。高臺就圮曲池荒。花還如我瘦,草竟比人長。剩有舊時雙燕子,啣泥繞遍迴廊。孤松無伴立斜陽。新詞吟宛轉,往事費思量。」釋超正〈江城子·過廢園〉:「竹籬花徑小山幽。碧雲浮。淡煙收。猶記當年,歌嘯每臨流。芳草無心隨處綠,人去也,恨悠悠。飛來粉蝶弄輕柔。漫凝眸。上心頭。惆悵今番,不似舊時遊。人世茫茫渾似夢,聊一枕、學莊周。」、「花還如」二句以及「猶記當年」云云,均別饒韻致。

百字令

綠楊飛絮,嘆沉沉院落、春歸何許①。盡日緇塵吹綺陌②,迷卻夢遊歸路。世事悠悠,生涯未是,醉眼斜陽暮。傷心怕問,斷魂何處金鼓③。夜來月色如銀,和衣獨擁④,花影疏窗度。脈脈此情誰得識⑤,又道故人別去。細數落花⑥,更闌未睡,別是閒情緒。聞餘長嘆,西廊唯有鸚鵡⑦。

[注釋]

①何許:何處。周邦彥〈浪淘沙〉:「念漢浦離鴻去何許,經時信音絕。」②綺陌:京城街道。劉滄〈及第後宴曲江〉:「歸時不省花間醉,綺陌香車似流水。」③金鼓:戰鼓,借指戰爭。李綱〈江城子〉:「見說浙河金鼓震,何日到,羨歸鴻。」④「夜來」二句:蘇軾〈行香子〉:「清夜無塵。

月色如銀。」秦觀〈桃源憶故人〉：「羞見枕衾鴛鳳。悶則和衣擁。」⑤「脈脈」句：誰得，誰能。辛棄疾〈摸魚兒〉：「千金縱買相如賦，脈脈此情誰訴。」⑥「細數」句：王安石〈北山〉：「細數落花因坐久，緩尋芳草得歸遲。」⑦「聞餘」二句：李商隱〈無題四首〉之四：「歸來展轉到五更，梁間燕子聞長嘆。」

[評析]

　　這首詞，《飲水詞箋校》據「金鼓」、「故人別去」等，認為是納蘭於三藩戰亂中送嚴繩孫南歸之作。可從。開篇寫景，綠楊飛絮，院落沉沉，緇塵吹陌，蘊含與故人別後滋味。「世事悠悠」等句，轉寫痛苦現實中的悲哀心境。下片續寫「脈脈此情」，月色如銀，花影度窗，和衣獨擁，此際心情，孤苦無告。「又道」句說心緒本來還有「故人」識得，但「故人」別去，怎不令人慨然長嘆。低迴傷感中，細數落花，夜深難眠，閒情別緒，都付西廊鸚鵡，所謂「愁當鸚鵡爭傳處，痛在玲瓏再唱時」（吳雯挽納蘭詩）。

　　唐宋詞人的「閒情」，在自然山水和園林池館中揮灑，在花間尊前和詩詞酬唱中抒發，藉以彰顯生活情趣，獲得審美享受（詳參劉尊明〈論唐宋詞中的「閒情」〉）。如馮延巳〈鵲踏枝〉：「誰道閒情拋擲久。每到春來，惆悵還依舊。日日花前長病酒。不辭鏡裡朱顏瘦。河畔青蕪堤上柳。為問新愁，何事年年有。獨立小橋風滿袖。平林新月人歸後。」日常相思離別，寫來與花間豔情之作不盡相同，既不像溫庭筠那樣醉心於女性服飾、容貌、舉止的描繪，也不像韋莊那樣多寫具體情事，而是鬱悒怨恨，若隱若現。又如賀鑄〈青玉案〉：「凌波不過橫塘路。但目送、芳塵去。錦瑟年華誰與度。月臺花榭，瑣窗朱戶。只有春知處。碧雲冉冉蘅皋暮。彩筆新題斷腸句。若問閒情都幾許。一川煙草，滿城風絮。梅子

黃時雨。」寫情思卻並非僅限於情愛。尤其是末四句，近取諸身，熔景入情，「兼興中有比，意味更長」（羅大經《鶴林玉露》卷七）。其實，「閒情緒」在古人那裡呈現出一種幾乎無所不包的聲勢，因而需要在不同的語境中具體理解其義涵與表達方式。如納蘭的另一首〈金縷曲·再贈梁汾，用秋水軒舊韻〉：

　　酒涴青衫卷。盡從前、風流京兆，閒情未遣。江左知名今廿載，枯樹淚痕休泫。搖落盡、玉蛾金繭。多少殷勤紅葉句，御溝深、不似天河淺。空省識，畫圖展。高才自古難通顯。枉教他、堵牆落筆，凌雲書扁。入洛遊梁重到處，駭看村莊吠犬。獨憔悴、斯人不免。袞袞門前題鳳客，竟居然、潤色朝家典。憑觸忌，舌難剪。

　　此中「閒情」斷非等閒之情，雖然無有「秋水軒唱和」中遺逸之輩和舊家子弟難以言傳的惆悵與悲涼，然於真誠為友中，慷慨直陳憤世之情，與當日唱和諸作在精神上有相通之處，而與這首〈百字令〉在藝術風貌上明顯不同。

百字令

　　人生能幾，總不如休惹、情條恨葉①。剛是尊前同一笑②，又到別離時節。燈灺挑殘，爐煙爇盡，無語空凝咽③。一天涼露，芳魂此夜偷接④。怕見人去樓空⑤，柳枝無恙，猶掃窗間月。無分暗香深處住，悔把蘭襟親結⑥。尚暖檀痕，猶寒翠影，觸緒添悲切。愁多成病，此愁知向誰說。

百字令

[注釋]

①「人生」二句：韋莊〈菩薩蠻〉：「遇酒且呵呵。人生能幾何。」洪瑹〈水龍吟〉：「念平生多少，情條恨葉，鎮長使、芳心困。」②「剛是」句：王彥泓〈續遊十二首〉之一：「又到尊前一笑同，屨綦經月斷過從。」③「燈炧（ㄒㄧㄝˋ）」三句：燈炧，燈燭。韓偓〈無題〉之一：「小檻移燈炧，空房鎖隙塵。」爇（ㄖㄨㄛˋ），燃燒。柳永〈雨霖鈴〉：「執手相看淚眼，竟無語凝噎。」④「芳魂」句：接，見。史達祖〈醉落魄〉：「雨長新寒，今夜夢魂接。」⑤「怕見」句：辛棄疾〈念奴嬌〉：「樓去人空，舊遊飛燕能說。」⑥「無分」二句：黃庭堅〈江城子〉：「有分看伊，無分共伊宿。」晏幾道〈採桑子〉：「別來長記西樓事，結遍蘭襟。遺恨重尋，絃斷相如綠綺琴。」

[評析]

　　這首詞寫相思別愁。上片首二句以設問領起別後心緒，正話反說，寫人生苦短，偏又墮入情網的無奈。燈炧煙盡，無語凝咽，夜深涼露，是以淒清冷落之景襯托孤寂無依之情。因為情到深處，念想已極，才會產生與「芳魂」、「偷接」的幻想。下片回到眼前，柳枝仍掃窗間月，但「人去樓空」，物是人非。孤寂落寞之中，不禁心生痛「悔」之意，是又一次的正話反說，實際上正好寫出二人長隔閨幃的苦惱與情意深篤。所以，睹「檀痕」、「翠影」而思人，更覺愁恨倍增。最後以愁苦之多累成心病，卻無可訴說作結，言外有意。

　　「愁病」與「愁病」之作，說得誇張一點，幾乎是中唐以來詞人生活與創作的常態與常態化表現，從而成為一種傳統，納蘭當然不會例外。如趙長卿〈清平樂〉：「紫簫聲斷。窗底春愁亂。試著春衫羞自看。窄似年時一半。一春長病厭厭。新來愁病重添。香冷倦燻金鴨，日高不卷珠簾。」、「窄似年時一半」句，說明「春愁」撩亂為表，為伊憔悴為裡。孫

麟趾〈蝶戀花〉:「鬥草人稀深巷靜。何事天涯,飄泊同萍梗。除卻看花閒煮茗。更無別計消愁病。並倚闌干憐瘦影。笑指薔薇,記把歸期定。料得海棠春睡醒。相似淚溼紅綿冷。」漂泊天涯而起思歸之情,如此,則「看花」、「煮茗」實非消泯愁病良策。女性「愁病」之作似乎更多,主要寫傳統的相思別情,也更見婉曲旖旎。如李佩金〈長相思〉:「思懸懸。望懸懸。人去天涯欲見難。音書更杳然。愁懨懨,病懨懨。愁病支離葬玉顏。問君憐不憐。」詞筆頗有「雋峭」(丁紹儀《聽秋聲館詞話》卷十九)之致。錢斐仲〈綺羅香·詠枕〉:「蕙帳籠香,文裀藉玉,依約水晶簾裡。好夢能圓,何必通中連理。帶三分、膩鬢花香,漬幾點、相思情淚。最愁他、蓮漏迢迢,背燈無語抱鴛被。相依孤旅更苦。誰見塵床自拂,素衾漫啟。待託歸魂,還被曉雞催起。慣竊窺、雙靨偎桃,也曾上、半肩行李。甚新來、愁病懨懨,日高猶倦倚。」輕清纖麗,疏密相間,尤以「雙靨偎桃」與「半肩行李」屬對工巧,應賞其慧而非責其纖(況周頤《玉棲述雅》)。當然,在朱淑真筆下,此「愁病」就絕非日常愁病。朱氏一生備受情感的折磨與煎熬,因之將種種幽怨嗟嘆、孤寂落寞一發於詞:「獨行獨坐。獨倡獨酬還獨臥。佇立傷神。無奈春寒著摸人。此情誰見。淚洗殘妝無一半。愁病相仍。剔盡寒燈夢不成。」(〈減字木蘭花·春怨〉)閨怨愁恨的背後,是與不幸婚姻抗爭卻又孤立無援的才女心靈深處的吶喊。起首二句連下五個「獨」字,足以表現其沉重到無以復加的孤獨感。

沁園春

　　試望陰山,黯然銷魂,無言徘徊。見青峰幾簇,去天才尺[①],黃沙一片,匝地[②]無埃。碎葉城荒,拂雲堆遠[③],雕外寒煙慘不開。踟躕久,忽

沁園春

砯崖轉石，萬壑驚雷④。窮邊自足秋懷。又何必、平生多恨哉。只淒涼絕塞，蛾眉遺塚⑤，銷沉腐草，駿骨空臺⑥。北轉河流，南橫斗柄⑦，略點微霜鬢早衰。君不信，向西風回首，百事堪哀⑧。

[注釋]

①④「去天」句、「忽砯（ㄆㄧㄥ）崖」二句：李白〈蜀道難〉：「連峰去天不盈尺，枯松倒掛倚絕壁。飛湍瀑流爭喧豗，砯崖轉石萬壑雷。」②匝地：遍地。孔平仲〈送登州太守出城馬上作〉：「青嶂倚空先有雪，黃沙匝地半和雲。」③「碎葉」二句：碎葉城、拂雲堆，皆唐時邊塞地名，今分別在吉爾吉斯、內蒙古。此泛指邊地。⑤蛾眉遺塚：青塚。杜牧〈青塚〉：「青塚前頭隴水流，燕支山上暮雲秋。蛾眉一墜窮泉路，夜夜孤魂月下愁。」⑥駿骨空臺：《戰國策・燕策》：燕昭王收破燕後即位，卑身厚幣，以招賢者，欲將報仇。……郭隗先生曰：「臣聞古之君人，有以千金求千里馬者，三年不能得。涓人言於君曰：『請求之。』君遣之。三月，得千里馬，馬已死，買其首五百金，反以報君。君大怒曰：『所求者生馬，安事死馬而捐五百金？』涓人對曰：『死馬且買之五百金，況生馬乎？天下必以王為能市馬，馬今至矣。』於是不能期年，千里之馬至者三。今王誠欲致士，先從隗始。隗且見事，況賢於隗者乎？豈遠千里哉？」於是昭王為隗築宮而師之。樂毅自魏往，鄒衍自齊往，劇辛自趙往，士爭湊燕。梅堯臣〈傷馬〉：「空傷駿骨埋，固乏弊帷葬。」吳偉業〈夜宿阜昌〉：「草沒黃金臺，猶憶昭王迎。」⑦斗柄：北斗七星，天樞、天璇、天璣、天權像鬥，玉衡、開陽、瑤光像柄。韋應物〈擬古〉：「天河橫未落，斗柄當西南。」⑧「向西風」二句：李珣〈巫山一段雲〉：「西風回首不勝悲。暮雨灑空祠。」

[評析]

　　這首詞是納蘭康熙二十一年（西元 1682 年）覘梭龍時所作。詞用賦法，首先描繪塞上獨特風光，青峰如簇，黃沙匝地，寒煙不開，砆崖轉石，萬壑驚雷，「望」中奇麗荒遠之景，令人黯然銷魂，無語徘徊。再寫「窮邊」引發之「秋懷」已自令人沮喪，更何況霜鬢早衰，而平生還有諸如「蛾眉遺塚」、「駿骨空臺」一類不了恨憾，驀然回首，真是「百事堪哀」，萬念易灰。至於納蘭詞中所用邊外古地名，均未必實指。處理此類情形的原則和方法，可參考文史學家〈論唐人邊塞詩中地名的方位、距離及其類似問題〉。

　　作為文體意義的賦，本來包括敷陳、體物、鋪採三個方面的義涵。以賦法為詞，則通常是指用鋪陳的方法寫詞。這裡面其實涉及一個很重要的問題，即擅長某文類的作家在嘗試創作彼文類時，可能出現此文類影響和滲透彼文類，於是帶來常說的「辨體」及相關問題，適如作家所云：「名家名篇，往往破體，而文體亦因以恢弘焉。」另名作家指出，文體互參是中國古代文學創作中的一個習見現象，古人很早就注意到在詩詞曲之間，在古文和時文、辭賦和史傳之間，甚至在韻文和散文兩大文類之間，普遍存在著互參現象，並且互參之際顯示出以高行卑的體位定勢，即高體位的文體可以向低體位的文體滲透，而反之則不可。這種定勢及其藝術效果因為在書法中表現得最為直觀易解，所以古代評論家常用書法來比喻和說明文體互參中的這種體位定勢。書法術語「破體」也在唐代被引入文論，又在宋代濃厚的辨體意識中與「本色」構成一對有關文體互參的互補性概念，左右著人們審美評價具體的文體相參。以高行卑的美學依據，實質上是「短板理論」，即作品整體的風格品味取決於體位最低的部分，以高行卑可以提升作品的風格品味，反之就會降低作品的風格品味。不過問題的複雜在於，在跨文類互參之際，由於涉及文體的

沁園春

功能，也存在不同程度的例外。(〈中國古代文體互參中「以高行卑」的體位定勢〉)問題還有另外的一面，如果從作者個性品格著眼，從理論上講，文學創作上的難以兼長是一種客觀現象。而如果從文類關係來看，更是如此。學者在研究中提出，文學史上文類之間的關係千姿百態，文類等級是其中「最為活躍的關係」之一。中國的文類等級構成緊密圍繞文學作品置身的眾多元面，融貫「正 —— 反 —— 合」的辯證思維，同時更加重視創作主體因素，更加重視學科間的互動性，更加強調歷時性因素。這些，當然都會替眾體兼擅增加不同的難度。

沁園春

丁巳重陽前三日，夢亡婦淡妝素服，執手哽咽，語多不復能記。但臨別有云：「啣恨願為天上月，年年猶得向郎圓。」婦素未工詩，不知何以得此也。覺後感賦。瞬息浮生，薄命如斯，低徊怎忘。記繡榻閒時，並吹紅雨①，雕闌曲處，同倚斜陽。夢好難留，詩殘莫續，贏得更深哭一場。遺容在，只靈飆②一轉，未許端詳。重尋碧落茫茫③。料短髮、朝來定有霜。便人間天上，塵緣未斷，春花秋葉，觸緒還傷。欲結綢繆④，翻驚搖落⑤，減盡荀衣昨日香。真無奈，倩聲聲鄰笛，譜出迴腸⑥。

[注釋]

①紅雨：落花。李賀〈將進酒〉：「況是青春日將暮，桃花亂落如紅雨。」周邦彥〈蝶戀花〉：「此會未闌須記取。桃花幾度吹紅雨。」②靈飆：靈風。《宋史·樂志》：「後祀格思，靈飆肅然。」③「重尋」句：《唐詩註解》引《度人經》：「東方第一天，有碧霞遍落，是雲碧落。」白居易〈長恨歌〉：「上窮碧落下黃泉，兩處茫茫皆不見。」④「欲結」句：指夫妻之恩愛。李

陵〈與蘇武〉：「獨有盈觴酒，與子結綢繆。」⑤「翻驚」句：葉夢得〈臨江仙〉：「試問中間安小檻，此還長要追尋。卻驚搖落動悲吟。」⑥「倩聲聲」二句：向秀〈思舊賦‧序〉：「鄰人有吹笛者，發聲寥亮。追思曩昔遊宴之好，感音而嘆，故作賦云。」迴腸，猶悲思。徐陵〈與楊僕射書〉：「歲月如流，平生何幾，晨看旅雁，心赴江淮，昏望牽牛，情馳揚越，朝千悲而掩泣，夜萬緒而迴腸，不自知其為生，不自知其為死也。」

[評析]

這首悼亡詞作於康熙十六年（西元1677年）九月初六日（10月2日）。詞以哀嘆長吟起筆，說亡妻命薄，也是說兩人情深緣淺。回味往日短暫而漫長的恩愛時光，尤能見出今日永訣、「未許端詳」的痛苦不堪，以及「好夢」醒來、詩殘難續後「深哭一場」中包蘊的無盡恨憾。下片承上而來，運典無痕，運筆疾徐有度，進一步刻劃苦憶冥搜不可得的沉痛與哀傷，正是另一版本所謂「兩處鴛鴦各自涼」。結三句真痛定思痛之筆。

這首詞，汪刻本作：

瞬息浮生，薄命如斯，低徊怎忘。自那番摧折，無衫不淚，幾年恩愛，有夢何妨。最苦啼鵑，頻催別鵠，贏得更闌哭一場。遺容在，只靈飆一轉，未許端詳。重尋碧落茫茫。料短髮、朝來定有霜。信人間天上，塵緣未斷，春花秋月，觸緒堪傷。欲結綢繆，翻驚漂泊，兩處鴛鴦各自涼。真無奈，把聲聲簷雨，譜入愁鄉。

似應為初稿。類似的情形，納蘭之後更是屢見不鮮。如葉衍蘭有一首〈大酺‧題儷仙內子遺照〉，《秋夢盦詞鈔》卷二作：「甚返魂香，驚精樹，莫慰孤鸞離鏡。沉檀燻供養，剩綃幛留住，斷腸仙影。暗麝飄殘，嬌蛾蹙損，猶帶黃花秋病。芳容尚如昔，痛低鬟欲語，慧心誰證。算千縷愁絲，霎時塵夢，讓卿先醒。書帷妝閣並。盡憐愛、都是淒涼境。今

日個、寒侵翠被，淚灑犀簾，不爭差、夜臺情景。縱有釵盟在，怎問得、奈何天應。願稽首、慈雲肯。生世難卜，還怕春人薄命。又傷墜蘭露警。」楊永衍編《粵東詞鈔二編》作：「甚返魂香，驚精樹，慘絕孤鸞明鏡。沉檀燻供養，剩綃幃留住，斷腸仙影。暗麝飄殘，瘦蛾蹙損，猶帶黃花秋病。芳容尚如昔，痛低鬟無語，傷心誰證。算千縷愁絲，霎時塵夢，讓卿先醒。那曾福慧並。盡憐愛、都是凄涼境。今日個、寒侵翠被，淚灑犀簾，不爭差、夜臺情景。縱有釵盟在，怎問得、奈何天應。稽首祝、慈雲肯。他生難卜，還怕風淒露警。又作春人薄命。」

《粵東三家詞鈔》作：「縱返魂香，忘憂草，莫慰孤鸞離鏡。瑤京秋思斷，剩綃幃遺掛，軟紅猶凝。庾嶺梅荒，盧溝月暗，偕隱扁舟都冷。芳容渾如昔，痛顰眉欲語，慧心空證。算千種愁苗，霎時塵夢，讓卿先醒。沉檀燻几淨。捲簾看、仍帶黃花病。誰念我、霜凋鬢縷，淚澀琴弦，不爭差、夜臺情景。待喚華鬘現，怎喚得、奈何天應。願虔祝、慈雲肯。生世難卜，還怕優曇無定。又傷露蘭墜影。」可見，該闋在收入其詞別集《秋夢盦詞鈔》後，情到深處的葉衍蘭幾乎是一字一淚地一再改易原作。（葉氏於別集初印本上親筆修改稿本今藏中國上海圖書館，初印本的後印本據此作了更正。）「為情造文」，嘔心瀝血，也跟納蘭一樣，取得了更好的審美效果。

摸魚兒・送座主德清蔡先生[1]

問人生、頭白京國，算來何事消得。不如罨畫[2]清溪上，簑笠扁舟一隻。人不識。且笑煮、鱸魚趁著蓴絲碧[3]。無端酸鼻。向岐路銷魂，徵輪驛騎，斷雁西風急。英雄輩，事業東西南北[4]。臨風因甚成泣[5]。酬知有

願頻揮手，零雨淒其此日⑥。休太息。須通道、諸公袞袞皆虛擲⑦。年來蹤跡⑧。有多少雄心，幾番惡夢，淚點霜華織。

[注釋]

①詞題：蔡啟僔（西元1619～1683年），字石公，號昆陽，浙江德清人。康熙九年（西元1670年）狀元。康熙十一年（西元1672年），納蘭舉順天鄉試，蔡啟僔、徐乾學分任正、副主考，因稱「座主」。次年，蔡、徐二人以「副榜未取漢軍卷」被劾（彈劾者乃給事中楊雍建，意謂：按規定，在正式錄取名單外要再取若干名，給予漢軍旗人一定的照顧，卻沒有這樣做）。後於康熙十五年復官，十六年以病返里。②罨（一ㄢˇ）畫：溪名，在浙江長興，與德清同屬烏程。③「且笑煮」句：《世說新語‧識鑑》：「張季鷹闢齊王東曹掾，在洛見秋風起，因思吳中蓴菜羹、鱸魚膾，曰：『人生貴得適意爾，何能羈宦數千里以要名爵。』遂命駕便歸。」④「事業」句：《禮記‧檀弓》：「今丘也，東西南北之人也。」黃庭堅〈同韻和元明兄知命弟九日相憶二首〉之一：「早為學問文章誤，晚作東西南北人。」⑤「臨風」句：杜甫〈與嚴二郎奉禮別〉：「出涕同斜日，臨風看去塵。」蘇軾〈次韻劉貢父省上喜雨〉：「不用臨風苦揮淚，君家自與竹林齊。」⑥「零雨」句：零雨，細慢之雨。《詩經‧豳風‧東山》：「我來自東，零雨其濛。」孫楚〈征西官屬送於陟陽侯作詩〉：「晨風飄歧路，零雨被秋草。」劉熹〈菩薩蠻〉：「雨零愁遠路。路遠愁零雨。」淒其，悲涼。《詩經‧邶風‧綠衣》：「兮兮，淒其以風。」謝靈運〈初發石首城〉：「欽聖若旦暮，懷賢亦淒其。」楊萬里〈歸去來兮引〉：「翳翳流光將入，孤松撫處淒其。」⑦「須通道」句：杜甫〈醉時歌〉：「諸公袞袞登臺省，廣文先生官獨冷。」⑧「年來」句：柳永〈八聲甘州〉：「嘆年來蹤跡，何事苦淹留。」

相見歡

[評析]

　　康熙十二年（西元 1673 年），蔡啟傅以橫遭物議，與徐乾學同被「鐫秩呼叫」，隨即以侍奉老母為由請辭，於是年秋黯然返里。納蘭作此詞送之。起手即以深沉感喟逗出知心慰藉語，留戀京師不如歸隱江湖，過自由自在的生活。「無端」以下轉入傷別主題，以蕭瑟景象渲染依依別情。下片再寫臨歧之際同情與寬慰座師，詞法抑揚頓挫，情懷複雜微妙。

　　寫師生深摯情誼的優秀詞作，史上並不多見。蘇軾的〈西江月·平山堂〉可為早先之一顯例：「三過平山堂下，半生彈指聲中。十年不見老仙翁。壁上龍蛇飛動。欲弔文章太守，仍歌楊柳春風。休言萬事轉頭空。未轉頭時皆夢。」睹物思人，感念恩德，由自己的坎坷經歷想到恩師生前的某些遭遇，於是生發千般感慨。結二句為一篇之眼，是說斯人已逝，固然萬事成空，而活在世上的人，又何嘗不是像在夢中，終歸不免一切空無。換句話說，人生既然不過是一場夢幻，那麼，政治上的失意與挫折，又算得了什麼呢？與白居易〈自詠〉所云「百年隨手過，萬事轉頭空」相較，讀蘇詞顯然更為接近於聆聽智者的聲音。所以，陳廷焯在《白雨齋詞話》卷六中說：「休言」二句能「喚醒痴愚不少」。可惜，喚不醒的「痴愚」者實復不少。

相見歡

　　微雲一抹遙峰①。冷溶溶。恰與個人清曉、畫眉同②。紅蠟淚，青綾被③，水沉④濃。卻向黃茅野店⑤、聽西風。

[注釋]

①「微雲」句：秦觀〈滿庭芳〉：「山抹微雲，天連衰草，畫角聲斷譙門。」又〈泗州東城晚望〉：「林梢一抹青如畫，應是淮流轉處山。」②「恰與」句：個人，那人。周邦彥〈瑞龍吟〉：「黯凝佇。因念個人痴小，乍窺門戶。」《西京雜記》：「文君姣好，眉色如望遠山。」黃庭堅〈紀夢〉：「窗中遠山是眉黛，席上榴花皆舞裙。」③「紅蠟」二句：溫庭筠〈更漏子〉：「玉爐香，紅蠟淚。偏照畫堂秋思。」庾信〈謝趙王賚白羅袍褲啟〉：「永無黃葛之嗟，方見青綾之重。」晁補之〈摸魚兒〉：「青綾被，莫憶金閨故步。」④水沉：水沉香。杜牧〈為人題贈〉：「桂席塵瑤佩，瓊爐燼水沉。」周邦彥〈浣溪沙〉：「金屋無人風竹亂，衣篝盡日水沉微。」⑤黃茅野店：黃茅驛，指荒村野店。蘇庠〈鷓鴣天〉：「醉眠小塢黃茅店，夢倚高城赤葉樓。」王彥泓〈丁卯首春餘辭家薄遊〉：「明朝獨醉黃茅店，更有何人把燭尋。」

[評析]

這首詞寫塞上相思。上片寫從「冷溶溶」的「遙峰」，聯想伊人清曉眉嫵，不免心生懷念。「恰」字於日常處見驚創。過片三句遙想閨中此時淒清孤寂的情景。一結拉回目前，黃茅野店，忍聽西風獵獵，寫出一樣的感傷思念之情。

納蘭這首〈相見歡〉從構思到寫法，幾乎完全承襲賀鑄的〈夢相親〉：「清琴再鼓求凰弄。紫陌屢盤驕馬鞚。遠山眉樣認心期，流水車音牽目送。歸來翠被和衣擁。醉解寒生鐘鼓動。此歡只許夢相親，每向夢中還說夢。」結末「此歡」二句，最能彰顯詞人的匠心獨運，不僅以逆挽之勢補敘「擁」、「被」後、「醉解」前做過的一場美夢，而且緊承「歸來」二句抒發半夢半醒之間的深摯慨嘆，可謂語痴入骨。只不過，納蘭不換情而移景，是將

類似於賀詞中刻骨的相思媚嫵與無奈之情訴與剪剪西風。如此，則《續修四庫全書提要‧納蘭詞提要》所云不差：「若以古人擬之，其詞出入東山、小山、淮海之間矣。」

憶秦娥‧龍潭口①

山重疊。懸崖一線天疑裂②。天疑裂。斷碑題字，古苔橫齧。風聲雷動鳴金鐵③。陰森潭底蛟龍窟④。蛟龍窟。興亡滿眼，舊時明月⑤。

[注釋]

①龍潭口：所在何處，說法種種，無有定讞。如北京宛平、河北保定、遼寧鐵嶺、吉林伊通州、山西盂縣黑龍池、江蘇南京龍潭鎮等。②「懸崖」句：梁周翰〈五鳳樓賦〉：「門呀洞缺，若天之裂。」③「風聲」句：歐陽脩〈秋聲賦〉：「錚錚，金鐵皆鳴。」④「陰森」句：司空圖〈狂題十八首〉之八：「轟霆攪破蛟龍窟，也被狂風捲出山。」⑤「興亡」二句：趙長卿〈青玉案〉：「滿眼興亡知幾許。不如尋個，老松石畔，做個柴門戶。」毛滂〈踏莎行〉：「碧雲無信失秦樓，舊時明月猶相照。」

[評析]

這首詞作於康熙二十一年（西元 1682 年）春隨扈東巡時。全篇滿含不勝興亡之感、無限悵惘之情。蒼涼悲慨，寄思遙深。其冷峭雄峻處，非獨與愛新覺羅‧玄燁表露欣幸之情的〈經葉赫故城〉不同：「斷壘生新草，空城尚野花。翠花今日幸，谷口動鳴笳。」與同行者高士奇〈南樓令‧葉赫城下詠雨中梨花〉的風調含婉有異：「淺草亂山稠。驚沙黑水流。好春

光、只似窮秋。剛得一枝花到眼，冷雨打，又還休。遙憶小紅樓。玉人樓上頭。月溶溶、催和香篝。誰信東風欺絕塞，都不許，把春留。」在飲水詞中亦屬變體。

學者在〈清詞史〉中提出，由這首〈憶秦娥〉可以見出納蘭深受漢文化薰陶。與此篇相類似的情形和情懷，在有清以前的少數民族詞人筆下，也有過很精彩的表現。如被許為「百年以來，宗室中第一流人」（元好問《中州集》卷五）的完顏璹（ㄕㄨˊ），一曲〈朝中措〉，撫今追昔，意深筆曲，耐人尋味：「襄陽古道灞陵橋。詩興與秋高。千古風流人物，一時多少雄豪。霜清玉塞，雲飛隴首，風落江皋。夢到鳳凰臺上，山圍故國周遭。」又如薩都刺的懷古詞：「石頭城上，望天低吳楚，眼空無物。指點六朝形勝地，唯有青山如壁。蔽日旌旗，連雲檣櫓，白骨紛如雪。一江南北，消磨多少豪傑。寂寞避暑離宮，東風輦路，芳草年年發。落日無人松徑裡，鬼火高低明滅。歌舞尊前，繁華鏡裡，暗換青青髮。傷心千古，秦淮一片明月。」（〈念奴嬌‧登石頭城次東坡韻〉）

「古徐州形勝，消磨盡、幾英雄。想鐵甲重瞳，烏騅汗血，玉帳連空。楚歌八千兵散，料夢魂、應不到江東。空有黃河如帶，亂山起伏如龍。漢家陵闕動秋風。禾黍滿關中。更戲馬臺荒，畫眉人遠，燕子樓空。人生百年如寄，且開懷、一飲盡千鍾。回首荒城斜日，倚闌目送飛鴻。」（〈木蘭花慢‧彭城懷古〉）儘管無法與「大江東去」、「吳鉤看了」相提並論，但也能夠站在歷史的高度，揭示成敗不足論的道理。納蘭詞的出現，令二人不能專美於前。

減字木蘭花

相逢不語。一朵芙蓉著秋雨①。小暈紅潮。斜溜鬟心只鳳翹②。待將低喚。直為凝情恐人見。欲訴幽懷。轉過回闌叩玉釵③。

[注釋]

①「一朵」句：陳允平〈側犯〉：「晚涼倦浴，素妝薄試鉛華靚。凝定。似一朵芙蓉泛清鏡。」②「斜溜」句：周邦彥〈南鄉子〉：「不道有人潛看著，從教。掉下鬟心與鳳翹。」③叩玉釵：張臺柱〈思帝鄉〉：「獨立花陰下，扣釵兒。」

[評析]

李清照寫過一首〈點絳唇〉：「蹴罷鞦韆，起來慵整纖纖手。露濃花瘦。薄汗輕衣透。見客入來，襪剗金釵溜。和羞走。倚門回首。卻把青梅嗅。」雖然可能有所借鑑韓偓〈偶見〉一詩：「鞦韆打困解羅裙，指點醍醐索一尊。見客入來和笑走，手搓梅子映中門。」但下片短短五句，將嫵媚多情的少女一剎那間複雜、嬌羞的心理狀態刻劃得更為婉曲細膩，情辭兩臻絕頂，一切盡在不言中。納蘭的這首〈減字木蘭花〉，稍稍改變抒情策略，在無我中寫出有我之境，如芙蓉著雨、鬟心鳳翹、凝情恐人、回闌叩釵，傳意會於言表，與易安詞一樣精彩成功。納蘭天賦詞才，這首詞是一個十分突出的例證。

納蘭《通志堂集》中有詞四卷，凡 300 首，康熙三十年（西元1691年）編刻，這首〈減字木蘭花〉收在第四卷。此闋，西陵詞人陳淏編選的《精選國朝詩餘》作：

相逢不語。一抹芙蓉著秋雨。眉眼紅潮。斜溜金釵與鳳翹。待將低

喚。無限疑情恐人見。欲訴情懷。選夢憑他到鏡臺。

　　《飲水詞箋校》中提到，由相關異文可見其「初稿面貌」，但並未提供確鑿依據。查陳淏選本，其中有納蘭〈水龍吟・再送蓀友南還〉一首，表示該集之編刻不應早於康熙十五年（西元1676年）。又有胡胤瑗〈鵲橋仙・閏六月七日〉一首，由「胤」字不避諱及「閏六月」於康熙年間出現四次（分別是康熙三年、康熙二十二年、康熙四十一年及康熙六十年），可推定該集為康熙刊本，刻於康熙二十二年（西元1683年）後或康熙四十一年（西元1702年）後。該箋校本還認為，據結句中「選夢」（沈宛之號並沈氏詞集名）一語和「鏡臺」所用典故，以及成、沈康熙二十三、二十四年之交結縭的事實，可知這首〈減字木蘭花〉應作於其時。而如果確實是這樣，卻恰好能夠證明陳淏選本之編刻只應晚於康熙四十一年。此時，《通志堂集》刊行已至少十餘年矣。所以，綜合來看，編者陳淏改竄原作的可能性要更大些。

　　對此，需要進一步指出的是，從去偽存真的文獻學角度考慮，擅改原作當然是一種惡習，但是，如果是選家「主動改竄」，另可參葉曄〈清代詞選集中的擅改原作現象——以《明詞綜》為中心的考察〉）而產生的異文，就不宜輕易放過，因為這種改詞甚至比選詞能更直接地提供詞學評論的心理動機和具體操作方式等方面的資訊，正是體認選本詞學理念乃至詞史演變所需要的。

海棠春

　　落紅片片渾如霧①。不教更覓桃源路②。香徑晚風寒，月在花飛處。薔薇影暗空凝佇。任碧颭③、輕衫縈住。驚起早棲鴉，飛過鞦韆去。

海棠春

[注釋]

①「落紅」句：沈約〈八詠詩·會圃臨春風〉：「游絲暖如煙，落花霧似霧。」②桃源路：桃源典，一出陶淵明〈桃花源記〉，指武陵人入桃花源事；一出劉義慶《幽明錄》，指劉晨、阮肇入天臺桃源洞事。范仲淹〈定風波〉：「花花映浦。無盡處。恍然身入桃源路。」晏幾道〈風入松〉：「卻似桃源路失，落花空記前蹤。」③碧颭（ㄓㄢˇ）：隨風搖動的花枝。張炎〈風入松〉：「小窗晴碧颭簾波。畫影舞飛梭。」

[評析]

這首詞寫月下凝佇的情境。香徑晚風，月下飛花，落紅如霧，薔薇影暗，碧颭縈住，棲鴉飛去。「凝佇無言密意多」（謝邁〈減字木蘭花〉），多半是由於「人面不知何處」（晁端禮〈醉桃源〉）。全篇含婉空靈，顯出一派朦朧的美感。

月下之美，也還有別種寫法，主要取決於作者的一懷情思。如李白〈月下獨酌〉其一：「花間一壺酒，獨酌無相親。舉杯邀明月，對影成三人。月既不解飲，影徒隨我身。暫伴月將影，行樂須及春。我歌月徘徊，我舞影零亂。醒時同交歡，醉後各分散。永結無情遊，相期邈雲漢。」月下獨酌本也是極苦悶無聊的事情，但作者卻透過將月、影一類無知無情之物擬人化，引為同調，寫得煞是熱鬧歡騰。而化無情為有情的關鍵，在於這一份一樣寂寞孤獨之情的背後，不是兒女情長，而是無人可與共語的、希望鴻圖大展的壯志豪情。

少年遊

算來好景只如斯。唯許有情知。尋常風月,等閒談笑,稱意即相宜。十年青鳥音塵斷,往事不勝思。一鉤殘照,半簾飛絮①,總是惱人時。

[注釋]

①「一鉤」二句:陳允平〈望江南〉:「滿地落花春雨後,一簾飛絮夕陽西。」張炎〈疏影〉:「閉門約住青山色,自容與、吟窗清絕。怕寒夜、吹到梅花,休卷半簾明月。」

[評析]

這首〈少年遊〉寫「往事」、「惱人」,與納蘭另一首〈鵲橋仙〉題旨相同:

夢來雙倚,醒時獨擁,窗外一眉新月。尋思常自悔分明,無奈卻、照人清切。一宵燈下,連朝鏡裡,瘦盡十年花骨。前期總約上元時,怕難認、飄零人物。

自然道來,質直中見婉曲。

這裡的「自然」,當然是跟雕琢、人力相對的範疇,接近於天工(亦沈世良論詞絕句所云「誰知天授非人力,別有聰明飲水詞」之意),而不是《人間詞話》中「以自然之眼觀物,以自然之舌言情」所指的「自然」。一名學者在書中提出,「野蠻民族有真正之文學」的觀念,作為嘗試把視為審美範疇的「自然」與所謂「野蠻民族」連繫在一起的理論,不是來源於中國古代傳統思想,而是源於西方傳統觀念中的「原始主義」自然觀,才是學者稱讚納蘭詞的理論觀點。但是,納蘭實已具備深厚而系統的漢

文化修養，甚至被梁啟超推舉為「清初學人第一」〔按：此乃以訛傳訛。梁氏手跡尚存，作「清文苑傳中第一人」。又，歷史學家在書中說「至其（指納蘭性德）問學之事，致力未深，宜其無自得之語」〕；具有深厚文化累積的詞體文學，經過長時間的錘練，藝術形式已經十分精緻成熟，形成了自己獨具的主題、意象、風格和技巧，與赫爾德（Herder）所讚賞的西方古代民歌完全不同，後者僅僅是一種質樸、粗糙、原生態的表現方式，「不適宜於寫到紙上」、「更不是一些僵死的形之於文字的詩篇」。因此，學者把「自然之眼」、「自然之舌」與「漢人習氣」對立起來，並透過「崛起於方興之族」、「未染漢人習氣」來說明納蘭的個人才能，解釋納蘭詞的藝術成就，就都是不適宜的。另名學者進一步分析指出，如果把《人間詞話》的「自然」看作中西兩種詩學傳統爭奪符號意義的場所，那麼，這場戰鬥的結果是：西方浪漫主義時代流行的原始主義、有機主義、非理性主義等三種「自然」觀，透過各種具體的思考路徑，以彼此交錯的方式匯聚到《人間詞話》中的「自然」，成為了它的理論主體，壓抑甚至放逐「自然」在中國古代詩學中原來負載的種種意義。西方觀念正是透過占領現代中文裡許多類似「自然」這樣的詞語符號意義，才得以牢固地建立起在中國現代觀念的權威地位。

滿庭芳

　　埃雪翻鴉，河冰躍馬①，驚風吹度龍堆。陰磷夜泣②，此景總堪悲。待向中宵起舞③，無人處、那有村雞。只應是，金笳暗拍，一樣淚沾衣④。須知今古事，棋枰勝負，翻覆如斯。嘆紛紛蠻觸⑤，回首成非。剩得幾行青史，斜陽下、斷碣殘碑。年華共，混同江⑥水，流去幾時回。

[注釋]

①「堠（ㄏㄡˋ）雪」二句：堠，古代瞭望敵情之土堡，或記里程的土堆。曹溶〈踏莎行〉：「堠雪翻鴉，城冰浴馬，搗衣聲裡重門閉。」②「陰磷」句：陰磷，磷火。元稹〈代曲江老人百韻〉：「破船沉古渡，戰鬼聚陰磷。」盧弼〈塞上四時詞〉：「隴頭流水關山月，泣上龍堆望故鄉。」③中宵起舞：《晉書·祖逖傳》：「（祖逖）與司空劉琨俱為司州主簿，情好綢繆，共被同寢。中夜聞荒雞鳴，蹴琨覺，曰：『此非惡聲也。』因起舞。」辛棄疾〈賀新郎〉：「我最憐君中宵舞，道男兒、到死心如鐵。」④「只應是」三句：洪皓〈江梅引〉：「更聽胡笳，哀怨沾衣。」⑤蠻觸：《莊子·則陽》：「有國於蝸之左角者，曰觸氏，有國於蝸之右角者，曰蠻氏。時相與爭地而戰，伏屍數萬。」白居易〈禽蟲十二章〉之七：「蟭螟殺敵蚊巢上，蠻觸之爭蝸角中。」⑥混同江：松花江。

[評析]

這首詞作於康熙二十一年（西元 1682 年）往覘梭龍時。身歷當年「龍戰」之地，兼以羈旅行役，漂泊天涯，因將「今古」興亡之嘆與「年華」易逝之慨匯入茫茫邊愁。

類似的情懷，前人的詩詞作品中都分別吟詠過，可備參酌。如李白〈登廣武古戰場懷古〉：「秦鹿奔野草，逐之若飛蓬。項王氣蓋世，紫電明雙瞳。呼吸八千人，橫行起江東。赤精斬白帝，叱咤入關中。兩龍不併躍，五緯與天同。楚滅無英圖，漢興有成功。按劍清八極，歸酣歌大風。伊昔臨廣武，連兵決雌雄。分我一杯羹，太皇乃汝翁。戰爭有古蹟，壁壘頹層穹。猛虎嘯洞壑，飢鷹鳴秋空。翔雲列曉陣，殺氣赫長虹。撥亂屬豪聖，俗儒安可通。沉湎呼豎子，狂言非至公。撫掌黃河曲，嗤嗤阮嗣宗。」託古諷今，借史言志，據「撥亂屬豪聖」句，知有是時無英雄如昔人之嘆。

憶王孫

又如吳偉業〈滿江紅・蒜山懷古〉（沽酒南徐），可與辛棄疾〈永遇樂・京口北固亭懷古〉前後輝映：「千古江山，英雄無覓，孫仲謀處。舞榭歌臺，風流總被，雨打風吹去。斜陽草樹，尋常巷陌，人道寄奴曾住。想當年，金戈鐵馬，氣吞萬里如虎。元嘉草草，封狼居胥，贏得倉皇北顧。四十三年，望中猶記，烽火揚州路。可堪回首，佛貍祠下，一片神鴉社鼓。憑誰問，廉頗老矣，尚能飯否。」兩相比較，辛詞疏放，吳詞稍「澀於稼軒」（譚獻《篋中詞》今集卷一）。陳洵《海綃說詞》所云夢窗詞箋釋之法，有助於解吳詞之所謂「澀」：「見為澀者，以用事下語處求之。見為留者，以命意運筆中得之也。」也就是說，類似於吳偉業〈滿江紅〉這樣的作品，如能著力於「用事下語處」求解，可免昧於其晦。

憶王孫

西風一夜剪芭蕉。滿眼芳菲總寂寥。強把心情付濁醪①。讀離騷。洗盡秋江日夜潮。

[注釋]

①濁醪（ㄌㄠˊ）：濁酒。江淹〈恨賦〉：「濁醪夕引，素琴晨張。」

[評析]

這首詞，《飲水詞箋校》據汪刻本末句作「洗盡湘江日夜潮」，推斷它可能作於三藩亂時。想法很好，但這個僅基於一字校勘的證據尚嫌薄弱。秋風起兮，「芳菲」消歇，「寂寥」滿眼，秋感倍增。這江潮般奔湧的愁情，借酒而澆終歸還是難於排解，所以需要再加上「讀離騷」，才能將

難言之隱一「洗」了之。

飲酒讀騷，既能顯示傷心人的「別有懷抱」（譚獻《篋中詞》今集卷四），詞之所寫斷非日常傷春悲秋一類意旨，更可以成為該闋紀年的有力旁證。古代文人追捧《離騷》，因由之一是：「自風雅寢聲，莫或抽緒，奇文鬱起，其《離騷》哉！」（劉勰《文心雕龍・辨騷》）「讀騷」因之具有永恆趣味，所謂「文人情深於《詩》、《騷》，古今一也」（章學誠《文史通義・詩教上》）。與飲酒讀騷有關的〈飲酒讀騷圖〉，是陳洪綬崇禎十六年（西元 1643 年）「避亂南下時作」（孔尚任《享金簿》）。畫面為一高士飲酒讀騷，斜向構圖，布局奇特，著墨不多，寄慨孔多。自明清之際以迄晚清，文人騷客對其中所包蘊的人文情懷和人生境界無不嚮往有加。如朱和羲以「飲酒讀騷堂」為室名（謝章鋌《賭棋山莊詞話》續編三）。黃德峻作有〈醉太平・自題飲酒讀騷圖〉：「銜杯興遒。澆書興幽。美人香草風流。是新愁舊愁。年前楚遊。尊前楚謳。人生月幾當頭。問青天語不。」至於吳藻創作雜劇《飲酒讀騷圖》（又名《喬影》），則是渴望男女平等、追求個性解放的真實寫照，不過，這已經是另外一個話題了。

卜運算元・詠柳

嬌軟不勝垂，瘦怯那禁舞①。多事年年二月風，剪出鵝黃縷②。一種可憐生，落日和煙雨③。蘇小④門前長短條，即漸迷行處。

[注釋]

①「嬌軟」二句：楊廣〈望江南〉：「堤上柳，煙裡不勝垂。」高觀國〈解連環〉：「隔郵亭、故人望斷，舞腰瘦怯。」②「多事」二句：賀知章〈詠

卜運算元・詠柳

柳〉：「不知細葉誰裁出，二月春風似剪刀。」劉弇〈清平樂〉：「著意隋堤柳。搓得鵝兒黃欲就。」（此首作者，《樂府雅詞》卷中作趙令畤）楊維楨〈楊柳詞〉：「楊柳董家橋，鵝黃萬萬條。」③「一種」二句：一種可憐生，一樣可憐。姚合〈楊柳枝〉：「橋邊陌上無人識，雨淒煙和思萬重。」④蘇小：蘇小小，南朝錢塘名妓。白居易〈杭州春望〉：「濤聲夜入伍員廟，柳色春藏蘇小小。」溫庭筠〈楊柳枝八首〉之三：「蘇小門前柳萬條，毿毿金線拂平橋。」

[評析]

這首詞的詞題，蔣重光《昭代詞選》作「新柳」。楊柳在詩詞題詠中主要用於表達離情別緒。如白居易的〈青門柳〉：「青青一樹傷心色，曾入幾人離恨中。為近都門多送別，長條折盡減春風。」也被賦予發抒豔情的功能。如李之儀的〈謝池春〉：「殘寒銷盡，疏雨過、清明後。花徑歛餘紅，風沼縈新皺。乳燕穿庭戶，飛絮沾襟袖。正佳時，仍晚晝。著人滋味，真個濃如酒。頻移帶眼，空只恁、厭厭瘦。不見又思量，見了還依舊。為問頻相見，何以長相守。天不老，人未偶。且將此恨，分付庭前柳。」像楊萬里〈新柳〉那樣幾乎純粹摹寫情態的，似乎並不多見：「柳條百尺拂銀塘，且莫深青只淺黃。未必柳條能蘸水，水中柳影引他長。」一個「引」字，描摹柳條和水中倒影相連，富於動感和畫面感，盡顯「誠齋體」神采。而像白居易的另一首〈喜小樓西新柳抽條〉：「一行弱柳前年種，數尺柔條今日新。漸欲拂他騎馬客，未多遮得上樓人。須教碧玉羞眉黛，莫與紅桃作麴塵。為報金堤千萬樹，饒伊未敢苦爭春。」個中的別有韻味，如「苦爭春」之類，就需要具體辨析。

納蘭的這首〈卜運算元〉，由勾勒柔柳之形，進而寫其神韻，用筆清麗空靈，雖刻劃而無傷其神理，雖脈脈含情而「不著一字」。結末「蘇小

門前」二句用典,更饒深婉迷離之致。或謂全闋別有寄託,主要就是由這兩句可能含蘊的意味所引發,與納蘭另一首〈淡黃柳・詠柳〉過片「長條莫輕折。蘇小恨、倩他說」所云情形不無相似之處。不過,在找到確鑿、充分的文獻依據之前,還是把它當作一首很不錯的詠物詞來欣賞為好。

青玉案・宿烏龍江[①]

東風捲地飄榆莢。才過了、連天雪。料得香閨香正徹。那知此夜,烏龍江畔,獨對初三月。多情不是偏多別。別離只為多情設。蝶夢百花花夢蝶[②]。幾時相見,西窗剪燭,細把而今說。

[注釋]

①烏龍江:黑龍江。②「蝶夢」句:《莊子・齊物論》:「昔者莊周夢為胡蝶,栩栩然胡蝶也,自喻適志與!不知周也。俄然覺,則蘧蘧然周也。不知周之夢為胡蝶與,胡蝶之夢為周與?周與胡蝶,則必有分矣。此之謂物化。」

[評析]

這首〈青玉案〉作於康熙二十一年(西元 1682 年)春納蘭隨扈東巡時。詞寫塞上相思,深切動人。上片寫宿地早寒,暗透淒涼,逗出懸想閨中的情景,順勢帶出此時此地心緒。過片三句在些許幽怨中婉轉道出一己之「多情」多思,最後化用李商隱詩意,落實此刻如夢似幻的感受,虛實相間,寄寓歸思。

論詞詩詞有一種相對固定的創作模式,即從評論對象的作品中選取

若干有特色的詞句，加以剪裁點染，作為發抒己見、論定對象詞人創作個性風貌的依據。這樣一來，也有助於讀者根據論詞詩詞提供的作品線索，理解、判斷論者意旨。顧隨先生很看重納蘭的這首詞，其〈臨江仙·題納蘭飲水、側帽二詞〉云：「筆底迴腸婉轉，夢中萬里關山。斷腸不只賦離鸞。生成應有恨，哀樂總無端。

蝶夢百花已苦，百花夢蝶堪憐。烏龍江上月初三。自開新境界，何必似花間。」點化納蘭詞中「多情」三句，堪稱巧妙自然。不過，也有必要指出，論詞詩詞的角度往往具有一定的排他性，即如納蘭的這首〈青玉案〉，也許能夠支撐「自開新境界，何必似花間」的結論，但卻未必完全符合顧先生在其他地方推崇的「蒼秀」之風。

滿江紅·茅屋新成卻賦

　　問我何心，卻構此、三楹茅屋。可學得、海鷗無事，閒飛閒宿[1]。百感都隨流水去，一身還被浮名束。誤東風、遲日杏花天，紅牙曲[2]。塵土夢，蕉中鹿[3]。翻覆手，看棋局[4]。且耽閒酒[5]，消他薄福。雪後誰遮簷角翠，雨餘好種牆陰綠。有些些、欲說向寒宵，西窗燭。

[注釋]

　　[1]「可學得」二句：古人每每使用與海鷗為伴表示閒適或隱居，事見《列子·黃帝》海上之人玩鷗故事。杜甫〈江村〉：「自來自去堂上燕，相親相近水中鷗。」[2]「誤東風」二句：遲日，春日。杜審言〈渡湘江〉：「遲日園林悲昔遊，今春花鳥作邊愁。」紅牙，染成紅色的象牙拍板。辛棄疾〈滿江紅〉：「佳麗地，文章伯。金縷唱，紅牙拍。看尊前飛下，日邊消

息。」③「塵土夢」二句：《列子·周穆王》：「鄭人有薪於野者，遇駭鹿，禦而擊之，斃之。恐人見之也，遽而藏諸隍中，覆之以蕉，不勝其喜。俄而遺其所藏之處，遂以為夢焉。順途而詠其事，傍人有聞者，用其言而取之。既歸，告其室人曰：向薪者夢得鹿而不知其處，吾今得之，彼直真夢矣。」劉克莊〈念奴嬌〉：「似甕中蛇，似蕉中鹿，又似槐中蟻。」④「翻覆手」二句：《三國志·王粲傳》：「粲觀人圍棋，局壞，粲為覆之。棋者不信，以帕蓋局，使更以他局為之。用相比較，不失一道。」杜甫〈貧交行〉：「翻手作雲覆手雨，紛紛輕薄何須數。」又〈秋興八首〉之四：「聞道長安似弈棋，百年世事不勝悲。」⑤「且耽」句：耽，（ㄉㄢ），沉迷。許渾〈送別〉：「莫酒杯閒過日，碧雲深處是佳期。」秦觀〈夢揚州〉：「酒困花，十載因誰淹留。」劉過〈賀新郎〉：「人道愁來須酒，無奈愁深酒淺。」

[評析]

康熙十六年（西元 1677 年）末，顧貞觀南歸，至十九年始復還京。納蘭在此時段內營構茅屋，其原委，顧貞觀跋納蘭致張純修第一簡云：「『卿自見其朱門，貧道如遊蓬戶。』容兄因僕作此語，構此見招，有詩刻《飲水集》中。」、「卿自」云云，納蘭致張純修第二十九簡中有所提及：「至長安中，煙波浩浩，九衢晝昏，元規塵汙，非便面可卻。以弟視之，正復支公所云：『卿自見其朱門，貧道如遊蓬戶』耳。」茅屋既成，初名「藕漁」，再改稱「草堂」（見納蘭致張純修第一簡），或作「花間草堂」，並賦詞志感，一是這首〈滿江紅〉，另一首是〈于中好〉：

小構園林寂不譁。疏籬曲徑仿山家。晝長吟罷風流子，忽聽楸枰響碧紗。添竹石，伴煙霞。擬憑尊酒慰年華。休嗟髀裡今生肉，努力春來自種花。

同一主題，角度小異而實質無大不同。

滿江紅

前引所謂「有詩」，是指納蘭寫的〈寄梁汾並葺茅屋以招之〉：

三年此離別，作客滯何方。隨意一尊酒，殷勤看夕陽。世誰容皎潔，天特任疏狂。聚首羨麋鹿，為君構草堂。

淡泊功名、仿效先賢之意，跟他在另外一首〈擬古〉詩中所表露的一樣明顯：

吾本落拓人，無為自拘束。倜儻寄天地，樊籠非所欲。

都能夠成為〈滿江紅〉詞旨的註腳。其實，「浮名」的掙脫與養「閒」，因其頗費躊躇，一直以來就為眾多文人所關注和思考。於是，與納蘭詞大致相同的主題，就不斷出現在他們筆下。如米友仁的〈小重山〉：「雨過風來午暑清。榴花紅照眼，向人明。一枝低映寶釵橫。菖蒲酒，玉碗十分斟。引滿聽新聲。小軒簾半卷，遠山青。幾人閒處見閒情。醒還醉，為趣妙難名。」周密〈少年遊〉中的「花外琴臺，竹邊棋墅，處處是閒情」，韋驤〈減字木蘭花〉中的「存養天真。安用浮名絆此身」，各有側重，可以一起理解。這種情況，延續到晚清而未輟，又尤其以蒲華〈秋山望瀑〉款識中所題一詩為能揭明本旨：「高泉瀉石玉淙淙，古樹盤旋似老龍。人為浮名閒不得，吾從此地樂吾縱。」

滿江紅

代北燕南，應不隔、月明千里[1]。誰相念、胭脂山下，悲哉秋氣[2]。小立乍驚清露溼，孤眠最惜濃香膩。況夜烏、啼絕四更頭，邊聲[3]起。銷不盡，悲歌意。勻不盡，相思淚。想故園今夜，玉闌誰倚。青海[4]不來如意夢，紅箋[5]暫寫違心字。道別來、渾是不關心，東堂桂[6]。

[注釋]

①「代北」二句：代，代州，在山西。燕，河北。謝莊〈月賦〉：「美人邁兮音塵闕，隔千里兮共明月。」②「誰相念」二句：胭脂山，燕支山。杜審言〈贈蘇綰書記〉：「知君書記本翩翩，為許從戎赴朔邊。紅粉樓中應計日，燕支山下莫經年。」宋玉〈九辯〉：「悲哉！秋之為氣也。」③邊聲：李陵〈答蘇武書〉：「胡笳互動，牧馬悲鳴，吟嘯成群，邊聲四起。」范仲淹〈漁家傲〉：「四面邊聲連角起。千嶂裡。長煙落日孤城閉。」④青海：喻邊地。陸游〈夜遊宮〉：「想關河，雁門西，青海際。」⑤紅箋：晏殊〈清平樂〉：「紅箋小字。說盡平生意。」晏幾道〈思遠人〉：「漸寫到別來，此情深處，紅箋為無色。」⑥東堂桂：科考及第。《晉書‧郤詵傳》：郤詵以對策上第，拜議郎。後遷官，「（晉）武帝於東堂會送，問詵曰：『卿自以為何如？』詵對曰：『臣舉賢良對策，為天下第一。猶桂林之一枝，崑山之片玉。』帝笑。侍中奏免詵官，帝曰：『吾與之戲耳，不足怪也。』詵在任威嚴明斷，甚得四方聲譽」。李頻〈贈桂林友人〉：「君家桂林住，日伐桂枝炊。何事東堂樹，年年待一枝。」李商隱〈無題二首〉之一：「昨夜星辰昨夜風，畫樓西畔桂堂東。身無綵鳳雙飛翼，心有靈犀一點通。」齊己〈贈孫生〉：「待折東堂桂，歸來更苦辛。」張先〈感皇恩〉：「第名天陛首平津。東堂桂，重占一枝春。」

[評析]

這是一首語淡情深的行人念家詞，可能作於康熙二十二年（西元 1683 年）秋納蘭隨扈五臺山期間。起首寫千里共嬋娟，獨自悲傷。

「小立乍驚」、「孤眠最惜」二句轉入描摹相思情景，再以烏啼、「邊聲」烘托苦情，收束上片。層層轉折，婀娜多姿。下片進一步寫相思之痛。前四句說「悲歌」不堪消受，清淚暗流不止。接下來轉為從對方著

訴衷情

筆，推想所愛之人此刻也在為離別而感傷，唯有透過寫下書信上那些「違心」的話語聊以自慰。淒婉綿長，一倍關情。

李佳《左庵詞話》卷上有云：「詞最忌板，須用虛字轉折方活。如任、看、正、待、乍、怕、總、向、愛、奈、似、但、料、想、更、算、況、悵、快、早、盡、憑、嘆、方、將、未、已、應、若、莫、念、甚、倘、便、怎、恁等類皆是。」當然也有兩字如「那堪」、三字如「更能消」者。柳永作詞，極擅運用虛字，如〈八聲甘州〉：「對瀟瀟暮雨灑江天，一番洗清秋。漸霜風淒緊，關河冷落，殘照當樓。是處紅衰翠減，苒苒物華休。唯有長江水，無語東流。不忍登高臨遠，望故鄉渺邈，歸思難收。嘆年來蹤跡，何事苦淹留。想佳人、妝樓顒望，誤幾回、天際識歸舟。爭知我、倚闌干處，正恁凝愁。」詞以清雄之氣寫奇麗之情，上景下情，情景交織，脈絡分明。這跟柳永善於在開篇和篇章轉折處運用虛字排程息息相關。以虛字承轉勾勒，所以左右盤旋，流轉靈活；以虛字呼喚，便覺空靈清虛之氣往來其間，可收疏宕空清之妙。納蘭於此道亦可謂深造有得。

訴衷情

　　冷落繡衾誰與伴，倚香篝①。春睡起，斜日照梳頭。欲寫兩眉愁。休休②。遠山殘翠收③。莫登樓。

[注釋]

　　①香篝：熏籠。陸游〈五月十一日睡起〉：「茶碗嫩湯初得乳，香篝微火未成灰。」②「欲寫」二句：寫，猶畫。休休，猶言不要。李清照〈鳳凰

臺上憶吹簫〉：「休休。這回去也，千萬遍陽關，也則難留。」③「遠山」句：林逋〈秋日西湖閒泛〉：「疏葦先寒折，殘虹帶夕收。」

[評析]

　　這首〈訴衷情〉寫閨中愁怨。春日遲遲，閨人睡起，慵懶無聊，無意梳妝，是因為大好春光，幽棲孤寂，無人與共，所謂「女為悅己者容」。薄暮將至，遠山殘翠，不願登高望遠，唯恐「行人更在春山外」，徒添一縷憂愁。全篇平淡自然，蘊藉有致。

　　一樣寫閨中愁怨，李清照的同調之作是這樣寫的：「夜來沉醉卸妝遲。梅萼插殘枝。酒醒燻破春睡，夢斷不成歸。人悄悄，月依依。翠簾垂。更挼殘蕊，更捻餘香，更得些時。」沉醉不醒，梅妝凋殘，起首即暗示別有憂隱。接下來寫梅香薰破鴛夢，醒來只有簾幕低垂，多情明月，照人無眠。於是，只好不斷地揉弄殘梅，以消磨那孤寂難熬的時光。全篇似取意於《詩經‧邶風‧柏舟》中「耿耿不寐，如有隱憂」，以真切之筆寫難堪之情，無窮幽怨與心斷神傷含吐不露，盡顯雅人深致。男子而擬作閨音，相比於女子閨音，整體而言似乎還是隔了一層，這首詞就是一個顯著的例證。

水調歌頭‧題岳陽樓圖①

　　落日與湖水，終古岳陽城。登臨半是遷客②，歷歷數題名。欲問遺蹤何處，但見微波木葉，幾簇打魚罾③。多少別離恨，哀雁下前汀。忽宜雨，旋宜月，更宜晴④。人間無數金碧，未許著空明⑤。淡墨生綃譜就，待倩橫拖一筆，帶出九疑青⑥。彷彿瀟湘夜，鼓瑟舊精靈⑦。

水調歌頭・題岳陽樓圖①

[注釋]

①岳陽樓：在湖南岳陽西門。納蘭所題〈岳陽樓圖〉，未詳何人繪。②遷客：貶謫之人。范仲淹〈岳陽樓記〉：「遷客騷人，多會於此。」③「但見」二句：《九歌・湘夫人》：「嫋嫋兮秋風，洞庭波兮木葉下。」謝莊〈月賦〉：「洞庭始波，木葉微脫。」王褒〈渡河北〉：「秋風吹木葉，還似洞庭波。」罾（ㄗㄥ），漁網。④「忽宜雨」三句：陳與義〈菩薩蠻〉：「南軒面對芙蓉浦。宜風宜月還宜雨。」⑤「人間」二句：金碧，金碧山水畫。未許，未如此。蘇軾〈海市〉：「東方雲海空復空，群仙出沒空明中。」⑥「淡墨」三句：王安石〈題惠崇畫〉：「方諸承水調幻藥，灑落生綃變寒暑。」譜，繪畫。九疑，九疑山，亦作九嶷山，在湖南寧遠。《水經注・湘水》：「蟠基蒼梧之野，峰秀數郡之間，羅岩九舉，各導一溪，岫壑負阻，異嶺同勢，遊者疑焉，故曰九疑山。」⑦「彷彿」二句：《後漢書・馬融傳》李賢注：「湘靈，舜妃，溺於湘水，為湘夫人也。」錢起〈湘靈鼓瑟〉：「曲終人不見，江上數峰青。」

[評析]

　　題圖之作，如果能夠做到畫中態與畫外意交織熔鑄，便是上品。如蘇軾的〈惠崇春江曉景〉：「竹外桃花三兩枝，春江水暖鴨先知。蔞蒿滿地蘆芽短，正是河豚欲上時。」而如果還能做到與心中情渾然一體，就是極品。納蘭的這首〈水調歌頭〉，圍繞畫中所繪景緻多方描摹，同時代入與岳陽樓有關的人事慨嘆，一氣貫注，筆意靈動。然就詞論詞，終嫌情淺。

　　題詠之作，在高明的作者手上，圖畫與實歷的不同其實並不妨礙真情實感的抒發，因而也就不應該存在絕然的區分。在「遷客」的題作中，張舜民的一首〈賣花聲・題岳陽樓〉比較有代表性：「木葉下君山。空水漫漫。十分斟酒斂芳顏。不是渭城西去客，休唱陽關。醉袖撫危闌，天

淡雲閒。何人此路得生還。回首夕陽紅盡處，應是長安。」起二句，以蕭蕭落葉、水空迷濛之下的秋月景象烘托謫貶失意的悲涼心境。再將鏡頭轉回樓內，一個「斂」字寫出尊前氣氛的沉悶與女子的深情，反用王維詩意，更將悽愴悲慨之情溢於言表。下片寫憑欄獨立，仰望回首，萬般感懷。過片二句中，「醉袖」呼應「十分斟酒」，針線綿密；濃烈的抒情中插入一筆「天淡雲閒」的寫景，既引起下文，又能顯出張弛有度，跌宕多姿。結二句運用奪胎換骨之法，在典故的巧妙化用中將眷戀、怨憤、期待等種種複雜矛盾的情緒和盤托出。作品的典範意義往往在於它的超越性，歷代有關岳陽樓的題詠只是一個方面的例證。與類似於張舜民的詞相比較而言，納蘭詞的紙上得來終覺淺，在這裡主要是與個人經歷乃至性格氣質有關。

　　當然，從另外的角度看，文字表達也存在一個自身的侷限性問題。面對一幅畫在視覺上所造成的美，有時確實很難找到合適的語詞去描述。而且，以帶有強烈理性功能的語言敘事時，也往往會格式化和秩序化某些原始的資訊，使之在相應的方面有所損耗，就像陶淵明〈飲酒〉其五中所說的「此中有真意，欲辨已忘言」。而且，就更大的方面著眼，所謂「淺」，其實也是基於不同的人生階段所產生的一種審美價值判斷，按照學者的觀點，納蘭詞的好處也許真的在於「即淺為深且即淺為美」。（清初各大家詞，尤其是納蘭詞明白可誦可懂，是由於「取法乎上」，又云「此開國現象也」）的意境與風格。

　　納蘭此闋今存手書扇面，尾署：「題畫，書為孟公道兄正，松花江漁成德。」查清代歷史研究文獻，此「孟公」當即安璿。安璿（西元1629～1703年），字孟公，號蒼涵，江蘇無錫人。工書畫。順治十一年（西元1654年）曾與同里詞人顧景文、顧貞觀昆仲、嚴繩孫、秦保寅等結「雲門社」。

天仙子・淥水亭秋夜

水浴涼蟾①風入袂。魚鱗蹙損金波碎②。好天良夜酒盈尊③，心自醉。愁難睡。西南月落城烏起④。

[注釋]

①水浴涼蟾：水中映月。賀鑄〈菱花怨〉：「露洗涼蟾，潦吞平野，三萬頃非塵界。覽勝情無奈。」葛長庚〈菊花新〉：「渺渺煙霄風露冷，夜未央、涼蟾似水。」②「魚鱗」句：魚鱗，水紋。白居易〈早春西湖閒遊〉：「小橋裝雁齒，輕浪鬖魚鱗。」金波，月光。《漢書・郊祀歌》：「月穆穆以金波，日華耀以宣明。」③酒盈尊：顧夐〈更漏子〉：「歌滿耳，酒盈尊，前非不要論。」④「西南」句：城烏，城樓上的烏鴉。張繼〈楓橋夜泊〉：「月落烏啼霜滿天，江楓漁火對愁眠。」溫庭筠〈更漏子〉：「花外漏聲迢遞。驚塞雁，起城烏。」

[評析]

這首詞描繪淥水亭秋夜之景，抒發秋感。清風明月，好天良夜，惹人心醉，卻徹夜難眠。至於何以美景如斯而傷感愁悶一至於此，篇中含吐未露。是「自古逢秋悲寂寥」（劉禹錫〈秋詞〉）的瑟瑟秋情？「心怯空房不忍歸」（王涯〈秋夜曲〉）的纏綿幽怨？「何處庭前新別離」、「照他幾許人腸斷」（白居易〈中秋月〉）的萬千聯想？「坐看牽牛織女星」（杜牧〈七夕〉）的哀怨惆悵？還是「此生此夜不長好，明月明年何處看」（蘇軾〈中秋月〉）的深沉慨嘆？或者是多種情緒莫名交織兼而有之？都正好留給讀者發揮想像的空間。

吳文英有一首〈聲聲慢・陪幕中餞孫無懷於郭希道池亭，閏重九前一

日〉：「檀欒金碧，婀娜蓬萊，遊雲不蘸芳洲。露柳霜蓮，十分點綴成秋。新彎畫眉未穩，似含羞、低護牆頭。愁送遠，駐西臺車馬，共惜臨流。知道池亭多宴，掩庭花、長是驚落秦謳。膩粉闌干，猶聞憑袖香留。輸他翠漣拍甃，瞰新妝、時浸明眸。簾半卷，帶黃花、人在小樓。」其中，上片著重描寫園林秋景，語詞麗密，金碧輝煌，與依依離情相得益彰。兩相對照，益見納蘭此闋詞風與詞法之疏淡。

天仙子

　　夢裡蘼蕪①青一剪。玉郎經歲音書遠②。暗鍾明月不歸來，梁上燕。輕羅扇。好風又落桃花片。

[注釋]

　　①蘼蕪：香草名。《玉臺新詠・古詩八首》之一：「上山採蘼蕪，下山逢故夫。」謝朓〈和王主簿季哲怨情詩〉：「相逢詠蘼蕪，辭寵悲團扇。」薛道衡〈昔昔鹽〉：「垂柳覆金堤，蘼蕪葉復齊。」孟郊〈古薄命妾〉：「春山有蘼蕪，淚葉長不乾。」張孝祥〈踏莎行〉：「舞徹霓裳，歌殘金縷。蘼蕪白芷愁煙渚。」②「玉郎」句：顧敻〈遐方怨〉：「玉郎經歲負娉婷，教人爭不恨無情。」

[評析]

　　這是一首傷春念遠詞。詞以「夢裡蘼蕪」開篇，定下怨情的基調。再以比對「暗鍾」與「明月」渲染情緒，以羅扇之「輕」反襯心情憂鬱。結句綰合全篇，盡顯含蘊悠長，其中「好風」是樂景寫哀，「又落」吻合「經歲」、「不歸」，寫的是心靈悸動。全篇清麗深婉，簡淡輕靈，其情景起落

流暢自然處,「不減五代人手筆」(陳廷焯《詞則‧大雅集》卷五),高處或過之。試以韋莊同調名作二首並讀:「蟾彩霜華夜不分。天外鴻聲枕上聞。繡衾香冷懶重燻。人寂寂,葉紛紛。才睡依前夢見君。」、「夢覺雲屏依舊空。杜鵑聲咽隔簾櫳。玉郎薄倖去無蹤。一日日,恨重重。淚界蓮腮兩線紅。」同寫念遠之情,尤其是前闋中「依前」二字,有一箭多雕之用。與納蘭詞一樣,都當得起「雅雋絕倫」(《清平初選後集》卷一田茂遇評語)之評。

浪淘沙‧望海

　　蜃闕半模糊。踏浪驚呼[1]。任將蠡測笑江湖[2]。沐日光華還浴月,我欲乘桴[3]。釣得六鰲[4]無。竿拂珊瑚[5]。桑田清淺問麻姑[6]。水氣浮天天接水,那是蓬壺[7]。

[注釋]

　　[1]「蜃闕」二句:蜃闕,海市蜃樓。《史記‧天官書》:「海旁蜃氣象樓臺,廣野氣成宮闕然。」許敬宗〈奉和春日望海〉:「驚濤含蜃闕,駭浪掩晨光。」薩都剌〈黯淡灘歌〉:「歡呼踏浪棹歌去,晴雪灑面風吹衣。」[2]「任將」句:蠡,瓢或勺。《漢書‧東方朔傳》:東方朔答客難云:「語曰『以管窺天,以蠡測海,以莛撞鐘。』,豈能通其條貫,考其文理,發其音聲哉!」《莊子‧秋水》:「秋水時至,百川灌河,涇流之大,兩涘渚崖之間不辨牛馬。於是焉河伯欣然自喜,以天下之美為盡在己。順流而東行,至於北海,東面而視,不見水端,於是焉河伯始旋其面目,望洋向若而嘆曰:『野語有之曰:聞道百以為莫己若者。我之謂也。且夫我嘗聞少仲尼之聞而輕伯夷之義者,始吾弗信,今我睹子之難窮也,吾非至於子之

門,則殆矣,吾長見笑於大方之家。』」③乘桴:桴,木筏。《論語‧公冶長》:「子曰:『道不行,乘桴浮於海。』」嚴仁〈水龍吟〉:「我欲乘桴,從茲浮海,約任公子。」④六鰲:《列子‧湯問》:渤海之東,有大壑焉,其中有五山:岱輿、員嶠、方壺、瀛洲、蓬萊,常隨波上下往還。帝恐流於西極,失群仙聖之居,乃使巨鰲十五舉首而戴之,迭為三番,六萬歲一交焉,五山始峙而不動。而龍伯之國有大人,舉足不盈數步而暨五山之所,一釣而連六鰲,合負而趣歸其國。岱輿、員嶠二山流於北極,沉於大海,仙聖之播遷者巨億計。李中〈送王道士遊東海〉:「必若思三島,應須釣六鰲。」⑤「竿拂」句:杜甫〈送孔巢父謝病歸遊江東兼呈李白〉:「詩卷長流天地間,釣竿欲拂珊瑚樹。」劉克莊〈木蘭花慢〉:「只怕先生渴睡,釣竿拂著珊瑚。」⑥「桑田」句:麻姑,女仙。葛洪《神仙傳》卷三:「麻姑自說:『接待以來,已見東海三為桑田。向到蓬萊,水又淺於往昔會時略半也,豈將復還為陵陸乎!』方平笑曰:『聖人皆言,海中行復揚塵也。』」⑦蓬壺:王嘉《拾遺記》卷一:「三壺則海中三山也。一曰方壺,則方丈也;二曰蓬壺,則蓬萊也;三曰瀛壺,則瀛洲也。形如壺器。」李綱〈減字木蘭花〉:「茫茫雲海。方丈蓬壺何處在。」

[評析]

納蘭邊塞詞籠罩著一層悲哀的情調,是人所共知的事實,但這並不是說他的邊塞詞都如此。比如這首作於康熙二十一年(西元1682年)隨扈東巡時的〈浪淘沙〉,是寫在山海關眺望大海的情形,一種豪邁之情夾雜著濃重的驚喜,在納蘭詞中堪稱別調。當然,悲哀一直是納蘭的基調,只是這種悲哀往往蘊含著他「對社會歷史的情感性思考」,於是,至少跟同時代的人相比,這一點便足以構成納蘭邊塞詞中較有特色的部分。即如這首〈浪淘沙〉,一切景語皆是情語,面對瑰偉雄奇之景,八面來風,

浪淘沙・望海

浮想聯翩，既隱含淑世難求所催生的出塵想往之意，也有身在「江湖」不由自主的無奈情思。個中昂揚之氣，可與其〈鷓鴣天〉（誰道陰山行路難）相參。

　　納蘭的這首〈浪淘沙〉之於其邊塞詞整體，頗似李清照〈漁家傲〉之於其整體風格。這是另一層意義上的一與多的關係，這類作品的意義往往有超出文字本身的地方。李清照在視野拓展之後，詞境有時變得非常開闊，如〈漁家傲〉：「天接雲濤連曉霧。星河欲轉千帆舞。彷彿夢魂歸帝所。聞天語。殷勤問我歸何處。我報路長嗟日暮。學詩謾有驚人句。九萬里風鵬正舉。風休住。蓬舟吹取三山去。」起、結以驚人的海天景象，又以一問一答連綴上、下片，嚴整中極動盪之致，透迤中聞風雷之聲，見出靈動的藝術構想和表現力。全篇氣勢磅礴，雄渾高邁，有似蘇、辛一派，構成漱玉詞審美境界的另外一面，不唯在李清照集中為僅見，即使在整個宋代女性詞中，也很突出。女子而作壯語，又可以理解為是與「男子而作閨音」相對應的存在，非僅限於性別文學認知意義一端而已。

　　納蘭此篇也有超出邊塞題材一部分的認知意義。大致上，清初詞壇長調學辛，小令則大多學花間。比較特別的例外是陽羨詞派，他們的某些小令往往將這兩種主流詞法打成一片，雄健勁爽，別具一格。如陳維崧的〈點絳唇・夜宿臨洺驛〉：「晴髻離離，太行山勢如蝌蚪。稗花盈畝。一寸霜皮厚。趙魏燕韓，歷歷堪回首。悲風吼。臨洺驛口。黃葉中原走。」蔣景祁的〈臨江仙・歸舟未發，蓼洲信宿月下〉：「誰挽銀河天上水，傾成萬里波濤。晴江一望可容刀。煙含山勢遠，風定月輪高。屈指歸程應計日，蓼洲今夜前宵。章江不上廣陵潮。沙明揚子渡，螺現小金焦。」風格明顯與當時受雲間派影響者的婉麗清幽有所不同。納蘭詞在清初波瀾壯闊的詞學大潮中，也能表現出轉益多師繼而自我超越的一面，從而成為清初詞極具特色的組成部分之一。

浪淘沙

　　紅影涇幽窗。瘦盡春光。雨餘花外卻斜陽①。誰見薄衫低髻子②，抱膝思量。莫道不淒涼。早近持觴。暗思何事斷人腸③。曾是向他春夢裡，瞥遇迴廊④。

[注釋]

　　①「雨餘」句：雨餘，雨後。秦觀〈畫堂春〉：「東風吹柳日初長。雨餘芳草斜陽。」溫庭筠〈菩薩蠻〉：「雨後卻斜陽。杏花零落香。」②髻子：髮髻。李清照〈浣溪沙〉：「髻子傷春懶更梳。晚風庭院落梅初。」③「暗思」句：李珣〈浣溪沙〉：「鏤玉梳斜雲鬢膩，縷金衣透雪肌香。暗思何事立斜陽。」④「瞥遇」句：王彥泓〈瞥見〉：「別來清減轉多姿，花影長廊瞥見時。」

[評析]

　　這首〈浪淘沙〉刻劃花落春瘦之際「抱膝思量」的斷腸人。上片猶如運用「蒙太奇」手法，交叉剪下發生在同一時間不同空間的景象與畫面，在重新銜接中產生新的意義，並順勢推出人物形象。下片尤其是「曾是」結二句，猶如鏡頭中的閃回，主要交代因思成夢之由，同時也是對再度迴廊瞥見、以消別來清減不無期待，寫來深具含蓄蘊藉之美。

　　陳廷焯曾經指出：「容若詞不減飛濤，然一則精麗中有飛舞之致，一則纖綿中得淒婉之神，筆路又各別。」（《雲韶集》卷二十四）評語中提及的丁澎以及包括丁澎在內的「西泠十子」，「皆出臥子先生之門」（毛先舒《白榆集・小傳》）。一個是雲間後學，一個長於小令，丁澎與納蘭兩人當然就在特定意義上具備比較的基礎。當然，豐富複雜的清初詞學環境，

279

浪淘沙

　　既是原因，又是結果，即在清初催生出「精麗」與「纖綿」這兩種有一定代表性的詞風的同時，也會反過來因為多種不同筆路的蓬勃發展而造成更為複雜豐富的詞學生態，影響清初乃至整個清代詞學路線的轉換，成為清詞中興的組成部分。從這樣的角度著眼，可以看出深入探究納蘭詞以及與之相關的「西泠十子」等詞人、團體或流派所具有的相關價值。

　　在「西泠十子」中，丁澎詞作中雖然頗有延續雲間詞風者，如〈聲聲慢・秋夜和李清照韻〉（梧梢掛月）、〈柳初新・本意〉（雪殘小苑東風住）、〈爪茉莉・閨怨和屯田韻〉（密緘輕裁）、〈品令・幽懷〉（手捻相思子）、〈鳳銜杯・舊恨和柳七韻〉（屏前私結今生願）、〈臨江仙・春睡〉（麝歇薰籠金鴨冷），可謂越出越妍，「淒楚迴環，傷情欲絕」（徐釚《詞苑叢談》卷五），但也有一些作品，如〈賀新郎・塞上〉，處新政難測之地而發其慨然之情，氣勢騰越：「苦塞霜威洌。正窮秋、金風萬里，寶刀吹折。古戍黃沙迷斷磧，醉臥海天空闊。況氊幕、又添明月。榆歷歷兮雲槭槭，只今宵、便老沙場客。搔首處，鬢如結。羊裘坐冷千山雪。射鵰兒、紅翎欲墜，馬蹄初熱。斜韝紫貂雙纖手，罷銀箏淒絕。彈不盡、英雄淚血。莽莽晴天方過雁，漫掀髯、又見冰花破。渾河水，助悲咽。」與張丹以故國傷痛開啟詞風變化於前的悲慨之作一樣，都基本消除了雲間前期詞風的痕跡。兩相結合，可以見出清詞漸自明末流風中蛻變痕跡之一端。相比而言，十子之中的毛先舒學步雲間而闌入《花間》、《草堂》門徑，沈謙時時以曲家手眼填詞，與雲間詞人糾明詞以雅正，並嚴分詞曲範圍的傾向不同，又可以看出清初未能脫離明詞習氣者之眾。這樣看來，納蘭詞的與之「各別」，在一定程度上可以理解為清詞正走在創作的康莊大道之上的一種恢弘表徵。

南樓令

　　金液鎮心驚①。煙絲似不勝②。沁鮫綃、湘竹無聲③。不為香桃憐瘦骨，怕容易，減紅情④。將息報飛瓊。蠻箋署小名⑤。鑑淒涼、片月三星⑥。待寄芙蓉心上露，且道是，解朝酲⑦。

[注釋]

　　①「金液」句：金液，長生藥。葛洪《抱朴子‧金丹》：「金液，太乙所服而仙者也，不減九丹。」可借指治病之藥。王彥泓〈述婦病懷〉：「難憑銀葉鎮心驚，侍女床前不敢行。」②「煙絲」句：劉禹錫〈楊柳枝〉：「煬帝行宮汴水濱。數株楊柳不勝春。」③「沁鮫綃」句：任昉《述異記》：「南海出鮫綃紗，一名龍紗，其價百餘金，以為服，入水不濡。」陸游〈釵頭鳳〉：「春如舊。人空瘦。淚痕紅浥鮫綃透。」張華《博物誌》卷八：「堯之二女，舜之二妃，曰湘夫人。舜崩，二妃啼，以涕揮竹，竹盡斑。」④「不為」三句：李商隱〈海上謠〉：「海底覓仙人，香桃如瘦骨。」方千里〈水龍吟〉：「綠態多慵，紅情不語，動搖人意。」⑤「將息」二句：將息，調養。飛瓊，女仙。《太平廣記‧女仙》：「唐開成初，進士許瀍遊河中，忽得大病，不知人事，親友數人，環坐守之。至三日，蹶然而起，取筆大書於壁曰：『曉入瑤臺露氣清，坐中唯有許飛瓊。塵心未盡俗緣在，十里下山空月明。』書畢復寐。及明日，又驚起，取筆改其第二句曰『天風飛下步虛聲』。書訖，兀然如醉，不復寐矣。良久，漸言曰『昨夢到瑤臺，有仙女三百餘人，皆處大屋。內一人云是許飛瓊，遣賦詩。』及成，又令改，曰：『不欲世間人知有我也。』既畢，甚被賞嘆，令諸仙皆和，曰：『君終至此，且歸。』若有人導引者，遂得回耳。」晏幾道〈南鄉子〉：「深意託雙魚。小剪蠻箋細字書。」⑥「鑑淒涼」句：《詩經‧唐風‧綢繆》：「綢繆束薪，三星在天。」秦觀〈南

生查子

歌子〉：「水邊燈火漸人行。天外一鉤殘月、帶三星。」⑦「待寄」三句：吳文英〈齊天樂〉：「芙蓉心上三更露，茸香漱泉玉井。」朝醒（ㄔㄥˊ），宿酒未醒。王仁裕《開元天寶遺事》：「貴妃每宿酒初消，多苦肺熱。嘗凌晨獨遊後苑，傍花樹以手攀枝，口吸花露，藉其露液潤於肺也。」

[評析]

　　這首〈南樓令〉，《飲水詞箋校》認為是納蘭在盧氏病重時所作，竭力求醫無效，萬般無奈之下，祈求神仙施以援手。有一定的道理。不過，也有一點疑惑，如果真是這樣的情況，不知納蘭何以密集運典，將一件本來大方的事情，寫得如此典麗而又撲朔迷離。一學者則認為，從詞深曲的意思來看，像是寫給某一情人的。

　　其實，如果把這首詞理解為只是抒發一種幽眇的情思，亦無不可。飲過佳釀，心情久久不能平靜。清淚長流，為的是那容易消減的情意。鴻雁傳書，寄去的是自己的心意，可以用來稍稍寬慰相互之間一樣如癡如醉的相思之情。結三句綰合起句，已顯出針線綿密，借清露解酒寫濃情寬解，更是不落俗套。與納蘭此詞大致相近的寫法，在前代詞人中並非一見，似乎能夠作為旁證。如趙彥端的〈謁金門〉：「春不盡。處處與情相趁。誰道劉郎家恁近。一年花不問。雙剪畫羅春勝。今夜月圓如鏡。怎得酒闌心易定。試將金液鎮。」

生查子

　　短焰剔殘花，夜久邊聲寂。倦舞卻聞雞①，暗覺青綾溼。天水接冥濛②，一角西南白。欲渡浣花溪③，遠夢④輕無力。

[注釋]

①「倦舞」句：參見前〈滿庭芳〉（堠雪翻鴉）。②冥濛：幽暗不明。江淹〈雜體詩·顏特進延之侍宴〉：「青林結冥濛，丹巘被蔥蒨。」王冷然〈夜光篇〉：「遊人夜到汝陽間，夜色冥濛不解顏。」③浣花溪：在四川成都西郊，溪旁有杜甫草堂。張泌〈江城子〉：「浣花溪上見卿卿。臉波明。黛眉輕。」④遠夢：李白〈憶襄陽舊遊〉：「歸心結遠夢，落日懸春愁。」

[評析]

這首〈生查子〉，《飲水詞箋校》認為是納蘭新舉進士不久所作，在關注「三藩之亂」的戰事中，寫出請纓無路的幽怨與慨嘆。這顯然比認為是邊地之作的觀點更為可取。詞寫賦閒在家，遙想戰事，夜起徘徊，惆悵難眠。「倦舞」句用古典而翻新意，自然貼切。

納蘭的這種情緒在同時展現在所作〈送蓀友〉中：

人生何如不相識，君老燕南我燕北。何如相逢不相合，更無別恨橫胸臆。留君不住我心苦，橫門驪歌淚如雨。君行四月草萋萋，柳花桃花半委泥。江流浩淼江月墮，此時君亦應思我。我今落拓何所止，一事無成已如此。平生縱有英雄血，無由一濺荊江水。荊江日落陣雲低，橫戈躍馬今何時。忽憶去年風雨夜，與君展卷論王霸。

詩中有「人生何如不相識」的悽愴別情，正話反說，也有「我今落拓」的幽怨憤懣，直抒胸臆，兩相融和，更能表達出知己難離之痛。報國無門、壯志難酬的心緒，在納蘭此後的詩詞中，基本上再沒有如此激切、明顯的表現。

生查子

惆悵彩雲飛，碧落知何許。不見合歡花①，空倚相思樹。總是別時情，那待分明語。判得最長宵，數盡厭厭②雨。

[注釋]

①合歡花：喬木，花淡紅色，如馬纓，俗稱馬纓花。歐陽脩〈漁家傲〉：「雨擺風搖金蕊碎。合歡枝上香房翠。」②厭厭：綿長。馮延巳〈長相思〉：「紅滿枝。綠滿枝。宿雨厭厭睡起遲。」宋無名氏〈簷前鐵〉：「悄無人，宿雨厭厭，空庭乍歇。」

[評析]

這首〈生查子〉寫相思別愁。上片借「彩雲飛」起興，類似於《詩經‧周南‧關雎》中「關關雎鳩，在河之洲」之類，意在點明相思的對象杳無歸期，相思者如今只落得「空倚相思樹」的悲涼處境。下片轉寫愁人自苦自慰，甘願忍受孤淒之苦，長宵不寐，在點滴的雨聲中輾轉反側，追思別時況味。這裡運用的是「倒提」之法，妙在能將離情之苦、相思之深表現得更為真切生動，深細婉轉。

納蘭的這種寫法，基本上是承襲溫庭筠的〈更漏子〉：「玉爐香，紅蠟淚。偏照畫堂秋思。眉翠薄，鬢雲殘。夜長衾枕寒。

梧桐樹，三更雨。不道離情正苦。一葉葉，一聲聲。空階滴到明。」對於溫詞「語彌淡，情彌苦」的「清真」（謝章鋌《賭棋山莊詞話》卷八）之美，俞平伯先生的解讀，大致上可以移評納蘭詞的好處：「後半首寫得很直，而一夜無眠卻終未說破，依然含蓄。」（《唐宋詞選釋》）也能夠視為譚獻評語中所謂「書家『無垂不縮』之法」（周濟《詞辨》卷一）最為明白如

話的解釋。此法不只「開北宋先聲」(陳廷焯《雲韶集》卷一)，亦且為後世詞人開出法門。

憶桃源慢

斜倚熏籠①，隔簾寒徹，徹夜寒於水。離魂何處，一片月明千里。兩地淒涼多少恨，分付藥爐煙細。近來情緒，非關病酒②，如何擁鼻③長如醉。轉尋思、不如睡也，看道④夜深怎睡。幾年消息浮沉⑤，把朱顏、頓成憔悴。紙窗風裂，寒到個人衾被。篆字香消燈燼冷，忽聽塞鴻嘹唳。加餐千萬，寄聲珍重，而今始會當日意。早催人、一更更漏，殘雪月華滿地。

[注釋]

①「斜倚」句：白居易〈後宮詞〉：「紅顏未老恩先斷，斜倚熏籠坐到明。」②非關病酒：李清照〈鳳凰臺上憶吹簫〉：「新來瘦，非干病酒，不是悲秋。」③擁鼻：《晉書・謝安傳》：「安本能為洛下書生詠，有鼻疾，故其音濁，名流愛其詠而弗能及，或手掩鼻以效之。」後以擁鼻指吟詠讀書，與離愁相關。唐彥謙〈春陰〉：「天涯已有銷魂別，樓上寧無擁鼻吟。」顧夐〈更漏子〉：「舊歡娛，新悵望。擁鼻含顰樓上。」歐陽脩〈和應之同年兄秋日雨中登廣愛寺閣寄梅聖俞〉：「舊社更誰能掩鼻，新秋有客獨登高。」④看道：猶料想。尚仲賢《洞庭湖柳毅傳書》：「我且拿起來，只一口將他吞於腹中，看道可還有本事為非作歹哩。」⑤消息浮沉：《世說新語・任誕》：「殷洪喬作豫章郡，臨去，都下人因附百許函書。既至石頭，悉擲水中，因祝曰：『沉者自沉，浮者自浮，殷洪喬不能作致書郵。』」

憶桃源慢

[評析]

　　這是一首懷念友人之作。「幾年消息浮沉」,明月千里,兩地淒涼,夜深怎睡?紙窗風裂,香消燈灺,更漏催人,塞鴻嘹唳,憶珍重加餐,「而今始會當日意」、「強烈的傷感伴和著深情的回憶蕩胸而出,以真摯自然勝」。真摯自然是納蘭詞施與後世詞壇的一個重要影響。

　　納蘭對後世詞壇的影響大小,有助於判定他在清初詞壇地位的高低,而對後世詞壇產生的影響究竟如何,重要的判斷指標之一是,有沒有詞人直接摹習他的某些詞作,具體情形又是如何。(另外的指標,至少還包括不同時代的詞選本或詞叢編中收入納蘭詞,叢刻如聶先、曾王孫輯《百名家詞鈔》、汪世泰輯《八家詞鈔》、近代的《清名家詞》等,基本上有整體收錄的意思,重存而輕選,也需要引起重視。)《粵東詞鈔三編》有云:「飛聲少時稍學為詩,於詞則未解聲律也。嘗讀先大父〈燈影詞〉,擬作數首,攜謁陳朗山先生。先生以為可學,授以成容若、郭頻伽兩家詞。由此漸窺唐宋門徑,心焉樂之。」從納蘭性德、郭麐入手,以求窺得「唐宋門徑」,這是陳良玉(號朗山)指授後輩學詞的獨到之處,從中可見其對納蘭詞的獨特看法,以及受納蘭詞之重性靈抒寫影響的程度之深。又,著名詩人曾經明確提出:近代詞人指出「尤長小令,殆《飲水》、《側帽》之亞也」(《忍古樓詞話》)。所舉出的例證,如〈點絳唇・夏日即事〉:「老樹當簷,夕陽影裡鳴蟬鬧。柴門卻掃。靜覺清風到。睡醒呼童,竹塢支茶灶。幽香窈。綠胎含笑。夜合花開了。」〈浪淘沙〉:「燈灺墜金蟲。倦眼惺忪。夢迴愁倚錦屏東。梧葉雨疏聲點滴,秋病人慵。小札寄芙蓉。問訊匆匆。百凡珍重可憐儂。影瘦黃花香瘦蝶,惱煞西風。」

　　〈添字南鄉子・春陰〉:「軟綠泛煙蕪。天影模糊。喚盡春魂總未蘇。底事雨鳩頻逐婦,呱呱。水漲溪橋池也無。飛絮一簾扶。莫謾愁沽。好

趁梨花醉玉壺。規取漁樵身入畫，疏疏。試仿雲林淡墨圖。」都可以稱得上「纏綿靡極」（潘祖蔭〈花影吹笙詞鈔序〉），也確實與納蘭詞在某些方面相似。不過，細繹之下，與其說這些作品是學習納蘭詞，還不如說是學習唐五代詞。倒是近代中國的一首長調作品〈憶桃源慢〉值得注意：「深護熏篝，匀調茗碗，約夢餘寒滯。春色三分，已度二分流水。舊事心頭重打迭，宛轉蠶眠絲細。近真瘦也，腰圍帶減，情懷未飲渾如醉。盡銷凝，永夜無眠，到底如何得睡。十年青鬢痕消漫，低徊鏡中憔悴。繡衾慵覆，冷暖倩誰料理。蠟淚紅凝香篆結，暗逐浮雲身世。情緣今古，他生未卜，鈿釵雙負團圓意。譜相思，笙聲花影，斜月淡黃滿地。」不僅體式完全依照納蘭所創該調，寫法上更是有明顯模仿的痕跡。另外，譚獻認為，單調小令，「上不侵詩，下不墮曲，高情遠韻，少許勝多，殘唐北宋後成罕格」，詩詞家「有意於此」、「深入容若、竹垞之室」（《復堂日記》卷四），頗不易到。汪承慶也被蔣敦復認為是「瓣香」納蘭「長調」者：「滄江樂府七人中，汪君稚泉年少多才，余見其所著〈蘭笑詞〉，詫曰：『此詞家射鵰手也。長調音節瀏亮，頓挫生姿，瓣香納蘭容若，而絕少衰颯氣。小令中腔，芬芳悱惻，不墮南宋人雲霧。加以學力，鄙人當退避三舍矣。』」（《芬陀利室詞話》卷三）又云所舉汪氏〈霓裳中序第一〉（玫階雨乍歇）和〈高陽臺〉（倚病鐫愁）一「似夢窗」一「似碧山」。若真如蔣氏所言，倒反過來為體認納蘭長調提供了可能的新觀念。

青衫濕遍·悼亡

　　青衫濕遍，憑伊慰我，忍便相忘。半月前頭扶病，剪刀聲、猶在銀①。憶生來、小膽怯空房②。到而今、獨伴梨花影，冷冥冥、盡意淒涼。

青衫溼遍‧悼亡

願指魂兮識路，教尋夢也迴廊。咫尺玉鉤斜③路，一般消受，蔓草殘陽。判把長眠滴醒，和清淚、攪入椒漿④。怕幽泉、還為我神傷。道書生薄命宜將息，再休耽、怨粉愁香⑤。料得重圓密誓，難禁寸裂柔腸⑥。

[注釋]

①「半月」二句：扶病，帶病勞作。張綱〈綠頭鴨〉：「莫學我，年年對月，扶病江乾。」銀，銀燈。晏幾道〈鷓鴣天〉：「今宵剩把銀照，猶恐相逢是夢中。」②「憶生來」句：常理〈古離別〉：「小膽空房怯，長眉滿鏡愁。」③玉鉤斜：在揚州，隋煬帝葬宮人處。借指墓地。周實丹〈秋蟲〉：「秋雨衰梧金井畔，荒煙野蔓玉鉤斜。」蘇軾〈與舒教授張山人參寥師同遊戲馬臺書西軒壁兼簡顏長道二首〉之一：「路失玉鉤芳草合，林亡白鶴古泉清。」陳子龍〈江都絕句同讓木賦六首〉之二：「千重閣道覆雲霞，宮女東都自憶家。當日便為傷別地，胡香不起玉鉤斜。」④椒漿：祭奠所用酒漿，以椒浸製。《九歌‧東皇太一》：「蕙餚蒸兮蘭藉，奠桂酒兮椒漿。」王逸注：「椒漿，以椒置漿中也。」宋‧無名氏〈奉禮歌〉：「袞衣輝煥，寶佩琳瑯。奠椒漿。」⑤怨粉愁香：王沂孫〈金盞子〉：「厭厭地、終日為伊，香愁粉怨。」⑥「難禁」句：《世說新語‧黜免》：「桓公入蜀，至三峽中，部伍中有得猿子者。其母緣岸哀號，行百餘里不去，遂跳上船，至便即絕。破視其腹中，腸皆寸寸斷。公聞之，怒，命黜其人。」

[評析]

盧氏卒於康熙十六年（西元1677年）五月三十日，據詞中「半月前頭」語，此篇當為納蘭初賦悼亡之作。全篇淒情苦語，出以促節短音，陰陽兩隔，相將神傷。「慰我」云云，可證葉舒崇「悼亡之吟不少，知己之恨猶多」（〈皇清納臘氏盧氏墓誌銘〉）之不誣。上片「半月」句以下的細節

描寫，顯示前代悼亡詩中睹物思人、追憶生活細節寫法的進一步發展，如潘岳〈悼亡詩〉其一中「望廬思其人，入室想所歷。帷屏無彷彿，翰墨有餘跡。流芳未及歇，遺掛猶在壁」，元稹〈遣悲懷三首〉其一中「顧我無衣搜藎篋，泥他沽酒拔金釵。野蔬充膳甘長藿，落葉添薪仰古槐」、其二中「衣裳已施行看盡，針線猶存未忍開」、其三中「唯將終夜長開眼，報答平生未展眉」等。下片「道書生薄命」以下四句，一再轉換角度，尤能道得人們心中有、筆下無的情深與傷慟。

〈青衫溼遍〉是納蘭自度曲，與〈人月圓〉之又名〈青衫溼〉者不同。周之琦〈懷夢詞〉中有效納蘭此調者，序云：「道光己丑夏五，余有騎省之戚，偶效納蘭容若詞為此。雖非宋賢遺譜，音節有可述者。」詞曰：「瑤簪墮也，誰知此恨，只在今生。怕說香心易折，又爭堪、燼落殘燈。憶兼旬、病枕慣懵騰。看宵來、一樣懨懨睡，尚猜他、夢去還醒。淚急翻嫌錯莫，魂消直恐分明。回首並禽棲處，書帷鏡檻，憐我憐卿。暫別常憂道遠，況悽然、泉路深扃。有銀箋、愁寫瘞花銘。漫商量、身在情長在，縱無身、那便忘情。最苦梅霖夜怨，虛窗遞入秋聲。」下片「暫別」五句說原本連短暫的分離都擔心相隔太遠，有「銀箋」也害怕寫「瘞花銘」一類憂傷的文字，而今又當如何面對愛妻遽然離世的事實？尤見情深而真，幾欲「掩過」（李慈銘《越縵堂日記》）納蘭，後來居上。

酒泉子

謝卻荼蘼[①]。一片月明如水。篆香消，猶未睡。早鴉啼。嫩寒無賴羅衣薄[②]。休傍闌干角[③]。最愁人，燈欲落。雁還飛。

酒泉子

[注釋]

①荼蘼：花名。張邦基《墨莊漫錄》卷九：「酴醾花或作荼蘼，一名木香，有二品。一種花大而棘，長條而紫心者為酴醾。一品花小而繁，小枝而檀心者為木香。」高濂《草花譜》：「荼蘼花，大朵色白，千瓣而香，枝根多刺。（王琪〈春暮遊小園〉）詩云『開到荼蘼花事了』，為當春盡時開耳。」②「嫩寒」句：嫩寒，微寒。王詵〈踏青遊〉：「金勒狨鞍，西城嫩寒春曉。」無賴，猶無奈。③「休傍」句：柳永〈鳳凰閣〉：「相思成病，那更瀟瀟雨落。斷腸人在闌干角。」張元幹〈樓上曲〉：「明朝不忍見雲山。從今休傍曲闌干。」

[評析]

這首詞，《瑤華集》所收有詞題：「無題」。在詩詞闡釋傳統中，因為有了像李商隱難以索解又令人欲罷不能的〈無題〉一類詩的存在，後來者對於以「無題」為題的作品，一般都會不由自主地展開想像，認為它們可能會與戀情相關，所謂無題勝有題。這首〈酒泉子〉中簡潔幽婉的意象組合所傳達出的情景，如花事闌珊，篆香燃盡，早鴉鳴啼，輾轉反側，月明如水，清輝寒體，闌干愁倚，燈落雁飛，也彷彿共同作出了某種暗示，讓人產生聯想。其實，「無題」也還可以作另外一種理解，即作者希望表達，或者說希望與讀者分享的，只是某種細微的但卻是莫可名狀的情緒上的感發與觸動。

陳廷焯很欣賞這首詞，當然是以其「沉鬱說」衡量的結果，大致上是認為它在審美體驗的表達上「欲露不露，反覆纏綿」（《白雨齋詞話》卷一），達到了「委婉而深厚」（《白雨齋詞話》卷五）的創作高境。陳廷焯又在《詞則・閒情集》中說這首詞「情詞悽惋，似韋端己手筆」。看法與詞話所論不完全相同。《閒情集》中這兩句簡短的評語，至少包含了三層

意思。首先,間接顯示出納蘭詞哀婉的特徵除在愛情題材和邊塞主題中有突出展現之外,在像〈酒泉子〉一類的雜感中也有十分充足的表現。其次,直接判斷納蘭詞與韋莊的作品是相通的,這首詞便是一個例證。韋莊的詞,如代表作之一的〈菩薩蠻〉:「人人盡說江南好。遊人只合江南老。春水碧於天。畫船聽雨眠。壚邊人似月。皓腕凝霜雪。未老莫還鄉。還鄉須斷腸。」以白描手法寫出遊子所見所思,語言自然,情調疏朗,抒情顯豁。與納蘭的〈酒泉子〉相比較,的確在語言使用、抒情方式上有一些相近的地方。簡單地說,就是兩人的詞都稱得上情深語秀。這也說明,納蘭詞之所以能夠在整體上展現出高水準,是與他酷愛並重視學習唐五代詞息息相關。最後,認為這首〈酒泉子〉抒發的是一種「閒情」。不過,雖然是本不必深求的「閒情」,納蘭詞卻仍然明確展現出了情感細膩含蓄、意致深沉幽遠的特色,也比較符合學者「以自然之眼觀物,以自然之舌言情」的評論。忠於自己的真情實感,毫不做作地表達出來,納蘭詞的動人之處,也正在於此。

鳳凰臺上憶吹簫·除夕得梁汾閩中信,因賦[①]

荔粉初裝,桃符欲換,懷人擬賦然脂[②]。喜螺江雙鯉[③],忽展新詞。稠疊頻年離恨,匆匆裡、一紙難題。分明見、臨緘重發[④],欲寄遲遲。心知。梅花佳句,待粉郎香令,再結相思[⑤]。記畫屏今夕,曾共題詩。獨客料應無睡,慈恩夢、那值微之[⑥]。重來日,梧桐夜雨,卻話秋池。

鳳凰臺上憶吹簫・除夕得梁汾閩中信，因賦①

[注釋]

①詞題：《瑤華集》作「辛酉除夕得顧五閩中訊息」。顧五，即顧貞觀。②「荔粉」三句：荔粉，粉荔枝，新春食品。楊慎〈藝林伐山〉：「〈玉燭寶典〉云：洛陽人家，正旦造絲雞、蠟燕、粉荔枝。故宋人賀正啟有『瑞英餕臘，粉荔迎年』之句。」吳綺〈八節長歡〉：「荔粉桃符，餕將殘臘，催送新年。」桃符，舊時所用門神，以桃木板製成。《本草集解》：「李時珍曰：《風俗通》曰東海度朔山有大桃蟠屈千里，其北有鬼門，二神守之，曰神荼、鬱壘，主領眾鬼。黃帝因立桃板於門，畫二神以禦凶鬼。《典術》云：桃乃西方之木，五木之精，仙木也。味辛氣惡，故能壓伏邪氣，制百鬼。今人門上用桃符闢邪，以此也。」王安石〈除日〉：「爆竹聲中一歲除，春風送暖入屠蘇。千門萬戶曈曈日，總把新桃換舊符。」然脂，點燃燈燭。徐陵〈玉臺新詠序〉：「於是然脂暝寫，弄筆晨書。」③「喜螺江」句：螺江，螺女江，在中國福建福州西北。雙鯉，書信。張先〈虞美人〉：「願君書札來雙鯉。古汴東流水。」④臨緘重發：張籍〈秋思〉：「復恐匆匆說不盡，行人臨發又開封。」⑤「梅花」三句：「再結相思」，《瑤華集》作「一樣悽迷」，下有注：「辛稼軒客三山，有梅花相思之句。『粉郎香令』，梁汾集中語。」辛棄疾〈定風波〉：「極目南雲無過雁。君看。梅花也解寄相思。」據王讜《唐語林》，三國時何晏面白如傅粉，人稱粉郎。柳永〈甘草子〉：「卻傍金籠共鸚鵡，念粉郎言語。」香令，為荀彧事。習鑿齒《襄陽記》：「劉季和性愛香，謂張坦曰：『荀令君至人家，坐幕三日，香氣不歇。』」⑥「慈恩夢」句：慈恩，慈恩寺。孟棨《本事詩・徵異》：「元相公稹為御史，鞠獄梓潼。時白尚書在京，與名輩遊慈恩，小酌花下，為詩寄元曰：『花時同醉破春愁，醉折花枝當酒籌。忽憶故人天際去，計程今日到梁州。』時元果及襃城，亦寄〈夢遊〉詩曰：『夢君兄弟曲江頭，也向慈恩院裡遊。驛吏喚人排馬去，忽驚身在古梁州。』千里神交，合若符契，友朋之道，不期至歟。」

[評析]

　　這首詞作於顧貞觀入福建按察使吳興祚幕府期間，時在康熙十七至二十年（西元 1678～1681 年）。《瑤華集》此首詞題標為「辛酉」除夕，非是，因當年元夕顧氏曾與朱彝尊等人聚飲於納蘭花間草堂。

　　適逢佳節，納蘭念友之情正切，而此時恰好收到顧貞觀寄自閩中的信函，於是援筆賦詞。上片在點明除夕之景、懷人之意和得信之事後，即轉入寫讀後之感，透過巧妙點化張籍〈秋思〉詩意，暗逗出顧氏與自己都是一樣的情深一往。下片以「心知」二字領起，虛筆實寫——嚮往酬答優遊生活，回憶從前美好時光，逆料梁汾此時寂寥，盼望來日再度重逢，一氣而下，具見脈脈真情。顧貞觀有一首〈望海潮〉：「青煙散後，綠雲重綰，今來欲見何緣。每約花時，共聽鶯處，將歸幾度留連。冰玉語空傳。信書生薄命，自古而然。誰遣剛風，無端吹折到青蓮。品題真負當年。倩淚痕和酒，滴醒長眠。香令還家，粉郎依舊，知他一笑幽泉。慧業定生天。怕柔腸俠骨，難忘人間。莫更多情，漫勞天上葬神仙。」作於納蘭去世之後，個中「香令」、「粉郎」等句，可見對這一韻事的追念緬懷。

　　好友間除夕酬唱，例非罕見。如白居易的〈除夜寄微之〉：「鬢毛不覺白毿毿，一事無成百不堪。共惜盛時辭闕下，同嗟除夜在江南。家山泉石尋常憶，世路風波子細諳。老校於君合先退，明年半百又加三。」元稹的〈除夜酬樂天〉：「引儺綏旆亂毿毿，戲罷人歸思不堪。虛漲火塵龜浦北，無由阿傘鳳城南。休官期限元同約，除夜情懷老共諳。莫道明朝始添歲，今年春在歲前三。」除夕是闔家團圓、辭舊迎新的傳統節日，當此之際，縱情歡樂本是題中應有之義：「蟋蟀在堂，歲聿其莫。今我不樂，歲月其除。」（《詩經‧唐風‧蟋蟀》）元、白之作，友情蕩漾，聯袂展現出了一個屬於他們兩人的、特別的除夕。成、顧步武其後，一同其妙。

漁父

收卻綸竿落照紅。秋風寧為剪芙蓉①。人淡淡，水濛濛。吹入蘆花短笛中。

[注釋]

①「收卻」二句：綸竿，釣竿。邢昺《爾雅疏》：「今江東人呼荷花為芙蓉。」依《說文解字》：「未發為菡萏，已發為芙蓉。」白居易〈長恨歌〉：「歸來池苑皆依舊，太液芙蓉未央柳。」

[評析]

「漁父」詞作為一個獨特的傳統題材系列，透過描寫漁父生活及其生活環境，藉以抒發隱逸之思乃至悟道參禪，同時，作為文化符碼，以追求人格獨立、精神自由為要義，對提升人生境界有著重要的啟迪意義。大曆年間，張志和創作〈漁父〉五首，其第一首云：「西塞山前白鷺飛。桃花流水鱖魚肥。青箬笠，綠蓑衣。斜風細雨不須歸。」展現了隱逸之樂和自在無拘的詞心，境界瀟灑，「妙通造化」（劉熙載《藝概》卷四。按：柳宗元〈江雪〉：「千山鳥飛絕，萬徑人蹤滅。孤舟蓑笠翁，獨釣寒江雪。」天懷淡定，風趣靜峭，一學者認為有張志和〈漁父〉「所未道之境」）。這組詞不僅一時遞相唱和，而且遠播日本。納蘭的這首〈漁父〉，是題於徐釚〈楓江漁父圖〉上的作品，時在康熙十八年（西元1679年）。雖然與朱彝尊、屈大均、徐乾學、王士禛等一眾題跋題詠者角度未必全然不同，但借題發揮，清秀超逸，句句寫景，句句含情，「同人以為可與張志和並傳」（徐釚《詞苑叢談》卷五）。

首句為全篇定下基調，夕陽西下，悠然收竿，在景象的勾繪中傳遞

出一種逍遙自在的情緒。次句寫秋風殘荷，搖曳淒美，以一「寧」字連綴，暗示出作者的持守與超脫之意。納蘭「常有山澤魚鳥之思」（韓菼〈通議大夫一等侍衛進士納蘭君神道碑銘〉），這種獨特的想法，也很可能出自唐人郭恭的〈秋池一枝蓮〉：「秋至皆零落，凌波獨吐紅。託根方所得，未肯即隨風。」接下來，隨著時間的流逝，鏡頭由近景推為遠觀，天青水藹，舟搖影去，靜謐安和，頗有天人合一的意境。結句寓情於景，蘆花飄飛，短笛悠揚，秋情無邊，既有歸去來兮的坦然灑脫，又有對歸去之後的美好憧憬。一個「吹」字，寫來栩栩如生，使人如身歷其境。顧貞觀有同調詞，似為和韻納蘭：「十里煙波喚小紅。問他鷗鷺可相容。人淡蕩，影空濛。一笠重尋是畫中。」角度微異，可以參讀。

望海潮・寶珠洞①

漢陵風雨，寒煙衰草，江山滿目興亡②。白日空山，夜深清唄，算來別是淒涼。往事最堪傷。想銅駝巷陌，金谷風光③。幾處離宮，至今童子牧牛羊。荒沙一片茫茫。有桑乾④一線，雪冷雕翔。一道炊煙，三分夢雨⑤，忍看林表⑥斜陽。歸雁兩三行。見亂雲低水，鐵騎荒岡。僧飯黃昏，松門涼月⑦拂衣裳。

[注釋]

①寶珠洞：或位於今中國北京西郊八大處。②「寒煙」二句：王安石〈桂枝香〉：「六朝舊事隨流水，但寒煙、芳草凝綠。」辛棄疾〈念奴嬌〉：「虎踞龍蟠何處是，只有興亡滿目。」③「想銅駝」二句：金谷，金谷園，晉石崇築於洛陽。何遜〈車中見新林分別甚盛〉：「金谷賓遊盛，青門冠蓋多。」劉禹錫〈楊柳枝〉：「金谷園中鶯飛亂，銅駝陌上好風吹。」周邦彥〈瑞鶴

望海潮・寶珠洞①

仙〉：「尋芳遍賞，金谷裡，銅駝陌。」④桑乾：桑乾河。朱彝尊〈最高樓〉：「望不盡、軍都山一面，流不盡、桑乾河一線。」⑤夢雨：王若虛《滹南詩話》：「蓋雨之至細，若有若無者，謂之『夢』。」李商隱〈重過聖女祠〉：「一春夢雨常飄瓦，盡日靈風不滿旗。」蘇軾〈次韻林子中春日新堤書事見寄〉：「為報年來殺風景，連江夢雨不知春。」賀鑄〈怨三三〉：「對夢雨廉纖。愁隨芳草，綠遍江南。」⑥林表：謝朓〈休沐重還丹陽道中詩〉：「雲端楚山見，林表吳岫微。」李善注：「表，猶外也。」⑦松門涼月：寺門。王勃〈遊梵宇三覺寺〉：「蘿幌棲禪影，松門聽梵音。」朱彝尊〈夏初臨〉：「驅馬斜陽，到鳴鐘、佛火黃昏。伴殘僧，千山萬水，涼月松門。」

[評析]

　　這首詞，《飲水詞箋校》認為是納蘭「早期習作，作期應在康熙十四年前」。往事堪哀，對景難排，詞以今昔興亡之感統領全篇，引起下文，繼以平鋪直敘之法，描繪所見景象，情在其中。

　　〈望海潮〉一調，眾所周知的名篇出自柳永：「東南形勝，三吳都會，錢塘自古繁華。煙柳畫橋，風簾翠幕，參差十萬人家。雲樹繞堤沙。怒濤卷霜雪，天塹無涯。市列珠璣，戶盈羅綺競豪奢。重湖疊清嘉。有三秋桂子，十里荷花。羌管弄晴，菱歌泛夜，嬉嬉釣叟蓮娃。千騎擁高牙。乘醉聽簫鼓，吟賞煙霞。異日圖將好景，歸去鳳池誇。」將城市生活的繁華描繪得淋漓盡致，可謂「承平氣象，形容曲盡」（陳振孫《直齋書錄解題》卷二十一）。

　　在後世詞家的追和之作中，嚴繩孫的一首〈望海潮・錢塘懷古，和柳屯田〉有所創變：「吳顛越蹶，玄黃戰罷，無多錢趙興亡。城柝宵嚴，宮鴉曉起，潮聲依舊錢塘。綺麗最難忘。有蜀船紅錦，粵橐沉香。別樣風流，翠翹金鳳內家妝。笙歌十里湖光。更沈雲菰米，墜粉蓮房。一道愁煙，三

分流水，惱人唯有斜陽。盡日繞荒岡。又秋營畫角，粉隊軍裝。指點六陵，衰草下牛羊。」吳綺對嚴作評價頗高：「往余解組溪干，繫船河曲，見當壚之酒母，甕釀百花；有題壁之詞人，墨成五彩，則嚴子蓀友所製〈望海潮〉一章也。」（〈秋水詞序〉）如果對照下片第四、五、六三句，納蘭詞局部模仿嚴詞的痕跡確實比較重。不過，除了傳統主題取向繼續有所調整之外，納蘭詞還是顯示獨特的個性風貌，即全篇籠罩著哀戚傷感的情調。

滿江紅・為曹子清題其先人所構楝亭，亭在金陵署中①

籍甚平陽，羨奕葉、流傳芳譽②。君不見、山龍補袞，昔日蘭署③。飲罷石頭城下水，移來燕子磯邊樹④。倩一莖、黃楝作三槐，趨庭處⑤。延夕月，承晨露。看手澤⑥，深餘慕。更鳳毛才思，登高能賦⑦。入夢憑將圖繪寫，留題合遣紗籠護⑧。正綠陰青子盼烏衣，來非暮⑨。

[注釋]

①詞題：曹寅（西元1659～1712年），字子清，號荔軒，又號楝亭，隸滿洲正白旗。曹雪芹祖父。康熙二十九年（西元1690年）以郎中差蘇州織造，經二年，改江寧織造，連任二十年之久。二女均被選作王妃。著有《楝亭集》。②「籍甚」二句：籍甚，盛大。《漢書・陸賈傳》：「賈以此遊漢廷公卿間，名聲籍甚。」平陽，曹參受封平陽侯。奕葉，累世。蔡邕〈琅琊王傅蔡朗碑〉：「奕葉載德，常歷宮尹。」③「君不見」二句：山龍，袞服上所繪章紋。《晉書・輿服志》：「王公衣山龍以下九章，卿衣華蟲以下九章。」補袞，補救、規諫帝王過失。《詩經・大雅・烝民》：「袞

滿江紅・為曹子清題其先人所構楝亭，亭在金陵署中①

職有闕，維仲山甫補之。」蘭署，唐祕書省為蘭署。④「飲罷」二句：尉遲偓《中朝故事》：「贊皇公李德裕，博達之士也。居廊廟日，有知奉使於京口。李曰：『還日，金山下揚子江中冷水，與取一壺來。』其人舉棹日，醉而忘之。泛舟上石頭城下，方憶及，汲一瓶於江中，歸獻之。李公飲後，驚訝非常，曰：『江表水味，有異於頃歲矣。此水頗似建業石城下水。』其人謝過，不敢隱也。」燕子磯，在南京東北郊觀音門外，三面懸絕臨江，狀若飛燕。⑤「倩一莖」二句：《周禮・秋官・朝士》：「面三槐，三公位焉。」《論語・季氏》：「(孔子)嘗獨立，(孔)鯉趨而過庭。曰：『學詩乎？』對曰：『未也。』，『不學詩，無以言。』鯉退而學詩。」後因以三槐喻三公，趨庭謂承父教。⑥手澤：先人或前輩遺物、遺墨等。《禮記・玉藻》：「父沒而不能讀父之書，手澤存焉爾。」⑦「更鳳毛」二句：《世說新語・容止》：「王敬倫風姿似父。作侍中，加授桓公公服，從大門入。桓公望之曰：『大奴固自有鳳毛。』」有鳳毛者，猶鳳雛。晁端禮〈永遇樂〉：「龍閣先芬，鳳毛榮繼，當世英妙。」《漢書・藝文志》：「傳曰：『不歌而誦謂之賦，登高能賦可以為大夫。』」⑧「留題」句：王定保《唐摭言》：「王播少孤貧，嘗客揚州惠昭寺木蘭院，隨僧齋餐，諸僧厭怠，播至，已飯矣。後二紀，播自重位出鎮是邦，因訪舊遊，向之題已皆碧紗幕其上。播繼以二絕句曰：『二十年前此院遊，木蘭花發院新修。而今再到經行處，樹老無花僧白頭。』、『上堂已了各西東，慚愧闍黎飯後鐘。二十年來塵撲面，如今始得碧紗籠。』」⑨「正綠陰」二句：張先〈傾杯〉：「芳菲故苑。深紅盡、綠葉陰濃，青子滿枝頭。」文天祥〈杏花〉：「春老綠陰青子近，東風來往一吹噓。」《南齊書・王僧虔傳》：「甲族向來多不居憲臺，王氏以分枝居烏衣者，位官微減，僧虔為此官，乃曰：此是烏衣諸郎坐處，我亦可試為耳。」周應合《景定建康志》：「烏衣巷在秦淮南，晉南渡，王謝諸名族居此，時謂其子弟為烏衣諸郎。」《後漢書・廉范傳》：「建中

初，遷蜀郡太守，其俗尚文辯，好相持短長，范每厲以淳厚，不受偷薄之說。成都民物豐盛，邑宇逼側，舊制禁民夜作，以防火災，而更相隱蔽，燒者日屬。范乃毀削先令，但嚴使儲水而已。百姓為便，乃歌之曰：『廉叔度，來何暮。不禁火，民安作。平生無襦今五絝。』在蜀數年，坐法免歸鄉里。」

[評析]

這首〈滿江紅〉，《飲水詞箋校》認為作於曹寅攜〈楝亭圖卷〉至京後，時在康熙二十四年（西元 1685 年）五月，距納蘭亡故不及一月。前一年冬，納蘭隨扈南巡，曾至江寧織造府，會曹寅。周汝昌先生的考證，結論大致不誤，但推論環節不無疑問：「據詞中『綠陰青子』之語，斷非冬日口氣。」（《紅樓夢新證·史事稽年》）納蘭詞前有序〈曹司空手植楝樹記〉，就中所云，即可證之：「余友曹君子清，風流儒雅，彬彬乎兼文學政事之長，叩其淵源，蓋得之庭訓者居多。子清為余言，其先人司空公當日奉命督江寧織造，清操惠政，久著東南。於時尚方資黼黻之華，閭閻鮮杼軸之嘆，衙齋蕭寂，攜子清兄弟以從，方佩佩韡之年，溫經課業，靡間寒暑。其書室外，司空親栽楝樹一株，今尚在無恙。當夫春葩未揚，秋實不落，冠劍廷立，儼如式憑。嗟乎！曾幾何時，而昔日之樹，已非拱把之樹，昔日之人，已非童稚之人矣。語畢，子清愀然念其先人。余謂子清：『此即司空之甘棠也。唯周之初，召伯與元公尚父並稱，其後伯禽抗世子法，齊侯佽任虎賁，直宿衛，唯燕嗣不甚著。今中國家重世臣，異日者，子清奉簡書乘傳而出，安知不建牙南服，踵武司空。則此一樹也，先人之澤，於是乎延，後世之澤，又於是乎啟矣。可無片語以志之？』因為賦長短句一闋。同賦者，錫山顧梁汾。」

納蘭在這首詞中連用典實，讚美之情溢於言表，跟他的絕大部分作

浣溪沙

品不同,很大一部分原因在於題贈對象與清室的特殊關係(曹寅的嫡母孫氏曾是康熙帝乳母),但運典又較為恰切,典雅不失氣度,婉曲無礙流暢。顧貞觀的和詞與之筆路酷肖,卻在情緒的表現方面相對有所克制,錄以並讀:「繡虎才華,曾不減、司空清譽。還記得、當年繞膝,雁行冰署。依約階前雙玉筍,分明海上三珠樹。憶一枝、新蔭小書窗,親栽處。柯葉改,霜和露。雲舍杳,空追慕。擬乘軺即日,舊遊重賦。暫卻緇塵求獨賞,層修碧檻須加護。早催教、結實引鸎雛,相朝暮。」

浣溪沙

　　一半殘陽下小樓。朱簾斜控①軟金鉤。倚欄無緒不能愁。有個盈盈騎馬過②,薄妝淺黛亦風流。見人羞澀卻回頭。

[注釋]

　　①控:下垂、彎曲貌。史焦之〈望海潮〉:「八窗盡控瓊鉤。送帆檣杳杳,潮汐悠悠。」②「有個」句:嚴繩孫〈虞美人〉:「暗愁如霧又黃昏。有個盈盈相併、說遊人。」

[評析]

　　這首〈浣溪沙〉以詞寫故事,擷取生活中的一個常見場景,透過描繪一名懷春女子的羞澀形象,表達抒情主角的一懷愁緒,情韻清麗。

　　梁啟勳曾經指出:「至於詞則以格律與字數所限,不宜於敘事,更無論矣。中間唯趙德麟以十二首〈蝶戀花〉寫〈會真記〉,開出以詞曲敘事之法門。厥後遂有孔藝亭之《桃花扇》傳奇,以四十齣之長篇敘述晚明南

朝故事之傑作。元明之傳奇，實不啻舉詞曲不宜敘事之桎梏，揉碎而摧廢之也。噫嘻，此非窮則變、變則通之明效歟。」（《曼殊室詞話》卷三，《曼殊室隨筆》輯錄本，載《詞話叢編續編》）話雖如此說，趙令時的作品畢竟還是適當補充說明詞前序文。到了明、清之際，情況就發生了比較大的變化，「傳奇」的概念已經開始展現在散文和詩詞中，吳偉業以歌行體入詞，就是一種傳奇式的寫法。吳氏十三首〈滿江紅〉，以史事、時事入詞，連綴吟詠，可稱詞中「梅村體」。如其中的一首〈滿江紅·蒜山懷古〉：「沽酒南徐，聽夜雨、江聲千尺。記當年、阿童東下，佛貍深入。白面書生成底用，蕭郎裙屐偏輕敵。笑風流北府好譚兵，參軍客。人事改，寒雲白。舊壘廢，神鴉集。盡沙沉浪洗，斷戈殘戟。落日樓船鳴鐵鎖，西風吹盡王侯宅。任黃蘆苦竹打荒潮，漁樵笛。」詠楊文驄抗清事，聲悲情苦，以《明史》楊氏本傳所云衡之，若合符契。又，龔鼎孳順治八年（西元 1651 年）之前所作的〈白門柳〉五十九首，描寫他和「秦淮八豔」之一的顧媚的一段情史，跟李雯應該是承繼秦觀、毛滂、趙令時而來的「題西廂圖二十則」系列詞作一道，都繼承了晚唐五代以來以詞寫故事的傳統，也是清初以傳奇之法為詞的明確表現，後出轉精，顯示出「詞的表現功能再進一步增強」（張宏生、馮乾《白門柳：龔顧情緣與明清之際的詞風演進》）。他們的創造，顯然可能會對包括納蘭在內的詞人們產生較為直接的影響。

菩薩蠻

　　夢迴酒醒三通鼓①。斷腸啼鴂②花飛處。新恨隔紅窗。羅衫淚幾行。相思何處說③。空有當時月④。月也異當時。團⑤照鬢絲。

菩薩蠻

[注釋]

①「夢迴」句：朱淑真〈春宵〉：「夢迴酒醒春愁怯，寶鴨煙銷香未歇。」孫洙〈菩薩蠻〉：「樓頭尚有三通鼓。何須抵死催人去。」②啼鴂（ㄐㄩㄝˊ）：《漢書・揚雄傳》注：「鵜鴂，一名子規，一名杜鵑，常以立夏鳴，鳴則眾芳皆歇。」張先〈千秋歲〉：「數聲。又報芳菲歇。」③「相思」句：韋莊〈應天長〉：「暗相思，無處說。惆悵夜來煙月。」④「空有」句：晏幾道〈採桑子〉：「白蓮池上當時月，今夜重圓。」⑤團：任華〈寄杜拾遺〉：「積翠扈遊花匼匝，披香寓直月團圝。」

[評析]

這是一首傷情之作。鬱懷難遣，長夜無眠，酒醒夢迴，鼓已三通，此刻偏偏又傳來杜鵑的悲啼聲，不禁倍感悽愴，清淚漣漣。但此情誰訴？忍顧明月依舊在，卻與當時大不同，現在只是孤零零地映照著月下一人，讓人更覺孤單清冷。一種況味淒楚處，應有得於韋莊〈應天長〉：「別來半歲音書絕。一寸離腸千萬結。難相見，易相別。又是玉樓花似雪。暗相思，無處說。惆悵夜來煙月。想得此時情切。淚沾紅袖黦。」詞中「空有當時月。月也異當時」二句，日常語寫來，有非同日常的感慨，多少能夠讓我們想到劉希夷〈代悲白頭翁〉中的「年年歲歲花相似，歲歲年年人不同」，以及張若虛〈春江花月夜〉中的「人生代代無窮已，江月年年只相似」等名句。納蘭對於「空有」二句顯然頗為自得，所以在同調詞中重複使用：

催花未歇花奴鼓。酒醒已見殘紅舞。不忍覆餘觴。臨風淚數行。粉香看又別。空剩當時月。月也異當時。淒清照鬢絲。

惹人懷疑二者當初或為一詞。事實上，類似的「互見」情形在文學史上並非罕見。如晏殊的七律〈示張寺丞王校勘〉：「元巳清明假未開，小園

幽徑獨徘徊。春寒不定斑斑雨，宿酒難禁灩灩杯。無可奈何花落去，似曾相識燕歸來。遊梁賦客多風味，莫惜青錢萬選才。」作者曾將頸聯完整地移植到自己的詞作中：「一曲新詞酒一杯。去年天氣舊亭臺。夕陽西下幾時回。無可奈何花落去，似曾相識燕歸來。小園香徑獨徘徊。」（〈浣溪沙〉）結果，非但沒有削弱，反而在新的語境中取得了強烈的審美效果，即在悲哀之中顯出一種內省，甚至隱隱透出一縷哲人之思，將妙手偶得之句賦予了一定形式上的意義。與納蘭稍有不同的是，晏殊的做法，無論是詩先詞後，還是詞先詩後，都稱得上「詩詞互見，各有佳處」（陳廷焯《白雨齋詞話》卷五）。

相見歡

　　落花如夢淒迷①。麝煙②微。又是夕陽潛下、小樓西③。愁無限，消瘦盡，有誰知。閒教玉籠鸚鵡、念郎詩。

[注釋]

　　①「落花」句：秦觀〈浣溪沙〉：「自在飛花輕似夢，無邊絲雨細如愁。」②麝煙：焚麝香散發出的煙。溫庭筠〈菩薩蠻〉：「深處麝煙長。臥時留薄妝。」③夕陽潛下、小樓西：杜牧〈題揚州禪智寺〉：「暮靄生深樹，斜陽下小樓。」

[評析]

　　落花如夢，麝煙微裊，夕陽西下，為伊憔悴無人曉，閒教鸚鵡念郎詩。這首〈相見歡〉在環境的渲染、細節的描摹和心理的刻劃中，生動形象地描

昭君怨

繪出閨中相思女子的無限惆悵與寂寞。一結從柳三變樂章變化而來，也一樣能夠做到豔而不纖，細膩傳神。納蘭於作詞一道深造有得，此為一例。

還不盡如此。人云詩中有畫，而詞中實亦有之。納蘭的這首詞，和他所承襲的柳永〈甘草子〉都是這樣：「秋暮。亂灑衰荷，顆顆真珠雨。雨過月華生，冷徹鴛鴦浦。池上憑闌愁無侶。奈此個、單棲情緒。卻傍金籠共鸚鵡。念粉郎言語。」在這兩首詞分別勾繪出的兩幅圖畫中，最為別開生面的就是結末畫龍點睛之句，因為其中包蘊的無盡內涵──抒情女主角教鸚鵡所念的，也正是畫圖難足的「畫外之音」。將念念不忘之情透過鸚鵡學「念」來表現，已是極含蓄婉曲之致，但懷想之意怎能真正遺忘，所以，本來是想藉以療治相思之苦並自我安慰的無奈之舉，在不斷重複的鳥語過後，卻反而會不斷增添一縷縷的淒涼傷感。這樣，就使得詞意又向前深入推進了一層。此外，彭孫遹《金粟詞話》認為，柳詞結二句乃「《花間》之麗句」。其實，柳詞中「真珠」、「月華」、「金籠」等語，亦皆具豔麗藻彩，為的是在淒美環境與虛空心境的強烈對比中，達到反襯的奇妙功效。相比而言，納蘭詞的畫面稍微簡淡一些，相應地，其美學效果也就可能不免稍遜一籌。雲間派殿軍周稚廉亦有此類曲傳神情之筆：「小鬟衫著輕羅。髮如螺。睡起釵偏髻倒、喚娘梳。心上事，春前景，悶中過。打疊閒情別緒、教鸚哥。」（〈相見歡〉）然較之納蘭詞，又等而下之矣。

昭君怨

暮雨絲絲吹溼。倦柳愁荷[①]風急。瘦骨不禁秋[②]。總成愁。別有心情怎說。未是訴愁時節。譙鼓[③]已三更。夢須[④]成。

[注釋]

①倦柳愁荷：史達祖〈秋霽〉：「江水蒼蒼，望倦柳愁荷，共感秋色。」②「瘦骨」句：吳文英〈惜秋華〉：「凡花瘦不禁秋，幻膩玉、腴紅鮮麗。」③譙（ㄑㄧㄠˊ）鼓：譙樓更鼓。毛开〈江城子〉：「坐聽三通，譙鼓報籠銅。」④須：《詩詞曲語辭彙釋》：「須，猶應也。」柳永〈玉女搖仙佩〉：「須信畫堂繡閣，皓月清風，忍把光陰輕棄。」

[評析]

這首詞寫愁情，立意雖不無平淺，但在輕巧勾勒中，尚能收有餘不盡之妙。暮雨風急，瘦骨成愁，愁能「怎說」，唯有夢中，但夜已深更，夢卻不成，此情誰訴，於是愁上添愁。

結句「夢須成」，擔受全篇抒情力度逐漸聚集之重，是為詞眼。這種寫法，顯示承繼唐詩宋詞中經典名篇而來。如杜甫〈羌村三首〉其一中末二句：「夜闌更秉燭，相對如夢寐。」寫夜闌不寐，秉燭對視，恍如夢中，囊括亂世離情，令全章搖曳生姿。晏幾道在兩宋詞人中尤其善於創造如夢似幻的藝術境界，如〈鷓鴣天〉：「小令尊前見玉簫。銀燈一曲太妖嬈。歌中醉倒誰能恨，唱罷歸來酒未消。春悄悄，夜迢迢。碧雲天共楚宮遙。夢魂慣得無拘檢，又踏楊花過謝橋。」結二句寫夢中追尋，得程頤「鬼語」之賞，意謂非人力所能為。（王夫之所編《唐詩評選》中選有兩首「虎丘鬼」詩，詩中有云：「白日徒昭昭，不照長夜臺。雖知生者樂，魂魄安能回」、「白日非我朝，青松為我門。雖復隔幽顯，猶知念子孫」，乃是真正的「鬼語」，又似乎有一點編者評語中所謂的「生人之理」。）晚清女詞人顧春有〈既選宋詞三卷遂以詞中七言句集為三十九絕句〉（詩題中「三十九」原作「三十八」，此據《顧太清奕繪詩詞合集》）和〈前年既選宋詞集選中句得三十九截句今掇其餘復成三十五首〉兩組詩，將小山此詞

中除「歌中」、「夢魂」二句以外的五個七言句全數集入選後絕句，也可見出其賞愛程度。又如〈鷓鴣天〉（彩袖殷勤捧玉鍾）結二句：「今宵剩把銀照，猶恐相逢是夢中。」寫別後重逢，較之杜詩要更為細膩曲折。沈祖棻先生對這兩句的鑑賞堪稱鞭辟入裡：「由於相思，曾經多次做夢，今天夜裡是真的見面了，卻反而疑惑起來，以為又在夢中。為了解除這個是真還是幻的疑問，只好把銀燈儘管拿著照了又照，才放下心來。」（《宋詞賞析》）納蘭的這首〈昭君怨〉言欲簡而情非淺，蓋可謂力攀巨人之肩者。

霜天曉角

　　重來對酒。折盡風前柳。若問看花情緒，似當日、怎能彀。休為西風瘦①。痛飲頻搔首。自古青蠅白璧②，天已早、安排就。

[注釋]

①「休為」句：李清照〈醉花陰〉：「莫道不銷魂，簾卷西風，人比黃花瘦。」②青蠅白璧：青蠅，蒼蠅的一種。王充《論衡·商蟲》：「讒言傷善，青蠅汙白，同一禍敗，詩以為興。」陳子昂〈宴胡楚真禁所〉：「人生固有命，天道信無言。青蠅一相點，白璧遂成冤。」

[評析]

　　這首詞寫送別。上片說當日把酒，相得甚歡，如今卻要對酒作別，而此時的心情早已跟當初不同，追憶中滿含惜別之情。下片感慨世事人生，互致慰勉，結處頗有斬截、不平之意。

　　人云相見時難別亦難，所以，如李白〈送孟浩然之廣陵〉中的「孤

帆遠影碧空盡,唯見長江天際流」,柳永〈雨霖鈴〉中的「便縱有千種風情,更與何人說」,無不優先表達纏綿縷縫與興味神韻。又云壯別天涯未許愁,所以,如王勃〈送杜少府之任蜀州〉中的「海內存知己,天涯若比鄰」,王維〈送元二使安西〉中的「勸君更盡一杯酒,西出陽關無故人」,又能重點突出盛朝氣象及其可遇難求的美學境界。納蘭詞與之不盡同,時有難明就裡的憂鬱憂憤語,如這首〈霜天曉角〉中的結二句「自古青蠅白璧,天已早、安排就」。類似的頗有「塊壘」情形,在納蘭的其他作品中也非罕見,如〈金縷曲·贈梁汾〉中的「且由他、蛾眉謠諑,古今同忌。身世悠悠何足問,冷笑置之而已」,以及〈金縷曲·簡梁汾〉中的「仕宦何妨如斷梗,只那將、聲影供群吠」等。

　　一近代詞人曾強烈反對常州派讀解詞作中的附會穿鑿之風,指「主風騷、託比興之言」為「魔道」,認為「幽微婉約」乃得「詞之正則」,並以此為準的評論清詞名家大家:「納蘭才高,時或失之縱恣。竹垞則華妝盛飾,真美反掩而不彰。其能掇周、柳之流風,嗣南唐之逸響者,唯項憶雲庶乎近之。」又云:「此吾夙昔之蘄向,沈翁(指沈宗畸)品題之語,可謂先得吾心。」(《駐夢詞》自跋)所謂「縱恣」,既不「幽微」也不「婉約」應該是包含於其中的,上述納蘭詞的憂憤之情或可為一例。清史學者曾指出,清代前期黨爭可以概括為五個方面:皇權與八旗分權之爭、滿漢黨禍、南北黨人之爭、朱王理學之爭、中宮黨爭。(《清史餘考·清朝前期的黨爭問題》)考察納蘭憂鬱憂憤之由,黨爭也許可以成為重點考慮的一部分。

鵲橋仙

鵲橋仙

倦收緗帙①,悄垂羅幕,盼煞一燈紅小。便容生受博山香②,銷折得、狂名多少。是伊緣薄,是儂情淺,難道多磨更好。不成③寒漏也相催,索性盡、荒雞唱了。

[注釋]

①緗(ㄒㄧㄤ)帙:淺黃色函套,代指書。《宋書·順帝紀》:「姬夏典載,猶傳緗帙,漢魏余文,布在方冊。」②博山香:博山爐所焚之香。《西京雜記》:「長安巧工丁緩者……作九層博山香爐,鏤為奇禽怪獸,窮諸靈異,皆自然運動。」徐《徐氏筆精》卷三:「博山爐,上有蓋,如山形,香煙纏繞,不相離也。」王炎〈木蘭花慢〉:「博山香霧冷,新雨過、怯單衣。」③不成:《詩詞曲語辭彙釋》:「不成,猶云難道也。」方岳〈立春前一日雪〉:「不成過臘全無雪,只隔明朝便是春。」

[評析]

這首〈鵲橋仙〉描寫一段情緣失落後的迷惘與煎熬。緗帙羅幕,燈紅煙香,狂名銷折,上片淒寂無聊背面的甜蜜懷舊基本上是明麗輕快的;緣薄情淺,幾多磨折,漏寒雞鳴,下片通宵難眠的傷感撫今滿是憂鬱自怨,明暗兩相對照,相副而出,尤其能夠彰顯憂傷與痛苦。

值得注意的是,詞中上片結句「銷折得、狂名多少」,在略顯突兀中託身世之感於豔情,從而拓展了作品的內涵,包括諸如並非只能是基於豔情的悔尤之意之類。這種寫法有著悠久的傳統。秦觀便被公認為善於「將身世之感,打併入豔情」(周濟《宋四家詞選》),從而替傳統的豔詞注入了新的情感內涵。如〈滿庭芳〉:「山抹微雲,天連衰草,畫角聲斷譙

門。暫停征棹,聊共引離尊。多少蓬萊舊事,空回首、煙靄紛紛。斜陽外,寒鴉數點,流水繞孤村。銷魂。當此際,香囊暗解,羅帶輕分。謾贏得、青樓薄倖名存。此去何時見也,襟袖上、空惹啼痕。傷情處,高城望斷,燈火已黃昏。」由別時寫到往日,再寫到別後,層層展開。儘管過片「銷魂」以下數句暗示幽歡,不夠雅正,被蘇軾斥為學柳七作詞,但以景結情,便有餘味,官場失意也依稀包蘊其中。如果連繫李清照在南渡以後所創作的〈永遇樂〉(落日鎔金)諸作,可以看出一條前後貫通的線索。現在,納蘭又似乎把這條線連起來了。從這種意義上講,在難以具備所謂「弱德之美」(這是學者在書中首先提出來的詞學評論概念)這一點上,哀婉無邊的納蘭與淒厲無比的秦觀卻是非常接近的。

水龍吟・題文姬圖

須知名士傾城[1],一般易到傷心處。柯亭響絕,四弦才斷[2],惡風吹去。萬里他鄉,非生非死[3],此身良苦。對黃沙白草,嗚嗚卷葉[4],平生恨、從頭譜。應是瑤臺[5]伴侶。只多了、氈裘[6]夫婦。嚴寒觱篥[7],幾行鄉淚,應聲如雨。尺幅重披,玉顏千載,依然無主[8]。怪人間厚福,天公盡付,痴兒騃女[9]。

[注釋]

①名士傾城:劉緩、蕭綱分別有詩〈敬酬劉長史詠名士悅傾城〉、〈和湘東王名士悅傾城〉,名士悅傾城,由來佳話。李延年〈北方有佳人〉:「北方有佳人,絕世而獨立。一顧傾人城,再顧傾人國。寧不知傾城與傾國,佳人難再得。」②「柯亭」二句:伏滔〈長笛賦・序〉:「邕避難江南,宿於柯亭。柯亭之觀,以竹為椽。邕仰而眄之曰:『良竹也。』取以為笛,

水龍吟・題文姬圖

奇聲獨絕。歷代傳之，以至於今。」《後漢書・列女傳》李注引劉昭《幼童傳》：「邕夜鼓琴，弦絕。琰曰：『第二絃。』邕曰：『偶得之耳。』故斷一弦問之，琰曰：『第四弦。』並不差謬。」③非生非死：吳偉業〈悲歌贈吳季子〉：「山非山兮水非水，生非生兮死非死。」④卷葉：白居易〈楊柳枝〉：「剝條盤作銀環樣，卷葉吹為玉笛聲。」⑤瑤臺：王嘉《拾遺記》：「崑崙山……傍有瑤臺十二，各廣千步，皆五色玉為臺基。」⑥氈裘：〈胡笳十八拍〉：「氈裘為裳兮骨肉震驚，羯羶為味兮枉遏我情。」⑦觱篥（ㄅㄧˋ ㄌㄧˋ）：即笳管，古樂器名。⑧「依然」句：〈胡笳十八拍〉：「天災國亂兮人無主，唯我薄命兮沒胡虜。」⑨痴兒騃女：騃，愚。王之道〈減字木蘭花〉：「一笑酬春聊適性。騃女痴兒。半挽梅花半柳枝。」

[評析]

　　基本上，作為鑑賞者和讀者，題圖之人往往憑藉獨特的藝術敏感度，去理解特定的圖畫作品，並用恰當的文學形式表達出來，發揮畫意，開拓畫境，使圖文交相輝映，相得益彰。有時也結合身邊的人和事，借題發揮，可能成為不斷增加的相關人文累積的一部分。蔡文姬，「陳留董祀妻者，同邑蔡邕之女也。名琰，字文姬。博學有才辯，又妙於音律。興平中，天下喪亂，文姬為胡騎所獲，沒於南匈奴左賢王，在胡十二年，生二子。曹操素與邕善，痛其無嗣，乃遣使者以金璧贖之，而重嫁於祀」（《後漢書・列女傳》）。她特別的經歷，當然不可能在一幅畫裡面全部表現出來，但是無論如何，能夠引人聯想、喟嘆的點還是比較豐富的。

　　納蘭所題〈文姬圖〉，不知何人所繪。從詞中對她「萬里他鄉，非生非死，此身良苦」、「玉顏千載，依然無主」的命運深表同情的內容來看，畫面上勾繪的可能主要是其遠嫁塞外的情景。（從現存北宋末年不具名長

卷〈文姬歸漢圖〉來看,這種情景也有可能只是畫面的一部分。)《飲水詞箋校》認為納蘭之作「藉〈文姬圖〉而詠吳兆騫事」,甚是;但將之準確紀年於康熙二十一年(西元 1682 年)元夕,則尚需求證。姜宸英〈題蔣君長短句〉記當年元夕此段韻事較詳,中有云:「中席,主人(指納蘭性德)指紗燈圖繪古蹟,請各賦〈臨江仙〉一闋。余與漢槎賦裁半,主人摘某字於聲未諧,某句調未全。余謂漢槎曰:『此事終非吾擅場,盍姑聽客之所為乎?』漢槎亦笑起而擱筆。然數君之於詞,亦有不同。梁溪圓美清淡,以北宋為宗;陳則頹唐於稼軒;朱則湔洗於白石。譬之韶夏異奏,同歸悅耳。一時詞學之盛,度越前古矣。」(《湛園未定稿》卷五)玩其意,納蘭似乎並未當場成詞。又,曹寅有〈貂裘換酒‧壬戌元夕與其年先生賦〉:「野客真如鶩。九逵中、煙花刺蠻,嬉遊誰阻。雞壁球場天下少,羅帕鈿車無數。齊踏著、軟紅春土。背側冠兒挨不轉,鬧蛾兒、耍到街斜處。擷遍了,梁州鼓。一丸才向城頭吐。白琉璃、秋毫無缺,打頭三五。市色燈光爭映發,平地魚龍飛舞。早放盡、千門萬戶。蠟淚衣香消未得,倩玉梅、手捻從頭訴。細畫出,胭脂譜。」(《楝亭詞鈔別集》)調非原定,除結末四句外,詞意多涉燈節,若非恰為「圖繪」內容,恐亦為雅集過後補作。惜陳維崧詞未見,無以對證。

鷓鴣天‧離恨

　　背立盈盈①故作羞,手捼②梅蕊打肩頭。欲將離恨尋郎說,待得郎歸恨卻休。雲淡淡,水悠悠。一聲橫笛鎖空樓③。何時共泛春溪月,斷岸④垂楊一葉舟。

鷓鴣天・離恨

[注釋]

①盈盈：美好貌。〈古詩十九首〉：「盈盈樓上女，皎皎當窗牖。」②手挼（ㄋㄨㄛˊ）：揉弄。晏幾道〈玉樓春〉：「手挼梅蕊尋香徑。正是佳期期未定。」③「一聲」句：趙嘏〈長安晚秋〉：「殘星半點雁橫塞，長笛一聲人倚樓。」秦觀〈調笑令〉：「將軍一去音容遠。空鎖樓中深怨。」④斷岸：江邊絕壁。蘇軾〈後赤壁賦〉：「江流有聲，斷岸千尺。」

[評析]

這首〈鷓鴣天〉緊緊圍繞「離恨」來寫，情意幽獨。上片描摹往日歡會之樂，也夾雜著離別的痛楚。其中，首二句的追憶——背立作羞，挼蕊打肩，刻劃得風情綽約，猶如山花般爛漫、醉人，酷肖李煜〈一斛珠〉中結二句的情境：「曉妝初過，沉檀輕注些兒個。向人微露丁香顆，一曲清歌，暫引櫻桃破。羅袖裛殘殷色可，杯深旋被香醪涴。繡床斜憑嬌無那，爛嚼紅茸，笑向檀郎唾。」下片借景烘托離情之苦，又透露出些許期待。其中，過片二句寫「雲」行「水」流，使用的都是日常的意象。（離愁別恨題材中另外的一個常用意象是「月」，以呂本中〈採桑子〉的構思至為巧妙：「恨君不似江樓月，南北東西，南北東西，只有相隨無別離。恨君卻似江樓月，暫滿還虧，暫滿還虧，待得團團是幾時。」）不過，日常意象在納蘭筆下糅合於全篇之中，也能做到樸素自然，獲得語短情長之效，在一定意義上也可與晏幾道的〈少年遊〉參讀：

「離多最是，東西流水，終解兩相逢。淺情終似，行雲無定，猶到夢魂中。可憐人意，薄於雲水，佳會更難重。細想從來，斷腸多處，不與者番同。」

值得提出的是，由「尋郎說」等句可見，這首詞明顯是閨閣代言體。

〔明確宣告「代」言的詞作出現較早，如宋代劉鎮〈臨江仙〉（蕩紫飄紅芳信斷）即題云「代閨怨」。〕但從「何時共泛」結二句虛筆勾繪的美妙圖景所振起與宣洩的亮麗情緒來看，則又似乎不必以之為純粹的代言。因為在這裡，說你就是說我。也許正是從這個角度著眼，陳淏在《精選國朝詩餘》中給予這首詞這樣的評價：「盡饒別趣。」

臨江仙·無題

昨夜個人曾有約，嚴城①玉漏三更。一鉤新月幾疏星。夜闌猶未寢，人靜鼠窺燈②。原是瞿塘風③間阻，錯教人恨無情。小闌干外寂無聲。幾迴腸斷處，風動護花鈴。

[注釋]

①嚴城：何遜〈臨行公車〉：「禁門儼猶閉，嚴城方警夜。」②「人靜」句：秦觀〈如夢令〉：「夢破鼠窺燈，霜送曉寒侵被。」③瞿塘風：瞿塘峽雄踞長江三峽之首，風疾水湍，峽口有灩澦堆，舟行甚難。牛嶠〈菩薩蠻〉：「風流今古隔，虛作瞿塘客。山月照山花，夢迴燈影斜。」

[評析]

這首詞，陳淏《精選國朝詩餘》所錄有詞題「憶友」。陳氏選本折中分類、分調二種體例，甚為特別：以作品主題分類編排，每首詞先列詞題，再在詞題下以小字標明詞調，這是主線；從另一個角度看，全書又是按照小令、中調、長調順序編排，事實上可以視為三卷，在每種調式內，詞作題材都按春、夏、秋、冬的時序分為四個部分，另附詠物、閨情等若干題材，這是副線。這樣處理，顯然是受到了《草堂詩餘》的深刻

如夢令

影響，而又較之同一時期汪森《撰辰集》、顧彩《草堂嗣響》分別直接按照分類、分調方式編排稍有變化。陳選追求變化在另一方面的表現是，在一定範圍內打破了明人區分調式的慣用做法，將五十二字而不是六十字以上者，如納蘭的這首〈臨江仙〉，悉數歸入中調。這樣看來，詞題「憶友」未必原有，可能只是編選者按照自己對這首〈臨江仙〉內容的理解加上去的。

倒是陳淏對這首詞的評語，承載了較為重要的閱讀提示功能：「情至語還自解，嘆妙。」，「情至語」在納蘭詞中司空見慣，本不足為奇。不過，這首詞特定的情感流程——相約、等待、爽約、遺憾、思念，正是靠了紛至沓來的「情至語」，才頗有節奏地向前推進，從而打入情景，表達一往深情。過片二句的「自解」，是篇章結構和情感邏輯的雙重收放，透過運典達成，則又更顯含韻悠長。從這裡可以看出，佟世南《東白堂詞選初集》卷七所錄詞題作「無題」，有似此地無銀三百兩，甚至比汪刻本的無詞題，為更能得其玄妙。

如夢令

萬帳穹廬①人醉，星影搖搖欲墜②，歸夢隔狼河③，又被河聲攪碎。還睡、還睡，解道醒來無味。

[注釋]

①穹廬：以形似穹隆得名。西清《黑龍江外記》：「呼倫貝爾、布特哈居就水草，轉徙不時，故以穹廬為室。穹廬，國語曰蒙古博，俗讀『博』為『包』，冬用氈毼，夏用樺皮及葦。」②「星影」句：杜甫〈閣夜〉：「五

更鼓角聲悲壯，三峽星河影動搖。」③狼河：白狼河。見前〈臺城路〉（白狼河北秋偏早）。

[評析]

　　這首詞，本書前文中已與〈長相思〉（山一程）合評過。這裡，再補充說明一點。以「境界」說詞，是一名學者詞學思想的中樞，所以，《人間詞話》開篇即云：「詞以境界為最上。有境界則自成高格，自有名句。五代、北宋之詞所以獨絕者在此。」也因此，舉凡被他許為有境界的詞，往往都是詞史上的非同凡響之作。這種非同凡響，是直接對照比較詞與詩的結果，也就是說，在學者的眼中，詩詞幾乎是可以等量齊觀的，這是在清代學人推尊詞體的背景下結出的碩果，也是尊體論無限接近完成的重要象徵。當然，在《人間詞話》裡，「境界」一語，有時又與「氣象」不加區別。如「太白純以氣象勝。『西風殘照，漢家陵闕』，寥寥八字，遂關千古登臨之口。後世唯范文正之〈漁家傲〉，夏英公之〈喜遷鶯〉，差足繼武，然氣像已不逮矣」。又如「『風雨如晦，雞犬不已』、『山峻高以蔽日兮，下幽晦以多雨。霰雪紛其無垠兮，雲霏霏而承宇』、『樹樹皆秋色，山山唯落暉』、『可堪孤館閉春寒，杜鵑聲裡斜陽暮』，氣象皆相似」。值得注意的是，其中秦觀的「可堪孤館」兩句曾被學者重複徵引：「少遊詞境最為悽惋。至『可堪孤館閉春寒，杜鵑聲裡斜陽暮』，則變而淒厲矣。」綜合各種資料來看，後來的論詞者普遍傾向於將納蘭和李煜、秦觀等放在一起討論，承認和肯定納蘭詞詞境「悽惋」，有些詞「眼界」大、「感慨」深，在一定程度上其實就是承認和肯定「境界」說，接過了該學者的衣缽。當然，這位學者詞學理論體系的內在理路是很清楚的，以上引文中的這些個案評判結論，是經由「境界」說在邏輯判斷上必然會得出的結論，也是全面總結與提升之前在理論層面上的諸多相關感性論斷。

浣溪沙

後來者願意接受「境界」說，還意味著在具體的詞學評論實踐中，不能以境界的大小分優劣，正如學者所指出的：「境界有大小，不以是而分優劣。『細雨魚兒出，微風燕子斜』何遽不若『落日照大旗，馬鳴風蕭蕭』，『寶簾閒掛小銀鉤』何遽不若『霧失樓臺，月迷津渡』也。」（《人間詞話》）具體到納蘭的邊塞詞，文史學家就這樣說：「《花間》有句云『紅紗一點燈』，此言『夜深千帳燈』，境界一大一小，然各極奇妙。」結合前文合評中的情況看，納蘭詞能「極」其「奇妙」的關鍵因素之一，在於使矛盾性的情、景在同一首作品中取得了較為和諧的統一，也即在同一首詞中將大、小兩種境界平衡、和合。於是，我們分別能夠從納蘭的這些詞作中，多少領略到怨而不怒、哀而不傷的中和之美。

浣溪沙

已慣天涯莫浪愁①，寒雲衰草漸成秋。漫因睡起又登樓。伴我蕭蕭唯代馬②，笑人寂寂有牽牛。勞人③只合一生休。

[注釋]

①浪愁：徒然發愁。韓元吉〈鷓鴣天〉：「年年九日常拚醉，處處登高莫浪愁。」②代馬：代，代郡，今中國山西北部。代馬泛指北方之馬。《韓詩外傳》：「詩云『代馬依北風，飛鳥棲故巢』，皆不忘本之謂也。」曹植〈朔風詩〉：「仰彼朔風，用懷魏都。願騁代馬，倏忽北徂。」《文選》劉良注：「代馬，胡馬也。」③勞人：憂傷之人，勞苦之人。《詩經·小雅·巷伯》：「傲人好好，勞人草草。」馬瑞辰《通釋》：「高誘《淮南子》注：『勞，憂也。』、『勞人』即憂人也。」梅堯臣〈依韻和唐彥猷華亭十詠·秦始皇馳道〉：「秦帝觀滄海，勞人何得修。」

[評析]

　　納蘭既然是「已慣天涯」，對奔走天涯的生活早就已經習以為常，為什麼還會在雲寒草衰之際，「漫因睡起又登樓」，登高望遠，將離人心上「漸成」之秋合成一縷哀愁，並說出「勞人只合一生休」這樣的牢騷話呢？這首〈浣溪沙〉的下片第二句「笑人寂寂有牽牛」值得著重提出來討論。

　　此前，李商隱在〈馬嵬〉其二中就寫過「七夕笑牽牛」：「海外徒聞更九州，他生未卜此生休。空聞虎旅傳宵柝，無復雞人報曉籌。此日六軍同駐馬，當時七夕笑牽牛。如何四紀為天子，不及盧家有莫愁。」納蘭詞中「笑人」句反其詩意而用之，自嘲時屆七夕，天上牛女尚能團圓，「我」卻行役在外，有家難歸，有妻難伴，有情難訴，寂寂孤苦，不免為牽牛所笑。同時，也是呼應過片「伴我」句，自然而然地既引出，又在一定程度上沖淡了結句的怨氣。（可以附帶提出的是，「一生休」云云未必不是也受到了李商隱「他生未卜此生休」句的影響。）雖然就全篇而言，納蘭詞遠不及李詩那樣具有「婉而諷」的精警深意和觀念內涵，但如果撇開詩、詞之別來看，在詞的創作傳統中，基於特定的題材和內容指向，納蘭著意求變的努力和成效，還是值得肯定的。從這個意義上講，納蘭的這首詞是不是他司「牧政」（姜宸英〈納臘君墓表〉）期間所作，也就變得不是那麼重要了。

採桑子・居庸關

　　篤周[①]聲裡嚴關峙，匹馬登登。亂踏黃塵。聽報郵籤[②]第幾程。行人莫話前朝事，風雨諸陵。寂寞魚燈[③]。天壽山頭冷月橫。

採桑子・居庸關

[注釋]

①巂（ㄍㄨㄟ）周：杜鵑。洪興祖《楚辭補註》：「《禽經》云：巂周，子規也。」②郵籤：驛館夜間報時器具，代指行程。杜甫〈宿青草湖〉：「宿槳依農事，郵籤報水程。」仇注：「漏籌謂之郵籤。」③魚燈：帝王陵寢之燈。《史記・秦始皇本紀》：「葬始皇驪山，以人魚膏為燭，度不滅者久之。」曹鄴〈始皇陵下作〉：「千金買魚燈，泉下照狐兔。」

[評析]

這首〈採桑子〉，最讓我們感興趣的，不是上片緊扣詞題所描繪的「嚴關」險峻與「匹馬」、「黃塵」的僕僕風塵之景，而是下片對「前朝事」彷彿突如其來的感慨與幽懷，以及由此而帶來的對納蘭其人其詞的諸多疑惑與猜測。

一般認為，納蘭的詞兒女情多，風雲氣少。作為易代之際的勝利者，納蘭約略含蘊「風雲氣」的一些作品，本應存在很大的可能性不沿著以往家國之思的路向前走。不過，傳統的時序之感、身世之悲和家國之事，還是一定會在作品中有所展現，反映出納蘭對相關問題的思考。比如這首詞的下片，以「風雨諸陵」、「寂寞魚燈」、「山頭冷月」等意象，構成一幅清冷荒寂的景緻，人在景外，情在景中。這份情中包含著對歷史的沉思，對興亡盛衰的感慨，而籠罩其上的是納蘭一貫的哀戚之調。納蘭類似的作品雖然只是其無往而不在的哀感在一定題材中的常見表達，但卻確實具有特定的深度，耐人尋味。當然，如果一定要探究所謂「孤臣孽子」心緒，納蘭另外的一首〈菩薩蠻〉恐怕更為可疑：

曉寒瘦著西南月。丁丁漏箭餘香咽。春已十分宜。東風無是非。蜀魂羞顧影。玉照斜紅冷。誰唱後庭花。新年憶舊家。

《飲水詞箋校》甚至認為：「置於明遺老集中，恐不能辨識。」一種「莫話」之話，想必也是其「惴惴有臨履之憂」（嚴繩孫〈成容若遺稿序〉）的緣由與構成部分之一。

清平樂・發漢兒村①題壁

參橫②月落，客緒從誰託。望裡家山雲漠漠③，似有紅樓一角。不如意事年年，消磨絕塞風煙。輸與五陵公子④，此時夢繞花前。

[注釋]

①漢兒村：又稱漢兒莊、漢兒城，在永平府遷安縣境，今屬中國河北遷西縣。一說在今中國遼寧朝陽縣境。②參（ㄕㄣ）橫：參星已落，天將曉。曹植〈善哉行〉：「月沒參橫，北斗闌干。」秦觀〈和黃法曹憶建溪梅花〉：「月沒參橫畫角哀，暗香銷盡令人老。」③「望裡」句：劉肅《大唐新語》卷六：「（狄）仁傑赴任，於并州登太行，南望白雲孤飛，謂左右曰：『吾親所居，近此雲下。』悲泣佇立久之，候雲移乃行。」④五陵公子：京中富豪子弟。五陵，帝王陵寢，漢、唐所指不一，貴戚嘗聚居於附近。《漢書・游俠傳・原涉》：「郡國諸豪及長安五陵諸為氣節者，皆歸慕之。」杜甫〈秋興八首〉其三：「同學少年多不賤，五陵衣馬自輕肥。」

[評析]

納蘭曾經在漢兒村寫過兩首詞，一是這首〈清平樂〉，另一首是〈百字令・宿漢兒村〉：「無情野火，趁西風燒遍、天涯芳草。榆塞重來冰雪裡，冷入鬢絲吹老。牧馬長嘶，徵笳亂動，併入愁懷抱。定知今夕，庾

清平樂・發漢兒村①題壁

郎瘦損多少。便是腦滿腸肥，尚難消受此，荒煙落照。何況文園憔悴後，非復酒壚風調。回樂峰寒，受降城遠，夢向家山繞。茫茫百感，憑高唯有清嘯。」

兩首詞在表達離愁哀怨這一點上可以對讀，只是，〈百字令〉要明顯清越疏朗一些。納蘭還有一首〈清平樂〉：

角聲哀咽。襆被馱殘月。過去華年如電掣。禁得番番離別。一鞭衝破黃埃。亂山影裡徘徊。蓦憶去年今日，十三陵下歸來。

與這首〈清平樂〉情緒未必如一，但確可相通。至於能否依據朱彝尊悼納蘭詩中「絕域受降時」等句為以上諸篇準確紀年，則另當別論。

能夠對讀文學作品，基本前提是題材類型相同，或者創作背景相似。從理論上講，能夠對照、比較閱讀的對象範圍，可以很廣泛，或者是作者自己的作品，又或者是在其前後的作家的相關作品。對讀所追求的主要文學目的，不是在參讀文字上，而是為了進一步細緻理解，乃至從某些平常容易忽視的角度辨析原文字。概括地說，即需要著力追尋的點，是兩種文字的異中之同，或者同中之異，並且二者不必一定要區分主次。納蘭的這首〈清平樂〉，好在虛實結合，尤其是上片「望裡」二句的想像之語，點明主旨，也逗出全篇結末「輸與」二句所含怨情之所自來；而結末二句，雖也為虛寫，但滿含非常直露的感喟，其實也表露出了作者內心難於驅遣的某種願望。

題詞於壁，接近於廣而告之，勇於也善於表情的納蘭，古風流溢，如在目前。與之對讀的〈百字令〉，有一點是需要提出來的，即納蘭臨風長嘯背後所隱含的「萬斛愁」（庾信〈愁賦〉），與「庾郎」的國恨家愁還是應該有所區別。這說明，納蘭在借古典以抒今情的過程中，對環繞原典的義涵可能已經有所選擇和規避，以求充分表達自己的「一寸心」（〈愁賦〉）。

參考引用文獻舉要

1. 陳水雲。明清詞研究史〔M〕。武漢：武漢大學出版社，2006。
2. 納蘭性德。通志堂集〔M〕。影印本。上海：上海古籍出版社，1979。
3. 納蘭性德。飲水詞箋校〔M〕。趙秀亭，馮統一，箋校。修訂本。北京：中華書局，2005。
4. 黃文吉。詞學研究書目：1912～1992〔M〕。臺北：文津出版社，1993。
5. 林玫儀。詞學論著總目：1901～1992〔M〕。臺北：「中研院」中國文哲研究所籌備處，1995。
6. 納蘭性德。飲水詞箋〔M〕。李勖，箋註。南京：正中書局，1937。
7. 葉衍蘭，葉恭綽。清代學者象傳〔M〕。上海：上海書店，2001。
8. 柯愈春。清人詩文集總目提要〔M〕。北京：北京古籍出版社，2002。
9. 李慈銘。越縵堂讀書記〔M〕。由雲龍，輯。上海：上海書店，2000。
10. 永瑢，等。四庫全書總目〔M〕。影印本。北京：中華書局，1965。
11. 張德瀛。詞徵〔M〕。詞話叢編本。
12. 胡可先。《浮玉詞初集》與清初東南詞壇〔J〕。安徽大學學報，2011（1）。
13. 陳銘。清詞的中興與衰微〔J〕。浙江學刊，1992（2）。

14. 李惠霞。納蘭容若及其詞研究〔M〕。臺北：「中國文化大學」出版部，1982。
15. 徐照華。納蘭性德與其詞作及文學理論之研究〔M〕。臺中：大同資訊圖書出版社，1988。
16. 卓清芬。納蘭性德文學研究〔M〕。臺北：「國立編譯館」，1999。
17. 甘翹寧。納蘭性德及其飲水詞研究〔M〕。香港：新亞研究所，2002。
18. 納蘭性德。納蘭詞箋註〔M〕。張草紉，箋註。上海：上海古籍出版社，1995。
19. 納蘭性德。納蘭詞箋註〔M〕。張秉戍，箋註。北京：北京出版社，1996。
20. 謝永芳。專集登入與乾隆詞學的再檢討——以《四庫全書》收宋後詞別集三種為中心〔M〕// 人文論叢。北京：中國社會科學出版社，2011。
21. 張之洞。書目答問補正〔M〕。范希曾，補正。上海：上海古籍出版社，2001。
22. 吳熊和，嚴迪昌，林玫儀。清詞別集知見目錄彙編〔G〕。臺北：「中研院中國文哲研究所」籌備處，1997。
23. 夏志穎。乾嘉詞壇專題研究〔D〕。南京：南京大學，2010。
24. 蔣寅。進入「過程」的文學史研究〔J〕。山西大學師範學院學報，2001（1）。
25. 曹寅。楝亭集〔M〕。影印本。上海：上海古籍出版社，1978。
26. 繆鉞。詩詞散論〔M〕。上海：開明書店，1948。

27. 張宏生。創作的厚度與時代的選擇——王沂孫詞的後世接受與評價思路〔M〕// 詞學：第 23 輯。上海：華東師範大學出版社，2010。

28. 張宏生。清詞探微〔M〕。上海：上海古籍出版社，2008。

29. 葛恆剛。從曹貞吉懷古詞的主題取向看四庫館臣的選詞標準〔J〕。古典文學知識，2010（2）。

30. 顧貞觀。彈指詞箋註〔M〕。張秉戍，箋註。北京：北京出版社，2000。

31. 唐圭璋。詞學論叢〔M〕。上海：上海古籍出版社，1986。

32. 謝桃坊。詞學辨〔M〕。上海：上海古籍出版社，2007。

33. 孟森。丁香花〔M〕。上海：大東書局，1936。

34. 程千帆，莫礪鋒，張宏生。被開拓的詩世界〔M〕。上海：上海古籍出版社，1990。

35. 張宏生。經典確立與創作建構——明清女詞人與李清照〔J〕。中華文史論叢，2007（4）。

36. 陳剛。論宋代的「禁體物語」詩〔M〕// 中國詩學：第 15 輯。北京：人民文學出版社，2011。

37. 啟功。啟功叢稿〔M〕。北京：中華書局，1999。

38. 張任政。納蘭性德年譜〔J〕。國立北京大學國學季刊，1930，2（4）。

39. 張伯偉。論唐代的規範詩學〔J〕。中國社會科學，2006（4）。

40. 耿傳友。一個被文學史遺忘的重要作家——王次回及其詩歌研究〔D〕。上海：復旦大學，2005。

41. 邱江寧。明清江南消費文化與文體演變研究〔M〕。上海：三聯書店，2009。

42. 張宏生。清代詞學的建構〔M〕。南京：江蘇古籍出版社，1999。

43. 張宏生。論清初邊塞詞〔M〕// 清代文學研究集刊：第 2 輯。北京：人民文學出版社，2009。

44. 閔豐。清初清詞選本考論〔M〕。上海：上海古籍出版社，2008。

45. 沙先一。清代吳中詞派研究〔M〕。北京：人民文學出版社，2004。

46. 周振甫。詩詞例話〔M〕。南京：江蘇教育出版社，2006。

47. 余才林。唐詩本事研究〔M〕。上海：上海古籍出版社，2010。

48. 李劍亮。宋詞詮釋學論稿〔M〕。北京：人民文學出版社，2006。

49. 俞陛雲。詩境淺說〔M〕。上海：上海書店，1984。

50. 龍榆生。近三百年名家詞選〔M〕。上海：上海古籍出版社，1979。

51. 張弘。傳世納蘭性德致嚴繩孫手簡的年分及有關問題〔J〕。甘肅社會科學，1991（3）。

52. 葉昌熾，等。藏書紀事詩：附補正；辛亥以來藏書紀事詩：附校補〔M〕。上海：上海古籍出版社，1999。

53. 〔法〕程抱一。中國詩畫語言研究〔M〕。塗衛群，譯。南京：江蘇人民出版社，2006。

54. 蘇雪林。清代男女兩大詞人戀史的研究〔J〕。國立武漢大學文哲季刊，1930，1（3）。

55. 張伯偉。清代詩話東傳略論稿〔M〕。北京：中華書局，2007。

56. 朱庸齋。分春館詞話〔M〕。廣州：廣東人民出版社，1989。

57. 錢鍾書。管錐編〔M〕。北京：生活・讀書・新知三聯書店，2007。

58. 盛冬鈴。納蘭性德詞選〔M〕。臺北：遠流出版事業股份有限公司，1988。

59. 於安瀾。畫史叢書〔M〕。臺北：文史哲出版社，1994。

60. 吳梅。詞學通論〔M〕。上海：商務印書館，1933。

61. 施曄。中國古代文學中的同性戀書寫研究〔M〕。上海：上海人民出版社，2008。

62. 傅庚生。中國文學欣賞舉隅〔M〕。西安：陝西人民出版社，1983。

63. 劉永濟。唐五代兩宋詞簡析〔M〕。上海：上海古籍出版社，1981。

64. 張宏生。全清詞·順康卷補編〔M〕。南京：南京大學出版社，2008。

65. 張宏生。全清詞·雍乾卷〔M〕。南京：南京大學出版社，2012。

66. 〔美〕林順夫。中國抒情傳統的轉變——姜夔與南宋詞〔M〕。張宏生，譯。上海：上海古籍出版社，2005。

67. 張宏生。浙西別調與白石新聲〔M〕//人文中國學報：第10期。上海：上海古籍出版社，2004。

68. 張寅彭。民國詩話叢編〔M〕。上海：上海書店，2002。

69. 林志雄。納蘭性德〈上元月蝕〉之考辨及其他〔J〕。南京廣播空中大學學報，2000（2）。

70. 施議對。胡適詞點評〔M〕。增訂本。北京：中華書局，2006。

71. 黃天驥。納蘭性德和他的詞〔M〕。廣州：廣東人民出版社，1982。

72. 夏承燾。夏承燾集〔M〕。杭州：浙江古籍出版社，杭州：浙江教育出版社，1997。

73. 嚴迪昌。清詞史〔M〕。南京：江蘇古籍出版社，1999。

74. 俞平伯。讀詞偶得〔M〕。上海：上海書店，1984。

75. 錢仲聯。清詞三百首〔M〕。長沙：岳麓書社，1992。

76. 張秉戌。納蘭性德詞新釋輯評〔M〕。北京：中國書店，2001。

77. 吳承學。中國古代文體形態研究〔M〕。增訂本。廣州：中山大學出版社，2002。

78. 錢錫生。唐宋詞傳播方式研究〔M〕。上海：復旦大學出版社，2009。

79. 王兆鵬。宋代的「網際網路」——從題壁詩詞看宋代題壁傳播的特點〔J〕。文學遺產，2010（1）。

80. 譚新紅。宋詞傳播方式研究〔M〕。武漢：武漢大學出版社，2010。

81. 梁乙真。清代婦女文學史〔M〕。上海：中華書局，1927。

82. 〔日〕合山究。明清女子題壁詩考〔M〕。李寅生，譯。河池師專學報，2004（1）。

83. 吳世昌。論詞的章法〔J〕。中央日報：文史週刊，1946（33）。

84. 王雲五。續修四庫全書提要：納蘭詞提要〔M〕。臺灣：商務印書館，1972。

85. 邱世友。詞論史論稿〔M〕。北京：人民文學出版社，2002。

86. 葛恆剛。納蘭詞論與清初詞壇〔J〕。南京師範大學學報，2010（5）。

87. 孟暉。蓮花香印的足跡〔J〕。青年文學，2006（9）。

88. 彭元瑞，等。知聖道齋讀書跋；東湖叢記〔M〕。瀋陽：遼寧教育出版社，2001。

89. 馬大勇。納蘭性德〔M〕。北京：中華書局，2010。

90. 閔豐。詩學模範與詞格重建——清初當代詞選中的辨體與尊體〔J〕。南京大學學報，2008（1）。

91. 陳寅恪。柳如是別傳〔M〕。上海：上海古籍出版社，1980。

92. 謝國楨。江浙訪書記〔M〕。上海：上海書店，2004。

93. 陳乃乾。清名家詞〔M〕。上海：上海書店，1982。

94. 鄭騫。成府談詞〔M〕// 詞學：第10輯。上海：華東師範大學出版社，1992。

95. 朱崇才。詞話叢編續編〔M〕。北京：人民文學出版社，2010。

96. 唐圭璋。唐宋詞簡釋〔M〕。上海：上海古籍出版社，1981。

97. 劉尊明。論唐宋詞中的「閒情」〔J〕。文學評論，2007（4）。

98. 程千帆。論唐人邊塞詩中地名的方位、距離及其類似問題〔J〕。南京大學學報，1979（3）。

99. 蔣寅。中國古代文體互參中「以高行卑」的體位定勢〔J〕。中國社會科學，2008（5）。

100. 陳軍。文類等級構成的中西比較研究〔J〕。文學評論，2010（3）。

101. 葉曄。清代詞選集中的擅改原作現象——以〈明詞綜〉為中心的考察〔J〕。中國文化研究，2006（春之卷）。

102. 羅鋼。一個詞的戰爭——重讀王國維詩學中的「自然」〔J〕。北京師範大學學報，2007（1）。

103. 張舜徽。清人文集別錄〔M〕。北京：中華書局，1963。

104. 黃賓虹，鄧實。中華美術叢書〔M〕。北京：北京古籍出版社，1998。

105. 張宏生。吳藻《喬影》及其創作的內外成因〔J〕。南京大學學報，2000（4）。

106. 包兆會。「圖文」體中影像的敘述與功用——以古典文學和攝影文學中的影像為例〔M〕// 張宏生，錢南秀。中國文學：傳統與現代的對話。上海：上海古籍出版社，2007。

107. 葉嘉瑩。清詞叢論〔M〕。石家莊：河北教育出版社，2001。
108. 楊廷福，楊同甫。清人室名別稱字號索引〔M〕。修訂版。上海：上海古籍出版社，2001。
109. 江慶柏。清代人物生卒年表〔M〕。北京：人民文學出版社，2005。
110. 俞平伯。唐宋詞選釋〔M〕。北京：人民文學出版社，1979。
111. 傅夢秋。詞調輯遺〔M〕。貴陽：貴州人民出版社，1988。
112. 錢鍾書。談藝錄〔M〕。北京：生活·讀書·新知三聯書店，2007。
113. 李商隱。李商隱詩歌集解〔M〕。增訂重排本。劉學鍇，余恕誠，編著。北京：中華書局，2004。
114. 周汝昌。紅樓夢新證〔M〕。北京：人民文學出版社，1976。
115. 張宏生，馮乾。白門柳：龔顧情緣與明清之際的詞風演進〔J〕。中國社會科學，2001（3）。
116. 顧春，奕繪。顧太清奕繪詩詞合集〔M〕。張璋，編校。上海：上海古籍出版社，1998。
117. 沈祖棻。宋詞賞析〔M〕。上海：上海古籍出版社，1980。
118. 王鍾翰。清史餘考〔M〕。瀋陽：遼寧大學出版社，2001。

納蘭性德詞：
一生寂寥，字裡幽怨，納蘭性德在滿紙風霜中定格人間悲喜

作　　　者：	[清] 納蘭性德
校　　　注：	謝永芳
發　行　人：	黃振庭
出　版　者：	複刻文化事業有限公司
發　行　者：	崧燁文化事業有限公司
E-mail：	sonbookservice@gmail.com
粉　絲　頁：	https://www.facebook.com/sonbookss/
網　　　址：	https://sonbook.net/
地　　　址：	台北市中正區重慶南路一段61號8樓
	8F., No.61, Sec. 1, Chongqing S. Rd., Zhongzheng Dist., Taipei City 100, Taiwan
電　　　話：	(02)2370-3310
傳　　　真：	(02)2388-1990
印　　　刷：	京峯數位服務有限公司
律師顧問：	廣華律師事務所 張珮琦律師

國家圖書館出版品預行編目資料

納蘭性德詞：一生寂寥，字裡幽怨，納蘭性德在滿紙風霜中定格人間悲喜 / [清] 納蘭性德 著，謝永芳 校注. -- 第一版. -- 臺北市：複刻文化事業有限公司, 2025.02
面；　公分
POD 版
ISBN 978-626-7671-21-4(平裝)
1.CST:(清)納蘭性德 2.CST: 清代詞 3.CST: 詞論
852.472　　　　114000818

―版權聲明――――――――
本書版權為中州古籍出版社所有授權複刻文化事業有限公司獨家發行繁體字版電子書及紙本書。若有其他相關權利及授權需求請與本公司聯繫。

未經書面許可，不得複製、發行。

定　　　價：450 元
發行日期：2025 年 02 月第一版
◎本書以 POD 印製

電子書購買

爽讀 APP　　　臉書